Linea Harris
Bitter & Sweet
Geteiltes Blut

Linea Harris

BITTER & SWEET

Geteiltes Blut

IVI

Lesen was ich will!
www.lesen-was-ich-will.de

Von Linea Harris liegen bei ivi vor:
Bitter & Sweet. Mystische Mächte
Bitter & Sweet. Geteiltes Blut

MIX
Papier aus verantwortungsvollen Quellen
FSC® C083411
FSC
www.fsc.org

ISBN 978-3-492-70422-9
3. Auflage 2017

Satz: Kösel Media GmbH, Krugzell
Druck und Bindung: CPI books GmbH, Leck
Printed in Germany

»Die Gnade segnet den, der sie gewährt,
und den, der sie empfängt.«

William Shakespeare

Jillians Stundenplan im zweiten Schuljahr

	Montag	Dienstag	Mittwoch	Donnerstag	Freitag
08.00 - 09.00	Englisch	Geschichte	Mathematik	Magie	VO-Gesetz
09.00 - 10.00	Englisch	Geschichte	Mathematik	Magie	VO-Gesetz
10.00 - 10.30	–	–	–	–	–
10.30 - 11.30	Dämonologie	Wahlfach 2 Grundlagen der Mairajagd	Artenkunde	Magie	Verteidigung
11.30 - 12.30	Dämonologie	Wahlfach 2 Grundlagen der Mairajagd	Artenkunde	Magie	Verteidigung
12.30 - 13.30	–	–	–	–	–
13.30 - 14.30	Wahlfach 1 Waffenkunde	Verteidigung	–	Sport	Wahlfach 3 Offensive Magie
14.30 - 15.30	Wahlfach 1 Waffenkunde	Verteidigung	–	Sport	Wahlfach 3 Offensive Magie

Kapitel 1

Der Wecker klingelte und riss mich unsanft aus dem Schlaf. Stöhnend rieb ich mir die Augen und sah auf die leuchtend roten Zahlen. Zehn Minuten vor Mitternacht. Noch verwirrt von meinem Traum wischte ich die letzten Erinnerungen an ausgestorbene, brüchige Straßen mit einer Handbewegung beiseite, und die Bilder verblassten wie jahrzehntealtes Pergament.

Ich warf die dünne Bettdecke von mir und setzte mich schwerfällig auf. Seufzend streckte ich meine Beine aus. Wir hatten Ferien, und ich hatte eigentlich geplant, wach zu bleiben, aber nachdem ich meiner Tante den ganzen Tag im Garten geholfen hatte, war ich wie ein Stein aufs Bett gefallen und konnte die Augen gerade noch lange genug aufhalten, um meinen Funkwecker einzustellen. Kurz rief ich mir in Erinnerung, warum ich mich so quälte, und ein leichtes Kribbeln machte sich in meiner Bauchgegend bemerkbar.

Ich sprang auf und eilte zum Spiegel an meinem großen, massiven Kleiderschrank, um meine langen braunen Locken mit den Fingern etwas zu glätten. Nachdem ich mir ein frisches T-Shirt übergezogen hatte, blieb ich stehen und lauschte. Im Haus war es bis auf das Ticken der Wanduhr im Wohnzimmer ruhig, und Tante Amalia hatte einen festen Schlaf. Trotzdem öffnete ich mein Fenster so leise wie möglich und stieg das mit Efeu bewachsene Gitter an der Hauswand hinab. Das Holz ächzte bedrohlich unter meinen Füßen, doch es hielt stand. Als ich den letzten Meter hinabsprang, rutschten meine Turnschuhe quietschend über das nasse Gras, und ich konnte mich gerade noch mit den Händen abfangen.

Leise fluchend wischte ich sie an der Jeans ab und nahm meine Umgebung wahr. Gegen Abend hatten sich die dunklen Gewitterwolken verzogen, und der Mondschein erhellte unseren Garten mit seinem bleichen Schein gerade so weit, dass ich mich problemlos zwischen den Sträuchern, Obstbäumen und Blumenbeeten, die meine Tante so liebte, fortbewegen konnte. Er spiegelte sich in den zahlreichen Zierkugeln und dem Glas erloschener Lampen, was den Garten unnatürlich glitzern ließ. Nebel zog sich in sanften Wellen über das Sommergras.

Ich liebte diesen Ort und hatte Tante Amalia mit Freuden dabei geholfen, das lästige Unkraut zu entfernen. Um mich herum zirpten ein paar Grillen, und selbst der Gesang der Frösche am See des Parks von Langfield drang bis an meine Ohren. Alles war friedlich und still. Ich fröstelte, als eine kühle Brise über meine unbedeckten Arme strich.

Schlendernd ging ich zu der zierlichen Bank am Gartenteich, entschied mich aber im letzten Moment dagegen, mich zu setzen. Tante Am bräuchte nur aus dem Schlafzimmerfenster blicken, um mich zu entdecken. Stattdessen wählte ich eine verdeckte Stelle unter den Kirschbäumen, nahe der Mauer, und wartete ungeduldig. Meine Armbanduhr verriet mir, dass es schon eine Minute nach Mitternacht war. Genervt verschränkte ich die Arme und lehnte mich an einen großen Stamm.

Ich atmete tief ein, um die Müdigkeit ein wenig zu vertreiben, und rieb meine Augen, die sich langsam an die Dunkelheit gewöhnten. Der Duft nach Regen und dem vergangenen Gewitter hing noch immer in der Luft, und darunter machte sich ein leicht verbrannter Geruch bemerkbar.

Sofort schrillten meine Alarmglocken, und ich erstarrte. Roch es nach Kaminfeuer oder eher nach brennendem verrotteten Laub? Die Luft kühlte schlagartig ab, und die Kälte zog in meine Glieder. Aus Gewohnheit fuhr meine Hand zur Hüfte, doch statt der Waffen, die ich dort für gewöhnlich trug, ertastete ich nur weichen Stoff. Ich hielt die Luft an und zählte bis zehn. Nach ein paar hämmernden Herzschlägen beruhigte ich mich etwas. Es war nicht der Geruch der Mairas, der Halbdämonen, mit denen ich es im letzten Schuljahr mehr als einmal aufgenommen hatte und deren albtraumartiges Antlitz mich wohl noch bis ans Ende meiner Träume verfolgen würde.

»Ich werde schon paranoid«, flüsterte ich mir selbst Mut zu, doch ich trat nervös von einem Fuß auf den anderen. Waren die Grillen aus unserem Garten verschwunden und in den Nachbargarten geflüchtet? Sie wirkten plötzlich so leise …

Es war unnatürlich still geworden, und meine Wachsamkeit kehrte zurück. Der Mond verschwand hinter einer Wolke, und ein Schleier aus Dunkelheit legte sich über den Rasen. Die Schmuckbänder, die Tante Am zur Zierde in den Bäumen hängen hatte, machten es mir nicht gerade leicht, mich zu entspannen. Sie bewegten sich sachte im Wind und ließen die unheimlichen Schatten lebendig wirken. Die friedliche Stimmung war schlagartig verschwunden.

Die feinen Härchen in meinem Nacken stellten sich auf und verrieten mir, dass ich beobachtet wurde. Ich hörte einen Zweig in der Nähe des Gartentors knacken und kniff die Augen zusammen, um in der Dunkelheit besser sehen zu können. Mein Blick blieb an einem der Schatten hängen. Stand dort nicht jemand zwischen den Sträuchern? Ein weißes Schimmern erregte meine Aufmerksamkeit. Ich presste mich an die raue Rinde des Baumes, umklammerte den Stamm seitlich und versuchte, die aufkommende Panik zu unterdrücken.

Eine Hand packte mich von hinten an der Schulter, und ich wirbelte herum. In nur dem Bruchteil einer Sekunde sammelte ich meine Magie in meinem Innersten und ließ sie in meine Hände fließen, bereit, sie abzufeuern.

Ich konnte gerade noch verhindern, dass ich mein Gegenüber verletzte, als ich ihn erkannte. Ein paar knisternde, blaue Funken fielen aus meinen Händen auf den Boden und verloschen, während die Energie schmerzhaft in mein Innerstes zurückfloss.

»*Ryan*! Verdammt noch mal, ich hätte dich fast gegrillt! Konntest du nicht…?«

Der Vampir stoppte meine Schimpftirade, indem er seine Lippen zärtlich auf meine drückte. Sofort entspannte sich mein Körper merklich, und ich ließ mich in seine Arme sinken, als das Brennen der in meinen Körper zurückgezogenen Magie nachließ. Er lachte leise unter dem Kuss und strich mir sanft über den Rücken. Wohlige Schauder ergriffen mich und vernebelten meinen Verstand.

»Happy Birthday, Süße«, flüsterte er leise, doch ich zog ihn nur weiter zu mir herab und ließ die Finger durch seine rabenschwarzen Haare gleiten. Erst jetzt fiel mir auf, wie sehr ich ihn vermisst hatte. Und wie sehr ich ihn brauchte. Sein vertrauter Duft umhüllte mich und ließ die letzten Nervositäten von mir abfallen.

Ich biss zärtlich auf seine Unterlippe, immer darauf bedacht, seine Reaktionen im Auge zu behalten. Ich wusste, dass es ihm nicht gerade leicht fiel, seinem Verlangen nach meinem Blut zu widerstehen, und wollte ihn nicht an seine Grenzen treiben. Viel zu schnell löste er sich von mir und schob mich ein Stück weg, um mich zu betrachten.

»Ich wollte dir keine Angst machen, tut mir leid.«

Ryan konnte sich nicht nur lautlos wie eine Katze bewegen, sondern auch problemlos mit allen Schatten der Umgebung verschmelzen, was mir schon den einen oder anderen Schrecken eingejagt hatte. Mir fiel wieder ein, warum ich so nervös gewesen war, als er auftauchte. Ich schielte hinüber zu der Stelle, an der ich die Silhouette einer Person erspäht hatte. Es war nichts zu sehen, und auch die Musik der Grillen schien wieder an Lautstärke gewonnen zu haben.

»Schon gut. Ich habe nur eben schlecht geträumt und glaube, das sind die Nachwirkungen«, seufzte ich.

Ryan sah mich besorgt aus seinen fast vollkommen schwarz wirkenden Augen an. »Träumst du wieder von den Mairas?«

»Nein, nein, keine Angst. Es war etwas anderes. Nicht so wichtig.«

Um ehrlich zu sein wusste ich nicht, was es zu bedeuten hatte. Ich träumte seit längerem von diesen verlassenen dunklen Straßen, die sich zwischen Ruinen von Gebäuden schlängelten und ins Nirgendwo zu führen schienen. Es war echt gruselig, aber immer noch besser, als zusehen zu müssen, wie die dämonischen Kreaturen meine Freunde in Stücke rissen, ohne dass ich etwas tun konnte. Mairas hatten die besondere Begabung, ihren Opfern Albträume einzuflößen, um sie durch ihre Angst aufzuspüren. Ich hatte lange gebraucht, bis ich den Kampf gegen diese Träume gewonnen hatte.

»Also, erklärst du mir jetzt, warum ich mitten in der Nacht hier im Garten stehe?«, fragte ich amüsiert und strich mit dem Zeigefinger über seine gestählte Brust.

Vor zwei Tagen hatte ich einen Zettel in meinem Zimmer gefunden, der Ryans Handschrift trug und mich hierher lotste. Ich hatte keine Fragen gestellt, als wir am Tag darauf telefoniert hatten. Weder über das Treffen, noch über das mysteriöse Auftauchen der Nachricht.

Er zuckte mit den Schultern und lächelte verschmitzt. »Ich glaube nicht, dass Amalia so begeistert gewesen wäre, wenn ich zu solchen Uhrzeiten an eurer Tür geklingelt hätte.«

»Und warum wolltest du nicht einfach morgen offiziell zu Besuch kommen? Oder nächsten Samstag, zu meiner Geburtstagsfeier?«

Er sah mich gespielt geschockt an. »Und damit riskieren, dass ich nicht der Erste bin, der dir zu deinem achtzehnten Geburtstag gratuliert?! Um Gottes Willen...« Er griff sich mit den Händen an die Brust und sah verzweifelt nach oben, als könne er den Gedanken kaum ertragen. Ich lachte und gab ihm mit einem Schubs zu verstehen, dass er etwas leiser sein sollte.

»Gib es zu, du wolltest wieder den Romantiker raushängen lassen«, neckte ich ihn, als er mich zu einer kleinen Bank unter einem schön mit Bändern behangenen Baum führte. Als der Mond wieder auftauchte, kehrte auch die Schönheit des Gartens zurück.

»Erwischt«, murmelte er und begann vorsichtig, meinen Hals zu küssen. »Hat es denn funktioniert?«

»Ja, hat es...«, brachte ich gerade noch so unter dem Gefühl heißer Wellen hervor, die durch meinen Körper liefen. Ich hielt so still wie möglich, es war eine gefährliche Situation, was mich seltsamerweise nur noch mehr erregte. Ryan zog sich etwas zurück, als er das Rauschen meines Blutes bemerkte. Seine Hände wanderten um meinen Nacken, und ich spürte etwas Kühles um meinen Hals liegen.

Als ich herabblickte, sah ich eine schmale Kette im Mondlicht schimmern. Ich betrachtete den Anhänger genauer und stieß einen entzückten Laut aus, als ich eine kleine, silberne Libelle erkannte. Das Zeichen der Libelle stand mit den funkelnden Elfen und der Blütenpracht der Elfenmulde auf dem Schulgelände in Verbindung, wo wir unser erstes Date verbracht hatten.

»Ich dachte, da du ja die Kette deiner Mutter nicht mehr hast...«, meinte er und wirkte plötzlich verlegen.

»Sie ist wunderschön, Ryan! Danke!«

Eins musste man ihm lassen, er wusste wirklich, wie man das Herz einer Frau erobert. Welches Mädchen träumte schließlich nicht davon, im Mondschein in einem wunderschönen Garten von ihrem Romeo überrascht zu werden? Ich wollte nicht weiter auf seine romantische Ader eingehen, weil ich wusste, dass er nach außen lieber seine düstere und unnahbare Fassade aufrecht erhielt.

Gedankenverloren betrachtete ich den funkelnden Anhänger und ließ ihn zwischen den Fingern auf- und abgleiten. Bis vor ein paar Monaten hatte ich die Kette getragen, die mir meine Mutter vor ihrem Tod vermacht hatte, bis sich herausstellte, dass der Anhänger, der Silax, das wohl gefährlichste Artefakt war, dass es auf Erden gab. Er besaß die Macht, Dämonen aus der Unterwelt in das Reich der Sterblichen eindringen zu lassen. Nachdem unsere Schulleiterin Mrs. Grant durchgedreht war und meine Freunde und ich nur knapp verhindert hatten, dass sie die Welt ins Unglück stürztc, hatte ich den Silax nur zu bereitwillig zerstört.

Noch heute war es mir ein Rätsel, warum meine Hexenmutter ein Kind von einem Dämon bekommen hatte und mich somit wohl oder übel zu einer Halbdämonin gemacht hatte. Im Gegensatz zu den Menschen konnten sich Hexen mit Dämonen fortpflanzen, ohne dass ein grässliches Ungeheuer daraus entstand. Nur meine seit neuestem türkisen Augen unterschieden mich von den grünen Augen der anderen Hexen, und das auch erst, seit ich bei meinem letzten Kampf herausgefunden hatte, wie ich die in meinem Inneren schlummernde Dämonenmagie freisetzen konnte.

Das alles hatten wir erst vor kurzem herausgefunden. Ich wollte gar nicht über die Konsequenzen nachdenken, sollte die Nachricht an die Öffentlichkeit geraten, dass ein Halbdämon unter den Menschen lebte. Ich war als Hexe schon auffällig genug an unserer Schule.

Ryan schien wie immer meine Gedanken lesen zu können und fasste sanft unter mein Kinn, um meinen Kopf in seine Richtung zu drehen.

»Sie werden es schon nicht herausfinden. Egal wie deine Augen aussehen. Und ich finde sie toll, habe ich das schon erwähnt?«

»Nur etwa einhundert Mal«, erwiderte ich grinsend. Ich ließ mich erneut von ihm küssen, bevor ich den Kopf an seine Brust legte und dem Rascheln der Blätter lauschte. Ich fühlte mich vollkommen sicher und wohl in seiner Gegenwart und konnte kaum glauben, dass es einst anders gewesen war. Zwischen uns war eine intensive Verbindung entstanden, die mich schon fast ängstigte.

Ich ließ die Hand vorsichtig über seine sehnigen Arme gleiten. »Was hast du deiner Großmutter erzählt, wohin du gehst?«

Ich hörte sein Lächeln in der Stimme, als er leise antwortete: »Sie ist meine Ausflüge gewohnt.«

Ich erinnerte mich wieder an den Zettel, den ich in meinem Zimmer gefunden hatte, und hob misstrauisch den Kopf. »Ok, raus mit der Sprache. Wie oft warst du in den Ferien hier in Langfield, ohne dass ich es wusste?«

»Ich werde immer in deiner Nähe sein, wenn du mich brauchst«, erwiderte er geheimnisvoll mit einem Augenzwinkern.

Ich schnaubte. »Wir sollten uns dringend über Privatsphäre unterhalten«, murmelte ich und lehnte mich wieder gegen ihn.

Seine Brust bebte durch das grollende Lachen, das er ausstieß. »Ich bin kein Stalker, Jill! Ich habe in den letzten zwei Wochen nur ab und zu nach dir gesehen. Von Weitem. Ich schwöre!« Er hob zum Zeichen seines Schwures die Hand und legte sie auf seine Brust, direkt über das Herz. »Außerdem verbringe ich gerne Zeit mit meiner Großmutter. Sie braucht mich, auch wenn sie es nie zugeben würde.«

Etwas besänftigt schloss ich die Augen und genoss weiter seine Nähe. Auch wenn mir der Gedanke unheimlich erschien, dass Ryan ab und zu in unsere Kleinstadt gekommen war und auf mich aufgepasst hatte, ohne dass ich es bemerkte, fühlte ich mich dennoch geehrt. Ich konnte ein Grinsen nicht verkneifen.

Wir alberten noch eine Weile herum, bis ich vor Müdigkeit kaum noch die Augen aufhalten konnte. »Es ist so unfair. Ich glaube langsam, dass du mich angelogen hast, als du sagtest, ihr Vampire müsstet auch schlafen.«

Er lächelte etwas gequält, als ich ihn an die Eigenheiten seiner Art erinnerte.

»Tun wir auch ... ab und zu ...«

Ich rollte mit den Augen und unterdrückte ein weiteres Gähnen.

»Ich bringe dich zum Haus zurück«, flüsterte Ryan und strich mir über die Haare.

»Ich will aber noch nicht.«

»Keine Widerrede. Du siehst echt fertig aus.« Er stand auf und zog mich auf die Beine. Während er meine Hand hielt, sah ich misstrauisch noch einmal in die dunkle Ecke des Gartens.

»Was ist?«, fragte Ryan, dem keine meiner Reaktionen entging und der die Beschleunigung meines Pulses gespürt haben musste.

»Nichts, ich habe mich nur beobachtet gefühlt, bevor du aufgetaucht bist. Aber ich glaube, es war nur Einbildung.«

Ich konnte spüren, wie sein Körper sich anspannte und er mit blitzenden Augen die Umgebung absuchte. »Ich kann niemanden riechen, aber bei dem ganzen Gewächskram hier ist das ja auch kein Wunder. Hättest du mir das nicht vor einer halben Stunde sagen können, als ich aufgetaucht bin?«

Schuldbewusst grinste ich ihn an. Sollte er doch wissen, dass er mich abgelenkt hatte.

Er schüttelte genervt den Kopf. »Ich kenne niemanden mit so einem schlechten Selbsterhaltungstrieb wie dich.«

»Ryan«, beruhigte ich ihn, »es war nichts weiter. Wahrscheinlich habe ich nur deine Anwesenheit gespürt, du bist schließlich direkt danach aufgetaucht. Außerdem hättest du es sofort bemerkt, wenn jemand da gewesen wäre.«

Er nickte mit undurchdringlicher Miene. Wir hielten unter meinem Fenster an, und ich drehte ihm meinen Körper zu, um meinen Abschiedskuss abzuholen. Er umfasste meine Hüften und beugte sich hinab.

»Das war die schönste Geburtstagsüberraschung, die ich je bekommen habe«, flüsterte ich und ließ sanft meine Lippen über seine Wangen gleiten. Er drehte den Kopf und küsste mich noch einmal mit einer solchen Leidenschaft, dass meine Knie nachzugeben drohten. Sein süßer Duft umnebelte meine Gedanken. Wir würden uns erst in einer Woche zu meiner Geburtstagsfeier wiedersehen, und schon jetzt kam mir die Zeit ohne ihn unerträglich lang vor. Er versteifte sich etwas und zog sich zurück, um wieder einen klaren Kopf zu bekommen.

»Ich vermisse dich jede einzelne Sekunde, die du nicht bei mir bist«, seufzte er und stützte meinen Fuß, als ich das Efeugitter hinauf zu meinem Zimmer kletterte.

»Pass auf dich auf«, sagte ich leise, als ich am Fenster angekommen war und hinabblickte. Ryan war verschwunden, doch ich konnte noch sein Lachen in den Schatten wahrnehmen. Lächelnd und mit klopfendem Herzen schlüpfte ich in mein Zimmer und schloss das Fenster.

Kapitel 2

»Schläft sie etwa immer noch?«, hörte ich Alissas Stimme aus dem Flur, als auch schon krachend meine Zimmertür aufflog und sich zwei Personen wie nasse Sandsäcke auf mein Bett plumpsen ließen. Ich warf mir lachend die Decke über den Kopf, um mich vor den freundschaftlichen Knuffen meiner besten Freundin zu schützen. Durch meinen Schutz aus Baumwolle und Daunenfedern hörte ich gedämpft das Lachen von Alissas kleiner Schwester Lara, die sich auf mich warf und versuchte, mich vom Bett zu rollen.

Immer noch kichernd gab ich auf. »Schon gut, ihr zwei, ihr habt gewonnen! Ich stehe ja schon auf!«

Als ich mit verschlafenen Augen unter der Bettdecke hervorschielte, sahen mich die beiden Collins-Schwestern grinsend an. Sofort schlug mir der vertraute blumige Duft entgegen. Alissa war mein Jahrgang, und ihre kleine Schwester sah ihr mit den roten Ringellöckchen, den für Hexen typisch grünen Augen und den Sommersprossen üblicherweise zum Verwechseln ähnlich. Nur hatte sich Ally die Haare gefärbt und sah mit dem dunklen Braun plötzlich viel erwachsener aus.

»Steht dir«, sagte ich anerkennend.

Sie zuckte mit den Achseln. »Wenn es nur dauerhaft wäre ... der Ansatz ist schon wieder zu sehen.«

»Also, was macht ihr schon hier? Ich dachte, ihr kommt erst um elf.«

Sie warf einen bedeutungsschweren Blick auf meinen Wecker.

»Oh, Mist«, murmelte ich. Ich hatte verpennt. Die kleine Lara lächelte mich zaghaft an und hüpfte ungeduldig auf und ab, als könne sie es kaum erwarten, endlich zu Wort zu kommen.

»Okay, spuck es aus«, lachte ich.

»Ich kenne endlich mein Magie-Spezialgebiet, Jill!«, platzte sie mit stolz geschwellter Brust und piepsiger Stimme heraus.

»Hey, das ist toll! Was ist es denn?«

»Rate doch mal.«

»Kannst du den Wind beeinflussen? Das Feuer? Eis?«

Sie schüttelte gespannt mit dem Kopf, und ich gab mich extra ratlos, obwohl ich mir denken konnte, was es war.

»Ich beherrsche die Telekinese! Wie Alissa! Ist das nicht großartig? Ich kann einfach so Dinge in der Luft schweben lassen! Obwohl ich viel lieber alles gleichzeitig können würde, so wie du.«

Ich wuschelte ihr mit der Hand durch die Haare und freute mich mit ihr. Dass ich alle Magie-Spezialgebiete nur deshalb beherrschte, weil ich von einem Dämon abstammte, behielt ich für mich.

Jetzt, wo Lara ihre Neuigkeiten losgeworden war, sprang sie auf und eilte aus dem Zimmer, um sich im Haus umzuschauen. Alissa verdrehte die Augen. »Ich habe es nicht übers Herz gebracht, ihr zu sagen, dass es wahrscheinlich der Wind war, der die Feder zum Schweben gebracht hat. Vielleicht irre ich mich ja, und sie hat tatsächlich dazu beigetragen.«

Ich nickte verständnisvoll. »Ja, sie wäre ziemlich früh dran. Normalerweise hätte sie noch ein paar Jahre Zeit, bis sich ihre Magie entfaltet. Und jetzt erzähl, was hast du die letzten Wochen getrieben?«

Während ich mir ein schwarzes Sommerkleid anzog, plapperte Alissa ohne Punkt und Komma von ihrer Familie und der Arbeit, die momentan auf der kleinen Farm anfiel. Ich wusste, dass ich sie nicht unterbrechen brauchte. Alissa redete die meiste Zeit wie ein Wasserfall und hatte eine ansteckende quirlige Art, die ich an ihr liebte.

Gemeinsam machten wir uns auf den Weg nach unten und betraten die Küche. Mir fielen die Augen fast aus dem Kopf, als ich mich umblickte. Unser so schon mit allerlei Kräutern und Schnickschnack vollgestopftes Haus war bis in die kleinste Ecke geschmückt. Zwischen Tanta Amalias Glücksbringern und der selbst hergestellten Dekoration hingen nun farbenfrohe Luftballons. Um die antiken Möbel schlängelten sich einige Girlanden, und generell sah die Küche aus, als wäre eine glitzernde Farbbombe explodiert.

»Für wie alt hält sie dich? Zehn?«, flüsterte mir Alissa zu und sprach damit meine eigenen Gedanken aus.

Ich erblickte Tante Amalia hinter dem Tresen, wo sie Alissas Mutter gerade einen Kaffee reichte.

»Wow, Tante Am! Wann hast du das denn alles gemacht?« Ich fand es zwar kitschig, aber trotzdem toll. Sie hatte sich große Mühe gegeben, und ich wusste es zu schätzen.

»Glaubst du, dein Wecker hat sich auf unerklärliche Weise von alleine ausgestellt?« Amalia Bailey kam lächelnd hinter dem Tresen hervor und hüllte mich in eine Wolke aus Lavendel, als sie mich umarmte. Obwohl ich sie zeitweise als etwas verrückt bezeichnete, konnte ich mir keinen besseren Ersatz für meine verstorbenen Eltern vorstellen, und ich dankte dem Schicksal für diese liebenswerte Frau. Mit ihren kurzen roten Haaren sah sie meiner Mutter Silva zum Verwechseln ähnlich, auch wenn sie schon auf die fünfzig zuging.

Gemeinsam ließen wir uns an dem ausladend gedeckten Frühstückstisch nieder, und ich schaufelte Rührei, Speck und Pfannkuchen auf meinen Teller. Da es schon so spät war, ließen wir das Mittagessen ausfallen und dehnten das Frühstück noch etwas aus.

Gegen Nachmittag erschien eine weitere wichtige Person aus meinem Leben. Derek, mit seinem festen Freund Don im Schlepptau, umarmte mich herzlich. Ich musste etwas darüber schmunzeln, dass die beiden ihre Klamotten aufeinander abgestimmt hatten. Dereks lila Halstuch sah nicht nur gut zu seinen blonden Haaren und dem schwarzen T-Shirt aus, sondern passte farblich auch perfekt zu Dons Pullover.

»Derek, wo ist denn deine Brille?«, fragte ich erstaunt. »Ich dachte, ohne wärst du blind wie ein Maulwurf!«

»Ich hab ein bisschen geübt und kann nun meine Sehstärke beeinflussen«, sagte er stolz, »aber nach ein paar Stunden wird es zu anstrengend.«

Alissa seufzte sehnsuchtsvoll. Derek beherrschte die Biokinese und konnte somit Einfluss auf biologische Systeme nehmen. Ally hätte alles dafür gegeben, ihr Aussehen täglich ändern zu können.

Don zwinkerte mir unter der braunen Rockabillyfrisur zu und drückte mich ebenfalls.

Wir gingen in den Garten, um den Pavillon aufzustellen, während Tante Am und Allys Mum Miranda das Abendessen vorbereiteten. Dummerweise war Lara dafür zuständig, die Aufbauanleitung zu lesen, und es dauerte etwa eine halbe Stunde, bis sie kleinlaut zugab, die ersten Schritte überlesen zu haben, und wir uns nicht weiter zu wundern brauchten, warum das Gerüst ständig in sich zusammenfiel. Ich setzte mich zu dem kleinen Mädchen und half ihr.

»Jill, wo ist dein Romeo eigentlich?«, rief Alissa schnaufend unter dem Gewicht der langen Stange, die sie hielt.

»Er kommt heute Abend«, antwortete ich, und erneut machte sich Aufregung in meiner Magengegend breit. Mit jedem Tag schien das Verliebtheitsgefühl zuzunehmen. Erst jetzt konnte ich nachvollziehen, warum so viele von der Wolke Sieben schwärmten. Prüfend sah ich in die entfernten Baumkronen des Parks. In den letzten Tagen hatte ich mir öfter eingebildet, seine Anwesenheit zu spüren. Bei jedem Schatten oder Vogel, den ich aus den Augenwinkeln in den Wipfeln entdeckte, schnellte mein Kopf auf der Suche nach Ryan nach oben.

Als das Gerüst endlich stand, waren wir alle ziemlich geschafft. Alissa und ich entschieden uns dafür, die Plane des Pavillons mit Hilfe der Telekinese über die nackten Stangen zu legen.

Auf ihr Zeichen hin schloss ich die Augen und sah auf Anhieb die Energiequelle vor meinem inneren Auge. Diese Energie, die Prana, wirbelte in leuchtend blauen flüssigen Fäden durch meinen Körper und bildete ein heilloses Durcheinander. Ich konzentrierte mich darauf, die Pranastränge zu einem einzigen Ball zusammenfließen zu lassen. Während vor meinem inneren Auge eine leuchtende Kugel erschien, breitete sich ein warmes Gefühl in meiner Brust aus. Als eine von wenigen Hexen hätte ich diese Energie, die sich fast wie Strom anfühlte, auf direktem Wege nutzen können. Sei es, um ein tödliches Geschoss zu formen oder nur einen kitzelnden Pranablitz aus meiner Hand fließen zu lassen.

Doch was ich jetzt tat, unterschied sich in keinster Weise von Alissas Fähigkeiten. Ich konzentrierte mich mit aller Kraft darauf, die schwere Plane vor uns in der Luft schweben zu lassen. Statt direkt zu meiner Pranaquelle zu greifen, zapfte ich diese nur an und ließ einen kleinen Teil in meine Gedanken fließen, um diese zu verstärken. Ich verglich die Quelle meist mit einer Steckdose, in die ich den Gedankenstecker klemmte. Das alles passierte in dem Bruchteil einer

Sekunde, und langsam hob sich die Plastikplane vom Boden ab und schwebte über das Gestell, wo wir sie behutsam absinken ließen.

»Jillian Benett!« Tante Amalias Stimme hallte durch das geöffnete Küchenfenster zu uns herüber. Sie war selten streng, aber was die Nutzung von Magie inmitten eines nichtmagischen Ortes anging, verstand sie keinen Spaß. Ich würde mich auf einen Vortrag vorbereiten müssen, sobald meine Freunde morgen wieder nach Hause gefahren waren.

»Ups«, murmelte ich mit einem schuldbewussten Grinsen und winkte in Richtung Haus zum Zeichen, dass ich sie verstanden hatte. Ich hielt es für übertrieben. Auch wenn wir von nichtsahnenden normalsterblichen Nachbarn umgeben waren, schützten der hohe, efeubewachsene Zaun und die Mauer doch vor so gut wie allen neugierigen Blicken. Wir hängten mit schlechtem Gewissen die bunten Lampen und Girlanden auf, befestigten Fackeln im Boden und stellten die Getränke auf den Tisch. Als endlich die Dekoration des Pavillons befestigt war, ließen wir uns zufrieden ins Gras fallen, um die Sonne zu genießen.

»Es ist traumhaft hier«, murmelte Alissa.

»Wie in einem Märchen«, stimmte Derek zu und strich über eine Reihe von Blumen. Ich schloss die Augen, lächelte zufrieden und träumte von Ryan und unserem leidenschaftlichen Kuss vor einer Woche.

Den Rest des Nachmittags ließen wir es uns gut gehen und spazierten durch Langfield. Es gab in dieser versnobten Kleinstadt nicht viel zu sehen, doch meine Freunde waren ehrlich daran interessiert, wo ich aufgewachsen war, wo meine alte Highschool stand und wie die Bibliothek aussah, in der ich die Hälfte meiner Lebenszeit verbracht hatte. Selbst der überfüllte See im Park, den ich bei Sonnenschein lieber mied, um den Nachbarn aus dem Weg zu gehen, wirkte mit meiner Begleitung bedeutend freundlicher.

Gegen Abend fanden wir uns unter dem Pavillon ein und genossen die Spezialitäten, die Tante Am und Alissas Mum gezaubert hatten. Während meine Tante gerne exotisches Essen ausprobierte, war die füllige Miranda für ihre deftige Hausmannskost berühmt. Es war kaum vorstellbar, dass Ally und Lara beide nur von zarter Statur waren. Ich grub mich durch die Berge an Salaten, allerlei Spießvariationen und Aufläufen. Alissa lachte laut auf, als ich meine Zähne so herzhaft in den Käsekuchen schlug, dass ich mir auf die Zunge biss. Mit tränenden Augen versuchte ich, den Kuchen unter dem metallischen Geschmack des Blutes wenigstens ein bisschen zu genießen. Ich fühlte mich, als stünde ich kurz vor dem Platzen.

Tante Am öffnete gerade eine Flasche Wein, als ich ein Motorrad vor dem Tor halten hörte. Sofort spürte ich die Röte in mein Gesicht steigen und glitt fahrig mit den Händen durch die Haare. Das musste Ryan sein.

Als er um die Ecke kam, stockte mir der Atem. Seine Motorradjacke passte perfekt zu dem Bad-Boy-Aussehen, und der Helm hatte die dunklen Locken noch einmal verwuschelt. Sein muskulöser Körper bewegte sich mit einer Eleganz, von der ich Trampel nur träumen konnte. Er setzte ein schiefes Grinsen auf, als er mich entdeckte, und ich erinnerte mich gerade noch so daran, wie man Luft holte. Dann begrüßte er Tante Amalia und Allisas Mum höflich, bevor er meinen Freunden die Hand reichte und mir einen flüchtigen Kuss auf die Wange gab.

Ryan setzte sich zu mir und drückte meine Hand unter dem Tisch, bevor er sich Don und Derek zuwandte, die ihn mit Fragen über sein Motorrad löcherten. Schon war ich vergessen. Ich rollte mit den Augen. Männer! Doch als ich ihn von der Seite beobachtete, freute ich mich einmal mehr, dass er von meiner Familie und den Freunden sofort akzeptiert wurde.

Viele der Hexen und Mondkinder hatten Vorurteile, was die Verhaltensweisen der Vampire anging. Zum einen fanden es die meisten gruselig, dass sie neben herkömmlichem Essen auch Blut zu sich nahmen, um den fehlenden Wirkstoff in ihrem eigenen Blut zu ersetzen. Zum anderen lebten Vampire eher zurückgezogen und waren generell eher düstere Persönlichkeiten. Ich wusste, dass Ryan zwar seine Schnelligkeit und Stärke, das gute Gehör und den Geruchssinn mochte, sich aber für seinen Blutdurst verabscheute.

Der Vampir fing meinen Blick auf und wusste sofort, woran ich gedacht hatte. »Ein einziger Vampir allein unter einer Meute Hexen«, flüsterte er. »Ich hoffe, du weißt das zu schätzen.« Sein neckischer Blick verriet allerdings, dass es ihm nicht einmal im Ansatz etwas ausmachte.

»Was soll ich denn da sagen?«, murmelte ich. »Ich bin der einzige Dämon auf dieser verflixten Erde.«

Er zog mich an sich. »Ja, und du gehörst mir!«, erwiderte er stolz.

Ich schnaubte und griff nach ein paar Salzstangen, um meine Röte im Gesicht zu verbergen.

Wir unterhielten uns ausgelassen, und ich genoss das Zusammensein mit meinen Liebsten. Gegen Mitternacht verabschiedete sich Tanta Amalia, um uns Kinder, wie sie es nannte, noch in Ruhe feiern zu lassen. Miranda nutzte die Gelegenheit, um Lara ins Bett zu bringen und sich ebenfalls zurückzuziehen.

Kaum waren sie um die Ecke gebogen, fuhr Alissa auch schon Ryan an: »Also, wie lange hast du schon nichts getrunken?«

Etwas erschrocken blickte ich zwischen den beiden hin und her. Alissa konnte Ryan gut leiden, und es war nicht ihre Art, jemanden so schroff zu behandeln.

»Was ist los?«, fragte ich verwirrt. Ryan seufzte und murmelte genervt etwas davon, dass dem »Zwerg« auch nichts entging.

»Dein Freund sieht aus, als hätte er schon mindestens eine Woche kein Blut mehr getrunken. Ehrlich, Jill, bist du so blind?«

Jetzt, wo sie es sagte, fielen mir plötzlich die dunklen Schatten unter Ryans Augen auf. Auch der sonst schon so schmale eisblaue Ring um seine Pupille war vollständig verschwunden.

»Ich habe es nicht geschafft, okay? Es stehen nun mal nicht überall Kühlschränke mit Blutkonserven herum. Und schon gar nicht in einer Kleinstadt mit fast ausschließlich Normalsterblichen.«

Ich brauchte ein paar Sekunden, bis ich verstanden hatte, von was er redete. »Was soll das heißen? Warst du die ganze Woche hier? Ich dachte, wir hätten uns über Privatsphäre unterhalten!«, meinte ich zerknirscht.

»Du wirst beobachtet«, stoppte Ryan mein Gezeter, und am Tisch wurde es ruhig. »Und das nicht nur von mir.«

Ich blickte ihn mit offenem Mund an. »Wieso hast du das nicht gleich gesagt?«

Er warf die Hände in die Luft. »Weil ich warten wollte, bis wir unter uns sind. Ich wollte nicht zum Gartentor deiner Tante hereinspazieren mit den Worten ›Hey, vielen Dank für die Einladung. Übrigens hänge ich schon die ganze Woche in eurer Umgebung rum und beschütze euch vor keine Ahnung was.‹ Zumal ich mir nicht einmal sicher bin.«

Er ließ frustriert den Kopf in die Hände sinken, und nun war die Müdigkeit kaum zu übersehen.

»Was meinst du damit, du weißt es nicht?«, fragte Derek ruhig. Unser »Professor« sammelte wie üblich schon alle Fakten, um sie später zu analysieren.

Ryan suchte die passenden Worte. »Ich weiß es wirklich nicht. Als Jill sagte, dass sie sich beobachtet gefühlt hat, habe ich beschlossen, noch eine Nacht in der Nähe zu bleiben. Es ist ein eigenartiges Gefühl. Ich höre, sehe und rieche niemanden, aber ich kann ab und zu spüren, dass da etwas ist. Vielleicht verliere ich aber auch den Verstand... Also bin ich geblieben und habe die Sache weiter beobachtet.«

Ich runzelte bei seinen Worten die Stirn. Wir mussten uns dringend unterhalten. Ich könnte ohne mit der Wimper zu zucken die halbe Straße in Schutt und Asche legen, und er beschützte mich vor...dem unsichtbaren Nichts? Es war mir unangenehm zu wissen, dass er die Nächte draußen verbracht hatte, wo er doch zumindest im Gästezimmer hätte schlafen können. Andererseits waren Vampire Geschöpfe der Nacht, und er hatte es wahrscheinlich genossen.

Ally, Don und Derek glaubten Ryan sofort und fingen schon an, wild zu spekulieren.

»Vielleicht ist es ein Geist«, mutmaßte Don nachdenklich.

»Hier ist kein Geist«, sagte Alissa leise, aber bestimmt, »das hätte ich...«

Sie verstummte. Ich warf ihr einen neugierigen Blick zu, und sie bedeutete mir mit einem kaum wahrnehmbaren Kopfschütteln, dass es der falsche Ort und die falsche Zeit waren, um darüber zu reden. Die anderen hatten nichts bemerkt. Ich wurde das Gefühl nicht los, dass Ryan nicht der Einzige war, der Geheimnisse hatte. Ich wusste allerdings, dass Alissa zu mir kommen würde, wenn sie es für richtig hielt.

»Nun, Leviathan können wir wahrscheinlich ausschließen. Er kann die Unterwelt nicht verlassen, und da Mrs. Grant immer noch in der Klapse sitzt...«, warf Derek ein.

Ich schluckte. Der Dämonenfürst war nicht gerade gut auf mich zu sprechen, nachdem ich seine Rückkehr in unsere Welt vereitelt hatte. Aber Derek hatte recht, für ihn gab es keinen Weg zu uns. Genauso wenig wie für meinen unbekannten Dämonenvater.

»Könnte es ein Maira sein?«, fragte Don.

»Das hätten wir bemerkt«, sagten Ryan und ich wie aus einem Mund. Ich lächelte ihn schüchtern an. Wir hatten schon gegen einige der Halbdämonen gekämpft und spürten ihre Anwesenheit schon im Schlaf.

Ratlos warf ich die Hände in die Luft. »Können wir bitte damit aufhören, bevor ich noch anfange, unter Verfolgungswahn zu leiden? Wer weiß, vielleicht ist es gar nichts, und wir machen uns umsonst verrückt. Und falls doch, werden wir es früher oder später schon herausfinden, auf welche Art und Weise auch immer.«

Bis auf Ryan murmelten alle ihre Zustimmung. Der Vampir sah mich besorgt an, schwieg aber. Ich wollte nicht weiter über unsichtbare Dinge spekulieren und endlich das normale Leben führen, das mir seit einem Jahr vergönnt war. Konnte denn nicht einmal alles perfekt sein?

Wir wechselten das Thema und ließen uns noch eine Weile über die Schule und einige Mitschüler aus, bevor Don und Derek sich auf den Weg zum nahegelegenen Hotel machten. Alissa teilte sich das Gästezimmer mit ihrer kleinen Schwester und ließ mich und Ryan diskret im Garten zurück, damit wir uns verabschieden konnten.

Er nahm meine Hand, und wir schlenderten über die schmalen Kieswege. Die Luft war schwül, und in der Ferne hörte man das Grollen eines Sommergewitters.

»Wenn du eh schon hier bist...«, stotterte ich etwas verlegen, »ich meine, du musst ja nicht unbedingt den ganzen Weg heute Nacht noch zurückfahren.«

Er lächelte und zog mich an sich. »So gern ich bleiben

würde, Alissa hat recht. Ich muss trinken und auch mal richtig schlafen. Da du ja nun von fünfeinhalb Hexen umgeben bist, schätze ich, dass dir diese Nacht nichts weiter passieren wird.«

»Ryan, du musst nicht auf mich aufpassen. Ich bin nicht wehrlos, weißt du?«

Er strich sanft eine Strähne aus meinem Gesicht. »Ja, ich weiß. Aber du bist manchmal zu gutgläubig. Und außerdem wollen Männer nicht hören, dass ihr Frauen keinen Beschützer braucht«, gab er mit einem gequälten Gesichtsausdruck zu. Ich lachte und boxte ihn leicht in die Seite.

Er führte mich zum Gartentor, nicht nur, weil sein Motorrad dort stand, sondern auch, weil es die dunkelste und ungestörteste Ecke des Gartens war. Ich lehnte mich mit dem Rücken gegen das alte Holz, als er sich zu mir hinabbeugte und in seinen vampirischen Duft hüllte. Mein Herz begann zu rasen und ich konnte es kaum erwarten, ihn endlich zu küssen. Erst strich er ganz zart mit dem Mund über meine Wange, küsste meine Mundwinkel und jagte mir Schauer von Gänsehaut über den Körper. Ein Brennen in meiner Brust ließ mich seine Hände umklammern und gab mir das Gefühl, ihn auf ewig festhalten zu wollen.

Endlich trafen seine Lippen auf meine. Sie bewegten sich langsam, erfüllten mich mit Liebe, wie ich sie nie zuvor gespürt hatte. Sein Kuss wurde leidenschaftlicher und brachte meine Gedanken dazu, sich in die hinterste Ecke meines Kopfes zu verziehen, um Platz für diesen einen Namen zu machen. Ryan. Er wurde fordernder und ich schnappte erregt nach Luft, als das vertraute Kribbeln Besitz von mir ergriff.

Ryan wollte sich zurückziehen, doch ich ließ ihn nicht. Das Gefühl der Verbundenheit war zu schön, als dass ich es jetzt schon aufgeben wollte. Den ganzen Abend hatte ich auf seine Küsse verzichten müssen und ich verabscheute das

Gefühl der Leere, das zurückblieb, wenn er sich von mir abwandte, um sich wieder zu sammeln. Ich zog ihn enger zu mir. Unsere Körper berührten sich an jedem möglichen Zentimeter, sein Duft nach Honig umhüllte mich. Nach einem Moment des Zögerns gab er nach und vergrub die Hände in meinen Haaren. Wie immer sackten mir beinahe die Knie weg und ich schlang die Arme um seinen Hals, um das Gleichgewicht nicht zu verlieren. Um uns herum war es still. Wir waren eins in der Dunkelheit. Ich öffnete meine Lippen, um das vertraute Spiel mit unseren Zungen zu eröffnen, als er erstarrte.

Schlagartig wurde ich zurück in die Realität katapultiert. Sein ganzer Körper wurde steif und er grub die Hände in meine Oberarme. Ich spürte, wie er die Luft anhielt und begegnete seinem panischen Blick. Doch nicht nur Entsetzen spiegelte sich in seinen dunklen Augen wieder, ich konnte auch Hunger erkennen.

»Du schmeckst nach Blut«, presste er unter äußerster Willenskraft hervor.

Kälte packte mein Herz und ließ es für einen Moment aussetzen, als ich die Konsequenzen meiner Dummheit erkannte. Ich hatte mir beim Essen auf die Zunge gebissen, bevor er kam. Und nun stand ich einem ausgehungerten Vampir gegenüber, der gerade eine Kostprobe von meinem Blut bekommen hatte. Dämlich wie ich war hatte ich nur an mich gedacht und ihm seinen Freiraum genommen. Ich hätte ihn sich zurückziehen lassen sollen, als er es für richtig hielt. Sein Griff wurde stärker und schmerzte an den Stellen, wo seine Finger sich in meine Arme bohrten.

»Ryan, lass los«, flüsterte ich heiser.

Als er mir antwortete, war ein Hauch von Kälte in seiner Stimme zu hören. Der Hunger hatte überhandgenommen.

»Ich kann nicht.«

Kapitel 3

Ich biss die Zähne zusammen, konnte aber das Schlottern meines Körpers nicht stoppen. Von dem zärtlichen und fürsorglichen Ryan war nichts mehr zu spüren.

»Lass mich bitte los, du machst mir Angst!«

Einen kurzen Moment konnte ich die Verwirrung in seinem Gesicht lesen, bevor es wieder zu einer eisernen Maske erstarrte. Er war hin- und hergerissen zwischen dem Gefühl, mich beschützen zu müssen, und dem kaum überwindbaren Blutdurst. Trotzdem bewegte er sich keinen Millimeter.

Mein Blick fiel auf die strahlend weißen Zähnen, die messerscharf zwischen seinen Lippen hervorblitzten. Sein Blick verhärtete sich, als er das erneute Rasen meines Herzens spürte. Es kam mir vor, als vergingen die Minuten, ohne dass wir uns rührten. In seinem Inneren fand ein Kampf statt, und ich betete still, dass seine Vernunft siegen würde.

Mir lief ein Schauder über den Rücken, als ich den kalten Klang seiner Stimme vernahm: »Du wirst mir wehtun müssen.«

Aus dem Beschützer war ein berechnender Jäger geworden, der seine Beute in die Ecke getrieben hatte. Ich riss die Augen auf, fassungslos darüber, wie schnell er zu einer potenziellen Gefahr geworden war. Er beugte sich vor, und ich spürte das Kratzen seiner Zähne an meinem Hals. Er spielte mit mir. Er genoss die Angst, die ich ausströmte. Das hier war nicht mehr der fürsorgliche Ryan, den ich kannte. Sein gewohnter Duft wurde von dem düsteren Vampirgeruch verdrängt, der mir die Sinne auf andere Art und Weise vernebelte und mich daran hinderte, einen klaren Gedanken zu fassen.

»Ryan«, brachte ich gepresst hervor, doch schon im nächsten Moment fragte ich mich, warum ich ihn davon abhalten wollte. Ich wusste, ich sollte mich wehren. Doch ein Teil von mir wollte plötzlich, dass er mich biss. Was konnte es schon schaden, ihn etwas trinken zu lassen? Würde das unsere Beziehung nicht noch weiter vertiefen? Eine kleine Stimme in meinem Kopf flüsterte mir ununterbrochen zu, dass alles gut werden würde, wenn ich ihm nur einen Schluck meines Blutes gäbe. Dass ich es nicht bereuen würde, ihn von mir und meiner Macht kosten zu lassen. Seine Zunge fuhr über meine Schulter, mein Schlüsselbein...

Ich schüttelte fast unmerklich den Kopf, um wieder einen klaren Gedanken fassen zu können, doch fast sofort versank ich wieder in dem süßlichen Nebel, der meine Angst verdrängte. Was hatte er gesagt? Ach ja, richtig, ich musste ihm wehtun, damit er von mir abließ. Doch wollte ich das? Konnte ich einer Person Schmerzen zufügen, die ich doch über alles liebte?

Mein Instinkt ließ mich nach meiner inneren Quelle greifen, die Prana glitt durch meine Venen und füllte meinen Körper mit Macht. Hin- und hergerissen stand ich vor einer Entscheidung, die ich nicht treffen konnte. Einer Entscheidung, die ich auch nicht treffen wollte. Ich wollte ihm nicht wehtun.

Ryan spürte die Veränderung. Er spürte die kraftvolle Energie durch meinen Körper fließen, was ihn nur noch rasender zu machen schien.

»Tu es. Bitte!«, krächzte seine Stimme an meinem Hals voller Verzweiflung und Gier. Ich musste ihn aufhalten. Nicht nur um meinetwillen, sondern auch um seinetwillen. Aber ich konnte es nicht.

»Ich kann dir nicht wehtun«, wisperte ich und spürte eine heiße Träne über meine Wange fließen, während ich ihn flehend ansah. Ryan stöhnte, und ich konnte spüren, dass er den Kampf gegen sich selbst verloren hatte. Ich schloss die Augen, als ich spürte, wie seine Zähne sich in meine Haut gruben, und ergab mich meinem Schicksal. Wie gelähmt wartete ich darauf, dass er den ersten Schluck nahm.

Schritte ertönten. Ryans Kopf fuhr plötzlich nach oben, als hätte er eine Gefahr gespürt. Es war der einzige Instinkt, der ihn noch von diesem Blutrausch abbringen konnte. In seinen endlos schwarzen Augen, deren Wildheit mir solche Angst machten, sah ich eine Spur Erleichterung, als er von mir weggerissen wurde und etwa drei Meter durch die Luft flog. Er knallte mit dem Hinterkopf gegen die nahestehende Tanne, als er auch schon wieder nach vorne und über den Gartenzaun geschleudert wurde.

Verwirrt und erleichtert sank ich auf die Knie. Nun sah ich Alissa, die mit erhobenen Händen und schwebenden Haaren durch den Garten gestapft kam. Sie war die liebenswerteste Person, die ich kannte, doch ich wollte in diesem Moment nicht zu ihren Feinden gehören. Die Wut ließ ihre grünen Augen funkeln, und zum ersten Mal sah ich die Macht, die sich hinter diesem zierlichen Körper verbarg.

Ich schnappte erschrocken nach Luft, als ich den Zorn in ihrem Gesicht sah. Sie eilte auf mich zu, griff nach meinem Arm und zerrte mich zum Haus.

»Ally, warte!«, rief ich und versuchte, sie zu stoppen. »Was, wenn er…«

»Ryan geht es gut«, sagte sie schroff, schob mich zur

Haustür hinein und zerrte mich ohne Aufhebens nach oben in mein Zimmer.

»Was zur Hölle habt ihr euch dabei gedacht?«, schimpfte sie, als ich mich verzweifelt aufs Bett setzte und versuchte, das alles zu verstehen. Erst jetzt wurde mir klar, was gerade passiert war.

»Es war meine Schuld, Ally! Ich habe vergessen, dass ich mir auf die Zunge gebissen hatte. Ryan kann nichts dafür!«

»Genau das ist der Grund, warum ich wieder rausgekommen bin. Dieses mulmige Gefühl, ich wusste, dass etwas nicht stimmte. Aber dass ihr überhaupt so geknutscht habt, wo ihr doch genau wusstet, wie es um seinen Durst steht!«

»Wir haben es unterschätzt! Ich habe es unterschätzt«, sagte ich geknickt.

Alissa schnaubte und pustete sich eine rote Locke aus dem Gesicht. Ich eilte zum Fenster, konnte aber nichts als Dunkelheit erkennen.

»Wir müssen nach ihm suchen!«

»Gib ihm Zeit, sich zu beruhigen«, redete Ally auf mich ein und sah ebenfalls nach draußen. »Ich glaube nicht, dass er bewusstlos geworden ist, als ich ihn vor den Baum geschleudert habe.«

Unbehaglich kaute sie auf ihrer Lippe herum. Ich sah sie von der Seite an. »Ich wusste gar nicht, dass du das kannst.«

»Ich auch nicht, aber jetzt weiß ich, was Mrs. Grant damals gemeint hat, als sie sagte, Gefühle verstärken die Macht der Prana. Ich hatte noch nie so eine Angst um dich! Sonst hast du dich wenigstens gewehrt! Was war los, Jill? Wolltest du dich von ihm beißen lassen? Du hättest dabei draufgehen können!«

Ich schüttelte ratlos mit dem Kopf. »Ich weiß es nicht. Ich konnte plötzlich nicht mehr klar denken. Und als ich es wieder konnte ... konnte ich ihm nicht wehtun.« Mir stiegen wieder die Tränen in die Augen. »Das Ganze ist so dermaßen aus dem Ruder gelaufen ...«

Sie sah mich mitleidig an und nahm mich in den Arm.

»Danke, dass du da warst«, flüsterte ich und lehnte mich an ihre Schulter.

»Es tut mir leid, ich hätte es lieber vermieden, ihm wehzutun.«

»Schon gut, ich denke, er wird es verstehen.« Zitternd verschränkte ich die Arme und spähte in die Dunkelheit, ohne etwas erkennen zu können. Die Minuten verstrichen schweigend, und ich hielt es kaum noch aus.

Ein Grollen ertönte über unseren Köpfen, und die Bäume begannen, sich im Wind zu bewegen. Was, wenn Ryan sich schlimmer verletzt hatte, als es ausgesehen hatte? Er brauchte mich jetzt, ich konnte es spüren. »Lass uns bitte nach ihm sehen, bevor das Gewitter da ist.«

Wir schlichen die Treppe nach unten und durchquerten eilig den Garten, während der zunehmende Wind an meinen Haaren riss. Die ersten Tropfen landeten auf meinem Gesicht und vermischten sich mit den Tränen der Angst. Die Wolken tobten über unseren Köpfen.

Als ich durch das Hoftor trat, fiel mir als Erstes das Fehlen von Ryans Motorrad auf.

»Er ist weg«, sagte ich überflüssigerweise und starrte taub auf die leere Stelle. Der Regen wurde stärker, und ich schlang die Arme um meinen tauben Körper. Ging es ihm gut? Wie mochte er sich fühlen? Das schlechte Gewissen nagte an mir und ließ mich seine Nummer auf dem Handy wählen. Die Mailbox meldete sich.

»Hey, Ryan, es tut mir leid«, sprudelte es aus mir heraus, »es war alles meine Schuld! Ruf mich an, wenn du das hörst, okay? Lass uns darüber reden!«

Traurig steckte ich mein Handy weg und ließ mich

von Alissa wieder zurückführen. Ihr Schritt verlangsamte sich plötzlich, als sie in die alles verschlingende Dunkelheit spähte. Sie stoppte abrupt, und ihre Hand umfasste meine.

»Da steht jemand in der Dunkelheit«, flüsterte sie kaum hörbar. »Und es ist nicht Ryan.«

Ich kniff die Augen zusammen, konnte allerdings nichts erkennen. Um uns herum kühlte die Luft ab, und der Wind nahm zu. Das Windspiel über der Haustür klirrte leise.

Ich erschuf vor meinem inneren Auge eine kleine Pranakugel, und kraft meiner Gedanken manifestierte sie sich in der Realität. Die kleine blaue Kugel aus flüssiger Energie schwebte lautlos vor uns, und ich schickte sie in Richtung Dunkelheit.

»Es ist weg«, sagte Alissa verwirrt, als die Kugel den Schatten erreichte und erhellte.

»Was zum Henker ist hier eigentlich los?«, murmelte ich und fröstelte. Ich hatte nichts bemerkt, doch ich vertraute Alissas Urteil. Sie hatte auch Ryan schon des Öfteren in der Nähe gespürt, bevor er sich zeigte und ich seine Anwesenheit überhaupt wahrnehmen konnte.

»Verschwinden wir. Das gefällt mir ganz und gar nicht«, sagte Ally kleinlaut, und wir eilten gerade ins Haus, als ein gewaltiger Donner über uns ertönte.

Im Bett versuchte ich unruhig, meine Gedanken zu ordnen. Ich lauschte dem Sturm und warf mich von einer Seite auf die andere, während ich versuchte, mich zu beruhigen. Morgen würden wir uns als Erstes mit Derek und Don zusammensetzen, um ihnen von dem seltsamen Besucher zu erzählen, der ja eigentlich gar nicht da war. Und ich war mir sicher, dass Ryan zurückrufen würde, damit wir die Sache mit unserem Ausrutscher klären konnten. Aufgewühlt und gleichzeitig voller Hoffnung fiel ich in einen unruhigen Schlaf.

Kein Ryan meldete sich während der restlichen Ferien. Ich hatte ihn mehrfach vergeblich angerufen und auf eine Nachricht gehofft, doch er blieb verschwunden.

Erst als ich seine Großmutter anrief, beruhigte ich mich ein bisschen. Ich erfuhr, dass er sich auch zu Hause nicht sehen ließ, doch er rief seine Großmutter regelmäßig an, um ihr zu versichern, dass es ihm gut ging. Trotzdem schien die Sorge an ihr genauso zu nagen wie an mir. Ryan hatte in der Vergangenheit schon einmal einen Vorfall gehabt, bei dem er einen geliebten Menschen verletzt und fast getötet hatte. Ich wusste, dass er nie darüber hinweggekommen war.

Nach gefühlten hundert Anrufen gab ich es auf und fieberte dem Schulanfang entgegen. Innerhalb der Winterfold Akademie konnte er sich nicht ewig verstecken und musste wohl oder übel mit mir reden. So einfach würde ich es nicht hinnehmen, dass er sich zurückzog. Wieso rief er mich nicht einfach an? Mir kam der Gedanke, dass er nicht nur auf sich selbst, sondern auch auf mich sauer war. Ich hatte ihm mehrfach versichert, dass ich ihn aufhalten würde, wenn es zu brenzligen Situationen käme. Ich hatte es ihm versprochen, dass ich es nie zulassen würde, dass er mich biss. Ich hatte kläglich versagt.

Tante Amalia bemerkte meine trübe Stimmung und versuchte, mich mit allen Mitteln aufzuheitern. Sie fragte nicht direkt danach, was vorgefallen war, und ich dankte ihr dafür. Sie vermutete mit Sicherheit, dass Ryan mich abgesägt hatte. Ich überzeugte sie nicht vom Gegenteil, denn ich hatte Angst davor, ihr die Wahrheit zu sagen. Irgendwann akzeptierte sie, dass ich mich zurückzog, sie ignorierte die Schritte, wenn ich unruhig in meinem Zimmer auf und ab ging, und sie drängte mich nicht dazu, mein verlorenes Lachen zu suchen. Doch in ihrem Gesicht konnte ich das Versprechen ablesen, dass sie immer da sein würde, wenn ich jemanden zum Reden brauchte. Ich liebte sie dafür. Doch um ehrlich zu sein schämte ich mich auch, dass ich es so versemmelt hatte.

Kurz vor Schulbeginn überredete Tante Am mich dazu, mit ihr in die Nachbarstadt zu fahren, um ein paar meiner Schulutensilien aufzustocken. In Gorham baute sie jeden Samstag ihren Verkaufsstand auf dem Markt auf, denn hier waren die Leute bedeutend offener, was Amulette und Kerzen mit besonderer Wirkung angingen. Langfield war einfach viel zu spießig dafür. Ich hatte sie als Kind oft begleitet und genoss es, über den Markt zu schlendern, während sie mit den Kunden feilschte. Einige der altansässigen Betreiber der Stände erkannten mich und winkten mir zu. Hier und da wurde ich in ein Gespräch verwickelt, und für eine Weile konnte ich Ryan aus meinem Kopf verbannen.

Ich beschloss, einen Blick in Cassandras Laden am Rande des Marktplatzes zu werfen. Sie war eine alte Freundin von Tante Amalia, und in früheren Jahren hatte ich es geliebt, in ihrem Laden zu stöbern. Sie verkaufte alles, was nur irgendwie antik oder kurios war, von uralten Wanduhren bis hin zu feinstem Porzellan und Dingen, die sehr nach Magie aussahen. Nachdem Tante Am mir auf der Herfahrt eröffnet hatte, dass Cassandra ebenfalls eine Hexe war, wurde mir manches klarer, das mich als Kind gewundert hatte.

Die Glocke über der Holztür läutete leise, als ich den dunklen, vollgestopften Laden betrat. Durch das Schaufenster fielen ein paar Sonnenstrahlen, in denen sich der Staub sammelte. Cassandra kam aus einem der Hinterzimmer geeilt. Sie sah aus, als sei sie nur etwas älter als Tante Amalia, hatte aber schon, seit ich denken konnte, diese kurzen, schneeweißen Haare. Tante Am schwor darauf, dass Cassandra schon so ausgesehen hatte, als sie und meine Mum noch Kinder gewesen waren und regelmäßig ihren Laden besucht hatten. Sie wäre eben nur nie gealtert. Ich hielt das Ganze für einen Witz und schob es auf Tante Ams Fantasie.

Cassandras übergroße Ohrringe, die mich an die Traumfänger der Indianer erinnerten, schwangen fröhlich hin und her, als sie mich erkannte und auf mich zu geeilt kam.

»Jillian, wie schön, dich zu sehen! Wie lange ist das her? Über ein Jahr? Wie groß du geworden bist! Und so erwachsen. Du siehst deiner Mutter immer ähnlicher, weißt du das? Nur die Haarfarbe stimmt nicht.« Sie zog mich in eine herzhafte Umarmung, und mir tränten die Augen bei dem intensiven Geruch nach Flieder. Meine Güte, wie konnte man sich freiwillig so ein Parfüm aussuchen?

Sofort breitete sich ein Grinsen auf meinem Gesicht aus. Cassandra war in etwa genauso verrückt wie meine Tante. Ihre Hände waren mit schweren Ringen beladen, an ihren Armen klirrten zahlreiche Armreife, und sie war in schrille, farbige Tücher eingehüllt.

Ich begleitete sie durch einen Vorhang in den hinteren Teil des Ladens, wo sie Tee für uns zubereitete und auf einen kleinen runden Tisch zwischen zwei gemütlichen Sesseln stellte. Lächelnd sah ich mich um. Es war so vertraut, wieder hier zu sein. Cassandra war nicht umsonst eine Freundin der Familie. Trotz ihrer offenen Art hatte sie immer etwas Geheimnisvolles an sich, das einen faszinierte.

»Ich habe von deinem aufregenden ersten Jahr gehört«, begann sie und schaute mich mit geschürzten Lippen besorgt an.

»Ja«, seufzte ich und erzählte ihr von meinen Erlebnissen.

»Meine Güte, was euch Kindern schon zugemutet wird. Zu unserer Zeit war die Welt noch friedlicher. Aber vielleicht ist es besser, wenn ihr darauf vorbereitet werdet. Es wird nicht der letzte Kampf sein, den du hattest, das kann ich dir versprechen. Und jetzt erzähl mir, warum so eine düstere Wolke der Trübsal über dir schwebt.«

Ich erzählte ihr von Ryan und tat meine Sorge damit ab, dass ich ihr erzählte, wir hätten uns gestritten. Cassandra sah mich allerdings mit wissenden maigrünen Augen an. Mir wurde unbehaglich zumute, und schnell wechselte ich das Thema. Wir plauderten eine ganze Weile, bis die Ladentür klingelte und Cassandra nach vorne verschwinden musste, um einen Kunden zu bedienen.

Ich stand erleichtert auf und sah mich in dem kleinen Hinterzimmer um. In der Ecke standen ein paar Kisten, die anscheinend neue Ausstellungsstücke enthielten. Neugierig besah ich fantasievoll bemalte Teller, eigenartig duftende Seifen, eine hässliche geschnitzte Holzfigur und aus Gräsern und Muscheln gebastelte Dekoration.

Ich schlenderte an einer großen Wanduhr aus dunklem Holz vorbei, die noch halb eingepackt war und meine Aufmerksamkeit erregte. Es war eine von diesen großen Turmuhren, die unter dem Ziffernblatt eine Tür hatten, deren Mechanismus sich zu einer bestimmten Uhrzeit in Gang setzte und aus der dann Figuren auf Schienen herausfuhren. Ich hatte schon mehrere solcher Exemplare gesehen und als Kind enttäuscht feststellen müssen, dass die Wanduhr in unserem Haus nur tickte und zur vollen Stunde läutete.

Gespannt drehte ich an dem Zeiger, bis dieser die Mittagsstunde anzeigte. Mit einem lauten Gong sprang die Tür unter der Uhr auf, und ein Vogel kam herausgefahren, auf dem ein grünes Etwas saß. Das grüne Ding purzelte vorneüber, als der hölzerne Vogel abrupt zum Stehen kam. Es landete mit einem Plumps auf dem Boden, und ich sprang erschrocken zurück, als ich sah, dass es sich bewegte.

»Oh, zum Kuckuck aber auch. Wer hat diese verdammte Glocke da reingehängt!«

Mir fiel die Kinnlade herunter. Das Ding bewegte sich

nicht nur, es redete auch. Ich wich noch einen weiteren Schritt zurück, als sich das kleine Wesen aufrichtete und den Kopf rieb. Aus dem Vorderzimmer erklangen gedämpft die Stimmen von Cassandras Kunden.

Ich starrte das Wesen an. Es war nur etwas länger als meine Handfläche, und hätte es Flügel gehabt, hätte es als winziger Drache durchgehen können. Mir fiel kein anderer Vergleich ein, der die smaragdgrüne Farbe, die übergroßen, spitzen Ohren und den langen Schwanz erklärten, der in einem Dreieck endete.

Das Wesen erblickte mich und klopfte sich den Staub von der grünen Hose, bevor es mit einem Satz auf dem Regal neben mir auf Augenhöhe landete. »Wurde ja auch mal Zeit, dass du mich da rausholst. Langsam wurde es echt langweilig! Wer bist du?«

Ich war zu geschockt, um zu antworten, und sprang einen Schritt zur Seite, als das Wesen auf meiner Schulter landete. Erschrocken versuchte ich, es mit der Hand herunterzufegen, doch es wich geschickt aus und begann, dreist an mir zu schnüffeln.

»Du bist anders als die anderen«, sagte es und zog vorsichtig an einer langen, braunen Strähne meiner Haare. »Was bist du? Du riechst komisch! Gar nicht wie eine Hexe!«

Ich schnaubte und rang nach Fassung. Das durfte doch wohl nicht wahr sein.

»Wer oder was bist du denn?«, fragte ich und versuchte erneut, das kleine Wesen von meiner Schulter zu werfen. Es sprang behände zurück auf das Regal, wo es eine galante Verbeugung hinlegte.

»Ich bin Conchobhar, aber du kannst mich Cox nennen, wie alle anderen auch. Und wie heißt du?«

»Jill... Also Conchobhar, entschuldige die Frage, aber *was* bist du?«

Er schaute mich mit enorm großen, grünen Kulleraugen an. »Na, ein Kobold, was denn sonst?«

»Ein Kobold. Na super«, murmelte ich trocken. Ich hatte keine Ahnung von diesen Wesen und wollte schnellstmöglich verschwinden. »Also, war nett, dich kennengelernt zu haben. Ich gehe dann mal wieder.«

»Hey, warte!«, rief Conchobhar und sprang zurück auf meine Schulter. »Wo gehst du hin? Kann ich mitkommen?«

Ich schnappte nach ihm und bekam seinen kleinen Körper zu fassen. Behutsam brachte ich ihn wieder zur Wanduhr und setzte ihn unter dem Ziffernblatt ab.

»Nein, tut mir leid. Da, wo ich hingehe, ist koboldfreie Zone. Wie wär's, wenn du einfach wieder da reingehst und…«

»Vergiss es«, rief er, »da rein gehe ich nicht mehr. Dieses ständige Geläute treibt einen in den Wahnsinn!«

»Was du nicht sagst«, stöhnte ich.

»Jill, ist alles in Ordnung?«, rief Cassandra von vorne.

»Ja, alles prima«, antwortete ich und wandte mich leise wieder Conchobhar zu. »Hör zu, da vorne ist die Tür. Du kannst verschwinden und hingehen, wo immer du willst, okay?«

Das Wesen überlegte. »Nein, ich denke, ich bleibe bei dir. Du bist lustig!«

»Nein, ich bin nicht lustig, hörst du? Ich bin ein riesengroßer Muffel, der den ganzen Tag mit schlechter Laune herumläuft. Du würdest es keine zwei Stunden mit mir aushalten, das verspreche ich dir. Und jetzt verschwinde.«

Der Kobold kicherte nur.

»Jill, mit wem redest du?«, ertönte Cassandras Stimme, und die Türglocke ertönte wieder, als die Kunden den Laden verließen.

»Mit mir selbst«, rief ich verwirrt zurück und blickte wieder auf Cox, der sich vor Lachen den Bauch hielt.

»Was ist, denkst du, die alte Schabracke hält dich für verrückt, nur weil du einen Kobold siehst?«

»Woher soll ich das wissen«, knurrte ich, als Cassandra den Raum betrat. Mit einem Zischen war Conchobhar verschwunden.

»Was ist denn hier hinten los?«

»Nichts«, sagte ich ausweichend und starrte auf die Stelle, an der der Kobold eben noch gestanden hatte. »Ich habe mir nur gerade diese Standuhr angesehen.«

»Ah ja«, sagte Cassandra und trat neben mich, »die ist heute mit einer Lieferung aus Irland gekommen. Der Besitzer schien sie unbedingt loswerden zu wollen, dabei ist es wirklich ein seltenes Stück.«

»Das kann ich mir vorstellen«, murmelte ich und meinte, ein leises Kichern zu vernehmen, das vom Fuße der Uhr zu mir herüberwehte. »Cassandra, es war wirklich schön, dich wiederzusehen. Ich muss jetzt los, sonst fährt Tante Amalia ohne mich zurück.« Außerdem war mir das wirklich zu schräg hier.

»Komm mich bald wieder besuchen, Jillian! Und sag Amalia, sie soll mir eine Kiste von ihren neuen Kerzen zurücklegen. Die mit dem Zimtgeruch. Bei meinen Kunden kommen sie wirklich gut an.«

Ich versprach es ihr und lief zu unserem alten Chevy, um dort zu warten. Ein Kobold, also wirklich. Einmal mehr fragte ich mich, wie mein Leben so schnell so verrückt werden konnte. Blieb nur zu hoffen, dass wenigstens dieses Schuljahr etwas normaler verlief. Die Chancen darauf standen schließlich nicht allzu schlecht, oder?

Kapitel 4

Fast erleichtert stieg ich zum Schuljahresanfang in eine der riesigen schwarzen Limousinen, die die Schüler zu Hause abholten und zur Akademie brachten. Zwei Werwölfe blickten mich mit ihren goldenen Augen neugierig an und nickten mir freundlich zu. Ich zwang mich zu einem Lächeln, verkroch mich so tief wie möglich im Sitz und sog den Geruch des Leders ein, bis Alissa ein paar Ortschaften später einstieg und sich zu mir setzte.

Sofort fühlte ich mich besser. Sie kannte mich gut genug, um zu wissen, dass sich auch in den letzten beiden Tagen, an denen wir nicht telefoniert hatten, nichts an der derzeitigen Situation geändert hatte. Ryan hatte sich noch immer nicht gemeldet. Ally sparte sich den mitleidigen Blick und versuchte stattdessen, mich mit ihrem Geplapper aufzumuntern, was ihr erstaunlicherweise auch sehr gut gelang.

»Sag mal, da du ja nun keine Zusatzstunden mehr nehmen musst, um deine Magie unter Kontrolle zu bekommen, kannst du ja dieses Jahr in der Theatergruppe mitmachen! Komm schon, das ist wirklich witzig! Du hättest Derek sehen sollen, als er den Romeo spielen und Christine Owen einen Kuss geben musste. Mrs. Lincoln hat ihn daraufhin allen Ernstes gefragt, ob er lieber die Julia sein möchte.«

Ich konnte mir sogar ein Kichern abringen, und je näher

wir der Akademie kamen, umso mehr besserte sich meine Laune. Still freute ich mich auf unsere Ankunft, als wir den Winterfold Forest erreichten und seine grünen Kinder den Weg säumten. Wie stille Wächter blickten hohe Kiefern, dünne Birken sowie beständige Eichen und Buchen auf uns herab, teilten das Sonnenlicht in leuchtende Flecken, die auf unseren Gesichtern tanzten, und zogen in Wirbeln aus saftigen Grüntönen an uns vorbei.

Nach einer ganzen Weile hielt die Limousine vor dem imposanten schmiedeeisernen Tor in einer moosigen Mauer, deren Pfosten von zwei steinernen Löwen besetzt waren. Im Gegensatz zum letzten Jahr machte mir der veraltete und düstere Anblick keine Angst mehr, sondern rief ein vertraut heimeliges Gefühl hervor. Weitere Limousinen mit Schülern hielten vor und hinter uns, während wir durch das Tor und auf das riesige Gelände strömten. Ich beobachtete amüsiert, wie eine Gruppe aus dem ersten Jahrgang mit offenem Mund den mit Laubbäumen bestückten Campus bestaunten.

Ich wusste, wie sie sich fühlten. Das vierstöckige Schulgebäude im Stil des Barock vor uns, mit zwei gewaltigen Flügeln links und rechts des runden Mittelteils, hatten im ersten Schuljahr auch bei mir einen gewaltigen Eindruck hinterlassen. Ich kicherte bei dem Gedanken daran, wie ihnen die Kinnladen herunterfallen würden, wenn sie erst im Inneren der Schule waren. Die helle, efeubewachsene Fassade und die schwarzen Fensterläden des ehemaligen Herrenhauses ließen nur erahnen, was für eine prunkvolle Innenausstattung auf einen wartete.

Alissa und ich bogen auf dem schmalen Kiesweg nach rechts ab, um zum Wohngebäude der Hexen zu gelangen, das zwar kleiner, aber nicht weniger eindrucksvoll als das Schulgebäude war. Da sich unsere Stundenpläne im Laufe der Ausbildung nicht änderten, mussten wir nicht erst im

Sekretariat der Schule vorbeigehen und konnten dem Andrang der Erstklässler entgehen.

Wir durchquerten den gemütlichen Aufenthaltsraum und liefen die breite Treppe nach oben, um in den langen Flur mit den Zimmern zu gelangen. Gähnend öffnete ich die Tür und ließ den Anblick auf mich wirken. Die Sonne schien durch die großen Fenster und beleuchtete die gepolsterte Fensterbank, den cremefarbenen Teppich und die dunklen Holzmöbel. Grinsend setzte ich mich auf mein riesiges Himmelbett, das mit einem goldbestickten Baldachin versehen war.

»Willkommen zu Hause«, sagte ich zu Ally und streckte mich. Der helle, in Cremeweiß-, Braun- und Goldtönen gehaltene Raum wirkte vertraut und beruhigend.

»Wurde auch endlich mal Zeit«, quakte eine Stimme über mir. Vor Schreck rutschte ich von der seidigen Bettdecke und landete mit dem Hintern auf dem Boden. Entsetzt suchte ich nach der Herkunft der Stimme.

»Conchobhar, was zum Teufel tust du denn hier?«, kreischte ich, als ich das kleine grüne Geschöpf mit dem Schwanz an der oberen Bettstange herunterhängen sah.

Er grinste mich nur frech an.

»Bist du mir die ganze Zeit gefolgt?«, fragte ich zornig.

»Jap.« Er schwang sich vom Bett und kletterte in Sekundenschnelle auf den Kleiderschrank, um sich beeindruckt umzusehen. »Das ist ja mal eine aufgemotzte Bude, in der ihr hier wohnt.«

»Ist das ein *Kobold?!*«, fragte Alissa entgeistert, als sie endlich ihre Sprache wiedergefunden hatte.

»Stets zu Diensten, Ma'am«, rief Conchobhar, hüpfte auf Alissas Bett und machte eine tiefe Verbeugung. »Mein Name ist Cox!«

Ally stieß einen entzückten Laut aus und sah mit leuchtenden Augen zu mir herüber.

»Nein, nein, nein und nochmals nein! Hör auf, sie zu bezirzen!« Ich hatte nach unserer ersten Begegnung ein bisschen recherchiert. Kobolde bedeuteten Ärger. Immer. Sie trieben ihre selbstauserwählten Besitzer in den Wahnsinn.

»Ich dachte, die gibt es nur noch in Irland?«

»Genau da kommt er auch her«, brummte ich. Ich erzählte Alissa von meiner Entdeckung in Cassandras Laden, und der Kobold hörte ebenfalls neugierig zu, als hätte er diese Geschichte noch nie gehört.

»Wie hast du es geschafft, dass sie dich nicht gesehen hat?«, fragte Alissa das grüne Geschöpf mit den spitzen Ohren.

»Ich habe mich eben nicht sehen lassen«, flötete er belustigt und verschwand vor unseren Augen mit einem Zischen, bevor er nach ein paar Augenblicken wieder auftauchte.

»Die ganze Zeit? Warst du etwa auch in meinem Zimmer? Ich habe mich dort umgezogen!«

»Und ich habe mir die Augen zugehalten. Ehrenwort!« Cox machte ein treudoofes Gesicht, das Ally zum Lachen brachte, mich aber eher wütend werden ließ.

»Hör zu, Cox. Du kannst nicht einfach so den Leuten nach Hause folgen, ohne etwas zu sagen. Und wir werden Ärger bekommen, wenn wir einen Kobold aufs Gelände schmuggeln. Such dir einfach einen anderen Platz, wo du dein Unwesen treibst, okay?«

Er schüttelte den Kopf. »Ich möchte hierbleiben. Du bist so seltsam, das finde ich toll. Was bist du?«

Hilfesuchend sah ich zu Alissa, die nur mit den Schultern zuckte. Das Letzte, was ich brauchte, war ein Kobold, der durch die Schule turnte und jedem erzählte, dass ich ein Dämon war.

»Ich bin eine Hexe«, antwortete ich, so ruhig ich konnte, und ignorierte Conchobhars Kopfschütteln, »und du musst jetzt gehen. Wir dürfen hier keine Haustiere halten.«

»Haustier!«, rief er plötzlich aufgebracht. »Ich bin doch kein dämlicher Hund oder eine Katze! Ich bin ein Kobold!« Er richtete sich auf und klopfte sich stolz auf die Brust.

Nachdenklich betrachtete ich ihn und suchte nach einer Lösung. Das war meine Chance. »Obwohl ... was meinst du, Ally? Einen Kobold als Haustier hat nicht jeder, oder? Was denkst du, mit was wir ihn füttern müssen?«

Sie kicherte und durchschaute mein Spiel sofort.

»Ich muss nicht gefüttert werden, ich besorge mir mein Essen alleine! Ich jage Vögel!«

Ich ignorierte des Kobolds Schimpfen und tat, als müsse ich angestrengt über etwas nachdenken. »Vielleicht bekommen wir ihn sogar stubenrein.«

Conchobhars Gezeter nahm zu, und ich konnte gerade so noch mein Lachen unterdrücken. »Er müsste natürlich eine Leine tragen. Und wenn wir abends im Dunkeln mit ihm spazieren gehen, dürfte das kein Problem sein. Niemand wird uns sehen.«

Conchobhar stürzte vor und sprang aufs Bett, um sich direkt vor mir aufzubauen. Unter der grünen Farbe seines Gesichts vermeinte ich, einen rötlichen Schein der Wut zu erkennen. »Hör sofort auf damit!«

»Hey, wenn du bleiben willst, musst du dich schon an die Regeln halten!«, triumphierte ich.

Der Kobold stemmte die Hände in die Hüften und funkelte mich an. »Na schön, ich verschwinde!«

Provokativ öffnete ich das Fenster, und das kleine Wesen schwang sich auf den Baum, der davor stand. Erleichtert atmete ich aus und sank in mich zusammen.

In Alissas Augen lag ein leichter Vorwurf, als ich mich zu ihr drehte. »Du hättest nicht so gemein sein sollen.«

Ich seufzte und ignorierte die kleinen Gewissensbisse. »Ich weiß, aber ich kann im Moment wirklich keinen neugierigen Kobold gebrauchen, der herausfinden will, dass ich ein Halbdämon bin.«

Sie runzelte die Stirn. »Du würdest ihn sowieso nicht bemerken, er kann sich unsichtbar machen. Vielleicht steht er gerade neben dir und lacht sich kaputt, weil er es gerade rausgefunden hat.«

Mir lief ein Schauder über den Rücken. Die Vorstellung fand ich wirklich gruselig. »Nein, er ist doch gerade erst aus dem Fenster gehüpft. Aber zur Vorsicht sollten wir sämtliche Gespräche über das Thema wohl sein lassen.«

Sie nickte zustimmend, und wir machten uns auf den Weg zum Speisesaal im Schulgebäude. Schon als wir die riesige marmorne Eingangshalle betraten, wehten die Stimmen zahlreicher Schüler aus dem Speisesaal herüber, und Conchobhar verschwand aus meinen Gedanken. Wir schlängelten uns zwischen den runden Tischen hindurch, auf der Suche nach unserem Stammtisch an der Wand, von wo aus man einen guten Überblick über das Buffet und die anderen Schüler hatte. Ich wurde von mehreren begrüßt, einige winkten nur schüchtern, andere riefen mir ein freundliches »Hallo, Jill« zu.

»Immer noch die Heldin, was?«, ärgerte mich Alissa, weil sie genau wusste, wie ungerne ich die Aufmerksamkeit anderer auf mich zog. Prompt kam ich ins Straucheln und stolperte, konnte mich jedoch an dem Stuhl eines Werwolfs abfangen. Ich sah nach unten und ließ die Haare wie einen Vorhang vor mein Gesicht fallen, um wenigstens einen Moment die Röte zu verbergen, die mir in die Wangen stieg.

Als ich wieder nach oben blickte, erhaschte ich einen Blick auf Vanessa, die mich hochmütig anfunkelte. Ihr langes blondes Haar fiel in perfekten Wellen über ihre Schultern und umrahmte ein ebenmäßiges Gesicht. »Barbie« und ich hatten im ersten Schuljahr unsere Differenzen gehabt – wenn man es milde ausdrücken wollte.

Ihr verkniffener Gesichtsausdruck sagte mir, dass sie meine plötzliche Beliebtheit ebenso wenig leiden konnte wie Dreck unter den Fingernägeln. Sie lächelte spöttisch, sparte es sich aber, einen fiesen Kommentar abzugeben. Ja, hier hatte sich wirklich nichts verändert.

Derek und Don warteten schon am Tisch auf uns. Ich schnappte mir im Vorbeigehen ein Schnitzelbrötchen vom Buffet und ließ mich auf einen der Stühle fallen. Meine Freunde begannen sofort, sich über die letzten beiden Wochen der Ferien zu unterhalten, doch meine Aufmerksamkeit galt den Schülern. Obwohl der Saal mit seinen Wandbehängen und der edlen Tischdekoration aussah, als stamme er aus einem anderen Jahrhundert, passte er perfekt zu den in Jeans gekleideten Jugendlichen mit ihren Handys und gefärbten Haaren. Ich ließ den Blick über die Menge schweifen, auf der Suche nach dem Gesicht, das mir nicht mehr aus dem Kopf gehen wollte. Ryan war nirgendwo zu entdecken.

Mein Unterleib zog sich für einen Moment schmerzhaft zusammen, und ich legte die Arme auf den Bauch. Ich vermisste ihn. Warum nur ging er mir aus dem Weg, anstatt über den Vorfall zu reden? Meine Krämpfe verstärkten sich. Was, wenn er die Beziehung beenden wollte? Aber dann wäre er doch so anständig, es mir ins Gesicht zu sagen, oder?

Mein Appetit verflüchtigte sich, und ich ließ das Brötchen auf den Teller fallen. Der Gedanke daran, dass ich Ryan möglicherweise nicht wieder in die Arme würde schließen können, drehte meinen Magen um. So ernst konnte der Vorfall doch nicht gewesen sein. Oder doch? Mir wurde heiß und kalt zur gleichen Zeit.

»Ich muss hier raus«, murmelte ich und sprang auf, wobei ich mein Wasserglas umstieß. Ich blickte nicht einmal zu der nassen Pfütze, die sich auf dem edlen Tischtuch ausbreitete, sondern hastete durch den Saal, die verwirrten Blicke auf mir spürend. Ich musste weg, und zwar dringend.

Ich biss die Zähne zusammen und hob den Kopf, wobei ich mir die Tränen aus den Augen blinzelte. Ich würde hier nicht weinen! Morgen musste Ryan zum Unterricht erscheinen, und ihm blieb dann nichts anderes übrig, als mir über den Weg zu laufen. Die großen Flügeltüren des Speisesaals fielen krachend hinter mir zu. Ich stieß den Atem aus, und erst jetzt wurde mir bewusst, dass ich ihn die ganze Zeit angehalten hatte. Doch fast sofort schnappte ich erneut nach Luft, als ich fast in Vanessa hineingerannt wäre, die gerade die menschenleere Halle durchquerte. Ich konnte kurz die Verwirrung in ihrem Blick erkennen, bevor sie sich die langen blonden Haare über die Schulter warf und mich hochnäsig ansah. »Was ist denn mit dir los, Benett? Hast du geheult?«

Ich ignorierte sie und ging einfach weiter.

»Du hast doch gar keinen Grund dazu!«, höhnte sie hinter mir her. »Dein Leben müsste doch perfekt sein, oder nicht? Die Heldin, die verhindert hat, dass die Dämonen in unsere Welt zurückkehren. Überall beliebt, hochbegabt... und schwebst du nicht gerade auch auf Wolke Sieben? Was bringt dich zum Weinen, oh Hoheit? Ich würde es zu gerne selbst anwenden.«

Sie versuchte mich aufzuziehen, doch ich sah die Eifersucht in ihren Augen aufblitzen. Ich wusste, dass es ein Fehler war, trotzdem drehte ich mich seufzend um. »Was willst du eigentlich, Vanessa? Hast du keine eigenen Probleme? Bekommst du nicht genug Aufmerksamkeit? Glaub mir, ich gebe dir gerne etwas davon ab, denn mir geht es langsam auf die Ketten!«

Sie zog erstaunt die Augenbrauen in die Höhe, und ich verfluchte den frustrierten Unterton in meiner Stimme.

»Was ist dein Geheimnis, Benett?«, flüsterte sie kaum hörbar.

Ich zuckte mit den Achseln und setzte eine gespielt verwirrte Miene auf. »Hairconditioner und täglich acht Stunden Schlaf?«

Sie kniff die Augen zusammen und starrte mich prüfend an. »Ich weiß, dass irgendetwas an dir anders ist. Du hast nicht umsonst diese Fähigkeiten. Und ich könnte wetten, dass die türkisen Augen nicht von einem Dämonenfluch gekommen sind, so wie du behauptest. Und du weißt es! Es ist mir egal, dass mein Vater auf deine Lügen reinfällt.«

Vanessa war die Tochter des Leiters der Verborgenenorganisationen, also der Polizei für übernatürliche Wesen, wenn man es so nennen wollte, die meistens nur als VO bezeichnet wurde.

»Glaub doch, was du willst«, murmelte ich und drehte mich um.

»Die VO-Typen sind nicht die einzigen, die dir auf den Fersen sind!«, rief sie mir hinterher. »Ich werde es herausfinden!«

Ich stieß die Eingangstür auf und verließ das Gebäude. Es hatte keinen Sinn, mit Vanessa zu diskutieren. Wenn man bedachte, dass sie eine Feuerhexe war und wie explosiv einige unserer anderen Auseinandersetzungen schon geendet hatten, war dies fast ein normales Gespräch gewesen.

Sie ist schon schlimmer als ihr Vater, dachte ich im Stillen. Ich hatte ihn im letzten Jahr einige Male getroffen, und er hatte ein großes Interesse an der Tatsache gezeigt, dass ich statt einem magischen Spezialgebiet gleich alle beherrschte. Auch wenn meine damalige Schulleiterin meine Abneigung gegen Mr. Henry Cole absichtlich hervorgerufen hatte, um mich zu täuschen, hatte ich mein Misstrauen gegen ihn nie gänzlich verloren. Er war vielleicht nicht der Dämonenbeschwörer, als den Mrs. Grant ihn dargestellt hatte, aber trotzdem wusste ich, dass er nur liebend gerne ein paar Tests mit mir durchführen würde. In mir sah er die Möglichkeit, die Fähigkeiten aller Hexen, allen voran seine eigenen, zu steigern und zu erforschen. Mir graute es schon vor unserem nächsten Treffen. Er hatte mir etwas Aufschub gewährt, um die Tatsache zu erforschen, warum meine Prana blau und nicht weiß war. Ich hatte es nun herausgefunden, ja. Aber ich war definitiv noch nicht bereit dazu, der Welt mitzuteilen, dass unter ihnen ein Halbdämon wandelte.

Blinzelnd hob ich den Kopf und sah mich um. Ich hatte nicht bemerkt, dass ich automatisch die Richtung zum Wald auf der rechten Seite des Campus eingeschlagen hatte. Statt vom Schulgebäude aus links zum Hexentrakt abzubiegen, lief ich nun an den Gebäuden der gegenüberliegenden Seite vorbei, in denen die Vampire und Werwölfe untergebracht waren.

Ich wusste, wohin mich meine Beine trugen. Hinter den Gebäuden befand sich ein großer See, an dem einige Schüler lümmelten und die letzten Sonnenstunden vor der Dunkelheit genossen. Von Ryan keine Spur. Ich lief versteckt hinter ein paar Bäumen, die den See säumten, in den Wald und machte mich auf den Weg zur Elfenmulde. Es war ein Ort der Ruhe, den ich gelegentlich zum Nachdenken besuchte. Ich hatte mich mit den winzigen Flügelwesen dort angefreundet und war einer der wenigen Menschen, die von den Elfen in ihr Reich gelassen wurden. Die Pflanzen in der Mulde blühten das ganze Jahr über in den tollsten Farben. Wunderschöne Blumen säumten den kleinen Bach, und die Elfen schaffte es sogar, diese im Winter am Leben zu halten, wenn rundherum alles zugefroren war.

Ich wusste, warum es mich dorthin zog. Es war mein geheimer Treffpunkt mit Ryan, und ich hoffte, ihn dort vorzufinden.

Der Wald um mich herum wurde dichter, und ich musste zunehmend dem Gestrüpp und einigen Wurzeln ausweichen. Die Sonne hatte kaum noch Möglichkeiten, sich einen Weg durch das Blätterdach zu kämpfen. Im Schatten der riesigen Buchen blieb ich zögernd stehen. Etwas war anders. Da war wieder dieses Gefühl, das von mir Besitz ergriff. Es war wie eine Warnung, die mir mein Körper zuflüsterte.

Die Härchen auf meinem Arm stellten sich auf, und ich fröstelte. Es war kühler als noch vor ein paar Minuten, und das konnte nicht nur an den sonnenverzehrenden Kronen der Bäume liegen. Der Geruch nach Würmern, feuchter Erde und Kälte umspielte meine Nase. Ich blickte mich um und rührte mich keinen Zentimeter. Ich konzentrierte mich mit all meinen Sinnen auf meine Umgebung. Die Schüler am See waren schon lange außer Hörweite, und es war still um mich herum. Ein kaum wahrnehmbarer verbrannter Geruch erreichte mich. Aber wie auch beim letzten Mal war es nicht der Geruch der Mairas.

Mein Herz begann, immer lauter zu schlagen, und ich wurde nervös. Irgendetwas stimmte nicht, doch ich konnte es absolut nicht einordnen. War da wieder etwas, das mich beobachtete? Angestrengt behielt ich meine Umgebung im Auge. Ein winziges Flimmern erschien in meinem Blickfeld und war fast augenblicklich wieder verschwunden. War das etwa Nebel vor mir? Ein weißlicher Schimmer, kaum wahrnehmbar, schwebte zwischen dem Geäst. Ich ging einen Schritt darauf zu.

Und dann bemerkte ich es. Die noch vor fünf Sekunden in einem kräftigen Grün erstrahlenden Blätter des Busches welkten im Bruchteil eines Augenblickes. Die Äste des Gestrüpps senkten sich, und braune Reste flatterten zu Boden, als hätte der Winter Einzug gehalten. Der Nebel bewegte sich langsam auf mich zu und zog eine Bahn toten Laubes hinter sich her. Selbst auf dem Boden zeichnete sich eine braune, verwelkte Spur ab.

Ich bekam es langsam mit der Angst zu tun. Gegen Mairas hätte ich wenigstens kämpfen können. Aber gegen das Nichts? Das hier war definitiv nicht normal.

Ich beschloss, gar nicht erst herausfinden zu wollen, was in diesem Wald lauerte, und sprintete los. Ich spürte etwas hinter mir, doch als ich hastig den Kopf drehte, war wieder nichts zu sehen.

Dennoch war es da. Ich rannte schneller, sprang über Wurzeln und versuchte die aufkeimende Panik zu unterdrücken. Was, wenn es mich einholte? Kein Mensch wusste, wohin ich gegangen war. Ich drehte mich wieder um, sah einen dunklen Schatten, der bei genauerem Hinsehen wieder verschwand. Ein leiser Schrei entfloh meiner Kehle, und ich rang nach Atem. Ich wurde definitiv von etwas verfolgt. Nur mit äußerster Willenskraft brachte ich mich dazu, den Blick auf den Weg vor mir zu richten und mein Tempo noch zu erhöhen. Ich zog die Schultern hoch, da ich jeden Moment damit rechnete, von hinten gepackt zu werden oder die Zähne irgendeines Monsters in meinem Nacken zu spüren.

Pfeifend zog ich panisch die Luft in meine Lungen. Meine Schritte trommelten dumpf auf dem Waldboden, während ich am liebsten geschrien hätte. Ich hörte lautes Rascheln direkt hinter mir. Vor mir baute sich eine Hecke auf. Mir blieb nichts anderes übrig, als zu springen. Ich nahm meine letzte Kraft zusammen und hechtete über das Gestrüpp, um dann mit einem unsanften Aufprall auf dem Gehweg der Schule zu landen.

Mit den Beinen schlitterte ich über den feinen Kies und schürfte mir beide Knie durch die Jeanshose auf. Japsend warf ich mich auf den Rücken, um zum Gebüsch hinter mir zu blicken. Es war alles ruhig. Die Blätter des Gestrüpps wehten sanft und unschuldig im Wind, während ich schwer atmend meinen rasenden Puls in den Ohren spürte. Kein Ungeheuer war mir auf den Fersen, und auch das seltsame Gefühl war verschwunden.

Ich blickte mich um. Weit entfernt standen zwei erschrockene Werwolfmädchen des ersten Jahrgangs, die heute ihren ersten Tag an der Winterfold Akademie hatten. Willkommen in der Welt der Freaks, dachte ich und winkte ihnen zu. Sie starrten mich an und nahmen Augenblicke später so schnell wie möglich Reißaus. Schwer atmend blickte ich zurück zum Wald. Es gab nur zwei Möglichkeiten. Entweder wurde ich tatsächlich paranoid, oder irgendetwas lauerte dort drin. Lauerte auf mich, um genau zu sein.

Kapitel 5

Fahrig trampelte ich von einem Fuß auf den anderen und fuhr mir zum wohl hundertsten Mal mit den Fingern durch die langen Haare. Noch einmal warf ich einen Blick in den Badezimmerspiegel. Ich hatte heute ausnahmsweise einmal zu Make-up gegriffen und die dunklen Augenringe, die meine schlaflose Nacht bezeugten, so gut wie möglich überschminkt. Türkise Augen blickten mir müde entgegen, doch alles in allem sah ich ganz passabel aus. Ich hatte mit Absicht die enge weiße Jeans gewählt, die Ryan so heiß fand. Mit den Absatzstiefeln, dem Nasenpiercing und dem schwarzen Trägertop war ich weder zu sexy noch zu sportlich gekleidet.

»Bist du immer noch nicht angezogen?«, fragte ich Ally, die noch in Unterwäsche vor ihrem Schrank stand und nach Klamotten wühlte.

»Wir haben noch über eine Stunde Zeit, bevor der Unterricht losgeht! Du wirst ihn schon früh genug treffen«, murrte sie genervt, doch schon bald war auch ihre quirlige Art aus dem Tiefschlaf erwacht.

Aufgeregt wanderte ich durchs Zimmer und räumte auf, um mich abzulenken. Ich konnte es kaum erwarten, zur ersten Stunde zu erscheinen. Heute war es vorbei mit Ryans Versteckspiel.

Nachdem sich Alissa endlich, endlich ein hübsches braunes Kleidchen übergeworfen hatte, rannten wir über den Campus, um den regenverhangenen Wolken keine Möglichkeit zu geben, uns zu durchnässen. In diesem Sommer spielte das Wetter verrückt und wechselte ständig von heiß und heißer zu kühlen Regenschauern und Gewitterstürmen. Momentan war es fast unerträglich schwül und einer dieser Tage, an denen man den Regen herbeisehnte.

Im Speisesaal schlang ich mein Müsli hinunter und nestelte nervös an dem Verschluss meines Schokopuddings. Vor Aufregung ließ ich ihn fallen und schrie auf. Das Ergebnis landete wie zu erwarten auf meiner Hose, und verzweifelt versuchte ich, die braunen Flecken auf meinem Oberschenkel mit einem Lappen wegzuwischen. Natürlich vergeblich.

Ich sprang auf, eilte durch den Saal und sprintete in unseren Wohntrakt zurück. Nachdem ich mich auf unserem Zimmer noch einmal umgezogen hatte, schaffte ich es gerade so zu Stundenbeginn zu unserem Klassenraum. Schwer atmend stützte ich mich an der steinernen Mauer im Korridor ab und versuchte, meinen rasenden Puls zu beruhigen. Ich wollte nicht gerade verschwitzt und mit hochrotem Kopf vor die Klasse treten.

Ich lehnte mich an die Wand und schloss die Augen. Meine Gefühle fuhren Achterbahn. Wie würde Ryan reagieren? Seit Wochen brannte in mir das Bedürfnis, ihn in die Arme zu schließen, ihm zu sagen, wie leid es mir tat, dass ich ihn an diesen Punkt gebracht hatte. Ich konnte ihm keine Schuld dafür geben, dass ich so dämlich war und ihm mein Blut förmlich auf dem Servierteller gereicht hatte. Hatte ich ihm nicht versprochen, ich könne mich wehren, nachdem er mir so oft von den möglichen Gefahren einer Vampir-Hexen-Beziehung erzählt hatte? Ich war sauer darüber, dass er sich vor unseren Gesprächen drückte, doch ich wusste auch, wie sehr ihn diese Sache belasten musste.

Und ich hatte Angst. Angst davor, dass es für ihn ein Trennungsgrund sein würde.

Mit klopfendem Herzen und einem flauen Gefühl im Magen betrat ich das Klassenzimmer. Ich konnte mich gerade noch davon abhalten, sofort zu Ryans Platz zu stieren. Mrs. Preston, unsere Klassenlehrerin, scheuchte mich freundlich zu meinem Stuhl in der zweiten Reihe neben Alissa, Derek und Don. Sie schenkte mir ein warmes Lächeln und strich die geblümte Bluse glatt, bevor sie mit dem Englischunterricht begann.

Ich schlängelte mich durch die Reihen. Vanessa saß hinter meinen Freunden und hatte wie üblich einen verächtlichen Gesichtsausdruck aufgelegt. Sie grinste hämisch, als sie meinen Blick einfing.

Ich sah zu Alissa und hatte das Gefühl, in ein tiefes Loch zu stürzen, als ich das Mitleid in ihren Augen sah. Ich wusste sofort, was mich erwartete. Trotzdem ließ ich mich auf meinen Stuhl sinken und blickte verstohlen in die letzte Reihe, in der Ryans Stuhl stand und eine Leere in meinem Inneren hervorrief, die der Leere des Platzes glich, an dem der Vampir eigentlich hätte sitzen sollen.

Ich sah wieder nach vorne zu der mütterlichen Lehrerin, die uns nach den Ferien herzlich willkommen hieß. Ihre Worte drangen nur dumpf bis zu mir herüber, und ich blinzelte angestrengt die heißen Tränen weg. Erst jetzt wurde mir klar, wie sehr ich mich darauf gefreut hatte, Ryan endlich wiederzusehen. Ich hatte mich darauf verlassen! Und nun hatte ich das Gefühl, ich wäre im Stich gelassen worden.

Alissa drückte unter dem Tisch meine Hand, und ich fühlte mich ein klein wenig stärker. Ich würde nicht weinen. Vielleicht hatte es einen guten Grund, dass Ryan noch nicht da war. Vielleicht kam er zu spät oder wurde aufgehalten. Doch tief im Inneren wusste ich, dass ich mir diese

Hoffnung nicht machen sollte. Nur Alissas Trost gab mir die Kraft, nicht sofort vom Stuhl aufzuspringen und meine Klassenlehrerin zu fragen, wo zur Hölle Ryan steckte.

War es wirklich so schlimm für ihn, dass er die Schule schwänzte? Dass er gar nicht erst an die Winterfold Akademie zurückgekehrt war? Wollte er die Schule ganz abbrechen? Alles wegen mir?

»Es gibt sicher eine andere Erklärung dafür«, flüsterte Alissa, die mich besser kannte als irgendwer sonst. Ihre Worte beruhigten mich, und ich entspannte mich etwas. Vielleicht reagierte ich über. Ich würde mit Mrs. Preston reden und sie nach dem Unterricht nach Ryans Aufenthalt fragen. Während ich konzentriert versuchte, ihren Worten zu folgen, breitete sich eine seltsame Leere in mir aus.

Die Tür des Klassenraums öffnete sich, und ein Funken Hoffnung blühte plötzlich in mir auf. Er verlosch fast augenblicklich wieder, weil es nicht Ryan war, der den Raum betrat. Die Enttäuschung war fast zu viel für mich. Ich legte die Stirn frustriert auf die kühle Tischplatte und atmete tief ein und aus.

Nathan Lockwood, unser Kampfsportlehrer und ehemaliger Mairajäger der VO, betrat den Raum. Trotz seiner erst sechsundzwanzig Jahre war er so etwas wie eine Legende an der Akademie, da er nicht nur seine Magie und alle Kampfkünste beherrschte, sondern auch zahlreiche Halbdämonen durch seine Hand den Tod gefunden hatten. Er blickte in die Runde und zwinkerte mit seinen atemberaubend grünen Augen, die unter den braunen Locken hervorblitzten.

Ach ja, das hätte ich fast vergessen. Nathan Lockwood war heiß. Er war der Schwarm vieler Schülerinnen, was nicht zuletzt daran lag, dass er wahnsinnig gerne flirtete. Ich wusste, wovon ich redete. Ich hatte ihn im letzten Jahr sogar geküsst, bis wir eingesehen hatten, dass eine Freundschaft alles war, was uns verband. Mal abgesehen davon, dass wir Lehrer und

Schülerin waren und er mich kaum einen Augenblick später für Vanessa hatte sitzenlassen. Trotzdem mochte ich ihn und unsere freundschaftliche Beziehung.

Doch heute konnte mich selbst sein vertrauter Anblick nicht aufheitern. Ich stützte die Ellenbogen auf den Tisch und starrte abwesend auf die Tafel. Nathans Stimme war nur ein entfernter Klang, der mich kaum erreichte. Ich zuckte zusammen, als die Klasse lautstark zu applaudieren anfing.

»Was ist?«, fragte ich Alissa erschrocken.

Derek beugte sich vor und lehnte sich über Allys Schoß zu mir herüber, damit ich ihn über den Lärm hinweg verstehen konnte. »Nathan ist der neue Schulleiter, nachdem Mrs. Grant ja durchgedreht ist.«

Überrascht riss ich mich zusammen, und auch mein Lächeln war ehrlich, als ich in den Applaus miteinstimmte. Nathan hatte es verdient. Auch wenn sein Verstand manchmal aussetzte, wenn er zwei Brüste sah, so war er dennoch am besten von allen für diesen Job geeignet.

Nathan war der Trubel etwas peinlich, aber dennoch schien er sich zu freuen. Mrs. Preston hatte sich diskret in eine Ecke des Klassenzimmers verzogen und hörte neugierig zu, als Nathan wieder zu erzählen begann.

Ein dumpfer Schmerz breitete sich in meinem Kopf aus, und ich rieb mir die Schläfe. Erschöpft lehnte ich mich an meine Stuhllehne an und versuchte die Gedanken an Ryan beiseitezuschieben. Ich wäre am liebsten auf direktem Weg zurück ins Bett marschiert, um die ungeweinten Tränen herauszulassen.

Lustlos schnappte ich ein paar Worte des neuen Schulleiters auf, der etwas von einem neuen Schüler erzählte, der ab sofort in unsere Klasse gehen sollte. Es interessierte mich nicht.

Nathan öffnete die Tür und kam mit einem Jungen in

unserem Alter zurück. Ein leises Seufzen einiger Mädchen ging durch den Raum. Die hübsche, braunhaarige Megan Morgatti beugte sich sofort zu Vanessa und fing an, begeistert über den Neuankömmling zu tuscheln. Ich betrachtete ihn desinteressiert. Seine grünen Augen verrieten mir, dass er ein Hexer war. Zugegeben, mit seinen blonden Haaren, die ihm lässig ins Gesicht fielen, und den ebenmäßigen Zügen war er recht hübsch. Aber ich hatte heute weiß Gott andere Probleme, als für einen neuen Schüler zu schwärmen.

»Was zur Hölle...?«, begann Alissa, brach jedoch ab und schüttelte stirnrunzelnd den Kopf.

»Was ist los? Kennst du ihn?«, fragte Derek sie aufmerksam.

»Nein, schon gut«, wich Alissa aus, doch sie starrte den Neuankömmling weiter an. Sie schien frustriert zu sein. Ally tat, als bemerke sie meine neugierigen Blicke nicht, und mit einem Schulterzucken widmete ich mich wieder meinen eigenen düsteren Gedanken.

»Jillian, könnte ich Sie bitte für einen Moment sprechen?«, fragte Nathan und bedeutete dem Neuen, sich einen Platz zu suchen. Ich stöhnte innerlich. Was kam denn jetzt schon wieder? Schwerfällig erhob ich mich vom Stuhl und ignorierte Vanessas spöttischen Kommentar: »Na, Benett, schaffst du es, ihm nicht um den Hals zu fallen?«

Ich hatte keine Kraft, um zurückzuschießen. Sollte sie doch erzählen, was sie wollte. Nathan sah mich einen Moment lang besorgt an, bevor er mich nach draußen führte. Zweifelsohne gab ich keinen besonders fitten Anblick ab. Er schloss leise die Klassenzimmertür, und ich lehnte mich mit dem Rücken an die steinerne Wand.

»Was ist los mit dir? Geht's dir nicht gut?«

Kaum waren wir unter uns, ging er zum freundschaftlichen Du über. Ich zögerte. Nathan war ein guter Freund, doch selbst wenn er kein Schulleiter gewesen wäre, zählte er nicht gerade zu den geeignetsten Personen, wenn es um Gespräche über Beziehungen ging. Trotzdem musste ich es versuchen.

»Hast du irgendetwas von Ryan gehört?«, fragte ich leise.

Seine Sorgenfalten vertieften sich, und er seufzte schwer. »Ich will gar nicht wissen, warum du es nicht von ihm selbst weißt, aber Ryan wird dieses Schuljahr in Frankreich verbringen und bei seiner Tante wohnen. Er möchte dort die Schule und deren Sitten kennenlernen.«

Ein Loch tat sich unter meinen Füßen auf, und ich hatte das Gefühl, tief, sehr tief zu fallen. In meiner Brust brannte ein unglaublicher Schmerz, und ich brauchte eine Weile, um meine Fassung wiederzuerlangen. Wütend ballte ich die Hände zu Fäusten. Er war also doch verschwunden. Für mindestens ein Jahr. Ohne auch nur ein einziges Wort zu sagen. Ohne sich zu verabschieden. Er hatte mich sitzen gelassen.

»Hör zu, ich möchte mich da nicht einmischen«, begann Nathan zögerlich, »aber du bist jung und ...«

»Hör bitte auf«, unterbrach ich ihn mit heiserer Stimme. Er fuhr sich mit der Hand durch die Haare, und ich wandte mich ab, um Herr über meine Gefühle zu werden. Ryan hatte mich abgesägt, ohne mir auch nur die Chance zu lassen, ihn umzustimmen. Das durfte doch nicht wahr sein. Ich hätte am liebsten mit der Faust vor die kalte Steinmauer geschlagen.

Die Luft knisterte um uns herum. Ich spürte den metallischen Geschmack der Magie auf der Zunge. Nathan trat mit erhobenen Händen einen Schritt zurück, er kannte meine Ausbrüche. Vor nicht allzu langer Zeit hatte ich alle Turnhallenfenster gesprengt. Mir wurde warm, und ich versuchte, tief durchzuatmen. Meine Prana schoss wie heißes Feuer durch meine Adern, auf der Suche nach einem Ausweg. Wenn ich es nicht unter Kontrolle bekam, war ich wie eine tickende Zeitbombe. Wie ein Blitz, der sich entladen musste.

Panisch sah ich mich nach einem Ausgang um, der mich schnellstmöglich ins Freie bringen würde. So einen Anfall hatte ich seit der zweiten Klasse nicht mehr gehabt, denn ich hatte das Gefühl, heute würden nicht nur Turnhallenfenster zu Bruch gehen. Fieberhaft suchte ich eine Lösung. Ich würde es nicht schaffen, durch die halbe Schule ins Freie zu laufen. Ich musste diese verdammte Energie loswerden.

Plötzlich kühlte meine Haut ab. Es war eine angenehme Temperatur, und das Brennen ließ etwas nach. Ich bekam eine Gänsehaut. Okay, das war jetzt doch ganz schön kalt. Ich begann zu zittern. Kälte durchfuhr meine Adern und ließ meinen Atem stocken. Das Chaos der Pranafäden in meinem Inneren verlangsamte sich, die Energie zog sich träge in meine Mitte zurück. Eine dünne Eisschicht bildete sich auf meiner Haut, kroch über mein Gesicht ... Mit aufgerissenen Augen starrte ich die glänzenden Kristalle auf meinen Armen an und bekam es mit der Angst zu tun. Mein ganzer Körper zitterte, und ich sah mich hilflos nach dem Auslöser dieser unnatürlichen Kälte um. Sofort ließ sie nach, und mein Blick fiel auf Nathan, der mich konzentriert beobachtete.

Natürlich! Er beherrschte die Kryokinese und konnte alles Flüssige zu Eis verwandeln. Ich hatte ihn noch nie seine Fähigkeiten einsetzen sehen. Nathan gehörte zu den Menschen, die lieber mit Waffen und Körper kämpften.

»Sch-schon g-gut! Es g-geht wieder«, klapperte ich mit den Zähnen und rieb mir über die steifen Arme. Die Kälte verzog sich fast augenblicklich. »Danke«, murmelte ich erschöpft und kämpfte gegen meine wackeligen Knie an. Ich fühlte mich wie ausgebrannt.

»Tut mir leid, aber ich hänge an dieser Schule«, meinte Nathan entschuldigend.

»Es ist okay, wer weiß, was sonst passiert wäre. Ich wusste gar nicht, dass man Blut gefrieren lassen kann.« Bisher war ich davon ausgegangen, dass es nur mit Wasser ging.

Nathan wurde ernst. »Ihr Schüler solltet so etwas auch nicht wissen. Es ist gefährlich. Es ist tödlich. Versprich mir, dass du es für dich behältst.«

Ich nickte zustimmend. Ich war einige der wenigen Hexen an der Winterfold Akademie, die das Eis ebenfalls beherrschten. Aber es war eine grausame, unehrenhafte Weise, jemanden zu töten, indem man ihn zu Eis erstarren ließ – selbst wenn derjenige es noch so sehr verdient hatte.

Nathan wartete, bis ich mich einigermaßen gefangen hatte und wieder Farbe im Gesicht bekam. Erschöpft rieb ich mir die Schläfen. »Kannst du dir nicht eine Ausrede für mich einfallen lassen? Ich fühle mich nicht so gut. Ich weiß, heute ist der erste Tag…«

Nicht gut war ehrlich gesagt extrem untertrieben. Ich fühlte mich miserabel.

»Es ist vielleicht nicht der richtige Zeitpunkt, Jill, aber ich muss dich um einen Gefallen bitten. Es geht um Chaz.«

Ich blinzelte. »Um wen?«

Nathan sah mich an, als hätte ich den Verstand verloren. »Hast du mir im Klassenzimmer nicht zugehört?«

»Ehrlich gesagt, nicht so richtig«, entschuldigte ich mich und zog verlegen den Kopf ein.

»Meine Güte, was hat der Vampir nur angerichtet«, murmelte der Schulleiter leise und fing sich einen zornigen Blick von mir ein. Er seufzte. »Chaz Henderson, der neue Schüler, den ich vor nicht einmal fünf Minuten vorgestellt habe. Er beherrscht die Ferrokinese und wirkt wie ein menschlicher Magnet. Aber das ist es nicht, was mir Sorgen bereitet. Er kann direkt auf seine Prana zugreifen, wie du und

Mrs. Grant. Du weißt, wie selten das ist und wie viel Macht das bedeutet. Er kann seine Energie freisetzen. Seine Mutter wollte ihn privat unterrichten, aber als sie es letztes Jahr herausgefunden hat, blieb ihr nichts anderes übrig, als ihn an die Schule zu schicken. Er braucht jemanden, der ihm die Grundlagen beibringt.«

»Und was hat das mit mir zu tun?«, unterbrach ich ihn, doch ich ahnte Schlimmes. »Du hast mich doch im letzten Jahr ganz gut unterrichtet, du wirst es auch bei ihm schaffen.«

»Jillian, ich bin Schulleiter und muss zusätzlich zu den Kampfsportfächern auch noch die Magiefächer übernehmen. Ich habe keine Zeit...«

Langsam dämmerte es mir, was er wollte. »Oh nein, Nathan, vergiss es! Ich werde ihm keine Nachhilfe erteilen! Ich bin selbst Schülerin! Gib ihn irgendeinem anderen Lehrer!«

»Die können alle nicht direkt auf ihre Prana zugreifen!«

»Das konntest du auch nicht, und trotzdem hast du mich unterrichtet«, erinnerte ich ihn.

Ratlos warf er die Hände in die Luft. »Wem soll ich ihn denn geben? Mrs. Evans, der Vampirin, die keine Ahnung von Magie hat? Oder Mrs. Preston, die ihm höchstens beibringt, die Magie so gut wie möglich zu unterdrücken, damit nichts passiert? Oder Mr. Sheffield, dem verbitterten Dämonenlehrer? Ich weiß nicht, wem, Jill! Er muss wissen, wie er seine Magie auch im Kampf einsetzen kann. Wir brauchen Hexer wie ihn. Er ist der geborene Jäger! Ich möchte solche Talente nicht verschwenden, wer weiß, was einmal für Zeiten auf uns zukommen werden. Die Jäger der VO verweichlichen immer mehr. Im Laufe der Jahre haben die Mairaangriffe stetig abgenommen, und sie fühlen sich zu sicher! Du hast im letzten Jahr gesehen, wie schnell sich die Lage ändern kann. Ich bitte dich, Jill!«

Ich sah ihn schweigend an. Er hatte recht mit dem, was

er sagte. Aber was zur Hölle sollte ich mit einem unerfahrenen Hexer anfangen? Ich konnte mich selbst kaum beherrschen, wie man gerade erst gesehen hatte. Ich war nicht wie andere Hexen. Ich war ja nicht einmal eine richtige Hexe. Außerdem lastete die Sache mit Ryan schwer auf mir, und ich hätte mich am liebsten verkrochen, anstatt irgendwem Nachhilfe zu geben, den ich nicht einmal kannte. »Nathan, ich...«

»Ich dulde kein Nein, Jill«, stoppte mich Nathan mit einer, Bestimmtheit, die ich nicht von ihm kannte. »Du wirst ihn unterrichten, oder du wirst es zumindestens versuchen. Ich lasse nicht zu, dass du diesem selbstzweifelnden Vampir hinterherheulst.«

Ich schnaubte. Was hatte es für einen Zweck, mich weiter zu widersetzen?

Nathan grinste, als ich ihn zornig anfunkelte. Er wusste, er hatte mich so weit.

»Ich danke dir«, sagte er erleichtert und sah sich im Korridor um, bevor er mir einen schnellen Kuss auf die Stirn drückte. Ich wusste, es war freundschaftlich gemeint, aber es wäre ein gefundenes Fressen für Schüler wie Vanessa, wenn man uns zusammen sehen würde. Nathan eilte davon, und ich sah ihm hinterher, wütend, weil er mich überredet hatte, und unendlich erschöpft von der Tatsache, die ich soeben erfahren hatte. Einmal abgesehen davon, dass ich nach dem Wutanfall wie ausgebrannt war.

Ich schleppte mich zurück an meinen Platz und sah mich im Klassenzimmer um. Neugierige Blicke waren mir beim Hereinkommen gefolgt, doch nun waren alle damit beschäftigt, ein Kapitel aus dem Lehrbuch zu lesen. Chaz Henderson, mein zukünftiger Nachhilfeschüler, lümmelte gelangweilt auf der Bank. Er wirkte arrogant und hochnäsig. Der Hexer hatte sich ausgerechnet Ryans Stuhl ausgesucht. Zornig drehte ich mich wieder nach vorne.

Alissa spürte, dass etwas in mir brodelte, und legte die Hand auf meinen Arm, woraufhin ich mich etwas beruhigte. Sie riss die Augen auf und sah mich an.

»Du bist eiskalt«, formte sie mit den Lippen, um die Ruhe der lesenden Schüler nicht zu stören.

»Lange Geschichte«, antwortete ich.

Nach dem Pausenklingeln packte ich meine Sachen und machte mich auf den Weg zu Chaz' Tisch.

»Hey«, sagte ich etwas zu schroff, »ich bin Jill. Ich soll …«

»Ich brauche keine Nachhilfe, also vergiss es ganz schnell wieder«, unterbrach er mich ebenso schroff und eilte mit geschmeidigen Schritten aus dem Raum. Na toll, er saß nicht nur auf Ryans Platz, sondern behandelte mich ebenso schroff wie der Vampir, als wir uns kennengelernt hatten.

Müde zuckte ich mit den Schultern. Es war nicht mein Problem, wenn er seine Prana nicht beherrschte. Nathan konnte nicht behaupten, ich hätte es nicht versucht. Wenn er sich weigerte, sollte es mir nur recht sein. Dann war es wenigstens nicht meine Schuld.

Alissa und Derek warteten im Flur, um alles über das Gespräch mit Nathan zu erfahren. Ich lief brodelnd, verzweifelt und ohne etwas zu sagen an ihnen vorbei. Wenn ich anhielt, müsste ich mit ihnen reden, und dazu war ich noch nicht bereit. Stattdessen rannte ich zurück in unseren Wohntrakt und schloss eilig die Tür, bevor ich ins Bad eilte. Magenschmerzen ließen mich am Waschbecken zusammensacken, wo ich endlich meine Gefühle herauslassen konnte. Ich spritzte mir eine Ladung kühles Wasser ins Gesicht, in der Hoffnung auf einen klaren Kopf. Es half nicht, also stellte ich mich unter die Dusche und versuchte, die schmerzenden Gedanken zu verscheuchen und nicht mehr daran zu denken, dass Ryan gegangen war. Dass wir nicht mehr zusammen waren. Es nützte nichts.

Ryan hatte mir Halt gegeben, auf eine andere Art und Weise als Ally und Derek. Ich brauchte ihn. Mein Körper fühlte sich an, als wolle er jeden Moment zerfallen, weil die Arme meines Vampirs nicht mehr da waren, um ihn zusammenzuhalten. Tränen flossen mein Gesicht herab und vermischten sich mit dem Wasser, das aus der Marmordusche schoss und das Bad mit heißem Dampf füllte. Ich setzte mich auf den Boden, zog die Beine an und legte den Kopf auf die Knie, während das heiße Wasser in meinen Nacken plätscherte und langsam die Anspannung löste, die seit meinem Geburtstag von mir Besitz ergriffen hatte. Ich wusste, es würde nicht lange anhalten.

Sie hatten mich gewarnt. Ally und Derek und Ryan selbst hatten mich gewarnt, dass die verschiedenen Arten keine Beziehungen miteinander eingehen sollten. Dass Hexen und Vampire keine Zukunft hatten. Dass es gefährlich war. Ich stieß ein verbittertes Lachen aus, als mir einfiel, dass ich nicht einmal eine richtige Hexe war. Ich war ein halber Dämon, und ein dämlicher noch dazu. Zu eigensinnig, um Ratschläge anderer anzunehmen.

Gewissensbisse raubten mir die Luft, und einen Moment lang glaubte ich zu ersticken. Was hatte ich Ryan angetan? Er hasste es, ein Vampir zu sein. Er hasste es, gefährlich zu sein, und hatte sein Leben lang alle Menschen, die ihm etwas bedeuteten, auf Abstand gehalten, um sie nicht so zu verletzen, wie er einst das kleine Hexenmädchen verletzt hatte. Es war ein Unfall gewesen, Ryan ein Kind. Und doch hatte es ihn verändert. In mir glaubte er endlich jemanden gefunden zu haben, der sich dieser Gefahr widersetzen konnte. Jemand mit genügend Macht, ihn in Schach zu halten. Und ich hatte versagt.

Ich hatte ihn vertrieben, ihn durch meine eigene Dummheit in eine Situation gebracht, aus der es für ihn keinen Ausweg mehr gab. Ich hatte ihn an genau diesen Punkt gebracht, vor dem er sich gefürchtet hatte...und ihn im Stich gelassen. Ich hatte kein Recht darauf, wütend auf ihn zu sein, weil er gegangen war. Ich hatte es verdient, ihn zu verlieren. Heißere Schluchzer stahlen sich aus meiner Kehle, während ich endlich den Tränen freien Lauf ließ, die mir seit Wochen in den Augen brannten. Bisher hatte ich mich verzweifelt an die Hoffnung geklammert, dass Ryan sich wieder fangen und zu mir zurückkommen würde. Nun klaffte ein endloses Loch in meiner Brust.

Ich weinte lange, denn als ich es endlich schaffte, mich aus der Dusche zu schleppen und in ein weiches Handtuch zu hüllen, war schon Mittagspause, und Derek und Ally saßen auf meinem Bett und warteten. Sie versuchten, mich aufzubauen, als ich ihnen mit verquollenen Augen von Ryans Verschwinden erzählte.

»Hör mal, vielleicht braucht er einfach nur ein bisschen Zeit«, tröstete mich Derek, »und Frankreich ist eine wirklich tolle Ausbildungschance. Nimm nicht so viel Schuld auf dich! Vielleicht hat sich das Angebot seiner Tante kurzfristig ergeben, und er wollte es sich nicht entgehen lassen?«

»Nein, Derek.« Ich rieb mir die Schläfen und blinzelte abermals die Tränen weg. »Ryan hat keine Tante in Frankreich.«

Kapitel 6

»Wenn ich diesen verdammten Kobold erwische, dann *bringe ich ihn um!*« fluchte ich am Montagmorgen leise und warf wütend meinen Lieblingspullover aufs Bett. Unter dem Ärmel klaffte ein dickes Loch. Es war schon das dritte Kleidungsstück, das auf mysteriöse Weise an Stoff verloren hatte.

Bei meiner Jeans hatte ich zur Erheiterung der anderen Schüler erst im Speisesaal bemerkt, dass ein Riss in der hinteren Tasche mein Höschen hervorblitzen ließ. Derek hatte mich darauf hingewiesen, dass auch meine Essensunfälle, Stolperer, Tintenkleckse und Knoten in den Haaren nicht unbedingt normal waren. Ally und ich hatten eins und eins zusammengereimt. Es musste Conchobhar sein, der mich so aufs Korn nahm.

»Verärgere nie einen Kobold«, hatte Derek wie immer neunmalklug gepredigt, als wir ihm von meinem unfreiwilligen Mitbringsel erzählt hatten. Ally fand das Ganze am Anfang noch recht komisch, aber mittlerweile war auch sie genervt.

»Entschuldige dich doch bei ihm«, schlug sie unschuldig vor.

»Eher friert die Hölle zu«, knurrte ich und begutachtete den nächsten Pullover. Es wurde Zeit für den Ausflug ins

Einkaufszentrum, sonst musste ich wohl oder übel in Bettlaken eingewickelt zum Unterricht erscheinen.

Alissa schürzte missbilligend die Lippen, während sie sich ein Taschentuch ins Gesicht drückte. In letzter Zeit litt sie häufig an Nasenbluten. Ich konnte es ihr nicht verübeln, dass sie genervt war. Wir waren seit einer Woche zurück an der Winterfold Akademie, und ich hatte fast dauerhaft genörgelt, gejammert oder abweisend vor mich hin gestarrt. Als Willkommensgeschenk wurde uns Schülern von sämtlichen Lehrern ein Berg Hausaufgaben und Aufsätze aufs Auge gedrückt, womit wir das Wochenende zum Großteil in unserer kleinen Ecke der Bibliothek verbracht hatten.

Zusätzlich musste ich diesem arroganten Chaz am Samstag noch Nachhilfe geben, denn Nathan hatte sein Nein nicht akzeptiert und ihn vor versammelter Mannschaft in die Schranken gewiesen. Chaz war zwar zu unserem Training in der Halle erschienen, allerdings war seine Anwesenheit auch alles, womit er glänzte. Der Blödmann hatte nichts Besseres zu tun gehabt, als es sich auf den Matten bequem zu machen und Musik zu hören. »Was willst du, sei doch froh. Ich habe keinen Bock und du auch nicht. Geh mit deinen Freunden spielen, und wir erzählen dem Langweiler von Schulleiter, dass wir trainiert hätten.«

Es war mir egal. Alles war mir im Moment egal, denn nichts schien mir noch wichtig zu sein.

Chaz würde perfekt zu Vanessa passen. Er stolzierte lässig und cool durch die Schule, zog die Blicke der Mädchen auf sich, und ständig sah man ihn mit einer anderen flirten. Seltsamerweise schienen die beiden sich allerdings auch nicht zu mögen, und das, obwohl Vanessa den Werwolf Jonathan in den Sommerferien abgeschossen hatte. Sie ließ sonst nie etwas anbrennen. Vielleicht ließ sie aber auch nicht gleich jeden in ihren persönlichen »Fanclub«, eine Schar von Speichelleckern, die ihr jeden Wunsch von den Lippen ablas. Selbst der massige Jonathan hing ihr weiterhin wie eine Klette an den Fußsohlen, obwohl zwischen den beiden Schluss war.

Alles in allem war die Woche jedenfalls kaum zu ertragen. Ich vermisste Ryan mit jeder Minute mehr und wurde regelrecht depressiv. Vanessa versuchte wie immer, mir mit bissigen Kommentaren und höhnischen Bemerkungen das Leben zur Hölle zu machen. Sie konnte es nicht ausstehen, dass mich einige Schüler auf den Gängen begrüßten und Details zu meinen Kämpfen im letzten Schuljahr wissen wollten, als wäre ich eine Heldin. Auch Derek und Alissa waren in ihrem Ansehen gestiegen. Vanessa spuckte Gift und Galle. Wie gerne hätte ich ihr erklärt, dass ich lieber unsichtbar wäre, als ständig mit einem falschen Lächeln zu antworten, dass ich die Kämpfe lieber vergessen würde. Es war nichts, woran ich mich gerne erinnerte, und man machte es mir unmöglich, alles zu vergessen und ein halbwegs normales Leben zu führen.

Mr. Sheffield, der Dämonologielehrer, schien mich noch immer zu hassen und machte mir im Unterricht die Hölle heiß, weil ich keine Ahnung hatte, was die wichtigsten Eigenschaften von Dämonen waren. Zu meinem Verdruss konnte sie der eingebildete Schnösel von Chaz nennen und sah mich mit einem hochmütigen Lächeln an, das so viel bedeutete wie: »Du willst mir Nachhilfe geben?«

Auch in Mathematik lief es nicht besser, ich war eine Niete und würde es auch immer bleiben.

VO-Gesetz bei Mr. Griffith war das wohl trockenste Unterrichtsfach, und ich konnte dem Typen, der wie ein Anwalt gekleidet war, nie länger als ein paar Sekunden zuhören, ohne mit meinen Gedanken abzuschweifen und mich zu fragen, was Ryan wohl gerade tat. Nach der Doppelstunde am Freitag waren meine Notizzettel genauso leer wie mein Kopf.

Nach einer Woche in der Akademie war ich urlaubsreif. Nur die Fächer bei Nathan und Mrs. Evans, der Vampirin, schienen mir weiterhin zu liegen. Im Fach Magie war ich den Anderen weit voraus, was die Kontrolle der Prana anging, allerdings musste ich auch weitaus mehr lernen, da sich meine Fähigkeiten nicht wie üblich auf ein Spezialgebiet beschränkten.

Nathan bildete diejenigen aus, die später als Jäger bei der VO antreten wollten oder dort einen Bürojob anstrebten, wobei die Jägerausbildung Pflicht war. In Waffenkunde lernten wir den Umgang mit Schwertern, Speeren, Pfeilen und allem, was einem Maira den Garaus machen konnte. Ich schnappte mir Ryans Freund Jacob Chang und drosch mit dem Schwert auf ihn ein, um meinem angestauten Frust etwas Platz zu machen. Als Vampir konnte er die Hiebe schnell genug abwehren, doch am Ende der Stunde klopfte er mir anerkennend auf die Schulter und nannte mich Kampfkrümel.

Auch die Fächer »Offensive Magie« und »Grundlagen der Mairajagd« sowie »Verteidigung« bei Mrs. Evans machten mir Spaß und lenkten mich wenigstens ein paar Stunden von meinem Kummer ab. Doch außerhalb der Turnhalle war ich ein Wrack, und ich dankte meinen Freunden für ihre Akzeptanz und Unterstützung. An ihrer Stelle hätte ich mir selbst schon längst den Kopf abgerissen. Und um dem Ganzen die Krone aufzusetzen, musste ich mich nun auch noch mit einem Kobold herumschlagen, der auf Rache aus war. Mein Leben war einfach toll.

»Lass uns gehen«, riss ich mich zusammen und schnappte meine Tasche. Der Speisesaal war voll, als wir uns zum Frühstück begaben. Die Köpfe einiger Schüler fuhren herum, und schon nahm das Getuschel im Raum zu.

Ich sah Alissa an. »Also, werde ich jetzt paranoid und bilde mir ein, dass wir gerade Gesprächsthema Nummer eins sind, oder hat mir dieser Kobold mit Edding etwas auf die Stirn geschrieben?«

»Du siehst ganz normal aus«, antwortete sie schulterzuckend, und ich seufzte.

»Wir werden es schon früh genug erfahren, schätze ich.« Das Getuschel und Gemurmel folgte uns bis zum Klassenraum, und als ich Vanessas selbstgefällige Miene sah, wusste ich, dass es diesmal nicht Conchobhars Schuld war.

»Was hast du dir diesmal wieder ausgedacht?«, fragte ich verächtlich, als ich mich auf meinem Stuhl zu ihr umdrehte. Sie legte den unschuldigsten Blick auf, zu dem sie fähig war, doch ihre eisblauen Augen verrieten ihre Schadenfreude. »Barbie« hatte wieder irgendetwas ausgeheckt, doch Mrs. Preston begann den Englischunterricht, bevor sie antworten konnte. Ich drehte mich nach vorne und fiel wieder in einen angenehmen Zustand der Betäubung. Was kümmerte es mich schon, wenn andere redeten.

Wider Erwarten verlief der Vormittag ganz gut. Selbst der Dämonologieunterricht war erträglich, nachdem Don Lewis den untersetzten Mr. Sheffield mit seiner Brille vor den wässrigen Augen und einer gebogenen Nase aufs Korn nahm. Don beherrschte die Makropsychokinese und konnte Gegenstände verformen. Bis jetzt hatte ich diese Fähigkeit eher nutzlos gefunden, denn Don schaffte es nur bei weichen Materialien, deren Form zu verändern. Ich änderte allerdings meine Meinung, als der Tafelschwamm hinter Mr. Sheffield das Gesicht des knurrigen Lehrers annahm und sich stetig veränderte. Don starrte konzentriert auf das gelbe Ding, und ich konnte das unsichtbare Knistern seiner Prana spüren. Anscheinend steckte in dem schmächtigen Schönling noch jede Menge unentdecktes Potenzial. Selbst Vanessa konnte ein Lachen nicht unterdrücken, als Don zwei Playboybunny-Ohren aus besagtem Schwamm formte und ich ihn mit Telekinese über Sheffields Kopf schweben ließ. Ich gab Don ein High-Five und versuchte, nicht allzu schuldig auszusehen, als mich der Lehrer mit zusammengekniffenen Augen anstarrte.

Doch ich hatte immer das Gefühl, als sei unsere Truppe unvollständig. Als sei ich selbst unvollständig.

Nach dem Mittagessen war es vorbei mit meinem Glück. Wieder folgten mir sämtliche Blicke. Ein Mädchen aus dem ersten Jahrgang, eigentlich hübsch, wäre da nicht das große Feuermal auf Hals und Gesicht gewesen, kam schüchtern an unseren Tisch und fragte mich nach einem »Termin«.

»Ein Termin für was, bitte?« fragte ich verdutzt, doch sie nahm nur die Füße in die Hand und verschwand mit hochrotem Kopf. »Was zur Hölle ist hier eigentlich los?«

Derek, Don und Ally schüttelten ratlos den Kopf.

»Hey, hast du versucht, dir die Haare zu schneiden?«, fragte Don strinrunzelnd. So etwas fiel ihm auf, denn er selbst verwendete Stunden und Tonnen von Haargel dafür, seine Rockabillyfrisur in Form zu bringen.

»Was?«

»Du hast da eine ganz schön kurze Strähne am Hinterkopf«, antwortete er kleinlaut, aus Angst, mich so weit zu reizen, dass meine Prana gefährlich werden konnte. Doch ich schloss nur die Augen und zählte langsam bis zehn. Um mich aus der Fassung zu bringen, benötigte es weit mehr als das, was Conchobhar mit mir veranstaltete. Jetzt waren wir schon beim nächtlichen Haareschneiden angelangt.

»Dieser verdammte Zwerg«, fluchte ich leise, doch ich hatte kaum noch die Kraft, mich aufzuregen.

Nach dem Waffenkundeunterricht am Nachmittag reichte es dann allerdings. Als ich meinen ledernen Kampfanzug, den ich am liebsten Tag und Nacht getragen hätte, auszog, rissen sämtliche Schlaufen, an denen die Waffen befestigt waren. Schwerter und Dolche fielen klirrend auf den

Boden, als der letzte Schüler gerade die Umkleidekabine verließ und ich allein zurückblieb. Mit einem frustrierten Aufschrei warf ich die Hände in die Luft.

»Ich entschuldige mich! Es tut mir leid, dass ich so grob zu dir war, aber lass mich verdammt noch mal in *Ruhe!*«, rief ich zornig in die Luft.

Nichts passierte.

»Komm schon, Conchobhar. Zeig dich wenigstens.«

Ich hörte ein leises Kichern durch den Raum hallen, doch es war nichts zu sehen. Ich setzte mich auf die Holzbank und brütete vor mich hin. Was konnte Conchobhar noch wollen, außer einer Entschuldigung? Mir fiel es wie Schuppen von den Augen. Freudlos überschlug ich die Beine und kreuzte die Arme. Die Minuten vergingen, und die Hoffnung, dass Cox meine Entschuldigung doch noch für ausreichend befand, verschwand zusehends. Ich kam nicht drumherum, wenn ich nicht sämtliche Kleidungsstücke verlieren und eines Tages mit einer Tätowierung im Gesicht aufwachen wollte.

»Also schön«, flüsterte ich tonlos, »du kannst bei mir und Alissa im Zimmer wohnen.«

»Uuund?«, kam seine Stimme aus einer Richtung, die ich nicht genau definieren konnte.

Ich brummte. »Und du bist nicht unser Haustier.«

Mit einem Zischen kam der kleine, drachenähnliche Grünling zum Vorschein und klatschte grinsend in die Hände. »War das so schwer, Jillian Benett? Deine Freundin hat nicht einmal halb so lange gebraucht, sich bei mir zu entschuldigen.«

»Ally wusste es?«

»Aber natürlich.« Er rieb sich selbstzufrieden die Hände. »Sie hat ein besonderes Gespür für Lebewesen und mich entdeckt. Wir haben uns eine Weile unterhalten. Wirklich süß, die Kleine, und so liebenswert!«

Ich schnaubte. »Warum zur Hölle kommst du dann ständig zu mir und hältst dich nicht an Alissa?«

»Es wäre sowieso egal, ihr zwei hängt ständig miteinander rum. Aber diese typischen Teenagerprobleme sind so langweilig, die ganze Schule ist langweilig! Ich hatte mir das besser vorgestellt. Überall ist es doch dasselbe, so viele Hausaufgaben, der liebt mich nicht, bla bla bla. Ich bin 387 Jahre alt, wusstest du das? Ich möchte endlich mal wieder etwas erleben!«

»Und was hat das mit mir zu tun?«

»Na, du bist anders! Du ziehst Ärger magisch an, wusstest du das? Ich habe gehört, was im letzten Jahr passiert ist, und will beim nächsten Mal dabei sein, hörst du? Kobolde können auch Helden sein!«

»Das glaube ich doch nicht«, hauchte ich tonlos und legte den Kopf in beide Hände.

»Glaub es ruhig«, rief Cox und sprang auf meine Schulter. Er grinste bis hinter beide Ohren und entblößte spitze, weiße Zähne. Schön, er war niedlich, das musste man zugeben, aber anscheinend hatte er echt ein Rad ab.

»Cox, hör zu«, redete ich sanft auf ihn ein, und er wackelte mit den spitzen Ohren vor Freude darüber, dass ich seinen Spitznamen noch kannte. »Ich versuche, ein ganz normales Leben zu führen. Mir gefällt es, wenn es langweilig ist.«

Er verzog das Gesicht zu einer Grimasse. »Weißt du, es hat auch Vorteile, unsichtbar werden zu können. Ich könnte dein Spitzel sein.«

»Ich brauche keinen Spitzel«, erwiderte ich mit hochgezogenen Augenbrauen.

»Ach ja? Dann wusstest du also, dass dieses blonde Biest überall die Nachricht verbreitet hat, du würdest dieses Bio-Dingsda einsetzen, um dich selbst und deine Freunde gut aussehen zu lassen? Und dass du eigentlich aussiehst wie ein ›vom Laster überfahrener Troll‹?«

»Du meinst die Biokinese?«, fragte ich verblüfft.

»Genau die! Und sie sagt, du nimmst Geld dafür, um andere von ihren Schönheitsmakeln zu befreien. Sie nennt dich Magiehure.«

Ich sah den Kobold entgeistert an. »Dieses verdammte Miststück!«

Cox sprang zum Ausgang und ließ sich vom Türrahmen herabbaumeln. »Sie mag dich nicht sonderlich. Ständig redet sie bei ihrem Werwolf davon, wie wenig du die Aufmerksamkeit von Lehrern und Schülern verdient hast. Ach ja, und dass sie einen Plan hat, wie sie dein Geheimnis herausfinden wird.«

Während er erzählte, verflog meine Wut, und Sorge machte sich breit, als mich die Erkenntnis seiner letzten Worte traf. Ich wollte nicht, dass ein Kobold für mich die Leute beobachtete, doch ich konnte es ihm auch nicht verbieten, manche Sachen aufzuschnappen. Vielleicht war es gar nicht so schlecht, wenn ich zusätzlich noch zwei Augen und übergroße Ohren hatte. Besonders, wenn es darum ging, dass Vanessa einen Plan hatte, der mich das Leben kosten konnte.

»Okay, du kannst bleiben. Aber wir werden einige Regeln aufstellen müssen. Ich möchte nicht, dass du Schüler oder Lehrer für mich ausspionierst. Wenn du allerdings irgendetwas davon mitbekommst, was Vanessa vorhat, dann wäre ich dir sehr dankbar, wenn du es mir sagst. Ach ja, und meine Klamotten und Haare sind in Zukunft tabu, sonst werde ich dich grillen, kleiner Freund!«

»Geht klar«, rief Cox und schwang vor Aufregung hin und her, während er sich mit dem Schwanz an der Deckenlampe festhielt.

Ich sah ihn misstrauisch an. Wie weit konnte man einem Kobold trauen, der so durchtrieben war, dass er einem mit nur zwanzig Zentimetern Körpergröße das Leben zur Hölle machen konnte?

Ich packte meine Sachen in die große Sporttasche und machte mich gemeinsam mit meinem Anhängsel auf den Weg zum Wohntrakt der Hexen. Die Luft war schwül und drückend, einer dieser Tage, an denen einem schon vom Rumsitzen der Schweiß über die Stirn lief. Conchobhar verschwand im Nichts, doch diesmal konnte ich seine Anwesenheit spüren. Immer wieder fielen mir die Äste an den Bäumen auf, die sich unnatürlich nach unten bogen, wenn Cox sich daran von Buche zu Buche schwang. Ich warf einen Blick auf den Winterfold Forest, der den Campus einschloss und wie eine stumme Mauer mit düsteren Wächtern wirkte. Mir lief ein Schauder über den Rücken, als ich in die Dunkelheit blickte, die in den Tiefen der hohen Bäume herrschte.

»Cox«, flüsterte ich leise und erschrak fast zu Tode, als ich sein Gewicht mit einem Ruck auf meinen Schultern spürte, »warst du eigentlich die ganze Zeit über bei mir?«

»Meistens, ja.«

»Auch an dem ersten Tag, an dem ich in den Wald gegangen bin?« Vielleicht hatte er ja gesehen, was mich verfolgt hatte oder ob es nur eine Ausgeburt meiner Fantasie war.

»Nein«, entgegnete er jedoch mit einer ungewohnt ernsten Stimme, »da kriegen mich keine zehn Pferde rein. Ich gehe nicht in den Wald. Und du solltest dich auch fernhalten. Dieser Wald ist definitiv nicht mehr das, was er einmal war.«

Kapitel 7

Ich sah Vanessa, als ich mit dem unsichtbaren Cox auf meiner Schulter durch den Aufenthaltsraum des Hexenwohntrakts lief, und setzte mein gleichgültigstes Lächeln auf, auch wenn es mir unsagbar schwer fiel. Ich hatte gelernt, dass man ihr nur Genugtuung verschaffte, wenn man sich aufregte. Sie lümmelte auf einem der geschwungenen Polstersessel vor dem großen Kamin und sah zwischen den edlen Möbeln mit dunklem Holz und Verzierungen wie eine Prinzessin aus. Eine eingebildete Prinzessin.

Ich war es leid, mich immer wieder für irgendetwas zu rechtfertigen oder die Lügen über mich klarzustellen. Sollten sie doch alle denken, was sie wollten. Vanessa funkelte mich zornig an, und abermals fragte ich mich, was ich ihr eigentlich getan hatte, außer mich nicht von ihr schikanieren zu lassen. Auf der Treppe erlosch mein Lächeln, und ich schleppte mich matt die Stufen herauf. Irgendwann würden die Leute aufhören zu reden. So war es immer.

In unserem Zimmer begrüßte Alissa überschwenglich den kleinen Kobold, der sich wieder dazu herabgelassen hatte, sichtbar zu werden. Etwas zerknirscht beobachtete ich die beiden. »Du hättest es mir sagen können.«

Alissa zuckte mit den Achseln. »Hätte das etwas geändert? Jetzt hör mal auf zu nörgeln, Jill. Freu dich aufs Wochenende! Nathan hat bekannt gegeben, dass am See eine kleine Party stattfindet, mit Lagerfeuer und Grill und allem Drum und Dran. Wir hätten keinen besseren Schulleiter kriegen können!«

Ich rang mir ein Lächeln ab. Mir war nicht nach Feiern zumute. Ich wusste, wie sehr ich mich auf die Party gefreut hätte, wenn Ryan und ich noch zusammen gewesen wären. Aber was sollte ich jetzt dort? Zusehen, wie knutschende Pärchen in den Büschen verschwanden? Wie sie heimlich Zigaretten und Alkohol mit auf die Party schmuggelten? Mich von Schülern aus dem ersten Jahrgang anstarren lassen, weil sie entweder wissen wollten, ob ich eine Magiehure war, die ihre Kräfte für Geld anbot, oder die Geschichten einer Heldin gehört hatten, die ein paar Mairas zur Strecke gebracht hatte? Und die außergewöhnliche Fähigkeiten hatte, von denen keiner wusste, woher sie kamen?

Ich war es leid. Wie gerne hätte ich für einen Abend mit Alissa oder Derek getauscht, die sich schwatzend unter die Menge mischen würden, ohne schief angesehen zu werden. Sie konnten getrost ausgelassen sein. Wie gerne hätte ich Ryan aus meinem Kopf verbannt und die innerliche Leere vergessen, die er hinterlassen hatte. Stattdessen musste ich mich mit einer Ränke schmiedenden Tochter des VO-Leiters herumschlagen, meine dämonische Herkunft geheim halten, einen Kobold bei Laune halten und herausfinden, was zur Hölle in diesem komischen Wald abging. Ich hatte wie immer allerhand Aufregung vor mir.

Der Rest der Woche zog an mir vorbei, ohne dass ich viel davon mitbekam. Ich kapselte mich ab, zog eine Mauer um mich herum und ließ die Blicke und das Geflüster der anderen Schüler an mir abprallen. Es hatte sich herumgesprochen, dass Ryan mich sitzen gelassen hatte, und die tollsten Gerüchte machten die Runde. Conchobhar erzählte mir zeitweise davon. Angeblich hatte ich Ryan mit Magie vollgepumpt und ihn verletzt und bewusstlos am Boden liegen gelassen, sodass er nun zu viel Angst hatte, um an die Schule zurückzukehren.

So schnell änderte sich die Situation hier. Gestern noch eine Heldin, die sich für die Schule eingesetzt hatte, heute eine durchgedrehte Kriminelle, vor der man sich fürchten musste. Wäre ich nicht zu sehr mit mir selbst beschäftigt gewesen, hätte ich es fast amüsant gefunden.

Im Unterricht machte ich mich auf meiner Bank so klein wie möglich. Manche Lehrer, wie Mrs. Preston oder auch Nathan, akzeptierten es und warfen mir nur zeitweise besorgte Blicke zu. Für Mr. Sheffield war ich allerdings zum gefundenen Opfer geworden. In Dämonologie wurde ich bei jeder Frage aufgerufen, mit der Begründung, ich hätte es ja schon mit einem Dämon zu tun gehabt. Auf meine Antwort, dass ich mit Leviathan nicht Kaffee getrunken und daher keine Zeit gehabt hatte, ihn über die Unterwelt auszufragen, bekam ich einen Extraaufsatz aufgebrummt.

Auch Artenkunde hatten wir bei dem kleinen Lehrer mit Buckel und giftigem Blick, allerdings konnte ich Mr. Sheffield hier ein Schnippchen schlagen. Nachdem wir uns im letzten Jahr mit Vampiren, Hexen und Werwölfen befasst hatten, ging es nun um die Unterschiede zwischen Kobolden und Feen. Mr. Sheffield konnte nicht wissen, dass ich mit beiden Arten schon zu tun gehabt hatte und seine Fragen deshalb zufriedenstellend beantworten konnte. Auch wusste er nicht, dass er in diesem Moment einen unsichtbaren Kobold im Klassenzimmer sitzen hatte. Cox hatte normalerweise kein Interesse am Unterricht und nutzte die Stunden, um das Schulgebäude zu erkunden und Schülern Streiche zu spielen. Doch diesmal spürte ich ihn aufmerksam auf meinem Tisch sitzen, als Mr. Sheffield von der Herkunft der Grünlinge in Irland erzählte.

Nach der Schule brütete ich in der Bibliothek über meinen Hausaufgaben, schrieb Aufsätze und wälzte staubige, vergilbte Bücher durch, um mir wenigstens ein bisschen Wissen einzuhämmern und die Gedanken an Ryan zu verscheuchen. Alissa, Don und Derek erging es kaum besser, und für gewöhnlich teilten wir uns stöhnend und seufzend den Platz in unserer gemütlichen Sitzecke.

Doch selbst meinen Freunden ging ich aus dem Weg. Ich bevorzugte die Ruhe und Cox' leises Schnarchen in unserem Zimmer, wenn meine Freunde die Bibliothek belagerten. Ich wollte nur noch alleine sein. Der monotone Tagesablauf trug nicht viel dazu bei, meine Lebensgeister zu wecken. Ich fühlte mich weiterhin ausgelaugt und wäre am Freitag am liebsten gar nicht aufgestanden, so erschöpft war ich. Ich hatte das Gefühl, nicht einmal die kleinsten Aufgaben bewältigen zu können. Doch das Schlimmste war nicht die Antriebslosigkeit, sondern die Tatsache, dass ich mich unvollständig fühlte.

Ich brachte mit Müh und Not die langweiligen VO-Gesetz-Stunden bei Mr. Griffith hinter mich, ließ mich in Verteidigung von Jacob Chang vermöbeln, der ein enttäuschtes Gesicht zog, da ich sonst ein recht würdiger Gegner war, und musste im Fach Offensive Magie erfahren, dass selbst Dereks Biokinese eine Waffe darstellen konnte. Er ließ meine Arme und Beine anschwellen, sodass ich kaum noch bewegungsfähig war. Selbst Stunden nach der Übung fühlte ich mich noch aufgebläht wie ein Luftballon. Einmal abgesehen davon, dass ich nur noch in eine Jogginghose passte.

Es war jedoch das erste Mal, dass ich in dieser Woche lächelte. Es war toll, dass Derek endlich etwas Sinnvolles mit seiner Magie anstellen konnte. Bisher hatten wir nur Witze darüber gemacht, dass er einem Feind höchstens lange Haare zaubern konnte, um ihm die Sicht zu nehmen.

Schmerzhaft wurde mir bewusst, dass ich meine Freunde

vernachlässigt hatte. Sie konnten nichts dafür, dass ich mich Trübsal blasend und verletzt von ihnen abkapselte. Sie hatten es nicht verdient, dass ich sie mit Gleichgültigkeit strafte. Ich beschloss, ihnen am Abend in die Bibliothek zu folgen und nicht weiter auszuweichen, was mich einiges an Willenskraft kostete.

Der vertraute Duft von Büchern und Pergament, der mich an Derek erinnerte, schlug mir entgegen, als ich den riesigen Raum im ersten Stock des Schulgebäudes betrat. Ich schlängelte mich zwischen den unzähligen Regalen und Gängen durch. Die Bibliothek lag im Stock über der Eingangshalle und war so eingerichtet, dass sich jede Menge große und kleine Sitzecken mit Sesseln, Tischen und Sitzkissen fanden. Wir hatten unseren Stammplatz durch Zufall entdeckt. Der kleine Raum war nur durch einen schmalen Spalt zwischen zwei Bücherregalen zu erreichen und schwer zu finden. Er befand sich im Mittelrisalit über dem Eingang der Schule und hatte somit eine halbrunde Wand. Durch große Fenster flutete das abendliche Sonnenlicht und tauchte die kleine Ecke in einen warmen, orangeroten Schein. Es war kaum Platz für mehr als vier Leute, die sich entweder auf die geschwungenen Polstersessel an einem kleinen Tisch oder die drei Sitzkissen unter dem Fenster setzen konnten. Ein kleiner Kamin sorgte auch im Winter für eine gemütliche Atmosphäre, und im Großen und Ganzen war es ein Ort zum Zurückziehen und Wohlfühlen.

Derek saß mit einem Stapel Bücher am Tisch und wirkte vertieft in seine Arbeit, während Alissa und Don auf den Kissen lümmelten und lasen. Über Allys Gesicht breitete sich ein Strahlen aus, als sie mich sah, und eine Welle der Zuneigung schlug mir entgegen.

»Hey, wie läuft's?«, fragte ich mit einem entschuldigenden Lächeln.

»Im Moment ganz gut«, antwortete Don. »Ally und ich sind endlich mit den Hausaufgaben durch. Dieses Jahr übertreiben sie es echt!«

Ich nickte zustimmend und warf einen neugierigen Blick auf Dereks Notizen. Es sah ihm gar nicht ähnlich, dass er länger für seine Aufgaben brauchte als wir. Ich runzelte die Stirn, als ich die Bezeichnung Prana las, und fragte mich, ob ich in meinem Tran einen Aufsatz vergessen hatte.

Derek lächelte mich an, setzte die Brille ab, die er ab und zu noch trug, und strich sich das dünne, blonde Haar aus dem Gesicht. »Keine Sorge, das ist nicht für die Schule. Ich habe ein eigenes Projekt angefangen.«

Ally gab mir mit einem Augenrollen zu verstehen, dass sie es für vollkommene Zeitverschwendung hielt, sich freiwillig noch mehr Arbeit aufzuhalsen. Don allerdings war ganz aus dem Häuschen. »Derek hat es sich zur Aufgabe gemacht, die geschichtlichen Lücken zu füllen und die Lösung über die Entstehung der Unterwelt zu finden.«

Ich sah meinen Freund erstaunt an, der schon immer alles an Wissen aufschnappte, was er bekommen konnte.

»Und, schon irgendwelche Erkenntnisse?«, fragte ich zweifelnd.

Derek zappelte auf seinem Sessel umher. Er liebte es, andere zu unterrichten. »Ich habe das Gefühl, ich stehe kurz vor der Lösung und bin nur zu blöd, um sie zu erkennen! Überlegen wir doch mal, was wir schon wissen: Jeder Mensch, egal ob übernatürlich oder Normalsterblicher, hat eine Prana. Es ist unsere Lebensenergie. Normalsterbliche haben so wenig davon, dass es kaum der Rede wert ist. Deshalb sterben sie auch schon so früh, die armen Schlucker. Wir aus der verborgenen Welt haben bedeutend mehr Prana in uns und leben deshalb etwa hundertfünfzig Jahre länger. Sie ist es, die uns zu etwas Besonderem macht. Mit der Zeit und der Evolution haben sich verschiedene Arten von Verborgenen herausgebildet. Hexen können die Prana in Form von Magie verwenden. Bei Vampiren bewirkt sie die körperliche Veränderung und die Zerstörung eines Stoffes im Blut, was sie durch das Trinken von gesundem Blut wieder ausgleichen. Bei Werwölfen bewirkt die Prana Schnelligkeit, Stärke und die Verwandlung zu Vollmond. Die Dämonen haben sich von allen am stärksten herausgebildet und die meiste Macht. Sie können weitaus mehr Magie verwenden als Hexen, sind schnell und stark wie Vampire und können sich verwandeln wie Werwölfe, allerdings in alle möglichen Kreaturen.«

»Schreib mir das mal auf«, unterbrach ich ihn, »für den Fall, dass Sheffield mich wieder danach fragt!«

Derek ignorierte meinen Einwurf, schob die Brille höher auf die Nase und fasste seine Notizen weiter zusammen. »Wir wissen über die Herrschaft der Dämonen vor vielen Jahren nur, dass sie grausam war. Sie haben Zerstörung und Tod hinterlassen, wo sie nur konnten. Die Theorie besagt, dass Mutter Natur in einer Art Selbstschutz die Unterwelt als zweite Dimension errichtet hat, in die die Dämonen verbannt wurden. Keine einzelne Art sollte so über die Erde herrschen und die Macht haben, sie zu zerstören. So steht es in den alten Büchern. Aber das ist total unlogisch. Heutzutage zerstört der Mensch die Umwelt, plündert die Ressourcen der Natur, na ja, ihr kennt ja den ganzen Kram. Er ist zum obersten Lebewesen geworden. Und wehrt sich Mutter Natur, indem sie ihn in eine andere Dimension verbannt? Nein!«

Derek hatte sich regelrecht in seinen Vortrag reingesteigert und fuchtelte wild mit den Händen.

»Und genau hier sind die Lücken. Das mit der plötzlichen Entstehung der Unterwelt durch die Natur ist doch bloß die einzige Erklärung, die die Wissenschaftler parat hatten, weil es keiner mehr nachvollziehen kann. Überlegen wir weiter. Unser aller Prana erstrahlt in einem hellen, weißen Licht, auch wenn man es nur bei den Hexen sehen kann, die sie direkt außerhalb des Körpers verwenden können, wie etwa Mrs. Grant oder du oder scheinbar auch der komische Chaz. Die Unterwelt besteht aus Prana, wurde von dieser Energie geformt und hält somit die Dämonen in Schach. Sie leben in der Pranaquelle der Welt, wenn man es so sehen will. Und dann gibt es die, die in keine dieser beiden Welten gehören. Dämonen sind mit Normalsterblichen nicht wirklich kompatibel. Sehen wir uns nur die Mairas an, die aus den grausamen Vergewaltigungen entstanden sind, als idiotische Dämonenbeschwörer diesen Unsinn mit normalsterblichen Jungfrauenopfern angefangen haben. Mairas sind Kreaturen, die weder in die eine noch in die andere Welt passen. Sie können nicht in der Unterwelt überleben, aber ebenso wenig in der Realität. Sie haben keinerlei Intelligenz geerbt und müssen regelmäßig das Blut und damit auch die Prana von Menschen und Verborgenen in sich aufnehmen, um zu überleben, weil sie selbst keine haben. So weit sind die Erkenntnisse bis heute.«

Derek holte tief Luft und sah mich prüfend an, als wolle er sichergehen, dass ich auch alles verstanden hatte. Ich war beeindruckt, und in mir regte sich seit langem einmal wieder Interesse an einer Sache. Er nickte zufrieden, als er sah, dass ich neugierig geworden war.

»So viel ist in jedem Buch über die Prana zu finden. Und jetzt kommst du ins Spiel, Jill. Du bist der erste Halbdämon, den wir kennen. Durch dich ist bewiesen, dass Dämonen zumindest mit Hexen kompatibel sind, ohne dass ein widerliches Monster draus wird.«

»Na, vielen Dank«, erwiderte ich trocken. Es gefiel mir nicht, in was für eine Richtung sich seine Gedanken entwickelten.

»Jedenfalls habe ich mich gefragt, *warum* das so ist. Es muss etwas mit der Prana zu tun haben. Vielleicht haben

Normalsterbliche nicht genug davon. Außerdem haben wir durch dich erfahren, dass nicht jede Prana weiß ist. Deine ist blau. Genau wie die von Dämonen. Deshalb bist du mächtiger als alle anderen. Was ist, wenn die blaue Prana so etwas wie die ›Oberprana‹ ist? Unsere weiße ist dagegen nur ein billiger Abklatsch, wenn du es so willst. Die Frage ist eben nur noch, wie die Unterwelt entstanden ist und was das Geheimnis der Verbindung zwischen beiden Welten ist. Und wieso die Dämonen überhaupt dort gefangen sind. Besteht die Unterwelt auch aus dieser ›Oberprana‹? Ich weiß, dass mir nur noch ein kleiner Schritt fehlt, bis ich es herausgefunden habe!«

Ich schwieg und versuchte, die wirren Gedanken in meinem Kopf zu ordnen, um über Dereks Theorie nachzudenken. Wenn er es so ausdrückte, klang es ganz logisch. Nicht, dass ich es wirklich verstanden hätte.

Er beugte sich nach vorne, und seine grünen Augen strahlten. »Du bist der Beweis, Jill. Wenn meine Theorie stimmt …«

»Was dann?«, fragte ich, und schlagartig wurde mir klar, warum ich mich die letzten Minuten so unwohl gefühlt hatte. »Was dann, Derek?«

Er rutschte unruhig auf seinem Stuhl umher und sah schuldbewusst zu Ally und Don, bevor er weiterredete. »Na ja, es wäre ein Durchbruch für die Wissenschaft.« Er wirkte plötzlich unsicher und etwas kleinlaut.

»Und was ist meine Rolle dabei?«, fragte ich zerknirscht. »Ich bin der außergewöhnliche Beweis, den du dann überall umherzeigen musst? Willst du vielleicht noch ein paar Experimente mit mir anstellen? Und hast du dir überlegt, was das für mich bedeutet, wenn du deine Theorien veröffentlichst?«

»Jill, ich …«, begann Derek, doch zum ersten Mal wusste er nicht, was er sagen sollte.

»Jill, komm schon, davon war doch nie die Rede«, redete Alissa ruhig auf mich ein. »Er versucht einfach nur, die Wahrheit herauszufinden. Niemand will deine Herkunft verraten.«

Wütend fuhr ich herum. Wie konnten sie alle so blind sein? »Und wie will er seine Theorien belegen? Wie will er erklären, dass das alles nicht ausgedachter Unfug ist?«

»Das steht doch noch gar nicht zur Debatte!«, rief Derek aufgebracht.

»Das wird es aber, Derek! Du bist einer der klügsten Menschen, die ich kenne. Du wirst das und auch noch vieles mehr herausfinden, und ich finde es toll, dass du so ehrgeizig bist. Aber wenn es nach mir ginge, dann wäre es besser, wenn diese Sachen im Verborgenen bleiben würden. Denn selbst wenn du nicht meinen Namen nennst, wird es doch jeder herausfinden, allein schon anhand der Farbe meiner Prana. Glaubst du ernsthaft, die Gesellschaft akzeptiert einen Dämon, der unter ihnen lebt? Sie sind nicht wie ihr, sie werden Angst haben, und Angst treibt die meisten Menschen zu den grausamsten Taten! Ich dachte, wir wären befreundet! Stattdessen sitzt ihr hier gemeinsam und plant quasi meinen Untergang!«

Ich sprang auf und zwängte mich durch den schmalen Ausgang, ohne mich noch einmal umzublicken. Alissa rief mir hinterher, doch ich wollte nichts hören. Als ich um die nächste Ecke bog, sah ich Cox auf einem Bücherregal sitzen. Der grüne Kobold sah mich mit großen Augen vorsichtig an.

»Hast du nun endlich herausgefunden, was ich bin?«, fauchte ich ihn an, und er zuckte zusammen. »Dann kannst du es ja gleich überall umherposaunen, denn wenn *du* es nicht machst, machen es meine eigenen Freunde!«

Frustriert knallte ich die Tür der Bibliothek hinter mir zu und eilte über den Campus. Ich musste mich anstrengen, um die tobende flüssige Energie in meinem Inneren in

Schach zu halten und mich zu beherrschen. Die Sonne war längst hinter den hohen Bäumen des Waldes verschwunden, doch die Wärme des Tages lastete noch immer auf der Welt wie ein dunstiger Schleier. Der Himmel leuchtete blutrot und ging langsam in ein dunkleres Violett über.

Ich lief direkt in mein Zimmer. »Sie hatten es versprochen«, hauchte ich, als ich auf meinem Bett lag und auf die Unterseite des Baldachins starrte. Sie hatten versprochen, dass sie mein Geheimnis auf ewig bewahren würden – oder jedenfalls so lange, bis ich es der Welt mitteilen wollte. Nicht, dass ich das jemals vorgehabt hätte.

Ich verstand Derek und wusste auch, wie wissensdurstig er schon sein Leben lang war. Aber mussten seine Forschungen auf meine Kosten geschehen? Manche Sachen sollte man lieber ruhen lassen. War es so schwer zu verstehen, dass ich Angst hatte?

Ryan hätte es verstanden. Er hätte es ihnen erklärt. Und er wäre genau in diesem Moment für mich da gewesen, hätte mich in den Arm genommen und getröstet. Stattdessen hatte er mich allein gelassen.

Ich sank in einen unruhigen Schlaf mit wirren Träumen. Wieder war ich einsam in diesen ausgestorbenen, düsteren Straßen zwischen hohen Mauern und Ruinen unterwegs, und die Sehnsucht nach Ryan folgte mir bis in die dunklen Tiefen der Traumwelt hinab.

Kapitel 8

Der Samstagmorgen brachte keine Besserung. Ich schlug die Augen auf und fühlte mich wie gerädert, obwohl ich sehr früh eingeschlafen war. Draußen schien die Sonne schon hoch am Himmel zu stehen. Von Ally war nichts zu sehen. Meine Wut von gestern war der Enttäuschung gewichen.

Ich schlurfte nach einer kurzen Wäsche direkt zur Turnhalle, ohne vorher zu frühstücken. Auf dem Weg dorthin kamen mir einige Schüler entgegen, die sich lautstark auf den kommenden Abend und die Party am See freuten. Als ich die Tür zur Halle öffnete, lief mir bereits der Schweiß über den Rücken und ich ärgerte mich, dass ich mir überhaupt die Mühe gemacht hatte, den ledernen Kampfanzug bei der drückenden Hitze anzuziehen.

Chaz war schon da, doch auch diesmal sah er nicht so aus, als wolle er mit mir die Kontrolle seiner Prana üben. Er lag gelangweilt auf dem Mattenstapel und spielte mit dem Handy. Sein körperbetonendes T-Shirt und die enge Jeans saßen genauso perfekt wie seine blonden Haare. Ohne den arroganten Gesichtsausdruck hätte man ihn fast hübsch nennen können. Er hob den Kopf, als ich eintrat, und lächelte höhnisch. »Schicke Frisur, Prinzessin.«

Verlegen wurde mir bewusst, dass ich heute Morgen nicht einmal zur Bürste gegriffen hatte und meine Haare mit

Sicherheit wie ein Wischmob aussahen. Er widmete sich wieder seinem Display, während ich unauffällig mit den Fingern durch das Gestrüpp auf meinem Kopf fuhr.

»Gib dir keine Mühe, da müsste schon ein Profi ran«, spottete Chaz, ohne aufzusehen. Arsch. Nachdem ich ihn etwa eine halbe Stunde wütend von der anderen Seite der Halle aus beobachtet hatte, stapfte ich schnaubend durch den Flur und verließ das Gebäude, um mir die Beine zu vertreten und Herr über die Unruhe zu werden, die von mir Besitz ergriffen hatte.

Ich hörte laute Stimmen und Gelächter vom See, an dem die Vorbereitungen für den Abend in vollem Gange waren. Ich wollte mit Alissa und Derek über die Sache vom Vortag reden, doch waren sie vermutlich ebenfalls unter der lauten Menge, und ich beschloss, sie später alleine abzupassen. Ich schlenderte ziellos durch die angenehm kühlen Gänge der Schule, stibitzte in der brütend heißen, scheppernden Küche ein Stück Quarkkuchen, als der massige Koch Ottfried nicht hinsah, und entging somit dem Mittagessen im großen Saal.

Später beschloss ich, das kleine Schwimmbad im Keller des Hauptgebäudes zu besuchen, das erst zu Schuljahresanfang eröffnet hatte, nachdem man es fast ein ganzes Jahr lang hatte restaurieren müssen. Ich weigerte mich, dem Rest der Schule meinen halbnackten Körper zu zeigen, und somit hatte ich es bisher vermieden, den kläglichen Pool in einem Raum ohne Fenster zu besuchen. Heute allerdings konnte ich davon ausgehen, dass keiner in dem düsteren Raum war, wo doch draußen am kühlen See die Musik spielte.

Nachdem ich meinen einfachen, schwarzen Bikini und ein flauschiges Badetuch geholt hatte, staunte ich nicht schlecht, als ich den Pool sah, der im letzten Jahr noch düster und verloren zwischen feuchten Steinen gelegen hatte. Weiße Fliesen zierten den Boden und die Wände, während eine Seite komplett verspiegelt war und dafür sorgte, dass der Raum doppelt so groß wirkte. Man hatte das saubere blaue Wasser mit Strahlern auf dem Boden des Pools beleuchtet, und alles in allem sah es hier nun trotz der fehlenden Fenster hell und freundlich aus. Ich beschloss, Ally und Derek davon zu erzählen, bevor mir einfiel, dass wir momentan nicht unbedingt das beste Verhältnis zueinander hatten.

Und so kam es, dass ich den gesamten Nachmittag durch das stille Wasser glitt, meine müden Knochen belebte und meinen düsteren Gedanken nachhing. Abends lag ich deprimiert auf meinem Bett, während der Rest der Schule sich auf einer riesigen Party amüsierte. Wie hatte es dazu kommen können? Vor ein paar Wochen noch hatte ich mich unendlich darauf gefreut, an die Winterfold Akademie zurückzukehren, um mit meinen Freunden Spaß zu haben, mit Ryan zu flirten und meine Ausbildung zu absolvieren. Wie sehr hatten sich die Dinge geändert. Ich hätte nun nichts lieber getan, als auf direktem Wege wieder zu Tante Amalia zu fahren. Weg aus der Schussbahn von Lügen, Lästereien und fiesen Kommentaren, weg von den neugierigen Blicken und den ständigen Fragen, warum meine Prana blau war, warum meine Augen türkis waren und warum ich *anders* war.

Doch im selben Moment wurde mir klar, dass das ewige Herumliegen auf dem Bett auch nicht dazu beitrug, die Situation zu verändern. Wenn ich es hier schon ertragen musste, dann wenigstens mit der Gesellschaft meiner Freunde. Und so beschloss ich, wenigstens einen Blick auf die Gesellschaft am See zu werfen und mir eventuell Ally und Derek zu greifen, um die Sache mit ihnen aus der Welt zu schaffen.

Ich griff nach meiner Lieblingsjeans, überlegte es mir allerdings anders, als ich an die drückende Wärme außerhalb des Gebäudes dachte. Das schwarze Sommerkleid entblößte zwar meine Beine, und ich würde garantiert so nah am Wasser ein Leckerbissen für die zahlreichen Mücken sein, doch sah es wenigstens halbwegs danach aus, als interessiere mich mein Aussehen. Ich wusch mir im Eiltempo die Haare und ließ sie nass, wie sie waren, über Rücken und Schultern fallen. Sie würden im Nullkommanichts trocknen und sich zu sanften Locken zusammenrollen. Ich hasste Flipflops, allerdings waren Turnschuhe zum Kleid unpassend und Absatzschuhe auf dem unregelmäßigen Gelände nichts anderes als Selbstmord.

Die Sonne ging unter, und die Dunkelheit senkte sich wie ein zärtlicher Schleier auf den Campus herab. Ich konnte das Summen der Insekten um mich herum vernehmen und dachte sehnsüchtig an das Mückenspray, das unbenutzt in meinem Zimmer bei Tante Amalia stand.

Die Musik klang in meinen Ohren, bevor ich den Schauplatz der Party sah. Am Ufer des Sees war die gesamte Schule versammelt. Schüler und Lehrer standen in Gruppen beieinander, schwammen in dem seichten, klaren Wasser, saßen um das zwei Meter hohe Feuer im Sand oder tummelten sich an der Würstchen- und Getränkebude. Mehrere Fackeln waren am Strand verteilt und sorgten zusammen mit den bunten Lampions für eine dämmrige Beleuchtung.

Ich war dankbar dafür, dass das spärliche Licht verhinderte, dass man mich gleich erkannte. Allerdings erschwerte das auch meine Suche nach Ally und Derek.

Ich lief zwischen den einzelnen Grüppchen hindurch und ignorierte das leise Gemurmel, wenn mich jemand entdeckte. Plötzlich trat mir Chaz in den Weg, und ich wäre fast gegen ihn gelaufen. Mit hochgezogenen Augenbrauen sah er mich von oben bis unten an.

»Was?!«, fauchte ich und warf ihm giftige Blicke zu.

Abschätzig musterte er meine Flipflops. »Na ja, jedenfalls besser als heute Morgen.«

»Bist du jetzt mein persönlicher Stylist, oder was? Ich

kann mich nicht erinnern, dass ich dich darum gebeten habe.«

Er zuckte mit den Schultern. »Und ich kann mich nicht erinnern, dass ich dich darum gebeten habe, mir Nachhilfe zu erteilen. Das Leben ist kein Ponyhof, Prinzessin.«

Widerwillig entfuhr mir ein schnaubendes Lachen. »Da hast du wohl recht«, murmelte ich, und er wandte sich elegant ab, nur um eine hübsche Blondine aus dem ersten Jahrgang in den Arm zu nehmen und in ihren bewundernden Blicken zu baden. Gestern war es eine Brünette gewesen, wenn mich nicht alles täuschte. Der Mann hatte vielleicht einen Verschleiß an Frauen.

Ich schlurfte weiter und genoss das Gefühl an meinen Füßen, als sie sich in den feinen Sand gruben. Abseits des Trubels sah ich meine Freunde an einem kleinen Lagerfeuer sitzen, kaum zu erkennen in der Dunkelheit, denn ihre Konturen vermischten sich mit dem schwachen Flackern der Flammen.

Ich ging auf sie zu, doch meine Schritte verlangsamten sich mit jedem Meter, den ich an dem romantischen Teil des Strandes zurücklegte. Derek und Don saßen auf dem Boden, mit dem Rücken an einen breiten, umgefallenen Baumstamm gelehnt. Ihre Köpfe berührten sich, als sie verträumt in die Glut der Flammen blickten, und Derek küsste Don ab und zu auf die Stirn. Alissa saß auf einem zweiten Baumstamm und unterhielt sich angeregt mit einem rothaarigen Typen aus einer Klasse über uns. Ich wusste über ihn nur, dass er zu den Mondkindern gehörte, was durch seine goldgelben Augen und den kräftigen Körperbau auch kaum zu übersehen war.

Ally hatte ein Lächeln aufgesetzt und erzählte lebhaft von irgendetwas, während der Werwolf an ihren Lippen klebte. Sie strahlte förmlich und sah entzückend in ihrem grünen Kleid aus, das perfekt zu den rostroten Ringellöckchen und ihren Augen passte. Die braune Farbe hatte sich bereits ausgewaschen, und ich musste zugeben, dass ihr die natürliche Haarfarbe bestens stand. Ihr Knie berührte das des Werwolfs.

Ich blieb langsam stehen. Wollte ich mich wirklich dazusetzen? Wollte ich das fünfte Rad am Wagen sein? Ally schien mir mit ihrem neuen Verehrer sehr beschäftigt zu sein, und was Derek und Don anging, so schwebten die beiden augenscheinlich auf Wolke Sieben. Sie schienen sich nicht einmal gefragt zu haben, wo ich steckte. Keiner würde mich wegschicken, wenn ich mich zu ihnen setzte. Doch ich kannte meine Freunde gut genug, um ihre Reaktionen abschätzen zu können. Derek würde von Don wegrutschen, einfach aus Solidarität zu seiner liebeskummergeplagten besten Freundin. Und Alissa würde ihre Aufmerksamkeit mir widmen, statt mit diesem Muskelprotz zu flirten.

Ich wollte nicht, dass sie sich wegen mir zurücknehmen mussten. Sie sollten ihren Spaß haben, ohne dass ich sie mit meinen Gefühlsduseleien und meiner schlechten Laune nervte. Vielleicht hatten sie auch absichtlich nicht nach mir gesucht, um meiner trüben Stimmung zu entgehen.

Wäre Ryan hier gewesen ... Meine Brust zog sich schmerzhaft zusammen, und ich hielt die Luft an, um das Brennen zu verdrängen. Ja, Ryan. Wäre Ryan hier gewesen, hätten wir uns zusammen an das Feuer gesetzt, mit Ally, Derek und Don gescherzt und den neuen Typen an Alissas Angel ausgefragt. Wir hätten den Abend genossen und uns amüsiert. Wir hätten gekuschelt und ... Ich wischte den Gedanken beiseite, bevor ich ihn zu Ende denken konnte. Er war nicht hier. Und wir waren nicht mehr zusammen.

Der Druck hinter meinen Augen verstärkte sich, als ich die Tränen wegblinzelte und auf dem Absatz kehrtmachte.

»Heulst du immer noch wegen dem Blutsauger? Wie jämmerlich!« Vanessas Stimme troff nur so vor Verachtung. Sie stand direkt neben mir und hatte mich beobachtet. Ich stieß sie unsanft aus dem Weg und wollte an ihr vorbei, doch Vanessa war niemand, der sich einfach schubsen ließ. Sie packte meine Haare und zog mit einem Ruck meinen Kopf nach hinten.

»Pass auf wo du hinläufst, du Pranakrüppel!«, zischte sie mir ins Ohr. Mit einer fließenden Bewegung drehte ich den Kopf unter ihren Armen hindurch und kickte ihr im selben Moment die Füße weg. Ich hatte nicht umsonst das ganze letzte Jahr Extrakampftraining absolviert.

Für einen Maira mochte es nicht reichen, für Vanessa allemal. Sie landete unsanft auf dem Steißbein, und trotz des weichen Sandes stöhnte sie schmerzvoll auf.

Ohne mich umzusehen, drehte ich mich um und ging davon. Jonathan, Vanessas Leibwächter, kam sofort herübergeeilt, um seiner Angebeteten zu helfen. Ich senkte den Kopf und entfernte mich weiter von den flackernden Lichtern des Strandes.

»Jillian Benett!« Mr. Sheffields Stimme hallte zu mir herüber. Na super, der hatte mir noch gefehlt. Wenn der kleine griesgrämige Lehrer uns gesehen hatte, konnte ich mich auf eine Predigt und eine Strafarbeit vorbereiten. Ich tat, als hörte ich ihn nicht.

»Bleiben Sie auf der Stelle stehen!«

Ich beschleunigte meine Schritte und erreichte den festgetrampelten Pfad. Als mich die Bäume vor den bohrenden Blicken von Lehrern und Schülern verdeckten, die ich in meinem Rücken spürte, begann ich zu laufen. Ich sprintete geradeaus, um Abstand zu dieser dämlichen Feier zu bekommen. Ich wollte heute mit keinem mehr sprechen. Sollten sie doch ihre blöde Party feiern, sich besaufen und amüsieren. Es war eine schlechte Idee gewesen, überhaupt an den See zu kommen.

Eine Träne lief mir über die Wange, und ich wischte sie

schnell beiseite. Ich fand es unfair! Unfair, dass alle so sorglos schienen, wo meine Welt doch gerade einzustürzen drohte. Ich setzte einen Fuß vor den anderen und haderte wütend und traurig mit meinem Schicksal.

An einem breiten Baum hielt ich schwer atmend an. Der Lauf und die Hitze des Abends hatten mir die Puste geraubt, nachdem ich mich schon im Schwimmbad ausgepowert hatte.

Der Mond beleuchtete die Umgebung nur sehr schwach, keine Fackel beleuchtete den Weg, und über mir verdeckten breite Äste das Sternenzelt. Schlagartig wurde ich mir der Dunkelheit um mich herum bewusst. Und der Stille. Dieser verdammten Stille, die schlimmer auf einem lastete als tausend Kriegshörner zusammen.

Verdammt! Ich war geradewegs in den Wald gelaufen.

Ein paar Blätter raschelten um mich herum, sonst war nichts zu hören. Keine Stimmen. Keine Musik. Keine Insekten. Es war unheimlich.

Ich lehnte mich mit dem Rücken an den Baum und hielt wachsam die Augen offen. Die Kronen der Bäume ließen gerade so viel Licht hindurch, dass ich die Umrisse der Sträucher um mich herum erkennen konnte. Ich lauschte, während mein Herz raste und wie ein Amboss gegen meine Brust schlug. Ich schloss die Augen, um mich zu beruhigen. Panik brachte mich jetzt nicht weiter. Beruhige dich einfach und geh zurück, Jillian.

Mein keuchender Atem ging langsamer, als ich mich von dem Sprint erholte, doch der Schweiß lief mir an der Stirn herab. Es war immer noch drückend heiß und stickig. Kein Lufthauch glitt durch den Wald, alles schien stillzustehen. Wenn nur diese unnatürliche Stille nicht wäre. Und dieses Gefühl, diese Angst im Nacken.

Man konnte es spüren, wenn man beobachtet wurde. Ich

erinnerte mich an eine Studie: Wenn man um zwei Uhr nachts im Bett aus unerklärlichen Gründen aufwachte, bestand eine achtzigprozentige Chance, dass man angestarrt wurde. Ich schlief zwar nicht, und es war auch noch nicht mitten in der Nacht... aber angestarrt wurde ich trotzdem. Ich konnte es fühlen.

Der Wald hatte etwas Bedrohliches an sich, das mir eine Gänsehaut verursachte. Panisch sah ich mich um, dreht mich im Kreis, doch es war nichts zu sehen und nichts zu hören – bis ein Rascheln rechts von mir ertönte.

Stocksteif blieb ich stehen, und mein Herz setzte aus. Ich schnappte nach Luft. Zitternd wandte ich den Kopf zur Seite, doch ich sah nur Dunkelheit hinter den flachen Büschen. Ich trat vorsichtig einen Schritt zurück und noch einen, bis ich ebenfalls aus dem Mondlicht verschwand und in den Schatten einer großen Eiche eintauchte. Die harte Rinde schabte über meine nackten Schultern, als ich mich an den Baum presste.

Ein Knacken hallte durch den Wald, diesmal hinter mir. Ich umklammerte mit schwitzenden Händen meine Kette, den Elfenanhänger, den mir Ryan geschenkt hatte. Sollte ich um Hilfe rufen? Doch weder die Elfen noch die Leute am See waren in meiner Nähe. Und was, wenn es nur ein Reh war, das nichtsahnend durch den Wald streifte? Oder einer der Lehrer? Ich versuchte, etwas Mut aus diesem Gedanken zu schöpfen, doch gleichzeitig wusste ich, dass ich keineswegs solch ein Glück haben würde.

Dieser Wald ist nicht mehr das, was er einmal war. Conchobhars Worte hallten in meinem Kopf wieder. Ich hörte das leise Rascheln der Blätter sowie vorsichtige Schritte, die sie auf dem trockenen Waldboden zermalmten. Meine Knie drohten nachzugeben. Das waren keine menschlichen Schritte. Das hier war groß. Ich zog in Erwägung, nach meiner inneren Quelle zu greifen und einen Pranaball zu formen, doch würde ich mich damit verraten. So hatte ich die Chance, im Schutze des Baumes und der Sträucher unentdeckt zu bleiben, bis ich wusste, mit wem oder was ich es zu tun hatte.

Ich rutschte am Stamm herunter und hockte mich hin, um mich so klein wie möglich zu machen. Und dann hörte ich es. Ein Grollen, wie es nur aus dem Bauch einer verdammt großen Kreatur kommen konnte.

Ich sah den Kopf, bevor das Geräusch verklang und zu einem bedrohlichen Knurren wurde. Zwischen den Zweigen und Ästen schob sich etwa drei Meter von mir entfernt eine lange, zottige Schnauze durch das Dickicht. Vor mir hatte ich eine Kreatur, die die Körpergröße eines Pferdes hatte. Speichel tropfte von den Zähnen, die länger als meine Handfläche waren. Ich konnte dickes Fell zwischen den Blättern hervorblitzen sehen, während die gelben Augen die Gegend nach mir absuchten. Ich öffnete den Mund zu einem stummen Schrei, unfähig, mich zu bewegen.

Vor mir stand der größte Wolf, den ich je gesehen hatte. Wenn man überhaupt von einem Wolf sprechen konnte. Ich sah riesige Pranken, die sich in den Boden drückten und die mit einer doppelten Reihe von Krallen gesegnet waren. Ich konnte Stacheln zwischen dem Fell des buschigen Schwanzes erkennen, die spitz im Mondlicht funkelten. Jetzt sah ich einen knochigen Panzer, der die Brust und einen Teil des Rückens bedeckte.

Ein weiteres Grollen aus dem Schlund des Wesens ertönte. Die Schnauze erzitterte, als es abrupt stehen blieb. Es hatte mich gewittert. Ruckartig riss es den Kopf zur Seite und starrte mich mit wilden Augen an.

Ich schrie auf und wollte davonrennen, doch das Monstrum sprang, bevor ich mich aus der Hocke erheben konnte. Mit einem Satz riss es mich von den Beinen und landete mit lautem Knurren und Zähnefletschen auf meiner Brust.

Ich erinnerte mich dunkel an meine Verteidigungsstunden und nutzte den Schwung des Wesens, um es mit den Beinen über mich hinweg zu schleudern. Mein Fuß bohrte sich in den Bauch des Wolfs, und ich lenkte seinen Sprung ab, wobei er wütend knurrend über den Boden rollte. Fast sofort stand er wieder auf den Beinen und setzte erneut zum Sprung an.

Ein Pfeil sauste durch die Luft, und ein lautes Jaulen tönte durch den Wald. Der Pfeil hatte die Pfote des Tieres an einer Wurzel festgenagelt. Ohne mich nach dem Schützen umzusehen, rannte ich. Ich rannte, sprang über Wurzeln, Steine und umgestürzte Bäume, fiel auf die Knie, schürfte mir die Haut auf und rappelte mich panisch wieder auf, um weiterzurennen und dabei panisch nach hinten zu sehen, bis ich endlich den Waldrand erreichte.

Nathan. Ich musste zu Nathan! Ich rannte den Weg zum See hinunter, immer darauf bedacht, einen gewissen Sicherheitsabstand zum Wald zu wahren. Zuletzt hatte ich ihn flirtend mit Mrs. Evans an der Getränkebude gesehen.

Ich hatte Glück, und Nathan kam mir entgegen, noch bevor ich in Sichtweite der anderen Schüler geriet. »Jill, verdammt, wo hast du gesteckt? Ich habe dich gesucht. Mr. Sheffield ist stinksauer!«

»Das ist mir egal«, keuchte ich, »wir müssen hier verschwinden!«

Nathan sah mich stirnrunzelnd an, während ich nach Luft japste, um weiterreden zu können. Ich hielt mir die stechende Seite und versuchte, den Schmerz zu ignorieren.

»Da draußen läuft ein Wolf umher, der größer ist als ein Ochse! Nathan, ich schwöre es dir, ruf die Schüler zusammen und schick sie in die Häuser zurück. Das Vieh hat mich angegriffen!«

Er packte mich an den Oberarmen und zwang mich somit, ihm ins Gesicht zu sehen. »Ist alles in Ordnung mit dir? Bist du verletzt? Jillian, Wölfe wurden hier schon seit Ewigkeiten nicht gesehen. Und wenn sich wirklich mal einer hierher verirrt, dann hat er garantiert mehr Angst vor uns, als wir vor ihm. Du hast ihn sicher nur erschreckt, und er wollte sich wehren. Hat er dich gebissen?«

»Nein, Nathan, du verstehst nicht. Das war kein normaler Wolf!«

Er sah mich an, als hätte ich Fieber. Oder den Verstand verloren. »Beruhige dich erstmal. Ein Wolf kann beängstigend groß wirken, wenn man ihn mit einem Hund vergleicht.«

»Ich sagte doch, das war kein richtiger Wolf!«

»Und was war es dann?«, fragte Nathan seufzend, als hielte er das alles für Zeitverschwendung. »Ein Werwolf vielleicht? Jill, es ist kein Vollmond und selbst wenn, würden sich die Mondkinder nur zur Hälfte zu Wölfen verwandeln. Du kennst ja das ganze Prozedere.«

Er schauderte, und ich dachte kurz an die Verwandlung, die einige meiner Mitschüler zu Vollmond abschließen mussten. Sie hatten dann lange Schnauzen mit Reißzähnen, eine gebückte Haltung und lange Klauen. Über den Armen und an manchen Stellen im Gesicht bildete sich leichtes Fell. Sie waren halb Mensch, halb Wolf, und es war scheußlich.

»Das war kein Werwolf!«

»Dann muss es ein richtiger Wolf gewesen sein. Jill, ich mache mir Sorgen um dich. Du hast viel um die Ohren, und die Sache mit Ryan scheint dir sehr an die Nieren zu gehen. Ich kenne auch die verdammten Gerüchte, die hier umgehen. Was denkst du, was passiert, wenn ich diese Party jetzt abblase, weil du angeblich einen Monsterwolf gesehen hast?«

»Es ist mir egal, was die anderen denken, sagen oder glauben! Und dir sollte es auch egal sein! Da draußen läuft ein verdammt gefährliches Vieh herum. Du solltest mich nicht einfach als geisteskrank abstempeln! Du nicht! Bei den anderen ist es mir egal, aber du nicht auch noch!«

Meine Stimme brach, als Nathan mich in den Arm nahm und ich das Gesicht in seinem T-Shirt vergrub, um die heißen Tränen zu verstecken.

»Ich halte dich nicht für verrückt, das musst du mir glauben. Aber ich will dich schützen, Jill! Ich weiß, dass es dir nicht gut geht, und das muss aufhören. Da kannst du nicht auch noch mehr Gerede brauchen. Ich sage ja nicht, dass ich dir nicht glaube. Wenn da draußen etwas ist, dann werde ich es finden! Versprochen. Ich werde zusammen mit den Wächtern den Wald durchstreifen und die anderen Lehrer informieren, bei der Party aufzupassen. Aber lass uns nicht gleich überreagieren.«

Überreagieren, na klar, er hat ja auch nicht gerade einem Riesenköter gegenüber gestanden. Aber als ich so dastand, die Stirn noch immer an seine Brust lehnend, und seine Hand spürte, die mir beruhigend über die Haare strich, wurde ich klarer im Kopf. Vielleicht hatte er recht, vielleicht neigte ich dazu überzureagieren. Ganz sicher sogar. Es war an der Zeit, auch anderen einmal zu vertrauen.

Die Wächter, von denen Nathan sprach, waren zehn Jäger aus der Verborgenenorganisation, die seit dem Mairaangriff im letzten Schuljahr regelmäßig den Campus abgingen und die Schüler schützen sollten. Vorher hatte es ein Schutzschild getan. Doch seit die Mairas durch Mrs. Grant, die verrückte Schulleiterin, einen Weg daran vorbei gefunden hatten, traute keiner der Schutzblase mehr richtig. Die Männer in den schwarzen Kampfanzügen waren allesamt Helden.

Was hatte es für einen Sinn, die ganze Schule in Panik zu versetzen, wenn das Wesen am Ende doch nur ein übergroßer Wolf und die Stacheln meiner Fantasie entsprungen waren? Mein Herz beruhigte sich etwas, und ich atmete tief durch. Nathans Geruch nach Holz und Erde kam mir unheimlich vertraut vor. Seine Arme lagen schützend auf meinem Rücken, und ich spürte, wie sehr mir jemand gefehlt hatte, an den ich mich anlehnen konnte. Doch ich wusste auch, wie verletzlich und anfällig ich momentan war, und so löste ich mich mit klopfendem Herzen von ihm. Eine braune Locke hing verschwitzt in seiner Stirn, und ich konnte dieselbe Verwirrung in seinen grünen Augen sehen.

»Ich werde mich darum kümmern«, versprach er mir und führte mich in Richtung der Gebäude, bis das Licht der Lampen uns einfing. »Versprich mir nur, dass du dich um dich selbst kümmerst. Ich kann nicht mitansehen, wie du dich fertigmachst. Ich weiß, wieviel dir an ihm gelegen hat. Aber das bist nicht du, Jill. Fang wieder an zu leben. Okay?«

»Okay«, hauchte ich mit kratzender Stimme und drehte den Kopf von ihm weg, damit er nicht sah, wie mich die Trauer nach seinen Worten übermannte. Er streckte die Hand aus, um mein Gesicht zu berühren. Ich konnte es aus den Augenwinkeln sehen. Doch er überlegte es sich anders und ließ sie sinken, bevor er sich auf den Weg zurück zum See machte.

»Ach, Nathan«, rief ich ihm nach, und er drehte sich um. Sein Gesicht hellte sich auf. »Frag mal bei den Wächtern nach. Ich glaube, einer von ihnen war anwesend und hat einen Pfeil in die Pfote des Wolfes geschossen. Ist mir gerade so eingefallen.«

Er nickte, doch die Lachfältchen um seine strahlenden Augen sowie die süßen Grübchen seiner Wangen glätteten sich. War er etwa enttäuscht? Er ließ mich verwirrt im Schutze der Gebäude allein und eilte zurück zur Party, um die Sicherheitsmaßnahmen einzuleiten.

Ich sah ihm hinterher, und eine Welle der Zuneigung überschwemmte mich. Nathan und ich hatten einst Gefühle für einander gehabt, auch wenn sie nur von kurzer Dauer waren. Wir durften nicht zusammen sein, und als er Vanessa ebenfalls geküsst hatte, wurde ich schnell wieder wachgerüttelt. Einen kurzen Moment fragte ich mich, ob ich ihm vielleicht doch mehr bedeutete, als ich immer angenommen hatte. Ich fragte mich, was passiert wäre, wäre er damals nicht mein Lehrer gewesen. Und hätte ich nicht Ryan kennen- und lieben gelernt. Der Gedanke an Ryan holte mich aus meinen Überlegungen zurück und ließ abermals mein Herz bluten. Doch hatte ich das erste Mal seit Wochen das Gefühl, dass die Wunde nicht ewig offen bleiben würde. Sie würde verheilen. Irgendwann.

Kapitel 9

»Cox«, rief ich, als ich in mein Zimmer stürmte.

Der Kobold blickte verschlafen über den Rand des Baldachins meines Bettes. Hier hatte er sein Nest gebaut.

»Schon wieder da?«, fragte er und rieb sich die Augen. »Ich wollte doch später nachkommen, wenn sie alle betrunken sind. Dann ist es immer am lustigsten, weißt du?«

»Ja, ja. Hör zu, ich muss dich etwas fragen! Was genau hast du gemeint, als du damals sagtest, der Wald sei nicht mehr das, was er einmal war? Was spukt da drin herum?«

»Woher soll ich das wissen? Ich gehe nicht da rein!«

Ich seufzte genervt. »Ja, aber warum?«

»Weil er böse ist. Ab und zu.«

Ich sah Cox entgeistert an. »Kannst du das vielleicht etwas genauer erklären?«

Er schwang sich am Bettpfosten herab und machte es sich auf einem seidigen Kissen meines Bettes bequem. »Nö. Es ist so ein Koboldding. Wir spüren, wenn wir uns von etwas fernhalten sollten. So 'ne Art Gefahrensensor. Warum fragst du?«

»Weil mich heute ein Wolf angegriffen hat, der aussah, als wäre er aus einem Horrorfilm entflohen«, murmelte ich und setzte mich auf den Bettrand, um die müden Füße auszustrecken. Ein Lederriemen meiner Schuhe war gerissen, und ich pfefferte sie mürrisch in den Mülleimer.

Aufgeregt sprang Conchobhar auf und spitzte die Ohren. »Ernsthaft? Und, wo ist seine Leiche?«

»Ich ... was?«

»Na, hast du ihm ordentlich eins auf die Mütze gegeben? Ihm den Arsch versohlt? Ihm die Eingeweide rausgeprügelt?«

Sprachlos sah ich Cox an. »Ähm, nein«, antwortete ich langsam, als ich meine Sprache wiedergefunden hatte.

Enttäuscht sanken die Ohren des Kobolds herab. »Wieso nicht?!«

»Ich ... keine Ahnung. Ich stehe nicht jeden Tag einem verdammten Riesenwolf gegenüber, okay? Ich habe zugesehen, dass ich so schnell wie möglich von dort wegkomme, bevor er mir den Kopf abbeißt.«

Wütend starrte Cox mich an. »Ist das dein Ernst? Und du bist nicht auf die Idee gekommen, Magie anzuwenden?«

»Es ging alles so schnell! Du warst nicht dabei, okay?« Jetzt fühlte ich mich dämlich. Warum hatte ich ihm nicht einfach meine Prana entgegengeschleudert?

»Schön. Ich war nicht dabei. Aber soll ich dir etwas sagen? Es reicht langsam mit deiner Trübsalblaserei!« Der Kobold stellte sich mit verschränkten Armen auf meine Knie und sah mich mit zusammengekniffenen Augen an.

»Was verstehst du schon davon?«, zischte ich ihn wütend an.

Er ließ sich nicht einschüchtern und zeigte mit dem Finger auf mich. »Vielleicht mehr, als du denkst! Und vielleicht ist es an der Zeit, dass dir mal jemand die Wahrheit ins Gesicht sagt. Du bist ein Wrack geworden! Die Jillian, von der ich gehört habe, hat Mairas und Höllenhunde besiegt und sogar einem Dämonenfürsten die Stirn geboten. Sie hat sich einer Vanessa entgegengestellt und sich nichts gefallen lassen. Sie war eine aufmüpfige Heldin, bereit, sich für jeden einzusetzen, der Unterstützung gebraucht hat!«

»Die Zeiten haben sich nun einmal geändert«, knallte ich Cox zornig an den Kopf.

»Nein, du hast dich verändert! Da kämpfst du gegen alle möglichen Monster, trittst ihnen gewaltig in den Arsch, stellst dich der ganzen Welt entgegen, um sie vom Richtigen zu überzeugen, und dann schafft es so ein blöder Vampir, dich zu brechen? Ist das dein Ernst? Seid ihr Weiber wirklich so dämlich, dass ihr euer Leben von diesem Beziehungsquatsch bestimmen lasst? Er ist weg. Schön! Das Leben geht weiter, auch wenn es wehtut. Aber es geht weiter!«

»Es ist nicht nur Ryan...«

»Aber er ist der Auslöser! Er ist der Auslöser dafür, dass du dich von deinen Freunden distanzierst. Du hast gar nicht gemerkt, wie viel Mühe sie sich mit dir gegeben haben. Du hast dich nicht einmal dafür interessiert, wie es ihnen überhaupt geht!«

»Heute scheinen sie mich nicht vermisst zu haben«, schmollte ich kindisch.

»Und woher willst du das wissen? Alissa hat dich den ganzen Vormittag gesucht, sie wollte sogar dieses Date mit dem Rotschopf absagen, um mit dir während der Party auf dem Zimmer zu bleiben. Ich habe ihr das ausgeredet und versprochen, auf dich aufzupassen. Übrigens solltest du sie mal nach ihm fragen, sie traut sich nämlich nicht, auch nur ansatzweise das Wort Gefühle oder Beziehung in deiner Gegenwart zu erwähnen. Aus Rücksicht! Dabei würde sie dir verdammt gerne von ihm erzählen. Und Derek? Derek versucht, mehr über die Dämonen herauszufinden. Und nein, er hat nicht vor, es an die Öffentlichkeit zu bringen. Er will dir helfen! Er will dir helfen zu verstehen, wo du herkommst und wie zur Hölle du überhaupt zustande gekommen bist. Hast du dir mal überlegt, dass dir das eines Tages weiterhelfen könnte? Die Menschen haben Angst vor allem, was nach Dämon klingt, weil sie nicht verstehen, mit was sie es zu tun haben! Sie haben keine klare Antwort darauf, warum die Unterwelt existiert, also wissen sie auch nicht, ob sie nicht irgendwann *nicht mehr* existiert und die Dämonen wieder frei sind. Nicht zu wissen, mit was man es zu tun hat, schürt die Angst! Du dagegen denkst nur an dich und beschuldigst deine Freunde, die immer hinter dir gestanden haben, dich zu verraten.«

Finster schaute ich den Kobold an und hörte seiner Standpauke zu, doch in meinem Inneren regten sich Zweifel. Cox fuchtelte mit den Armen. »Und soll ich dir mal etwas zu deinen Mitschülern sagen? Vanessa wird dich immer weiter schikanieren, wenn du ihr nicht endlich einmal zeigst, dass sie keine Macht über dich hat. Wenn du immer wie ein Häufchen Elend durch den Tag gehst, lässt du sie gewinnen. Und Chaz? Dieser arrogante Schnösel? Ich würde mir an seiner Stelle auch keine Nachhilfe von jemandem geben lassen, der den ganzen Tag mit eingezogenem Kopf umherläuft und einem Typen hinterhertrauert, anstatt sich zusammenzureißen und etwas Selbstbewusstsein an den Tag zu legen. Du warst traurig? Ja! Und wir haben dich auch verdammt noch mal alle bedauert. Aber jetzt ist Schluss damit. Krieg deinen Hintern wieder hoch!«

Ich sah Cox lange an. Er hielt meinem Blick stand. Schließlich seufzte ich und ließ mich rückwärts aufs Bett sinken.

»Du hast recht«, flüsterte ich, während ich an die silbernen Verzierungen des Baldachins starrte.

»Habe ich?«, fragte er verdutzt und atmete erleichtert aus.

»Hast du.«

Er beugte sich prüfend über mich, und ich fing an zu schielen, als sein Gesicht meinem so nah kam.

Ich lächelte ihn erschöpft an. »Ich glaube, ich habe einiges wiedergutzumachen.«

Ich grübelte eine Weile und legte mir die Worte zurecht, die ich meinen Freunden schuldete. Doch bevor ich mich aufsetzen konnte, flog die Tür auf, und Alissa kam keuchend ins Zimmer, das Gesicht noch gerötet, als wäre sie die Strecke vom See bis hierher gerannt. Sie blieb stehen und blickte mich einen Moment von oben bis unten an, bevor sich ihr Körper etwas entspannte.

»Geht es dir gut?« Sie setzte sich neben mich aufs Bett und nahm zitternd meine Hand. »Nathan hat mir und Derek etwas von einem Wolf erzählt, der dich angegriffen hat.«

»Ja, mach dir keine Sorgen«, beruhigte ich sie, »ich habe es rechtzeitig weg geschafft.«

»Warum hast du nicht gesagt, dass du auch auf der Feier warst? Du hättest zu uns kommen können! Derek und Don sind noch da und halten für Lockwood die Augen offen.«

»Ich wollte euch nicht stören.«

Betreten sah ich zu Boden und fühlte mich plötzlich kindisch, weil ich so reagiert hatte. Sie blickte mich wissend an, aber schwieg. Das mochte ich so an ihr. Sie akzeptierte meine Macken, egal, welche es waren. Plötzlich war ich froh, dass sie da war. Ich stieß sie freundschaftlich in die Seite und grinste. »Also, erzählst du mir von dem Typen?«

Allys Sommersprossen verschwanden unter der Gesichtsfarbe eines Feuermelders, und ich konnte mir ein Lächeln nicht verkneifen.

»Karson ist... na ja, nett.« Sie lächelte verlegen. »Aber darum geht es jetzt nicht, Jill. Dafür haben wir später immer noch Zeit. Erzähl mir erst, was im Wald vorgefallen ist!«

Und so erzählte ich. Ich erzählte ihr alles, von meinem Streit mit Vanessa, dem Gefühl, im Wald beobachtet zu werden, und dieser Kreatur, die mich angefallen hatte.

»Und ich habe mich nicht einmal gewehrt«, schloss ich. »Ich bin nicht einmal auf die Idee gekommen, meine Magie zu nutzen. Cox hat recht, ich habe mich in letzter Zeit total gehen lassen. Kein Wunder, dass sich Vanessa und Chaz und all die anderen Idioten einen Spaß daraus machen, mich zu demütigen. Ich habe es mal wieder mit mir machen lassen.«

Ich brauchte Alissa nicht zu sagen, dass die Sache mit Ryan schuld daran war, dass ich so einen Durchhänger hatte.

»Mit diesem Chaz stimmt etwas nicht«, sagte Ally leise.

Ich schnaubte. »Das kannst du laut sagen. Der Typ hält sich für die heißeste Nummer auf Erden.«

»Nein, ich meine das ernst. Er... ich kann seine Gefühle nicht spüren.«

Ich sah Ally einen Moment verdutzt an, doch dann dämmerte es mir. Das war ihr Geheimnis, und sie war endlich bereit, es mir anzuvertrauen. Alissa hielt den Blick gesenkt und strich gedankenverloren mit dem nackten Fuß über den weichen Teppich.

»Du kannst das schon länger, oder?«

Sie nickte, und ich wartete ab.

»Ich weiß nicht, wie es funktioniert oder warum das so ist. Es ist wie ein Sensor, aber ganz schwach. Du wirst wütend, ich spüre deine Wut, ohne dass ich sie dir im Gesicht ablesen kann. Du bist traurig, mir kommen die Tränen. Nicht, weil ich Mitleid habe, sondern weil ich dann *auch* traurig bin. Das macht mich manchmal wahnsinnig, Jill, gerade in letzter Zeit. Bei den anderen Schülern ist das nicht so schlimm, aber dich spüre ich intensiver. Und Chaz gar nicht.«

Ich ließ mir die Sache durch den Kopf gehen. Schon im letzten Jahr hatte ich es nie geschafft, meine Gefühle vor Alissa zu verbergen. Und sie war immer die Einzige, die Ryan nicht überraschen konnte, wenn er urplötzlich aus den Schatten trat, in die er so gerne verschwand. Der Gedanke an ihn versetzte mir einen Stich, und wie zur Bestätigung zuckte Alissa leicht zusammen. Doch verflog das Gefühl so schnell, wie es gekommen war.

»Vielleicht ist Chaz einfach noch nicht lange genug an der Schule. Du kennst ihn von allen am wenigsten.«

Sie wirkte eher skeptisch.

»Du kannst die Gefühle anderer auch beeinflussen, wusstest du das?«, fragte ich sie sanft.

Alissa hob den Kopf und sah mich mit großen Augen an, bevor sie ihn langsam schüttelte.

Ich zuckte mit den Achseln. »Ich fühle mich in deiner Gegenwart besser. Es ist wie ein Luftpolster, das die schlechten Gefühle abdämpft. Wenn du mir beruhigend die Hand auf den Arm legst, dann werde ich ruhig, ob ich es nun will oder nicht.«

»Das wusste ich nicht. Die Fähigkeit nervt, und ich bekomme neuerdings ständig Nasenbluten. Ich habe keine Ahnung, warum ich das kann oder was so anders an mir ist.« Sie seufzte, und ich legte schuldbewusst den Arm um ihre Schultern. Das ging dann wohl auf meine Kappe.

»Das kommt mir irgendwie bekannt vor«, brachte ich plötzlich kichernd hervor, und sie stimmte in mein Lachen ein.

»Wir werden ein bisschen recherchieren, was hältst du davon?«

Dankbar sah sie mich an, und ich schöpfte neuen Mut. Wie hatte ich mir so allein vorkommen können, wo ich doch so eine beste Freundin wie Alissa hatte? Cox hatte recht. Ich war wirklich dämlich.

Die nächsten Wochen zeigten Besserung. Ich biss die Zähne zusammen und versuchte, mit erhobenem Kopf durch die

Gänge der Schule zu gehen. Manche Kommentare, die ich aufschnappte, schmerzten immer noch, doch bekam ich den Schmerz langsam in den Griff. Ich gewöhnte mich daran. Im Unterricht konzentrierte ich mich bestmöglich und konnte sogar bei Mr. Sheffield einen Aufsatz über Kobolde abliefern, bei dem nicht einmal der grimmige Lehrer mit dem scharfen Blick eine Bestnote verweigern konnte. Er musste ja nicht wissen, dass ich sämtliche Informationen aus erster Hand von Conchobhar hatte.

Als ich an einem Samstagmorgen über den Campus schlenderte, blinzelte ich verträumt in die Sonne, die sich einen Weg durch den regenverhangenen Himmel bahnte. Das schwüle, heiße Wetter war einer angenehmen Temperatur gewichen. Der Wald umschloss ruhig und friedlich den Campus. Weder Nathan noch sonst irgendwer hatten einen übergroßen Wolf oder undefinierbaren Nebel entdeckt, was mich etwas beruhigte. Es war ein angenehmer Tag, und die verfärbten Blätter wirbelten in einem lauen Wind an mir vorbei. Sie brachten den Geruch nach Herbst mit sich. Bald würden Ally und ich unserem Hausmeister Mr. Yeng wieder bei der Laubbeseitigung zur Hand gehen, wie wir es auch im vergangenen Jahr getan hatten.

Der Kies des Wegs knirschte unter meinen Lederstiefeln, während ich über meine jetzige Situation nachdachte. Sie hatte sich erheblich verbessert, wenn man bedachte, dass ich bis vor ein paar Wochen noch ein nervliches Wrack gewesen war. Zeit heilt alle Wunden, sagte man, doch bisher konnte ich das nicht bestätigen. Ich war immer noch in meinem Gefühlschaos gefangen, doch ich versuchte jetzt, damit umzugehen und mit dem Schmerz zu leben.

Auf dem Weg zur Turnhalle kam mir Vanessa entgegen. Sie hatte sich in letzter Zeit wieder neue Gerüchte ausgedacht, laut denen ich mich beim Sex mit Ryan von ihm hatte beißen lassen und deshalb nicht über die Trennung hinwegkam. Auch heute grinste sie mir gehässig zu.

»Na, versteckt sich dein Vampirlover noch immer vor dir?«

Als sie merkte, dass ich nicht wie üblich vor innerlichem Schmerz zusammenzuckte, fuhr sie schwerere Geschütze auf. Sie erwähnte meine Mutter, und schon allein der Name Silva Bailey kam verächtlich aus ihrem Mund. Doch ich ließ sie den Satz nicht fertig aussprechen, in dem sie meine Mum garantiert wieder als schwarze Hexe bezeichnen wollte.

Ich blieb stehen und durchbohrte sie mit meinem Blick.

»Wag es ja nicht!«, unterbrach ich sie mit eisiger, fester Stimme und baute ein bedrohliches Energiefeld um mich herum auf. Die Luft knisterte, blaue Pranafunken glitten über meine Haut, und als ich einen eisigen Wind heraufbeschwor, schien die Zeit stillzustehen. Schüler um uns herum blieben ängstlich stehen, hielten die Luft an und wagten es nicht, sich zu bewegen. Das hier war Magie, die sie in dieser Form nicht kannten. Und sie machte ihnen Angst. Es war mir egal.

Vanessas Furcht war lediglich in ihren Augen abzulesen. Sie verstummte augenblicklich, und ich erkannte, dass sie fieberhaft nach einem Ausweg aus dieser Situation suchte, bei dem sie sich nicht blamierte. Nun, soviel musste man ihr lassen. Sie wagte es zwar nicht mehr, etwas zu entgegnen oder auch nur den Satz über meine Mutter fertig auszusprechen, doch es benötigte garantiert viel Mut, mir in dieser Situation den Rücken zuzudrehen und davonzustolzieren. Vorerst würde zwischen uns eine Art kalter Waffenstillstand herrschen, doch ich war mir sicher, dass er nicht lange anhalten würde.

Vanessa allerdings wirkte gestresst und müde – als würde sie nicht genügend schlafen. Aber es ging mich nichts an, und ich wollte auch nicht wissen, ob sie unter Schulstress litt oder Männerprobleme oder irgendetwas anderes hatte.

Mit neuem, ungewohntem Tatendrang lief ich weiter zu meinem Training mit Chaz. Selbst nachdem Nathan ihn sich noch einmal zur Brust genommen hatte, lief jeder Samstagmorgen noch nach demselben Schema ab. Chaz lungerte auf der Bank und ignorierte mich, während ich geduldig darauf wartete, dass die Zeit verging. Aber heute war Schluss mit meiner Geduld. Nathan hatte mich vor nicht einmal fünfzehn Minuten förmlich angefleht, Chaz endlich den Kopf zu waschen. Denn auch wenn der coole Sunnyboy stets ein beeindruckendes Maß an Beherrschung an den Tag legte, so war er dennoch eine potenzielle Gefahr für alle Schüler. Ich wusste, wie schnell man bei einem Gefühlsausbruch die Kontrolle über seine Prana verlieren und wie zerstörerisch die austretende Energie sein konnte.

Die steinerne Turnhalle ragte vor mir auf und tauchte mich in ihren Schatten. Entschlossen rückte ich meinen Kampfanzug zurecht und straffte die Schultern. Wollen wir doch mal sehen, zu was der Junge fähig ist, dachte ich. Mit einem Schwung trat ich durch die Tür und marschierte mit lauten Schritten direkt in die Halle. Chaz hatte es sich wie üblich auf dem breiten Mattenstapel bequem gemacht und hob nicht einmal den Kopf, als ich eintrat und etwa fünfzehn Meter von ihm entfernt Aufstellung nahm. Er schrieb irgendetwas auf einen Block, und ich konnte ihm nur wünschen, dass es Hausaufgaben waren.

Ich konzentrierte mich, und vor meinem inneren Auge erschien das Geflecht aus flüssiger Energie, dessen Fäden ruhelos durcheinanderwirbelten. Mit einem Gedankenstoß sammelten sie sich an einem Punkt und liefen zu einer wabernden blauen Energiekugel zusammen. Ich war einsatzbereit.

Um Chaz' Aufmerksamkeit zu erregen, richtete ich meine Gedanken auf den Kugelschreiber in seiner Hand und erhitzte ihn mithilfe der Pyrokinese. Chaz fluchte leise und warf den Stift vor Schreck quer durch die Halle, bevor er mich misstrauisch ansah.

Ich verschränkte die Arme vor der Brust und starrte mit hartem Gesichtsausdruck zurück. Er wirkte verblüfft, während ich meine Pranaquelle anzapfte. Ohne mit der Wimper zu zucken, trennte ich gerade so viel Energie von der gewaltigen Macht ab, dass ein kaum sichtbarer Blitz in seine Richtung zuckte und ihm einen gehörigen Stromschlag verpasste, ohne ihn zu verletzen. Chaz sprang schreiend auf und stöhnte. Ich lächelte und schickte einen zweiten Stromschlag hinterher, der ihn tänzeln ließ wie eine Ballerina.

»Was zur Unterwelt machst du da?«, schrie er mich wütend an und strich sich entgeistert die blonden Haare nach hinten.

»Setz dich doch zur Wehr«, antwortete ich kalt.

Er sah mich wütend durch die sommergrasgrünen Augen an, doch er wirkte auch unsicher. Er war in meinen Augen nichts anderes als ein verzogener Möchtegern, der sich in seinem Leben noch nie um andere geschert hatte und eine Arroganz an den Tag legte, die ich als ungesund bezeichnen würde. Weil es anfing, wirklich Spaß zu machen, schickte ich einen fußballgroßen Feuerball in seine Richtung, der sich kurz vor seinem Gesicht in Luft auflöste, indem ich die Luft beeinflusste und ein Vakuum erschaffte. Ja, ich hatte geübt.

Chaz war so erschrocken, dass er stolperte und auf den Hintern plumpste. Ich konnte nur mit Mühe ein lautes Auflachen unterdrücken und wahrte meine strenge Miene. Er sollte nicht denken, dass ich es nicht ernst meinte.

»Was ist los, Sunnyboy? Wehr dich!«

Er war stinkesauer. Sein Gesicht glich einer Tomate, und ich wappnete mich. »Ich könnte dich im Nullkommanichts umbringen!«

»Versuch es«, forderte ich ihn heraus.

Metall klirrte, als er mich konzentriert anstarrte. Chaz Henderson beherrschte die Ferrokinese, die Beeinflussung magnetischer Felder. In Sekundenschnelle schossen sämtliche Waffen, die an einer Wand der Halle angebracht waren, mit dem spitzen Ende auf mich zu. Ich lächelte unbeeindruckt. Durch die Gabe, auf alle Magiegebiete zugreifen zu können, konnte ich diese Fähigkeit ebenfalls nutzen. Ich baute ein magnetisches Feld um mich herum auf, das die Schwerter, Äxte und Speere abstieß. Sie schwebten unbeweglich und todbringend um mich herum. Jede einzelne Waffe zitterte durch die beiden Mächte, die versuchten, sie zu beeinflussen, doch sie konnten mir nichts anhaben.

Chaz wirkte für einen Moment erstaunt, doch er hatte sich schnell wieder im Griff und verstärkte den Druck. Ich hob zweifelnd die Augenbrauen und ließ ein ebenso verächtliches Lächeln über meine Lippen spielen, wie er es mir immer gönnte.

»Vielleicht solltest du deine Pranaquelle nutzen, wo dir doch schon die pure Energie zur Verfügung steht. Mit Ferrokinese kommst du hier nicht weit.« Ich sah ihn herausfordernd an, doch innerlich war ich gespannt wie ein Flitzebogen. Wenn er wirklich so dumm wie mächtig war, konnte er die gesamte Halle inklusive sich selbst in die Luft sprengen, ohne es zu wollen. Er rang sichtlich mit seiner Beherrschung, und ich beobachtete jede seiner Bewegungen, um sicherzugehen, wie weit ich ihn an die Grenzen seiner Selbstbeherrschung gebracht hatte. Nun, er hatte mehr Kontrolle über sich als ich, so viel musste ich ihm zugestehen. Ich wäre schon längst ausgerastet und hätte irgendetwas explodieren lassen. Resigniert ließ er die Schultern sinken, und die Waffen, deren Spitzen noch immer auf mich gerichtet waren, fielen scheppernd zu Boden.

»Wenn du sie kontrollieren könntest, hättest du dich wehren können. Hast du endlich erkannt, wie gefährlich es ist, seine Prana nicht im Griff zu haben? Vielleicht solltest du dich nicht nur auf deine seltene Gabe der Metallbeeinflussung verlassen, auch wenn sie dir viele Vorteile einem Feind gegenüber verschafft. Du hältst dich für besser als die meisten Schüler? Schön. Aber irgendwann wird der Tag kommen, an dem dein Gegenüber mehr drauf hat.«

Damit drehte ich mich um und verließ die Halle, ohne zurückzuschauen, nicht jedoch ohne den Blick in seinen Augen zu sehen, in dem das erste Mal ein Anflug von Respekt lag. Ich hatte ihm etwas zum Nachdenken gegeben. Ich konnte nur hoffen, dass ihm endlich ein Licht aufgegangen war – denn für das Vorhaben, das mir Nathan auf dem Weg zur Halle eröffnet hatte, konnten wir jeden guten Kämpfer gebrauchen.

Kapitel 10

Schmerz schoss durch meine Beine, breitete sich in meinem Bauch aus und zog bis in die Arme. Für einen Moment fühlte ich mich, als stünde ich in Flammen. Ich krümmte mich auf dem Parkettboden und biss die Zähne zusammen, um nicht zu schreien.

»Bisschen weniger beim nächsten Mal«, stöhnte ich, als ich wieder Luft bekam.

»Sorry«, antwortete Chaz und hatte immerhin den Anstand, verlegen zu wirken. Schwerfällig setzte ich mich auf und gab ihm mit einem Handzeichen zu verstehen, dass ich eine Pause brauchte.

Der überaus von sich überzeugte Macho hatte mich vor etwa drei Wochen, einen Tag nach meinem Angriff auf ihn, mit zusammengebissenen Zähnen gefragt, ob ich ihm zeigen könne, wie er mit seiner puren Energie umzugehen hatte. Ich willigte ein, allerdings musste ich ihm versprechen, keinem etwas davon zu verraten, dass ich ihn weichgeklopft hatte. Chaz war stolz auf seinen Ruf als Einzelgänger. Die Mädchen unserer Schule verfielen seinem Charme der Reihe nach, und die Jungs beteten ihn für seine Coolness an.

Ich fand ihn bescheuert. Immer noch. Er war weiterhin arrogant und überheblich, »Freundinnen« behielt er nie länger als drei Tage. Allerdings musste auch ich zugeben, dass er mit dem trainierten Körper und den ebenmäßigen Gesichtszügen wahnsinnig gut aussah, als er durch die Halle schlenderte und sich auf die Bank unter der Waffenwand setzte. Zudem wirkte er ziemlich reif, wenn man ihn mit den Milchbubis verglich, die die Winterfold Akademie zum Großteil beherbergte.

Dennoch war er nicht mein Typ. Ich beobachtete ihn durch den Schleier meiner Haare, die mir ins Gesicht fielen. Er wirkte blass und müde, auch wenn er es nicht zugeben würde.

Chaz lernte nicht halb so schnell, wie ich es gehofft hatte. Manchmal dachte ich tatsächlich, er stellte sich so dumm an, um mich zu ärgern. Der Hexer hörte weder richtig zu, wenn ich ihm etwas erklärte, noch konnte er das bisschen, das bis in sein Hirn vorgedrungen war, richtig einsetzen.

Es war eigentlich zu früh gewesen, um ihn seine Kräfte an einer lebenden Person testen zu lassen. Allerdings hatte er sämtliche Vorräte an Gummipuppen mit seiner Energie förmlich eingeschmolzen, sodass mir nichts anderes übrig geblieben war, als ihm Beherrschung einzubläuen und mich selbst zur Zielscheibe zu machen. Die weißen Blitze seines Geschosses zuckten noch immer über meine Haut und ließen sie kribbeln, der Schmerz war aber weitestgehend verebbt.

»Lass uns für heute Schluss machen.«

»Hast du etwa genug eingesteckt?«, fragte er hochmütig mit gekräuselten Lippen, während ich genervt die Augen verdrehte.

»Spar dir das Getue. Du siehst aus, als fällst du jeden Moment um.«

Er setzte zu einem Protest an, doch die Aussicht auf einen freien Nachmittag überwog seinen Stolz, und er schlurfte achselzuckend auf die Umkleidekabine zu, ohne mich noch eines Blickes zu würdigen. Ich kniff die Augen zusammen und schickte ihm einen kleinen Energieball hinterher, der zischend durch die Luft flog.

»Au!«, tönte es gedämpft durch die Wände des Raums, und ich konnte mir ein schadenfrohes Lächeln nicht verkneifen. Verdutzt hob ich allerdings den Kopf, als ich von ihm ebenfalls ein leises Lachen hörte. Machte es ihm etwa Spaß, mich zur Weißglut zu treiben?

Kopfschüttelnd stand ich auf und wischte mir den Staub von der Lederkleidung. Ich fluchte leise, als ich das zerfetzte Material am Schienbein meines Kampfanzuges sah. Nathan würde ausflippen, wenn ich ihn schon wieder um einen neuen bat. Die Anzüge waren so hergestellt, dass sie sowohl belastbar als auch dehnbar waren. Sie dämpften Magieangriffe und Stürze ab und sorgten trotzdem für genügend Beweglichkeit. Ich duschte schnell und schlüpfte in meinen Jogginganzug. Auf der Treppe zur Turnhalle saßen Alissa und Derek in der Oktobersonne und warteten auf mich.

»Wie war euer Training?«, fragte Ally neugierig und sah Chaz misstrauisch hinterher, dessen Gestalt ich von weitem noch über den Campus schlurfen sah. Sie konnte ihn ebenso wenig leiden wie ich, was aber eher auf ihre Frustration zurückzuführen war, weil sie seine Gefühle noch immer nicht wahrnehmen konnte. Ich wusste, dass es ihr insgeheim Angst machte.

»Es ist so ein verschwendetes Talent, sag ich dir. Der Junge hat die Gabe nicht verdient. Er ist nicht einmal dumm, er hat nur einfach den Schädel viel zu vollgestopft mit Mädchen, Partys und Coolsein. Ganz ehrlich? Er wird uns auf dem Ausflug wahrscheinlich alle umbringen.«

»Du hättest ihm versehentlich ein Bein brechen sollen, dann müsste er daheim bleiben«, sagte Derek mit einem unschuldigen Grinsen.

»Glaub nicht, dass ich nicht darüber nachgedacht habe!«

Ally und Derek kicherten, und wir schlenderten gemütlich in Richtung Wohntrakte. Ein paar verfärbte Blätter segelten im leichten Wind von den Bäumen, doch Ally und ich schickten sie gleich mit Hilfe der Telekinese in den Wald zurück.

Ich sah Alissas Bekanntschaft, den Werwolf Karson von weitem mit einer Gruppe Jungs auf einer Wiese des Campus. Sie spielten sich einen Ball mit einem Tempo zu, der einen Normalsterblichen bei einem Aufprall von den Socken gerissen hätte. Werwölfe waren verdammt schnell und verdammt stark. Karson war wirklich nicht übel, auch wenn ich ihn nur kurz kennengelernt hatte. Alissa war ein paar Mal mit ihm ausgegangen, und sie hatten sich alleine getroffen. Ich hob den Arm, um ihm zuzuwinken, doch Ally packte meinen Ärmel und riss ihn wieder runter. Verdutzt schaute ich sie an.

»Frag nicht«, murmelte sie zerknirscht und sah stur nach vorne. Ich zuckte mit den Achseln. Sie würde schon ihre Gründe haben.

»Habt ihr schon fertig gepackt?«, fragte ich die beiden leise und mit einem mulmigen Gefühl. Morgen würde unser »Schulausflug« beginnen, oder jedenfalls das, was sich Nathan Lockwood darunter vorgestellt hatte. Es war üblich, dass im zweiten Schuljahr ein Ausflug in den Wald stattfand, bei dem die Schüler im Zuge ihrer Jägerausbildung ein paar Tage im Freien nächtigten und lernten, sich von der Natur zu ernähren, sich zu verstecken und Spuren der Halbdämonen sowie ihre Nester aufzuspüren.

Normalerweise lief das Ganze innerhalb des Schutzschildes der Schule ab. Die Spuren der Mairas waren unecht und von den Lehrern gelegt. Es war eine bombensichere Sache. Bis wir Nathan zum Schulleiter bekamen. Der ehemalige Jäger der Verborgenenorganisation vermisste anscheinend den Nervenkitzel der Jagd, seit er sich mit Schülern abgeben musste.

Als nun vom Verschwinden Normalsterblicher im Winterfold Forest berichtet wurde, dessen Ursache auf mehreren Wegen auf Mairas deutete, machte Nathan prompt eine Exkursion daraus, in der wir der Sache auf den Grund gehen sollten. Er behauptete, es nütze nichts, wenn wir unvorbereitet in das Leben eines Jägers stolpern würden, ohne je die Gefahr gespürt zu haben, die es mit sich brachte.

In meinen Augen war er unvernünftig, und wir hatten heftig darüber diskutiert. Erfolglos. Nathan hatte die Unterstützung der VO, und was konnte ich schon dagegen ausrichten? Seiner Ansicht nach konnte kaum etwas passieren. Ich versuchte, mich damit zu beruhigen, dass uns eine Eskorte von Jägern begleiten würde und die Mairas bereits über alle Berge wären. Aber seien wir ehrlich. Das Glück stand in solchen Situationen noch nie auf meiner Seite.

Schneller, als mir lieb war, kam der Tag, an dem wir aufbrachen. Schnaufend zog ich an dem Riemen meines überdimensionalen Rucksackes, damit er nicht weiter in meine Schulter schnitt, und warf einen neidischen Blick auf Vanessa, die mich leichten Fußes überholte und elegant über den nadelübersäten Waldboden glitt.

Jonathan folgte seiner »Barbie« auf Schritt und Tritt und trug selbstverständlich auch ihr Gepäck. Der aschblonde Schönling war zu dumm, um zu bemerken, wie sehr sie ihn ausnutzte. Meiner Meinung nach hatte er es nicht anders verdient, nachdem er mich im letzten Schuljahr bedrängt hatte, um mich gewaltsam zu küssen. Jonathan war jedoch niemand, mit dem man sich auf Dauer anlegen sollte. Hinter dem hübschen Gesicht und dem dümmlichen Grinsen verbarg sich zwar nicht viel Verstand, dafür aber Gewaltbereitschaft und Skrupellosigkeit.

Ich hörte Alissas Keuchen und Dereks sowie Dons Jammern dicht hinter mir. Die beiden Jungen wollten schon vor etwa zwei Kilometern aufgeben und hatten uns angefleht, sie in der Wildnis zurückzulassen. Nathan hatte es verboten, da er Angst hatte, sie würden den Rückweg nicht finden.

Wir liefen schon den ganzen Vormittag und kamen aufgrund des Gepäcks nur schwer voran. Obwohl es angenehm kühl war, glühte mein Gesicht vor Anstrengung, und meine Muskeln schmerzten.

Ich blieb stehen und ließ die anderen an mir vorbeiziehen, um auf Nathan zu warten, der das Schlusslicht bildete. Er unterhielt sich mit zwei grimmig dreinblickenden Jägern der VO und war bestens gelaunt. Als er mich bemerkte, schickte er sie mit einem Zeichen voraus.

Der junge Schulleiter sah blendend aus. Seine Muskeln zeichneten sich unter dem engen Kampfanzug ab, und er schien es in vollen Zügen zu genießen, seiner einstigen Beschäftigung nachzugehen – der Mairajagd. Er beäugte mich neugierig. »Was gibt's?«

Ich riss mich von dem Anblick seiner Grübchen los, die sich immer zeigten, wenn er lächelte.

»Wir sollten eine Pause einlegen. Du scheuchst sie zu sehr, und ich glaube nicht, dass noch allzu viele Schüler die Kraft haben, um lange durchzuhalten.«

Er machte ein enttäuschtes Gesicht. »Tut mir leid, ich habe vergessen, wie untrainiert ihr alle seid.«

Ich kniff verärgert die Augen zusammen.

»Ja, auch du, Miss Benett!« Er knuffte mir in die Seite. »Glaub nicht, ich hätte nicht bemerkt, dass du nicht mehr regelmäßig Ausdauersport machst.«

Ich errötete bei der freundschaftlichen Umgangsweise, die er an den Tag legte, und sah mich verlegen um. Doch keiner beachtete uns, alle waren viel zu beschäftigt, den steinigen Anstieg mit dem schweren Gepäck zu meistern. Nathan legte die Hände zu einem Trichter um den Mund.

»Auf der Anhöhe rasten wir«, rief er lautstark und runzelte missbilligend die Stirn, als ein allgemeines Aufseufzen zu hören war. Ihn hatte weder das dichte Gestrüpp gestört, durch das wir uns gekämpft hatten und dessen Dornen unsere Arme und Beine zerkratzt hatten, noch der eiskalte Bach, den wir hatten durchqueren müssen und der unsere Stiefel und Strümpfe mit Wasser gefüllt hatte. Er war ganz in seinem Element und strahlte wie ein kleines Kind, das gerade sein Weihnachtsgeschenk auspackte. Ich fragte mich, warum er den Job des Schulleiters überhaupt angenommen hatte, wo er dabei doch hinter dem Schreibtisch festsaß, anstatt auf Abenteuerjagd zu gehen.

»Ich glaube immer noch nicht, dass das hier eine gute Idee ist, Nathan.«

Er stöhnte theatralisch. »Fang nicht wieder damit an. Es sind höchstens zwei oder drei Mairas, wir werden damit fertig. Wir sind sechzig Mann, Jillian!«

»Davon sind vierzig fast noch Kinder!«

»Meinst du, das weiß ich nicht? Ich habe nicht vor, sie in den Kampf zu schicken! Das werden wir Jäger erledigen. Aber sie sollten dabei sein, wenigstens einmal in ihrem Leben. Sie sind unvorbereitet, Jill. Weißt du, wie viele Neulinge in dem Beruf des Jägers sterben, weil sie sich vor Angst nicht bewegen können, wenn ihnen ihr erster Halbdämon begegnet?«

»Der Angriff auf die Schule letztes Jahr hat doch wohl gereicht! Da sind wir weiß Gott genügend Mairas begegnet!«

Er hob den Zeigefinger und wedelte vor meinem Gesicht umher.

»Falsch! *Du* bist ihnen begegnet, nicht die anderen. Die Hälfte dieser Weichlinge hier war in den Weihnachtsferien zu Hause, die andere Hälfte hat sich im Speisesaal verkrochen. Höchstens eine Handvoll von euch ist den Mairas näher als fünf Meter gekommen. Ihr habt euch dazu entschieden, die Jägerausbildung zu machen. Das ist kein verdammter Job in einer Postfiliale. Alle auf dieser Mission sind volljährig, und alle haben freiwillig teilgenommen. Selbst du! Irgendwann werdet ihr den Mairas begegnen, und dann lieber früher als später und vorbereitet statt überraschend.«

Nathas Stimme klang fest, und ich wusste, dass ich verloren hatte. Frustriert lief ich etwas schneller und reihte mich auf dem schmalen Weg vor ihm ein. Dabei schob ich einen tiefhängenden Kiefernast beiseite und ließ dann los, sodass er zu Nathan zurückschnippte. Ich hörte den dumpfen Aufprall und konnte ein Grinsen nicht verkneifen. Nathan fluchte leise.

Trotzdem kam ich nicht umhin, ihm in einigen Punkten recht zu geben. Vielleicht reagierte ich über, wenn es um Mairas ging. Aber ich hatte fürchterliche Angst vor ihnen, selbst wenn – oder gerade weil – ich ihnen schon mehrmals begegnet war. Ich hatte gelernt, dass man sich seinen Ängsten stellen musste, damit sie einen nicht verfolgten. Doch nun nahm ich an einer Mission teil, die mich direkt in die Höhle des Löwen führte.

Nach weiteren Minuten quälendem Fußmarsch hatten wir endlich den Anstieg geschafft, und Nathan führte uns zu einer Lichtung, die von gewaltigen Kiefern umgeben war. Wir sackten der Reihe nach auf dem Boden zusammen, um unsere müden Füße auszuruhen. »Ich werde hier nie wieder aufstehen«, hörte ich Derek stöhnen und beschloss insgeheim, demnächst zusammen mit meinen Freunden das Ausdauertraining wieder aufzunehmen.

»Okay, alle mal herhören!« Nathan klatschte in die Hände und verschaffte sich Aufmerksamkeit. »Wir sind etwa einen Kilometer vom Schutzschild der Schule entfernt, also in Sicherheit. Hier werden wir unser Nachtlager aufschlagen. Wenn ihr eure Zelte aufgebaut habt, teilt euch selbständig in Gruppen ein. Eine Gruppe sucht Feuerholz, eine weitere hebt die Feuerstelle aus, mehrere Gruppen begeben sich auf die Suche nach Nahrung und Wasser. Mal sehen, was von meinem Unterricht hängen geblieben ist. Und ich schwöre, wenn ich jemanden erwische, der einen Schokoriegel oder sonstiges eingeschmuggelt hat, begibt sich diese Person auf direktem Weg wieder nach Hause! Verstanden, Marisa? Glaub nicht, ich hätte nicht gesehen, was du auf dem Weg hierher genascht hast.«

Nathan blickte eine kleine Vampirin mit langen aschblonden Haaren und bleicher Haut ernst an. Ich war etwas verblüfft über die Strenge, die er an den Tag legen konnte, auch wenn ich es schön fand, dass er uns nun alle duzte. Wer einmal zusammen gejagt hat, sollte sich nicht mehr siezen müssen, hatte er verkündet. Manchmal vergaß ich, dass er Lehrer und Autoritätsperson war, und mir war es schon fast unangenehm, dass er mich und meine Freunde anders behandelte, wenn niemand zusah.

Es begann ein heilloses Durcheinander, als alle anfingen, sich um den einfachsten Job, das Feuerholzsuchen, zu reißen. Keiner hatte Lust, den Spaten zu schwingen und ein Loch für das Feuer zu buddeln, geschweige denn, auf Nahrungssuche zu gehen.

Nathan hatte uns in den letzten Wochen das Überleben im Wald beigebracht, und anstatt des abwechslungsreichen Kampftrainings hatten wir eine Theoriestunde nach der anderen abgesessen. Wir lernten, zu welcher Jahreszeit es welche essbaren Beeren, Wurzeln, Pilze, Pflanzen und Nüsse gab. Wir lernten den Wald kennen, wie man Wasser finden und Fallen für Tiere stellen konnte. Ich fand die Theorie nicht einmal so übel, aber ich hatte Schwierigkeiten, mir alles zu merken.

»Also schön, lasst uns das Zelt aufbauen und dann nach etwas Essbarem stöbern. Ich glaube, das ist der unbeliebte Teil, aber irgendwer muss es ja machen.«

Die Zelte waren passenderweise groß genug für vier Personen, und so suchte ich mir mit Derek, Ally und Don einen Platz am Rande der Lichtung, der etwas geschützt unter einer schweren Eiche lag. Erleichtert warf ich den Rucksack auf den Boden und ließ mich in das Gras sinken, nur um sofort vor Schreck wieder aufzuspringen, als eine gedämpfte Stimme aus der Tasche fluchte.

»Cox? Steckst du etwa da drin?!« Ich öffnete den Reisverschluss des riesigen Gepäckstücks, und mir blickten zwei große Kulleraugen entgegen.

»Ich dachte schon, wir halten nie an! Fast hätte ich dir in deine Unterwäsche gekotzt!« Der kleine Kobold mit den Fledermausohren kauerte eingekuschelt zwischen meinen Sachen und wirkte käsig, auch wenn das bei der grünen Hautfarbe schwer auszumachen war. »Ist die Luft rein? Kann ich rauskommen?«

Ich prustete angesichts des ängstlichen Gesichtsausdruckes des sonst so kecken Kobolds. »Du kannst rauskommen. Keine Monster zu sehen! Ich dachte, du wolltest nicht mitkommen?«

Ich wirkte selbstsicher, doch ich behielt für mich, dass ich die ersten beiden Stunden der Wanderung selbst nervös gewesen war und den Wald nach Anzeichen von Nebel, Riesenwölfen, unnatürlicher Stille und Kälte abgesucht hatte. Allerdings beruhigte mich die Anwesenheit von etwa fünf Dutzend anderen Personen etwas.

Conchobhar allerdings hatte nicht von seiner Angst vor dem Wald ablassen können und hielt noch immer an der Überzeugung fest, dass etwas Unnatürliches hierin lauerte. Ich stimmte ihm zu, aber ich konnte auch nicht tatenlos zuhause herumsitzen, während sich meine Freunde hier draußen befanden. Außerdem hoffte ich, dass wir verschont blieben. Wir waren nicht nach Westen gegangen, wo die Elfenmulde lag und ich die unheimliche Begegnung mit Nebel und Wolf gehabt hatte, sondern hatten die östliche Seite des Waldes gewählt. Hier lag noch unberührte Natur, und ich war erstaunt darüber, wie weit der Schutzschild von der Schule entfernt war.

»Ja, ich wollte daheim bleiben, aber vielleicht brauchst du ja einen Kobold, der dir den Arsch rettet.« Er machte Witze darüber, doch ich wusste, dass er es ernst meinte. Cox und ich hatten unsere Differenzen überwunden und waren zu Freunden geworden. Seine Worte rührten mich, und ich lächelte ihn liebevoll an.

»Oh Gott, werd jetzt bloß nicht sentimental!«, schnaufte er und drehte mir den Rücken zu, doch ich konnte vorher noch einen Blick auf seine Wangen werfen, die sich gerötet hatten.

»Du solltest dich unsichtbar machen, bevor dich jemand sieht.« Mit einem Zischen war er verschwunden, und ich spürte Sekunden später sein Gewicht auf meiner Schulter. Keiner der anderen Schüler schien bemerkt zu haben, dass ich mit meiner Tasche geredet hatte. Alle waren zu beschäftigt damit, ihre Zelte zum Stehen zu bringen. Ich lächelte, als ich die ratlosen Gesichter der Schüler sah, die sich in Zeltplanen und Stöcken verhedderten.

Als ich mich zu Derek drehte, war ich nicht gerade erstaunt darüber, dass unser Zelt schon fast stand. Er hatte garantiert die Aufbauanleitung auswendig gelernt. Ich half bei den letzten Handgriffen und verstaute unser Gepäck.

»Also gut, dann lasst uns mal etwas Essbares suchen. Wenn ich mir unsere Kameraden so angucke, dann habe ich wenig Hoffnung, dass sich auch nur einer gemerkt hat, wovon man sich im Wald ernähren kann.«

Don seufzte zustimmend. »Wir haben doch Gott sei

Dank unser wandelndes Lexikon dabei!«, rief er und klopfte Derek so hart auf den Rücken, dass dessen Brille von der Nase rutschte.

Ich straffte die Schultern und sah in die Tiefen des Waldes. Es war eigentlich nicht die Nahrungssuche, die mich hier in der Wildnis beunruhigte. Es war die Nacht, vor der ich Angst hatte.

Kapitel 11

Ich atmete tief ein und ließ die Düfte des Waldes auf mich einwirken. Ich liebte den Geruch von feuchtem Laub, Erde und Kiefernnadeln. Vor uns erstreckte sich eine Ebene, die mit Farnen und ein paar Wildblumen bedeckt war, und die Vögel zwitscherten fröhlich in den Kronen der Bäume.

Etwas plumpste neben mir zu Boden, und ich keuchte kurz auf, als ich eine tote Krähe entdeckte. Ihr Hals wirkte merkwürdig verrenkt. Als ich den Kopf hob und in die Bäume schaute, sah ich Conchobhar in den Ästen turnen und winken.

»Abendessen«, erläuterte er mit hochgezogenen Augenbrauen und einem Grinsen, das über beide Backen reichte.

»Oh Gott, ich glaube, mir wird schlecht. Das will doch kein Mensch essen!«

»*Mein* Abendessen«, stellte er klar. »Außerdem solltest du nicht so wählerisch sein. Nach den drei Tagen im Wald wirst du dein linkes Bein für eine Portion Fleisch hergeben!«

»Ich glaube kaum«, murmelte ich schlecht gelaunt. Obwohl er damit wahrscheinlich nicht ganz falsch lag. Ich war seit über einer Stunde mit meinen Freunden auf Nahrungssuche, was sich Anfang November als durchaus schwierig herausstellte. Derek hatte ein paar Wurzeln ausgegraben, deren Pflanzennamen ich nicht mehr wusste. Ich vertraute ihm einfach. Momentan suchten wir die Gegend nach späten Pilzen ab und hatten schon einen Korb mit Maronen, Stockschwämmchen und Herbsttrompeten gefüllt. Trotz der bequemen Lederstiefel schmerzten meine Füße und ich wollte endlich an einem gemütlichen Feuer den Abend ausklingen lassen.

»Hey, Derek, sieh dir die hier an. Sind die essbar?« Alissas Kopf erschien hinter einem umgestürzten Baumstamm. Ich schlenderte zu ihr.

»Sieht irgendwie giftig aus«, erwiderte ich mit verzogenem Gesicht. »Guck mal, die schimmern lila! Wahrscheinlich wachsen uns danach ein paar weitere Arme und Beine!«

»Nein, sie sind tatsächlich essbar«, klärte mich Derek auf, der gerade dazugekommen war, »Das sind violette Rötelritterlinge.«

Zweifelnd sah ich auf die kleinen Pilze mit der eigentümlichen Färbung. »Ich glaube, ich lasse heute Abend lieber die Finger vom Pilzeintopf.«

Derek besah sich die Pilze genauer. »Keine Sorge, es handelt sich wirklich um diese Art. Sie ist leicht zu verwechseln mit dem Purpurfleckenden Klumpfuß, der wiederum durch süßlichen Geruch, spinnwebartigen Schleier und das rostbraune Sporenpulver zu erkennen ist.«

Ich sah ihn entgeistert an. »Du hast wirklich das ganze Pilzbuch auswendig gelernt?«

Dereks Ohren wurden rot und er drehte sich beleidigt um. »Ich weiß eben gerne, was ich esse!«

Der ruhige Don lächelte mich bedeutungsschwer an. Für diesen Spruch würde uns Derek für die nächsten eineinhalb Stunden anschweigen. Ich zuckte entschuldigend mit den Schultern.

Nach ein paar Minuten entdeckte ich auf dem Stamm eines Nadelbaumes ein paar weitere Pilze. Ich wusste, dass es sich um den Rauchblättrigen Schwefelkopf handelte, doch ich rief absichtlich nach Derek und fragte ihn um Rat, weil ich wusste, dass es ihn besänftigte.

Cox genoss das Schwingen in den Ästen und hatte seine Krähe auf den Rücken gebunden, während er nach Gefahren Ausschau hielt.

»Vielleicht hat der Grünling da oben gar nicht so unrecht und wir sollten uns um etwas Fleisch kümmern. Für eine Jagd waren wir garantiert zu laut, aber wir sind weit genug vom Lager entfernt, um ein paar Fallen aufzustellen.« Außerdem behagte mir die Aussicht auf drei Tage mit Pilzen als Hauptgericht überhaupt nicht. Worauf hatte ich mich hier eingelassen?

»Gute Idee«, stimmte mir Ally zu. »Ich werde solange diese Birken hier anzapfen und mich um Wasser kümmern. Nathan hat zwar etwas von einem weiteren See in der Nähe gesagt, aber wer weiß, ob ihn jemand gefunden hat. Und ich laufe bestimmt nicht drei Stunden lang zum Bach zurück.«

Sie wühlte in ihrem Rucksack nach unseren Plastikflaschen und dem Taschenmesser, nachdem sie mir die dünne Schnur für meine Falle gereicht hatte. Das war wenigstens etwas, was ich konnte.

Ich suchte einige Äste und befestigte sie so an der Schnur, dass ich eine Schlinge auslegen konnte, die sich zusammenziehen würde, sobald jemand oder etwas hineintrat. So lautete jedenfalls die Theorie. Ich war mir nicht ganz sicher, was ich davon halten sollte, also baute ich mit Dereks und Dons Hilfe noch vier weitere Fallen an Stellen, die Spuren von Wild- oder Kaninchenkot aufwiesen.

Alissa hatte indessen die Wasserflaschen gefüllt und wir machten uns erschöpft mit unserer Ausbeute auf den Weg zum Lager.

Panisch sah ich auf, als ich plötzlich Nathans laute

Stimme durch den friedlichen Wald schallen hörte. War etwas passiert? Ich begann zu laufen. Wir brachen durch das Gestrüpp, nur um Zeugen einer Predigt zu werden, die Nathan einem Telekinese-Hexer aus der anderen Klasse zuteilwerden ließ.

»Ist das dein Ernst? Du hast die wohl giftigsten Pflanzen und Pilze mitgebracht, die du hattest finden können. Willst du mich veräppeln?«

Dem Grinsen des Hexers nach zu urteilen, das er seinen Freunden zuwarf, als Nathan ihm schnaubend den Rücken zudrehte, wusste er genau, was er da mitgebracht hatte. Ich konnte einen Blick auf den Korb erhaschen und erkannte einige der Pflanzen und Pilze wieder, die ich auf einer nahegelegenen Wiese gesehen hatte. Anscheinend hatte sich unser Freund hier einen schönen Nachmittag gemacht und die Füße hochgelegt, nur um dann schnell alles in den Korb zu werfen, was er finden konnte.

Nathan drückte ihm einen Kanister in die Hand. »Da du ja heute einen entspannten Nachmittag hattest, dürftest du jetzt fit für einen Fußmarsch zum See sein. Er liegt in dieser Richtung, etwa eine Stunde entfernt. Bring Wasser mit, und damit meine ich nicht nur einen halben Kanister voll. Deine Freunde hier werden dich begleiten. Seht zu, dass ihr vor Sonnenuntergang zurück seid.«

Die beiden Jungen, die hinter vorgehaltener Hand gerade noch über ihren Freund gelacht hatten, protestierten lautstark, doch Nathan brachte sie mit einem bösen Blick zum Schweigen, bevor er zu uns kam.

»Also schön, dann zeigt mal her, was ihr so habt«, sagte er grimmig und beäugte unseren vollen Korb. »Dem Himmel sei Dank, wir werden nicht verhungern. Das habt ihr gut gemacht, Leute. Diese Strohköpfe hier treiben einen in den Wahnsinn.«

Seine Augen strahlten, als wir ihm von dem Wasser aus

den Birken und die Aussicht auf Fleisch am nächsten Tag erzählten.

Wie sich herausstellte, waren wir nicht die Einzigen, die erfolgreich gewesen waren. Ein Rudel Werwölfe kam gerade vom See wieder und präsentierte stolz sechs prächtige Fische, die sie mit den bloßen Händen gefangen hatten. Ich glaubte, mich verhört zu haben. Werwolf zu sein war eventuell doch nicht so schrecklich.

Für die Überraschung des Abends sorgte allerdings Chaz, der mit einem ganzen Reh über der Schulter aus dem Wald trottete und im Glanze seines Ruhmes badete. Auf meine Frage, wie er das denn angestellt hatte, antwortete er ausweichend, und eine verräterische Röte breitete sich in seinem Nacken unter den dünnen blonden Haaren aus.

»Du hast es mit Magie bewusstlos geschlagen«, stellte ich fest, nachdem ich keine Wunden an dem armen Tier erkennen konnte, dessen Herz nur noch leise schlug. Ich konnte die Energie noch in dem Tier spüren.

»Bist du neidisch, Prinzessin?«

Wow, der Typ hatte sich ja schnell wieder im Griff.

»Nein, mich würde es nur interessieren, wie ein so talentfreier Angeber es geschafft hat, einen präzisen Energieball abzufeuern, der noch dazu stark genug ist, ein so großes Tier aus den Socken zu hauen.«

Nun stieg die Röte auch noch in sein Gesicht, und ich konnte ein Prusten nicht unterdrücken.

»Es war Zufall, oder?«

Er antwortete nicht.

»Hast du etwa im Wald geübt?«, hakte ich grinsend nach.

Der Hexer hob hochmütig das Kinn und drehte sich um. Ich widerstand der Versuchung, ihm hinterherzugehen und mich zu entschuldigen. Chaz hatte ein bisschen Spott bitter nötig. Was nichts daran änderte, dass sich mein schlechtes Gewissen meldete. Es verschwand allerdings schnell, als ich ihn fünf Minuten später mit einem hübschen Mädchen sah, das ihn anhimmelte. Musste wohl eine der wenigen sein, die laut den Gerüchten noch nicht den Weg in sein Bett gefunden hatte. Nun, heute Abend würde sie sich mit einem Zelt zufrieden geben müssen. Hoffentlich stand es weit genug von unserem entfernt.

»Lasst uns von hier verschwinden«, flüsterte ich meinen Freunden zu. »Ich möchte ehrlich nicht wissen, wer hier wie dem Reh den Rest gibt.«

Don riss die Augen auf, und Derek bekam sogleich eine grünliche Gesichtsfarbe. Ich nahm die beiden mit zur Feuerstelle und staunte nicht schlecht, als ich den über zwei Meter hohen Holzhaufen sah. Himmel, heute Abend würden uns garantiert keine wilden Tiere angreifen.

Als es zu dämmern begann und der Mond aufzog, saßen wir gesättigt von einem deftigen Rehbraten und Pilzeintopf (den Wildblumensalat hatte ich nicht angerührt) im Kreis um das Lagerfeuer und lauschten gespannt Nathans Plänen für die nächsten Tage. Er saß direkt neben mir, und die Flammen erhellten sein Gesicht, als er voller Eifer erzählte.

»Während ihr heute fleißig Nahrung und Wasser gesucht habt, sind unsere Jägerfreunde hier auf die Suche nach den Mairas gegangen.«

Ich sah fröstelnd zu den finster blickenden, in Schwarz gekleideten Männern, die in den Schatten rund um unser Lager Wache standen. Nathans Stimme senkte sich und wurde fast zu einem Flüstern.

»Der Schutzschild liegt nicht weit von hier entfernt, und etwa zwei Kilometer weiter südlich haben sie einige Mairaspuren entdeckt. Es ist gar nicht so weit weg von der Stelle, an der erst in den letzten Wochen zwei Normalsterbliche verschwunden sind. Wir werden morgen versuchen, das Nest der Mairas ausfindig zu machen. Wir alle.«

Er machte eine bedeutungsschwere Pause, und ich bemerkte, dass ich nicht die Einzige war, die den Atem angehalten hatte. Nathan lachte fröhlich auf und klatschte in die Hände, wohl wissend, was für einen Eindruck er bei uns hinterlassen hatte.

»Und nun bin ich sicher, dass einige von euch ein paar schaurige Geschichten kennen, die zu einem solchen Ausflug passen.«

Es wurde ein schöner Abend. Wir lauschten gespannt den Horrorgeschichten, die die Werwölfin Zoe Balinda sehr bildlich erzählte. Ihre rauchige Stimme wirkte hypnotisierend, und nicht nur ich hing an ihren Lippen.

»Ich bin bei meinen Großeltern in einem entlegenen Ort an der Nordküste aufgewachsen. Kaum einer kennt das Dorf. Und niemand weiß um die unheimlichen Geschehnisse. Bis zur nächsten Stadt sind es einige Kilometer, und wir sind gewöhnlich ganz auf uns allein gestellt. Es gibt keine Straßen, nur einen steinigen Feldweg. Umgeben von Feldern und einem lichten Wäldchen, bleiben wir Dorfbewohner meist unter uns und stehen noch heute jedem Fremden misstrauisch gegenüber. Es gibt keine Schilder oder Hinweise darauf, wie man unser Dorf erreicht, denn wir haben Angst, jemand könnte herausfinden, was dort vor sich geht. Meine Großmutter weihte mich früh in den Fluch ein, der auf meiner Heimat liegt. Seit ich denken konnte, war es uns verboten, das Haus nach Einbruch der Dunkelheit zu verlassen. Der Grund dafür sind die schwarzen Wesen.«

Sie erschauderte, und ich blickte nervös um mich, doch Zoe erzählte flüsternd weiter.

»Sie kommen mit der Dunkelheit und dem ersten Schnee, ohne dass ihnen die Kälte etwas ausmacht. Niemand hat jemals ihre Gesichter gesehen, falls sie überhaupt welche haben. Niemand weiß, ob sie tot oder lebendig sind. Wir schalten die Lichter aus, wenn sie ins Dorf kommen, verstecken uns in den Betten und tun so, als wären die Häuser unbewohnt.

Die Wesen bleiben nicht lange. Sie schlurfen nachts durch den Ort und drücken die Klinke an jeder Kellertür, um zu sehen, ob sie geöffnet ist. Wenn eine Familie vergessen hat abzuschließen … verschwindet sie einfach spurlos, doch manch einer vermag die Schreie der Kinder zu hören. Nur die Spuren im Schnee zeugen davon, dass die schwarzen Wesen durch das Dorf gezogen sind.

Als ich dreizehn war, warnte mich ein älterer Dorfbewohner. ›Die schwarzen Wesen werden heute kommen, sobald das Tageslicht verschwunden ist.‹ Ich rannte nach Hause, da die Dämmerung schon eingesetzt hatte. Wir wohnten am Dorfrand. Auf dem Feld hinter dem Haus, direkt vor dem Wald, sah ich in weiter Ferne meine kleinen Schwestern spielen. Sie waren so nah an den Bäumen. Viel zu nah. Ich rief und wedelte mit den Armen, während die Dunkelheit sich immer weiter herabsenkte. Polly und Karla tollten im Gras und verstanden nicht, warum ich so ein Theater machte. ›Beeilt euch endlich‹, rief ich ihnen verzweifelt zu. Dennoch kamen sie nur gemächlich in meine Richtung, während die Schwärze der Nacht sich über den Wald legte. Ich lief ihnen entgegen und spähte in den Wald. Da sah ich es. Direkt hinter meinen Schwestern stand es im Gebüsch. Schwarz wie die Nacht, zwei Meter groß und gesichtslos. Nur das Weiß seiner Augen ließ es mich erkennen. Ich packte die Arme der Mädchen und zerrte sie zum Haus, ohne zurückzublicken, während ich den schweren, rasselnden Atem aus den Tiefen des Waldes hörte. Ich wollte nicht wissen, ob es hinter uns war. Ich hatte zu viel Angst. Also drängte ich meine Schwestern weiter vorwärts, rannte, bis wir nicht mehr konnten, bis wir die Haustür erreichten und ich sie krachend hinter uns zuschlug. ›Geht nach oben und versteckt euch. Und lasst das Licht aus‹, befahl ich den Mädchen, doch ich wusste, es hatte uns längst gesehen.

Ich musste mich vergewissern, dass auch meine Großeltern zu Hause waren. Sie waren mittlerweile senil. Ich fand sie in der Küche, wo sie im Schein einer Kerze still ihr Abendbrot aßen. ›Großvater‹, sagte ich, ›hast du die Kellertür abgeschlossen?‹ Er runzelte die Stirn und zuckte mit den Achseln. ›Ich glaube schon‹, sagte er. Und dann: ›Die Dunkelheit ist da. Sie kommen.‹ In diesem Moment hörte ich das Knarren der Kellertür. Mein Großvater hatte nicht abgeschlossen.«

Ich hatte nicht bemerkt, dass ich die Hand in Nathans Ärmel gekrallt hatte, doch er selbst starrte Zoe nur entgeistert an und schien es nicht registriert zu haben. Unbehagliches Schweigen lastete auf uns, und jeder blickte verstohlen in die Dunkelheit.

»Und was ist dann passiert?«, wagte Alissa mit zittriger Stimme zu fragen.

»Unser Nachbar kam die Treppe hoch und verkündete, er habe für uns abgeschlossen«, antwortete Zoe kichernd, und ich entspannte mich etwas.

»Die Geschichte war doch ausgedacht, oder?«, fragte Vanessas Freundin Megan mit bleichem Gesicht. Zoe zuckte nur geheimnisvoll mit den Schultern.

»Oh Gott, ich werde kein Auge hier draußen zumachen«, hörte ich Don flüstern.

Nachdem wir uns von dem Schrecken erholt hatten, drehten sich die Gespräche um unsere Erlebnisse im Wald. Nathan hatte einen der Jäger zu sich gerufen und sprach gelassen über die morgige Vorgehensweise. Ich beobachtete ihn von der Seite und war nicht überrascht, dass er vollkommen in seinem Element war. Der Schulleiter strahlte ein inneres Feuer aus, das ich schon des Öfteren bei ihm beobachtet hatte, wenn er sich für etwas begeisterte. Das hier war das Leben, das ihm in den letzten Monaten so gefehlt hatte. Nathan war nicht dafür geeignet, in einer Schule eingesperrt zu sein, und schon gar nicht dafür, hinter einem Schreibtisch zu klemmen. Er gehörte hinaus in die weite Welt, er liebte die Gefahr und war nicht umsonst einer der besten Kämpfer Englands. Dass er zudem seine gute Laune auf andere übertragen konnte und stets fröhlich und unbekümmert schien, machte ihn nur noch sympathischer. Obwohl ich ab und zu der Meinung war, etwas Ernsthaftigkeit könne ihm nicht schaden.

Als hätte er meine Blicke auf sich gespürt, drehte er sich zu mir um und lächelte mich an. »Ist alles klar bei dir? Der Tag war ganz schön anstrengend, hm?«

Ich zuckte mit den Achseln, und wir verfielen in ein ungezwungenes Gespräch. Die Flammen des Feuers spiegelten sich in dem Grün seiner Augen und ließen sie erstrahlen, während sich sein vertrauter Duft nach Ebenholz mit dem des rauchenden und knisternden Holzes der Feuerstelle mischte. Der orangerote Schein ließ seine Züge noch ebenmäßiger und attraktiver aussehen. Er war noch so verdammt jung, seine Haut gebräunt und rein, doch trotzdem strahlte er eine Erfahrung aus, die einem das Gefühl von Sicherheit vermittelte. Sein Arm berührte meinen und ließ mein Herz schneller schlagen.

Ich erinnerte mich an die schönen Stunden, die wir verbracht hatten, als er mir Nachhilfe gab. Mit Nathan konnte ich lachen, er verstand mich und schaffte es, mich auf den Boden der Tatsachen zurückzuholen, wenn es nötig war. Ich hatte Spaß mit ihm, wir vertrauten einander, neckten uns, und die Anziehung war kaum zu leugnen. Aber es war doch alles nur freundschaftlich, oder?

Natürlich war da auch für eine Zeit lang Leidenschaft gewesen, aber das war, bevor er mich mit Vanessa enttäuscht hatte. Kam es nur mir so vor, oder kribbelte es plötzlich in meiner Bauchgegend? Hör auf damit, Jillian, er ist dein Lehrer, ermahnte mich eine leise Stimme in meinem Hinterkopf. Die Stimme verblasste, als ich nach schier endlosen Wochen das erste Mal das Gefühl hatte, nicht über Ryan nachdenken zu müssen. Und dass ich es das erste Mal seit dieser Zeit auch gar nicht *wollte*. Ich wollte einfach diesen Abend genießen und vergessen, dass mein Herz eigentlich noch an dem Vampir hing. Und wieso klopft es dann so laut in der Nähe eines anderen?, flüsterte die Stimme.

»Ich ... ich muss mal«, stotterte ich plötzlich und stand auf, Alissas wissenden Blick auf mir spürend. Ja, ich musste, und zwar einen kühlen Kopf bekommen. Ich stolperte vom Feuer weg, vorbei an einem bärtigen Wächter mit grauen Strähnen in den Haaren. Außer Sichtweite der anderen lehnte ich mich am Rand des Lagers an einen Baum und starrte in die Dunkelheit des Waldes. Es war friedlich hier draußen. Ich atmete die kühle Nachtluft ein. Alissas Schritte waren mir vom Feuer gefolgt, und ich spürte sie hinter mir stehen. Schweigend sah ich in den Wald, bevor ich leise seufzte.

»Es fühlt sich gut an«, flüsterte ich, ohne mich nach ihr umzudrehen.

»Das sollte es aber nicht.« Ihre Stimme klang traurig, aber bestimmt. Natürlich hatte ich Ally nichts vormachen können, ihr Gefühlssensor war nicht zu überlisten. Auch wenn sie sich Mühe gab, sich normal zu verhalten, musste sie meine Gefühle während des Abends unter denen der anderen herausgefiltert haben.

»Ich vermisse ihn immer noch«, sagte ich kaum hörbar. Meine Stimme klang seltsam heiser, und mein Hals kratzte.

»Ich weiß.«

»Aber es ist nicht mehr so schlimm wie vorher.«

»Ich weiß.«

»Bei Nathan ...«

»Ich weiß.«

Ich drehte mich zu ihr um und blinzelte ein paar Tränen weg. »Was soll ich machen, Ally?«

Meine Trauer und Verwirrung spiegelten sich auch in ihrem Gesicht wider, bevor sie sich fasste. »Lass es nicht zu.«

Ich ließ mich auf den trockenen Waldboden sinken und lehnte mich an den Baum, um in den sternklaren Himmel zu blicken. Alissa setzte sich schweigend neben mich. Wir verstanden uns wortlos. Alissa hatte mich im letzten Jahr schon einmal wieder zusammengesetzt, als ich gemeint hatte, mich in Nathan verlieben zu müssen.

»Seine Gefühle für dich sind echt«, sagte sie nach einer Weile, und ich sah sie verblüfft an. Es war das Letzte, was ich aus ihrem Mund erwartet hatte.

»Ich habe es am Feuer gespürt. Karsons Gefühle für mich waren es nicht. Er wollte... nun ja, es war sehr ernüchternd.« Sie stand auf und klopfte sich mit gesenktem Kopf den Staub von der Hose.

»Warum erzählst du mir das?«, hauchte ich.

Sie sah mich wieder mit diesem traurigen Blick an, und zum ersten Mal konnte ich erkennen, wie schwer sie an der Bürde ihrer Fähigkeiten zu tragen hatte.

»Ich weiß es nicht.«

Schweigend sah ich Alissa hinterher, bevor ich entschied, dass ich wirklich mal musste. Ich verzog das Gesicht bei dem Gedanken, mich in den Wald hocken zu müssen, und stiefelte in die Dunkelheit, immer darauf achtend, mich nicht zu weit vom Feuer zu entfernen. Der Mond beleuchtete den Weg nur noch spärlich, als er zum Großteil hinter einer Wolke verschwand. Schon nach wenigen Metern fühlte ich mich beobachtet, doch mein Pulsschlag verlangsamte sich wieder, als ich weder eine unnatürliche Kälte spürte, noch die Geräusche des Waldes verklangen.

Trotzdem rührte ich mich nicht vom Fleck und schloss nervös die Augen, um mich mit meinem Gehör auf die Umgebung zu konzentrieren. Immer mit der Ruhe, Jill. Ich drehte mich abrupt nach rechts, als ich eine Anwesenheit spüren konnte. Der Geruch nach nassem Hund brachte mich dazu, die Nase zu rümpfen. Ich kannte ihn irgendwoher.

»Was willst du, Jonathan?« Ich verfluchte meine Stimme dafür, dass sie in genau diesem Moment bebte. Aber verdammt, das letzte Mal, als er mir aufgelauert hatte, wollte er mir seine widerliche Zunge in den Hals schieben.

»Du hast doch nicht etwa Angst vor mir?«

Ich straffte die Schultern, und der Gedanke, dass sowohl Schüler als auch Lehrer in Rufweite saßen, verdrängte die letzte Nervosität. Das hier war nur Jonathan, ein übergroßer Hohlkopf. »Nein, habe ich nicht.«

Er grinste und rückte näher. Ich zwang mich dazu, stehen zu bleiben, als er sich an dem Baum neben mir abstützte und sein Gesicht direkt vor meines schob.

»Das solltest du aber«, hauchte er.

Mein Blick folgte seinem, als er seine Hand beäugte, die auf der harten Rinde des Baumstammes lag. Ich runzelte verwirrt die Stirn, bis ich die kreisrunde Narbe sah, die sich auf seinem Handrücken befand und relativ frisch wirkte. Es dauerte, bis die Erkenntnis mich traf. Ich erstarrte, und Kälte breitete sich in mir aus, die sich in nackte Angst verwandelte und mich wie angewurzelt dastehen ließ. Ich erinnerte mich an einen Pfeil, der sich in eine klauenbesetzte Pranke bohrte.

»Du warst es.«

Es war nur ein Hauch, der über meine Lippen glitt, doch Jonathan verstand jedes Wort, als ich ihn ungläubig und voller Angst anstarrte. Er lächelte bösartig.

Jonathan war der riesige Wolf, der mich im Wald angesprungen hatte? Was zur Hölle ging hier vor? Ich zitterte am ganzen Körper.

»Wieso erzählst du mir das? Du weißt, dass ich es melden werde.«

Er zog sich etwas zurück und lächelte selbstsicher. Oh oh, das bedeutete nichts Gutes.

»Nein, das wirst du nicht, kleiner Dämon.«

Ich blickte ihn fassungslos an, und ein wissender Schimmer tauchte in seinen gelben Augen auf. Er hielt meinem Blick stand. Äste knackten, Schritte kamen näher, und das Gebüsch neben uns erzitterte, als Chaz grinsend durch das Unterholz trat, mit dem hübschen blonden Mädchen an der Hand. Er wirkte überrascht, uns hier zu sehen.

»Hey, sorry, wir wussten nicht, dass ihr hier seid.«

Das Mädel hielt sich kichernd die Hand vor den Mund.

Das war meine Chance. »Schon gut, ich wollte sowieso gerade verschwinden.« Bestürzt von dem Gespräch lief ich, so schnell ich konnte, zum Lager zurück. In dieser Sache war das letzte Wort noch nicht gesprochen, dessen war ich mir sicher.

Kapitel 12

»Woher zur Hölle weiß er es?«, fragte ich zum wohl hundertsten Mal an diesem Tag, als wir mit der Gruppe zu dem Ort wanderten, an dem die Jäger die Mairaspuren gesehen hatten. Ich war müde und schlecht gelaunt. Die Nacht im Zelt war kalt und ungemütlich gewesen, außerdem hatte Derek so laut geschnarcht, dass die Zeltplane gewackelt hatte. Der geschmacklose Brei aus gestampften Wurzeln zum Frühstück hatte meine Laune auch nicht gerade heben können. Ich brauchte eine Dusche, dringend. Meine Haare, die zu einem Pferdeschwanz gebunden waren, fühlten sich in der morgendlichen Luft feucht an.

Weder Alissa noch Derek konnten mir eine Antwort auf meine Frage geben. Ich hatte ihnen noch am Abend von der Begegnung mit dem Werwolf erzählt, doch sie konnten sich keinen Reim darauf machen, wieso Jonathan seine Gestalt derart ändern konnte. Wir hatten jede Möglichkeit in Erwägung gezogen, von Steroiden bis hin zu Genmanipulation. Eine Theorie war haarsträubender als die andere.

»Ob Vanessa es auch weiß?«, flüsterte Alissa und beobachtete die blonde Schönheit, die mit hoch erhobenem Kopf ein gutes Stück vor uns lief.

»Wahrscheinlich«, seufzte ich und zog mit der Hand das Haargummi fester. Warum nur hatte mir Jonathan erzählt, dass er der Wolf war, und nicht gleich mein eigenes Geheimnis in die Welt hinaus geschrien.

»Sie sieht fertig aus«, stellte Ally fest.

Ich schnaubte. »Muss wohl an dem fehlenden Hairconditioner und Schönheitsschlaf liegen.«

Doch als ich Vanessa besah, musste ich Ally recht geben. Die Feuerhexe wirkte ausgelaugt, fast schon krank. Ihre rosigen Wangen waren irgendwie eingefallener, ihr sonst so glänzendes blondes Haar wirkte stumpf. Oh, sie büßte nichts von ihrer eleganten Haltung ein, nein. Aber etwas war anders.

»Irgendetwas beschäftigt sie. Ich konnte es spüren«, fuhr Ally fort, doch ich zuckte nur mit den Achseln. Wir würden es wohl nie erfahren.

Als wir den Schutzschild der Schule passierten, durchfuhr mich ein warmes Kribbeln. Alle menschlichen Wesen konnten durch die fast durchsichtige, regenbogenartig schimmernde Wand gehen, ohne beeinflusst zu werden. Halbtote Wesen wie Mairas konnten es nicht. Es hatte etwas damit zu tun, dass sie keine Prana hatten. Der Schutzschild war eine komplizierte Mischung aller Magiearten, die nur von mehreren Profis gemeinsam hergestellt werden konnte.

Nathan hielt die Gruppe an und deutete auf eine Stelle aufgewühlter Erde im Waldboden, bevor er sich mit besorgtem Gesicht an die Jäger wandte. Sie murmelten ein paar ernste Worte, und für einen Moment huschte Unsicherheit über das Gesicht des Schulleiters. Ich schob mich näher heran, bis ich sie verstehen konnte. Einer der Jäger mit dunklen Haaren und kantigem Gesicht – James, wenn mich nicht alles täuschte – kniete auf dem Boden und untersuchte die Stelle. »Es sind keine Wildspuren, so viel ist sicher. Der Boden ist zu aufgewühlt, um Genaueres zu sagen, aber auf jeden Fall ist das hier nicht nur an einem Tag passiert.«

Nathan starrte ihn bestürzt an. »Sie kommen hierher und testen den Schutzschild? Öfters?«

Der Jäger nickte ernst, und Nathan fuhr sich durch die Haare. »Gütiger Himmel!«

Das hörte sich nicht gut an. Ich stellte mich neben Nathan, während keiner der restlichen Schüler etwas von der Sorge mitbekommen zu haben schien. Der Boden sah für mich wie ein kleiner Trampelpfad aus, der kurz vor dem Schild endete.

»Was ist los?«, fragte ich angespannt.

»Ich bin mir nicht sicher, aber so, wie die Spur verläuft, könnten es Mairas gewesen sein, die regelmäßig die Sicherheit der Schule überprüfen. Vielleicht waren es aber auch Wildschweine, die die Barriere nicht durchdringen wollten. Ich bin mir nicht sicher, wie viel von dem Schild die Tiere spüren. Wenn es Mairas sind, werden wir weitere Spuren finden.«

Er sah mich herausfordernd an und zog eine Augenbraue in die Höhe. Mein Bauch kribbelte bei seinem verschmitzten Blick. Ich runzelte die Stirn und konzentrierte mich auf das, was vor uns lag. Die Spur führte nirgendwo hin, sondern verlief sich im Nichts. Wildschweine hätten einen Pfad durch den halben Wald gezogen. Mairas dagegen hatten Flügel, sie bevorzugten die Bäume. Automatisch wanderte mein Blick nach oben, und Nathan brummte zustimmend.

»Zeig mal, was du kannst, kleine Jägerin.«

Ich funkelte ihn an, doch er lachte nur, als ich mich an die nächstgelegene Buche stellte und an der rauen Rinde nach oben kletterte. Es war ein Balanceakt, besonders, als die Äste unter mir dünner wurden. Doch ich hatte es als Kind schon geliebt, in den Bäumen zu turnen. Auf was zur Hölle sollte ich hier achten? Ich biss mir auf die Lippe. Mairas waren größer als Menschen, sie benötigten Platz zum Landen, auch wenn sie beweglich waren. Ich betrachtete den Baum und fand einen breiten Ast, der etwas eigentümlich vom Baum weggewachsen war und über dem ein Freiraum lag. Als ich mich ein Stück weiter nach oben zog, sah ich kleine, abgebrochene Zweige. Die Rinde des Astes wies Spuren von Krallen auf, die entweder einem zwei Meter großen Vogel gehörten oder dem Wesen, das monatelang Grund für meine Alpträume gewesen war.

»Ich glaube, das solltest du dir ansehen«, sagte ich trocken, und Nathan lachte, als hätte er nichts anderes erwartet. Das Laub des Baumes und die zahlreichen Äste verhinderten, dass ich ihn oder überhaupt jemanden auf dem Boden erkennen konnte, doch ich hörte, wie er sich ebenfalls an den Aufstieg machte. Kurz darauf schob er sich durch das Blattwerk, und ich konnte nicht anders, als seine eleganten und sicheren Bewegungen zu bewundern. Der Mann war eine Sportskanone.

Mit einem Satz landete er neben mir und legte die Hand kurz an meine Hüfte, damit ich nicht den Halt verlor, als der Ast bedrohlich schwankte. Er zwinkerte mir zu. »Ganz schön eng hier oben.«

Ich verdrängte das Flattern im Magen und wandte mich grinsend ab, um auf die Spuren zu deuten, und damit er nicht sah, wie mir die Röte ins Gesicht stieg. Verdammt, das ganze letzte Jahr hatten wir miteinander zu tun gehabt, und ich war nicht ein einziges Mal so durcheinander gebracht worden wie in den letzten Wochen.

Nathan zog ein Kilidsch, das krummsäbelige Schwert, aus der Scheide an seiner Hüfte und hieb nach einer Warnung nach unten ein paar Mal auf den benachbarten Ast ein. Krachend landete dieser auf dem Boden. Als auch wir heil dort angekommen waren, rief er die Schüler zu sich, um ihnen die abgeschürfte Rinde zu zeigen. Eine Gruppe Jäger machte sich auf den Weg, die Gegend auszukundschaften, während Nathan uns auf alle Mairaspuren hinwies. Wir fanden gräuliche Schuppen an den Bäumen, Krallenabdrücke auf dem Boden, abgebrochene Äste und ein paar Blutstropfen, von denen ich nicht wissen wollte, woher sie stammten.

Auf dem Rückweg machten wir einen großen Bogen, um unsere gestellten Fallen vom Vortag zu kontrollieren. Wir hatten immerhin ein Kaninchen gefangen, doch in der Falle einer anderen Gruppe befand sich ein kleines Wildschwein. Ich wandte mich so schnell wie möglich ab, um nicht doch noch zum Vegetarier zu werden. Das Essen für heute Abend und den morgigen Tag war gesichert, doch es würde noch ein paar Stunden dauern, bis ich damit klarkam.

Es fing an zu nieseln, und als wir das Lager erreichten, ergoss sich ein regelrechter Bach aus dem Himmel. Die Zeltplanen hielten dem Wasser vorerst stand, doch würden sie die Innenräume nicht ewig trocken halten können. Wir verstauten unsere Rucksäcke und machten uns auf die Suche nach dicht belaubten Ästen, um ein provisorisches Dach für die Zelte und einen großen Unterstand zu bauen, unter dem wir das Feuer fürs Abendessen entfachen konnten. Keiner hatte Lust auf rohen Hasen.

Ich schlurfte zum wohl hundertsten Mal durch den Wald, um das passende Geäst zu finden. Die Anstrengung brachte mich dazu, das Regencape auszuziehen, denn der lederne Kampfanzug hielt das Wasser ebenso ab. Meine Frisur war sowieso verloren, die Haare klebten mir tropfend an der Stirn und glitten schwer über meine Schultern.

Conchobhar schien das Wasser nichts auszumachen, er hatte sich unsichtbar gemacht und saß auf meiner Schulter, um meine Laune mit dreckigen Witzen zu bessern. Ich musste mehr als einmal losprusten, und natürlich musste mir gerade in diesem Moment der Schulleiter über den Weg laufen.

»Was ist denn so witzig?«, fragte er irritiert und sah sich im Wald um, als hoffe er, er habe einen meiner Freunde übersehen und ich sei nicht dem Wahnsinn verfallen. Cox schwang sich leise kichernd von meiner Schulter, und ich wusste, dass er uns etwas Privatsphäre gönnen wollte.

»Nichts weiter«, stotterte ich und errötete. »Ich habe mich nur an etwas erinnert.«

Er lächelte mich an und kam näher. Oh oh, wir waren allein. Über seiner Schulter trug er ein gewaltiges Bündel an Ästen, das er stöhnend fallen ließ. Er streckte sich und unterdrückte ein Gähnen.

»Ich freue mich, dich wieder fröhlich zu sehen.«

Augenblicklich wurde mein Lächeln gequält, als ich den vertrauten Stich in meinem Bauch fühlte. Verdammt, Ryan, wo steckst du nur? Nathan bemerkte meinen Stimmungsumschwung und wechselte schnell das Thema. Bildete ich mir ein, Enttäuschung in seinem Blick liegen zu sehen?

»Wir werden die Jagd auf die Mairas morgen absagen. Du hattest recht.«

Verdutzt blinzelte ich die Wassertropfen weg, die an meinen Wimpern hingen. »Wieso?«

Er seufzte und zuckte mit den Achseln. »Die Jäger haben heute die Gegend außerhalb des Schildes ausgekundschaftet. Wir müssen mit mindestens zehn dieser Monster rechnen, statt mit nur drei. Sie haben einen ganzen Haufen wilder Tiere gefunden, denen die Prana ausgesaugt wurde, was bedeutet, dass die Mairas ausgehungert sein müssen. Es ist zu gefährlich.«

Ich sah ihm an, wie schwer es ihm fiel, wieder zur Schule zurückzukehren, ohne nur einen einzigen Kampf gehabt zu haben, und hob tröstend die Hand, um ihm am Ellenbogen zu berühren. Seine Miene hellte sich auf, und erst jetzt wurde mir bewusst, wie nahe wir beieinander standen. Ich konnte die Regentropfen sehen, die an seinen braunen Haaren herabliefen, und hielt den Atem an. Sein Duft nach Ebenholz verstärkte sich und mischte sich mit dem des Regens, alles um uns herum duftete nach Wald und Erde. Es waren maximal zwölf Grad, meine Haut war kalt und nass, doch unter der Oberfläche schien ich zu brennen, als er eine Hand ausstreckte und mir eine nasse Strähne aus dem Gesicht strich. Mein Herz begann sich zu überschlagen und hämmerte in meiner Brust. Ich legte meine Wange an seine Hand und genoss für einen Moment die Berührung. Seine Haut fühlte sich so angenehm warm und vertraut an. Ryans Haut war die meiste Zeit kalt. Oh Gott, Ryan. Ich vermisste ihn so, und trotzdem stand ich hier und genoss den Augenblick der Stille mit einem Menschen, der mir fast ebenso wichtig war.

Doch sie hatten mich verletzt, beide, auch wenn es bei Nathan schon etwas länger her war. Ich war noch nicht bereit, meine Mauer einzureißen, für keinen von beiden. Ich war einfach noch zu verletzlich, und so schluckte ich schwer, als der Hexer seine Hand zurückzog. Er konnte meine Miene schon immer deuten und wusste, woran er war.

»Es tut mir leid«, flüsterte er kaum hörbar, und ich sah tief in seinem Inneren, dass er es ernst meinte. Er redete nicht von der Berührung, er redete davon, dass er mich damals dazu gebracht hatte, mich in ihn zu verlieben – nur, damit ich dann mitansehen musste, wie er Vanessa küsste. Als ich Ryan danach kennen- und lieben lernte, fiel es mir leichter, die Sache zu vergessen und von meiner Seite aus eine tiefe Freundschaft zu Nathan aufzubauen. Doch nun hatten sich die Dinge geändert.

Er sah mich verständnisvoll an, während ich hin- und hergerissen versuchte, Herr über mein Gefühlschaos zu werden. Für einen Moment schien ihm etwas auf der Seele zu brennen, er holte Luft, nur um den Mund wieder zu schließen, als hätte er es sich anders überlegt.

»Irgendwann vielleicht…«, hauchte er und zog sich zurück, um sein Holzbündel aufzuheben. Ich bewegte mich nicht vom Fleck, als er mir eines seiner traumhaften Lächeln schenkte, in dem doch so etwas wie Wehmut lag. Ich wusste, dass genau dieses Lächeln mich noch ewig verfolgen würde. Verwirrt starrte ich auf die Stelle, an der er zwischen den Bäumen verschwand, und versuchte mir darüber klar zu werden, warum zur Hölle ich mich in seiner Gegenwart lebendiger fühlte als bei jedem anderen, der mir in den letzten Monaten beigestanden hatte.

»Grundgütiger, was hast du nur für ein Problem mit Männern, Hexe?«

Ich zuckte erschrocken zusammen, als das Gewicht des Kobolds auf meinem Kopf zu spüren war. Er wurde sichtbar und beugte sich stirnrunzelnd vor mein Gesicht, sodass die riesigen, grünen Augen nur wenige Zentimeter von meinen entfernt waren – mal abgesehen davon, dass er über Kopf stand. Ich wedelte ihn energisch mit der Hand weg und ignorierte sein Geplapper.

»Mal im Ernst, da ist der eine weg, schon kommt der nächste um die Ecke und bringt dich aus dem Konzept. Was stimmt nicht mit dir? So viel Gefühlsduselei hält doch kein Kobold auf Dauer aus! Wieso müsst ihr Weiber euch ständig verlieben?«

»Ich bin nicht verliebt«, antwortete ich trotzig und setzte mich in Bewegung.

»Natüüürlich nicht.«

Ich schüttelte den Kopf und schlang die Arme um mich, als die Kälte des Novembers nun doch in meine Knochen fuhr.

»Was weißt du denn schon davon?«, drehte ich den Spieß um.

»Mehr, als du denkst«, antwortete der Kobold und schoss davon, so wie ich es gehofft hatte. Das war absolut kein Thema, über das er reden wollte. Missmutig schlurfte ich zum Lager zurück, um bei den Bauarbeiten zu helfen. Nathan hatte mittlerweile die Nachricht verkündet, dass die Mairajagd abgesagt wurde, und überall um mich herum vernahm ich enttäuschtes Stöhnen. War ich die Einzige, die erleichtert war?

Als wir einen passablen Unterstand gebaut hatten, unter dem wir alle Platz fanden, konnten wir das nasse Holz nur mit Magie entfachen. Drei Feuerhexen, darunter auch Vanessa, waren nötig, um die qualmenden Baumstümpfe zum Brennen zu bringen. Unterdessen widmete ich mich einer schwierigeren Aufgabe. Hochkonzentriert zapfte ich meine Prana an und vermischte die Magie der Luft und die des Feuers. Das Ergebnis war ein warmer Wind, der durch den offenen Unterstand fegte und unsere Kleider und Haare trocknete.

Nachdem ich fertig war, benötigte ich eine Pause, setzte mich auf einen Baumstumpf und sah dankbar zu Derek, der mir eine Tasse mit heißem Kräutertee brachte. Ohne Zucker schmeckte er schrecklich. Das Feuer wärmte Gesicht und Beine, und zusammen mit dem heißen Getränk konnte ich endlich aufhören zu zittern.

Etwas überrascht sah ich auf, als Chaz sich zu mir setzte. Ich runzelte die Stirn, als er nervös mit den Fersen im Waldboden scharrte.

»Ähm«, begann er, und ich konnte ein Schmunzeln nicht unterdrücken, »du hattest recht. Nicht, dass das allzu oft vorkäme. Aber egal. Ich meine das mit dem Reh. Es war wirklich ein Unfall.«

»Was du nicht sagst«, erwiderte ich trocken.

Er blickte mich wütend an. »Hör auf damit! Ich versuche gerade, über meinen Schatten zu springen, und ich habe nicht allzu viele Fehler, die ich zugeben könnte. Mir fehlt die Übung.«

Ein Glucksen entfuhr meiner Kehle, und ich schlug entschuldigend die Hand vor den Mund. Sein Blick wanderte zu den Jägern, die in ihren schwarzen Kampfanzügen, vollbehangen mit allerlei Schwertern und Dolchen am Gürtel, unglaublich professionell aussahen.

»Ich möchte so werden wie sie. Ich will eines Tages einer von ihnen sein.«

Ich sah ihn abwartend an, doch ich konnte mir ungefähr vorstellen, was er wollte.

»Jedenfalls muss ich dazu meine Magie unter Kontrolle bringen, so schnell wie möglich, bevor ich irgendetwas oder irgendwen in die Luft sprenge und bei der VO nicht mehr zugelassen werde. Würdest … würdest du später noch mal mit mir üben?«

Es hatte ihn einige Überwindung gekostet, von seinem hohen Ross abzusteigen, und ich zog den Augenblick noch etwas in die Länge, bevor ich ihm lächelnd zunickte.

»Schön«, sagte er, »dann lass uns nach dem Abendbrot zu der Lichtung gehen, die wir heute Morgen überquert haben. Dort dürfte uns keiner sehen. Gott bewahre, dass einer herausfindet, dass Chaz Henderson Nachhilfe bekommt.«

Ah, so viel zum Thema Demut. »Stimmt. Und nicht, dass uns noch jemand für Freunde hält. Das wäre wirklich zu viel.«

»Unerträglich«, stimmte er mir zu, und ich verdrehte die Augen, als er sich davonschlich, nur um einer rothaarigen Vampirin ein arrogant-lässiges Augenzwinkern zukommen zu lassen. Sie errötete, und ich ließ den Blick über die Schüler wandern, die sich um das Feuer versammelt hatten. Wusste ich es doch. Die Blonde vom Vortag wandte sich gerade mit gekränktem Gesicht von dem Schauspiel ab und ließ sich tröstend von ihrer Freundin in den Arm nehmen. Er war immer noch ein Arsch.

Nach dem Essen verabschiedete ich mich von Derek, Don und Ally, danach gab ich Nathan Bescheid, wo ich mich mit

Chaz aufhalten würde. Er sah aus, als wäre er am liebsten mit uns gekommen, doch dann wäre unser Verschwinden definitiv aufgefallen. Cox allerdings ließ sich nicht davon abbringen, uns zu folgen. Er wollte die Gegend im Auge behalten, und ich war dankbar dafür.

Um unnötige Explosionen zu verhindern, beschlossen wir, uns nicht zu bekämpfen, sondern eine etwas andere Übung zu versuchen. Ich wollte Chaz beibringen, wie er eine Lichtkugel erschaffen konnte, da sich die Dunkelheit mittlerweile wie eine sanfte Decke über den Wald legte. Ich versuchte, meine Prana wie eine Art Schutzhülle um Chaz' Energiekugeln zu legen, was gut war, denn schon in die erste legte er so viel Macht, dass alle im Wald durch das gleißende Licht erblindet wären, hätte ich die Energie nicht eingeschlossen. Der Junge war zu übereifrig.

Nach einer guten Stunde hatte er den Dreh allerdings raus, und erschöpft machten wir uns zum Aufbruch bereit.

Mein Körper spannte sich plötzlich an. Ich ahnte es eher, als dass ich durch Cox die Bestätigung bekam, dass etwas passiert war. Der kleine Kobold schoss durch das Geäst der Bäume und landete im Schein meiner Lichtkugel, ohne auf das erschrockene Keuchen von Chaz zu achten. Es musste schlimm sein, wenn er sich zeigte. Ich wappnete mich.

»Vanessa und Jonathan haben gerade den Schutzschild überschritten. Sie wollen alleine Jagd auf die Mairas machen!«

Ich riss entsetzt die Augen auf, während der grüne Zwerg versuchte, zu Atem zu kommen.

»Was? Lauf zu Nathan. Sofort! Sag ihm Bescheid, er soll die Jäger zusammentrommeln!«

Mit einem Sprung setzte ich mich in Bewegung und schlug die entgegengesetzte Richtung zum Lager ein. Wir waren um einiges näher am Schutzschild als die anderen.

»Warte! Du willst dorthin? Sollten wir nicht auf die Jäger

warten?«, rief Chaz, während er versuchte, Schritt zu halten.

»Dafür bleibt keine Zeit«, keuchte ich. »Wenn wir Glück haben, sind sie noch nicht tot.«

Kapitel 13

Die Gewächse des Waldes wirbelten in Schwarz und dunklem Grün an mir vorbei, zu verschwommen, als dass ich sie wirklich wahrgenommen hätte. Ich machte mir nicht die Mühe, eine Lichtkugel zu erschaffen, sie hätte mich höchstens geblendet und mehr von meiner Energie geraubt. Wurzeln, umgestürzte Bäume und Gestrüpp hinderten mich kaum. Ich wollte so schnell wie möglich vorwärts kommen und durchbrach alles in einem rekordbrechenden Tempo. Dornen zerkratzten mir Arme und Beine, die Rinde der Bäume schürfte meine Haut auf. Ich kümmerte mich nicht darum. Nur ein einziger Gedanke beherrschte mich - noch rechtzeitig anzukommen, bevor ein weiterer schrecklicher Unfall passieren konnte. Es waren schon im letzten Jahr zu viele Menschen durch die Klauen der Mairas gestorben. Es durfte nicht passieren. Nicht schon wieder.

Ein seltsames Kribbeln breitete sich in meinem Bauch aus, alle Angst war für den Moment vergessen, als Adrenalin meine Adern durchfuhr. Ich würde heute verdammt noch mal ein paar Mairas in den Arsch treten. Mein Körper schaltete in den Jägermodus, einfach um mich vor dem Wahnsinn zu schützen, der mich sonst erwartete. Es war besser, als vor Angst zu schlottern. Dafür blieb später noch genug Zeit.

Ab und zu hörte ich Chaz fluchen, weit hinter mir, weil er kaum Schritt halten konnte. Mein Lauf- und Kampftraining vom letzten Jahr hatte Spuren hinterlassen, auch wenn ich bei weitem nicht so fit war, wie ich es mir gewünscht hätte. *Tja, Jillian, jetzt weißt du, was du zu tun hast. Falls du das hier überlebst.*

Ich sah den seltsamen regenbogenartigen Schimmer vor mir, der mir das Ende des Schutzschildes ankündigte. Durch den Wald erklangen gedämpfte Rufe. Die Jäger und Nathan waren auf dem Weg, wenn auch noch viel zu weit entfernt, als dass ich sie hätte verstehen können. Sie brauchten zu lange. Ich konnte nicht auf sie warten.

Als ich den Schutzschild erreichte, hielt ich keuchend an und drückte die Hand in meine Seite, um das Stechen zu dämpfen. Chaz holte mich kurze Zeit später schweißgebadet ein. Er sah aus, als kippe er jeden Moment aufgrund von Sauerstoffmangel aus den Latschen. Seine blonden Haare klebten ihm in der Stirn, und er kniete sich auf den Boden, um zu Atem zu kommen.

Ich sah mich verzweifelt um. Wir waren an der Stelle, an der wir mit der Klasse die Mairaspuren entdeckt hatten. »Wo sind sie hingegangen? Welche Richtung?«

Chaz schüttelte ratlos den Kopf, noch immer nicht fähig zu sprechen. Ich versuchte, meinen rasenden Puls zu beruhigen und einen klaren Gedanken zu fassen. Vanessa und Jonathan. Wie konnten sie nur so dumm sein, es allein mit einer Horde Mairas aufnehmen zu wollen? Nachts!

Um weitere Spuren zu suchen, war es zu dunkel. Es würde zu lange dauern. Ich schloss die Augen, lehnte mich an einen Baum und versuchte, etwas zu hören, das mir ihren Aufenthaltsort verriet. War es schon zum Kampf gekommen? Waren wir zu spät?

Eine Explosion vor uns im Wald gab mir die Antwort. Die Erschütterung presste den Atem aus meinen Lungen und ließ meine Knochen vibrieren. Es konnte nur eines bedeuten. Vanessa und Jonathan waren gerade auf die Mairas getroffen. Die Stichflamme, die über den Bäumen hervorschoss, konnte nur auf Vanessas Feuermagie zurückgeführt werden. Verdammt, seit wann hatte dieses Mädchen so viel Power?

»Setz dich in Bewegung!«, schrie ich Chaz zu und stieß mich von dem Baum ab, um in Richtung des Kampfes zu rennen. Ich hörte das Kreischen einiger Mairas und konnte nach kurzer Zeit das Feuer zwischen dem Unterholz erkennen. Ich zückte den Krummsäbel und schwang in der anderen Hand das Schwert, das an meiner Hüfte gebaumelt hatte. Einmal mehr war ich froh über meine Angewohnheit, die Waffen die meiste Zeit bei mir zu tragen.

Ich schlug Äste aus dem Weg und rannte auf das Krachen des Kampfes zu, als vor mir mit einem dumpfen Aufprall ein riesiger Schatten landete. Für einen Moment setzte mein Herz aus, und ich starrte das Wesen an. Es war mindestens zwei Meter groß, der kahle Schädel und die ausgebreiteten Flügel waren von lederner, grauschwarzer Haut überzogen. Der Geruch nach Asche und Verwesung traf mich vollkommen unerwartet und ließ mich keuchen. Von den spitzen schwarzen Zähnen, die wie Dornen aus dem Kiefer ragten, tropfte der Speichel, während ich mich nach hinten warf, um dem Schwung der Mairaklaue zu entgehen.

Schwarze, glänzende Augen folgten mir, als ich mich abrollte und hinter einem Baumstamm in Deckung ging. Sofort stürzte die Kreatur sich ein weiteres Mal auf mich. Ich duckte mich, als die Drei-Finger-Klaue des Mairas in die Rinde des Baumes schlug, an eben der Stelle, an der sich zuvor noch mein Kopf befunden hatte.

Ich stieß mein Schwert nach oben und durchbohrte den Arm des Halbdämons, woraufhin ein Kreischen die Nacht erfüllte. Das Schwert blieb stecken, und mit Entsetzen stellte ich fest, dass meine linke Seite nun ungeschützt war. Der Maira holte mit der freien Klaue zum Schlag aus, und ich bereitete mich auf den tödlichen Schmerz vor.

In dem Moment holte Chaz uns ein und blieb wie angewurzelt stehen, während das Wesen den Jungen mit einem Zischen erblickte. Ich nutzte den Moment der Ablenkung, riss mein Schwert aus dem abartigen Arm und durchbohrte die Brust des Geschöpfes. Der Stahl durchschnitt die lederne Haut wie Seide. Ich spürte das klebrige schwarze Blut über meine Hand laufen, als ich die Waffe bis zum Anschlag in den Körper rammte.

Aber der Maira starb nicht. Entsetzt riss ich die Augen auf, als ich eine Klaue an meinem Rücken spürte, die sich wie eine sanfte Umarmung um mich legte und an sich zog. Ich hatte das Herz verfehlt. Die Augen des Monsters richteten sich auf die pulsierende Schlagader an meinem Hals, gierig vom Geruch der Prana, die durch mein Blut floss. Die Schlitze der Nase bewegten sich, als es witterte und … zögerte.

Ich lächelte und drückte den Griff des Säbels mit aller Kraft nach oben.

»Ganz richtig, ich bin ein Dämon«, flüsterte ich und spürte, wie die Spitze der Waffe sich in das Herz bohrte. Mit einem letzten Geräusch der Qual zerfiel die Kreatur zu Staub. Ich hustete, als ich aus der ekelhaften Wolke trat. Es war nicht das erste Mal, dass mir meine Herkunft das Leben gerettet hatte. Einzig und allein die Verwirrung des Mairas über den Geruch meines Blutes hatte für sein Zögern gesorgt. Mairas töteten keine Dämonen. Bei halb Dämon, halb Hexe waren sie sich allerdings nicht so sicher.

Ich schaute auf und sah in das erstaunte Gesicht von Chaz.

»Würdest du beim nächsten Mal vielleicht auch was unternehmen, anstatt nur zuzusehen?«, fragte ich trocken und fuhr herum, um zum wahren Kampf zu eilen.

Als die Bäume sich lichteten, strömte mir die Hitze der Flammen entgegen, die von dem umliegenden Unterholz der Lichtung Besitz ergriffen hatten. Ich erfasste die Situation im Bruchteil einer Sekunde. Der monströse Wolf, der gerade einen Maira mit fletschenden Zähnen in zwei Teile riss, musste Jonathan sein.

Es waren mehr als zehn. Bedeutend mehr. Während der Werwolf noch damit beschäftigt war, seine Klauen aus dem zweiten Maira zu ziehen, den er gerade angesprungen hatte, landeten zwei der Kreaturen auf seinem Rücken und wirbelten ihn herum. Er wälzte sich auf dem Boden, um sie loszuwerden. Die Lichtung stank nach verbranntem Holz und Asche, Vanessa und Jonathan hatten offenbar schon einige der Halbdämonen getötet. Das Feuer breitete sich unaufhaltsam aus. Jonathan jaulte auf, und seine Gestalt krümmte sich zusammen, bis sie wieder menschliche Formen annahm.

»Hilf ihm!«, brüllte ich Chaz zu und kämpfte mich durch die Flammen, um Vanessas verzweifeltem Schrei zu folgen. Ich sah ihre Umrisse durch den dichten Qualm, und mir blieb für einen Moment das Herz stehen. Vanessa lag in den Armen eines Mairas, der seine Zähne tief in ihrem Hals vergraben hatte. Ihre Hand krallte sich schwach in dessen Schulter, aus den Fingern züngelten nur noch schwache Flammen. Sie hatte ihre Energie aufgebraucht, und ihre restliche Prana wurde ihr bei lebendigem Leibe ausgesaugt.

Zorn und Entsetzen erfüllten mich, als ich die Gier des Wesens spürte. Es war nichts anderes als ein wildes Tier, das seine Beute zerfleischte. Vanessas Knie gaben nach, und sie hing schlaff in den Armen des Monsters, die Augen noch geöffnet.

In Sekundenschnelle zog ich die Prana in meinem Inneren zu einer unendlichen Quelle zusammen. Ich ließ die pure Energie in meine Arme gleiten, füllte jede Faser meines

Körpers mit der Macht, die mir gegeben war. Sie brannte wie Feuer in mir, geschürt von dem Hass auf die Wesen, die es wagten, unsere Welt in einen Albtraum zu verwandeln. Ich wusste, dass Liebe meine Prana besser verstärkte als Hass, doch es war keine Liebe übrig, an die ich mich hätte klammern können. Im Moment war ich einfach nur stinksauer. Die Luft knisterte, meine Haare schwebten in einem unsichtbaren Wind. Ein metallischer Geschmack im Mund bereitete mir Gänsehaut, und ich erschrak selbst über die Intensität meiner Energie.

»Weg von ihr«, zischte ich mit zusammengebissenen Zähnen und riss die Kreatur von Vanessa weg, nur um ihr die geladene Energie entgegenzuschleudern, die mich zu überwältigen drohte. Der Halbdämon wurde nach hinten geschleudert, doch schon stand ich drei weiteren gegenüber, während Vanessa bewusstlos zu Boden sank. Von links ertönte eine weitere Explosion, und ich sah Chaz' weiße Energie in den Himmel steigen. Hoffentlich verletzte er sich nicht selbst damit.

Ich ließ mich auf den Boden fallen, um den Krallen des ersten Mairas zu entgehen, woraufhin ich ihm die Beine wegkickte. Dann sprang ich sofort wieder auf und wirbelte nach rechts, um dem zweiten Maira mein Kilidsch in die Brust zu rammen. Ich fluchte, als es stecken blieb, weit entfernt vom Herz der Kreatur, weil ich es mit der linken Hand geführt hatte. Maira Nummer drei wich ich gekonnt aus, nur um dem ersten, der sich mittlerweile vom Boden erhoben hatte, mit einem zornerfüllten Schlag meines Schwerts den Kopf abzutrennen.

Weitere Mairas kamen von allen Seiten. Es waren zu viele! Mit einem Warnschrei in Richtung Chaz und Jonathan duckte ich mich unter den ausgestreckten Klauen hindurch und warf mich auf Vanessas Körper, um ihn vor dem zu schützen, was ich gleich tun würde.

Meine innere Quelle brodelte, ich hatte nicht einmal halb so viel Macht verbraucht, wie ich in mir trug. Jetzt hieß es alles oder nichts. Ich lockerte meine Kontrolle und ließ der wirbelnden Energie freien Lauf. Sie schoss durch meine Adern, verbrannte mich innerlich und suchte sich einen Weg nach draußen. Aus jeder Pore drang die dunkelblaue Dämonenenergie, mein Körper setzte sie frei, und es bildete sich eine Energieblase um mich und Vanessa, die sich nach außen ausbreitete. *Chaz, Jonathan, bringt euch in Sicherheit.*

Es kam einer Explosion gleich, die alles und jeden in unserer Umgebung wegschleuderte. Teile von Bäumen und Sträuchern regneten auf uns herab. Über die Gewächse, die der Druckwelle standgehalten hatten, kroch ein seltsamer, knisternder Energiefilm.

Plötzlich war es unheimlich still. Undurchdringlicher Rauch hüllte uns ein, während es Staub, Asche und Holzstückchen regnete. Die Mairas waren nicht tot, aber vielleicht schwer genug verletzt, um außer Gefecht gesetzt zu sein.

Fast erleichtert nahm ich wahr, dass Chaz' Stimme wenig später über die Lichtung hallte und nach mir rief. Doch auch das Kreischen der Mairas erhob sich abermals um uns. Ich hatte nicht alle erwischt. Es spielte keine Rolle mehr, ich hatte fast alle Energie verbraucht, die ich aufbringen konnte. Wenn Chaz nicht noch etwas einfiel, hatten wir verloren.

Doch als mein Blick auf Vanessas aufgerissenen Hals fiel und ich das Heben und Senken ihrer Brust bemerkte, fasste ich einen Entschluss. Heute würde verdammt noch mal keiner von uns sterben! Ich schob mich mit letzter Kraft zu ihr, um meine Hand auf die Wunde am Hals zu drücken und die Blutung zu stoppen. Ihre Augen flatterten, und sie sah mich mit vernebeltem Blick an.

»Halte durch«, flüsterte ich und drückte fester auf die Wunde.

Ich hätte fast vor Erleichterung geschrien, als ich die Stimmen der Jäger auf der Lichtung hörte, die uns endlich eingeholt hatten. Sie bekämpften die restlichen Mairas, während ich hier lag und versuchte, das Leben von der Person zu retten, die mich hasste, seit sie mich kannte. Blut quoll zwischen meinen Fingern hervor. Ein seltsames Lächeln spielte um Vanessas volle Lippen.

»Du. Warum ausgerechnet du?« Sie verzog das Gesicht bei den Schmerzen, die ihr das Reden bereiteten. Ihre blonden Haare lagen wie ein ausgebreiteter Fächer unter ihr und waren stumpf und verdreckt.

»Willst du jetzt etwa Ansprüche stellen?«, fragte ich sie und versuchte, meine aufkeimende Panik damit zu überspielen. Zur Hölle, sie würde es nicht schaffen.

Nathan wurde an uns vorbeigeschleudert, doch er stand fast sofort wieder auf den Beinen und kämpfte weiter. Ich wagte es nicht, die Hand von Vanessas Hals zu nehmen. Blut sickerte auf den Boden. Vanessa schielte zur Seite und hatte Nathan ebenfalls bemerkt. Ihr Blick verschwamm, doch sie blinzelte und fasste sich wieder.

»Ich habe ihn geküsst, weißt du. Damals.«

War das ihr Ernst? Ich versuchte gerade, sie vor dem Tod zu retten, und sie erinnerte mich an das wohl Schlimmste, was mir die beiden angetan hatten?

»Ich weiß«, presste ich mit zusammengebissenen Zähnen hervor und kämpfte gegen den aufkommenden Schwindel an, »aber das hilft mir jetzt nicht gerade weiter. Halt einfach die Klappe, ja?«

»Nein, du verstehst nicht«, murmelte Vanessa und sah mich mit ihren eisblauen Augen an, in denen Furcht lag. »Ich habe *ihn* geküsst. Er wollte es nicht.«

Ich starrte sie an, ohne zu wissen, was ich darauf erwidern sollte. Also ließ ich verlegen den Blick über ihre Kleidung wandern, um nach weiteren Verletzungen zu suchen.

Erschrocken sog ich die Luft ein, als ich Schnitte sah, die ihren Unterarm bedeckten. Manche davon waren schon halb verheilt, andere schienen frisch zu sein. Sie stammten nicht von dem Kampf mit den Mairas. Was war mit ihr passiert?

Ihre Stimme war kaum mehr als ein Flüstern. »Ich ... ich habe Mist gebaut. Es fühlte sich so gut an.«

Hier stimmte etwas nicht.

»Was? Was hast du gemacht, Vanessa?«

Sie kämpfte um ein Lächeln, und ihre Worte waren nur noch ein Hauchen, bevor sie bewusstlos wurde. Sie hallten in meinem Kopf wider.

»Nichts, was sich nicht rückgängig machen lässt.«

»Vanessa, verdammt, bleib bei mir!« Ich rüttelte an ihrem Körper, doch sie hörte mich nicht mehr. Ihr Puls war nur noch schwach zu spüren.

»Beeilt euch, verdammt!«, rief ich verzweifelt, doch die wenigen Jäger um mich herum waren beschäftigt damit, die Mairas zu bekämpfen. Chaz kam zu mir und ließ sich auf die Knie nieder. Er wirkte angeschlagen und blutete aus dem Ohr, doch ansonsten war er okay.

Er begutachtete Vanessa voller Schrecken. »Sie stirbt!«

»Ach, was du nicht sagst!«, rief ich sarkastisch und wischte mir mit der freien Hand eine Träne aus dem Gesicht.

»Ich kann die Blutung nicht stoppen«, zischte ich, als ein Maira sich durch die Jäger bahnte und auf uns zu schoss, sodass Chaz gezwungen war, sich dem Monster zu stellen. Er wich aus und schoss Energie auf die Kreatur, doch auch er hatte an Kraft verloren und konnte sie nur kurzzeitig stoppen.

»Es ist nicht das Blut, es ist ihre Prana. Er hat sie ihr ausgesaugt«, rief er keuchend und warf sich außer Reichweite der spitzen Zähne.

»Und was soll ich jetzt tun?«, schrie ich panisch, denn ich spürte, das Vanessas Herz nur noch unregelmäßig schlug.

»Was weiß ich, gib ihr etwas von deiner!«

Ich sah ihn fassungslos an, doch bevor ich ihn anschreien konnte, ob er mich veräppeln wolle, dachte ich darüber nach. Konnte es möglich sein? Hexen konnten es nicht, das wusste ich. Aber ich war keine Hexe. Jedenfalls keine richtige. Ich spürte Vanessas Prana, wie sie über die Haut meiner Fingerspitzen kribbelte, als das letzte bisschen, was ihr geblieben war, aus der Wunde strömte. Sie zog durch meine Finger, ich konnte sie in den Fingerkuppen spüren.

»Vergib mir, wenn ich dich damit umbringe«, murmelte ich erschöpft. In meinem Inneren war es unheimlich still, meine Pranaquelle war so gut wie ausgeschöpft, und ich konnte mich kaum noch auf den Beinen halten. Doch ich schaffte es, mich zu konzentrieren und das letzte bisschen Energie, das ich übrig hatte, in meine Finger gleiten zu lassen. Sie knisterte aus meinen Fingerspitzen, und ich lenkte sie gedanklich in die Wunde. Sie floss in Vanessas Körper, meine eigene Lebensenergie verließ mich, um ihr Herz wieder kräftiger schlagen zu lassen.

Mein Blick verschwamm, dann wurde es schwarz um mich, doch ich hörte nicht auf. Das Letzte, was ich bemerkte, war Vanessas Puls, der unter meiner Hand stärker zu werden schien. Mit einem Lächeln auf den Lippen sackte ich zu Boden und blieb zitternd liegen. Ich driftete in die Welt des Traumes, verloren in den Tiefen meines Bewusstseins.

Zwei starke Hände hoben mich hoch.

»Wird sie in Ordnung kommen?«, fragte Chaz von weit her durch den Nebel, der in meinem Kopf waberte.

»Ja«, hörte ich Nathans Stimme dicht neben meinem Ohr, und ich atmete den süßen Ebenholzduft ein. »Jillian ist hart im Nehmen.«

Seine Lippen strichen zärtlich über meine Stirn.

»Verhindere bitte, dass ich Unrecht habe, hörst du?« flüsterte er mir ins Ohr. Ich sank ab in tiefe Dunkelheit und hieß den Schlaf willkommen.

Kapitel 14

»Geht es dir gut?« Derek sah mich besorgt an, und ich rollte mit den Augen.

»Ja, Derek, es geht mir gut. Wie oft willst du mich das noch fragen? Ich bin nur müde!«

Er verengte die Augen zu Schlitzen, und ein Anflug von Sorge glitt über sein Gesicht. Grummelnd beugte ich mich wieder über meinen Aufsatz über die Makropsychokinese, die wir diese Woche im Fach Magie behandelten. Ich konnte noch immer keine Magie anwenden und war echt genervt – vor allem, nachdem ich gerade erfahren hatte, dass die Gabe der Verformung von Gegenständen häufig in der Architektur eingesetzt wurde und die skurilsten Kunstgebäude daraus entstanden. Ich fand das wahnsinnig interessant, und es war das erste Mal, dass ich es bereute, diese Fähigkeit als sinnlos abgetan zu haben.

Ich streckte die Hände in die Luft und drückte meinen Rücken durch, damit ich nicht über dem dicken Magiebuch vor mir einschlief. In unserer Lieblingsecke der Bibliothek war es wie üblich kuschelig und dank dem Feuer im Kamin auch warm. Vor mir stand eine dampfende Tasse Tee. Der Frost hatte Einzug gehalten, und der erste Schnee kündigte sich an. Man konnte es förmlich in der eiskalten Luft riechen, wenn man den Campus überquerte.

Alissa und Don spielten ein Kartenspiel auf den Sitzkissen, während Derek mir an dem kleinen Tisch gegenüber saß und auf jedes Anzeichen von Schwäche achtete. Ich konnte es ihm nicht verübeln. Nach der Nacht im Wald hatte ich zwei volle Tage geschlafen, nur um dann auf schnellstem Wege das Krankenzimmer zu verlassen. Es hatte Stunden gedauert, der mürrischen Krankenschwester Mrs. Iwanow zu beteuern, dass es mir gut ging und ich mich schonen würde.

Natürlich hatte ich das nicht getan und war prompt einmal auf dem Campus und einmal im Unterricht umgekippt. Meine Prana erholte sich nur langsam, ich hatte fast alle Energie in Vanessa hineingepumpt. Das Ganze war mittlerweile über eine Woche her, und ich fühlte mich immer noch schwach und ausgelaugt.

Vanessa lag ebenfalls auf der Krankenstation. Heute Morgen war endlich die beruhigende Nachricht gekommen, dass sie für kurze Zeit bei Bewusstsein gewesen war. Sie erholte sich. Garantiert würde sie dann auch nicht lange damit warten, wieder das gewohnte Biest zu werden. Trotzdem, den Tod hatte ich ihr nie gewünscht.

Ich hatte Alissa und den Jungs haargenau erklären müssen, was im Wald vorgefallen war. Jonathan entging nur knapp dem Schulverweis, weil er sich und Vanessa in solche Gefahr gebracht hatte. Es war ein Genuss gewesen, als der VO-Leiter Mr. Cole, Vanessas Vater, drei Tage nach dem Unfall in die Schule gestiefelt kam, um den Werwolf zur Schnecke zu machen. Ehrlich, ich hatte noch nie einen Mann so brüllen hören wie ihn. Leider bezog sich seine Wut nicht nur auf den Werwolf, auch Nathan entging nur knapp seiner Absetzung als Schulleiter, weil er seine Aufsichtspflicht verletzt hatte. Das einzige, was ihn rettete, war die Tatsache, dass die VO der Exkursion zugestimmt hatte.

Ich war Nathan aus dem Weg gegangen, um meine Gedanken zu ordnen und mir über die Gefühle für ihn klar zu werden – ohne Erfolg. Mit Vanessas Worten hatte sich alles geändert, und doch auch nichts.

Das ganze Jahr über hatte ich geglaubt, Nathan hätte sich mit Vanessa in der Turnhalle vergnügt. Es hatte mich so verletzt, dass ich meine Gefühle für ihn in die hinterste Ecke meines Herzens geschoben hatte, mit einem dicken Schloss vor der Tür. Und nun fand ich heraus, dass er es nicht gewollt hatte. Dass ich einfach zum falschen Augenblick in die Halle gestürmt war, als Vanessa sich ihm an den Hals geworfen hatte. Ich machte mir nicht vor, dass es nicht Vanessas Absicht gewesen war, aber warum zum Henker hatte mir Nathan nichts gesagt? Wieso hatte er mich das ganze Jahr über glauben lassen, ihm hätte nichts an mir gelegen? Und wieso musste ich mich erst in Ryan verlieben, nur um dann doch wieder an ein und derselben Stelle zu landen, an der ich auch im letzten Jahr gestanden hatte? Ich drehte mich im Kreis, und es machte mich wahnsinnig. Nichtsdestotrotz war das Schloss vor der Tür in meinem Herzen plötzlich aufgebrochen.

Verträumt blickte ich aus dem reifüberzogenen Fenster auf den Campus. Ich musste mit Nathan reden, doch bisher hatte ich den Mut dazu noch nicht gefunden. Verdammt, ich wusste nicht einmal, ob ich ihn je finden würde. Wenigstens konnte ich mir eingestehen, dass ich Angst hatte. Angst davor, zu erfahren, was mein Herz wirklich wollte. Und seien wir ehrlich, weder die eine noch die andere Option war optimal, und es war vorprogrammiert, dass ich wieder verletzt werden würde. Egal ob von Ryan oder Nathan. Aber wie sollte ich das meinem Herzen erklären?

Alissa und Don legten ihre Karten beiseite, nachdem Ally zum gefühlt hundertsten Mal gewonnen hatte. Ich vermied es absichtlich, Don darauf hinzuweisen, dass meine Freundin sofort anhand seiner Gefühle spürte, ob er bluffte oder ein gutes Blatt in den Händen hielt. Er ärgerte sich immer so schön, dass es schon fast süß war.

Ich streckte mich ein weiteres Mal und band mir die langen Haare zu einem Zopf, während ich in der Glasscheibe einer kleinen Vitrine mein Spiegelbild betrachtete. Ich hatte die Augenringe und den blassen, müden Blick heute Morgen leid gehabt und ausnahmsweise etwas Make-up aufgelegt. Unter den langen, geschwungenen Wimpern glitzerte das Türkis meiner Augen, während sich eine braune Locke aus meinem Zopf gestohlen hatte und mein Gesicht vorteilhaft umrahmte. Besser würde es wohl nicht werden, beschloss ich und erhob mich schwerfällig von dem weichen Sessel.

»Ich gehe eine Runde spazieren«, verkündete ich und zog meinen schwarzen Mantel an.

Derek sprang sofort auf. »Ich komme mit.«

»Nein, wirst du nicht«, antwortete Alissa, ohne von ihrem Buch aufzusehen, das sie sich geschnappt hatte. Derek wirkte für einen Moment verwirrt, und ich lächelte ihm entschuldigend zu. Alissa musste mein Gefühlschaos der letzten Minuten gespürt haben, als ich über Nathan und Ryan nachgedacht hatte. Sie wusste, wohin ich gehen wollte. Ich rechnete es ihr hoch an, dass sie sich nicht dazu äußerte oder versuchte, mich davon abzuhalten.

Auf dem Campus begrüßte ich den leichten kalten Wind, der über mein Gesicht strich und die Atemwölkchen wegtrug. Der Kies knirschte unter meinen Turnschuhen, als ich das Hauptgebäude der Schule verließ und umrundete, um zu der Turnhalle zu gelangen. Der Himmel war grau, trüb und regenverhangen.

Ich kannte Nathan gut genug, um zu wissen, dass er jede Minute mit Tageslicht im Freien verbrachte, bevor er sich die Büroarbeit vornahm. Wie zu erwarten fand ich ihn auf dem Sportplatz. Er ebnete mit einem Spaten die Arena, einen kleinen sandigen Kreis, in dem wir Zweikämpfe ausführten. Trotz der Kälte trug er nur ein T-Shirt, und ich konnte die gespannten Muskeln unter dem dünnen Stoff erkennen. So viel zum Thema kühlen Kopf bewahren. Er lächelte, als er mich über das Gras schlendern sah, aber er sagte nichts, und so sah ich ihm eine Weile zu, die Arme dicht um meinen Körper geschlungen, um dem beißenden Wind zu trotzen. Das Geräusch des Spatens, der den sandigen Boden durchfuhr, wirkte beruhigend.

Ich fasste meinen ganzen Mut. »Wieso hast du nichts gesagt?«

Er sah auf und legte die Stirn in Falten, bevor er sich die braunen Locken aus dem Gesicht strich und einen zerzausten, aber süßen Anblick bot. »Was meinst du?«

Ich holte tief Luft. »Dass es Vanessa war, die dich geküsst hat.«

Er lächelte wehmütig und rammte den Spaten in den Sand, bevor er sich aufrichtete. Sein Blick suchte meinen, und ich befürchtete schon, er würde nicht antworten. »Und was hättest du dann getan?«

Ich zuckte mit den Achseln und versuchte, mich nicht von dieser stählernen Brust ablenken zu lassen. »Dir verziehen?«

»Und dann?«

Ja, was dann? Hätte ich mich weiter in ihn verliebt? In meinen Lehrer? Die ganze Welt hätte sich gegen uns gestellt. Wir hätten es vielleicht eine Weile geheim halten können, aber ganze drei Jahre? Er hätte seinen Job verloren und die Schule verlassen müssen. Und ich …

Er las die Antwort in meinen Augen. »Drei Jahre, Jillian? Hättest du drei Jahre gewartet und deine Jungend versäumt? Ich bin sieben Jahre älter als du. Ich durfte bereits erfahren, was wahre Liebe bedeutet, und auch, was es heißt, sie zu verlieren. Ich habe Partys gefeiert, ich habe mit Mädchen geflirtet, ich habe meine Schulzeit genossen. Du bist so schon viel erwachsener, als du sein solltest. Du solltest Spaß haben, dich mit Jungs verabreden und nicht mit deinem Lehrer!«

Er hatte mich absichtlich in dem Glauben gelassen, dass er keine Gefühle für mich hätte. Ein ganzes Jahr lang. Und ich war darauf hereingefallen. Auch wenn ich es geahnt hatte, überkam mich eine tiefe Trauer bei seinen Worten. Was hatte es ihn gekostet, mich Tag für Tag zu sehen, meine vorwurfsvollen Blicke zu spüren, ohne mir die Wahrheit sagen zu können? Aber in den letzten Monaten hatte sich sein Verhalten mir gegenüber wieder geändert. Er flirtete mit mir, ständig. Er ging nicht mehr auf Abstand, und das verwirrte mich. Er verwirrte mich.

»Und was hat sich jetzt geändert?«

»Du hast dich geändert. Oder nein, besser gesagt, meine Ansicht von dir. Du bist niemand, der Spaß daran hat, die Männerwelt zu erkunden. Du verliebst dich nicht heute in den einen und nächste Woche in den anderen, wie so viele in deinem Alter. Wenn du liebst, dann aus vollem Herzen, mit Leib und Seele. Ich habe es zu spät erkannt...«

...und du hattest dein Herz schon verschenkt, beendete ich den Satz in Gedanken.

Mit einem verbitterten Lächeln kam er auf mich zu und blieb direkt vor mir stehen. Er sah mir tief in die Augen, und ich hielt seinem Blick stand, während ich die aufkeimenden Gefühle in mir zu beruhigen suchte.

»Ryan ist aber nicht mehr da«, flüsterte ich und ignorierte den Stich, den mir diese Wahrheit versetzte.

»Was nichts daran ändert, dass dein Herz ihm gehört.« Er stand nun so dicht, dass ich den Kopf in den Nacken legen musste und jede einzelne der Wimpern erkennen konnte, die seine grünen Augen umrahmten.

»Und wenn er nicht wiederkommt...«

Ich sah ihm an, dass er mit sich selbst kämpfte. Verlangen strahlte von ihm aus, und es war nicht zu übersehen, dass er mich am liebsten gepackt und geküsst hätte. Mein Herz schlug bis zum Hals. Ich konnte mich nicht bewegen, ohne dass meine Knie unter mir nachgegeben hätten. Ich krallte die Hände in die Jacke, um ein Zittern zu unterdrücken. Seine strahlenden Augen fesselten mich. Seine Selbstbeherrschung bröckelte, er senkte den Kopf und ließ seine Lippen ganz leicht über meine streichen, hier, mitten auf dem Campus. Es war mir egal, ob irgendwer uns sehen konnte. Verdammt, mir war alles egal in diesem einen Moment, als eine Explosion von Gefühlen durch mich hindurchfuhr. Bevor ich die sanfte Berührung seiner Lippen erwidern konnte, zog er den Kopf nach hinten und ließ mich wie eine Verdurstende zurück, die gerade einen Tropfen Wein hatte kosten dürfen.

»Vielleicht kommst du irgendwann gänzlich über ihn hinweg. Und irgendwann wird auch deine Ausbildung enden. Ich beabsichtige nicht, ewig den Job des Schulleiters zu übernehmen. Aber du solltest dir sicher sein, bevor du etwas entscheidest.«

Seine Stimme klang sanft, und ich hätte ihn am liebsten an mich gezogen, um diesen Hauch eines Kusses zu vertiefen. Er zog sich lächelnd weiter von mir zurück, und ich sah das Funkeln in seinen Augen, bevor er seufzte und widerwillig den Spaten aus dem Sand zog.

»Er ist heute Morgen wieder zurück an die Schule gekommen.«

Seine Worte hallten dumpf in meinen Ohren wieder, während ich versuchte, deren Sinn zu erfassen und den Nebel der Gefühle loszuwerden, den Nathans Lippen hinterlassen hatten. Im Nu stürmten dutzende Fragen auf mich ein, hunderte Gedanken wirbelten in meinem Kopf, ohne dass ich sie richtig erfassen konnte.

»Wieso hast du mich dann geküsst?«, fragte ich das Erste, was mir einfiel.

»Weil ich dich ihm nicht gänzlich kampflos überlasse. Nicht schon wieder.« Er zwinkerte mir zu, drehte sich, ohne weiteres zu sagen, um und schlenderte zurück zur Turnhalle, während ich wie festgenagelt auf dem riesigen Sportplatz stand und versuchte, den Sinn seiner Worte zu verstehen. Nathan hatte mich geküsst und mir halb den Verstand geraubt. Jetzt, wo er sich so selbstbewusst von mir entfernte, realisierte ich jedoch die Bedeutung seiner Aussage ... und erstarrte. Ryan war zurück.

Kapitel 15

»Grundgütiger«, stöhnte Alissa, als ich zurück in die Bibliotheksecke kam, mich in ein Sitzkissen fallen ließ und sie meine Gefühle spürte.

»Lass mich raten, sie hat herausgefunden, dass der Blutsauger wieder da ist«, mutmaßte Derek, und Ally nickte.

»Ihr wusstet es?«, presste ich hervor.

Derek blickte mich mitleidig an und zupfte an seinem blauen Halstuch. »Er ist eben über den Campus gelaufen. Don hat ihn vom Fenster aus gesehen. So bleich, wie du bist, scheint ihr euch schon getroffen zu haben.«

»Nein«, stotterte ich verwirrt, »Nathan hat es mir gerade erzählt.«

Don schnalzte mit der Zunge, als er eins und eins zusammenreimte und erkannte, dass ich gerade erst eins von diesen *lästigen Gefühlsgesprächen* gehabt hatte.

»Jill, du hast echt ein Problem«, murmelte er.

»Was du nicht sagst«, schoss ich zurück, doch er schüttelte mit dem Kopf.

»Nein, ernsthaft, du hast ein Männerproblem. Kannst du dir nicht jemanden suchen, der keinen Ärger bedeutet?«

Alissa schnaubte, doch ich brachte sie mit einem bösen Blick zum Schweigen, während Don fortfuhr.

»Jetzt mal im Ernst, Problemfälle scheinen dich anzuziehen.«

»Ein Wunder, dass sie sich noch nicht in Chaz verguckt hat«, witzelte Derek. »Er sieht gut aus, ist arrogant und bringt sich selbst ständig in Schwierigkeiten.«

»Nicht zu vergessen, dass er einen an der Waffel hat«, stimmte Don zu.

»Sage ich doch, genau das Richtige für unser Hexchen.«

»Würdet ihr zwei bitte damit aufhören?«, schimpfte ich. »Um Chaz geht es hier doch gar nicht. Und so verkehrt ist er gar nicht, wenn man hinter seine blöde Fassade schaut.«

»Siehst du, sie nimmt ihn schon in Schutz«, jammerte Derek gespielt dramatisch, und ich warf ein Buch nach ihm, sodass er sich kichernd unter den Tisch duckte.

»Ich vertraue ihm nicht«, murmelte Alissa leise, »irgendetwas ist komisch an ihm.«

Genervt warf ich die Hände in die Luft und drückte mir dann ein Kissen vors Gesicht, um meinen frustrierten Aufschrei zu ersticken.

»Was bitte soll ich jetzt machen?«, klagte ich, als ich wieder Luft bekam.

Derek verzog das Gesicht. »Rede mit ihm!«

»Vergiss es«, fauchte ich. »Er hat es vier ganze Monate nicht für nötig gehalten, mit mir zu reden. Ich werde ihm nicht hinterherrennen.«

»Und Nathan?«, fragte Don, dem der Spaß am Witzereißen vergangen war.

Seufzend lehnte ich mich zurück und schloss die Augen. Mein Kopf schmerzte. »Ich weiß es nicht. Ich weiß es wirklich nicht. Am besten halte ich Abstand zu beiden. Ich will mich im Moment nicht entscheiden.«

Leider stellte sich das als ziemlich schwierig heraus, wenn der eine ein Mitschüler, der andere ein Lehrer war. Ich schaffte es genau einen Tag lang, Ryan aus dem Weg zu gehen, bevor ich ihm am nächsten Morgen im Unterricht begegnete. Nervös betrat ich den Raum. Es war wie eine unsichtbare Anziehungskraft, die meine Augen dazu zwang, sich in seine Richtung zu bewegen. Sein Anblick ließ mein Herz stillstehen und riss in nur einer Sekunde die Wunde wieder auf, die sein Verlassen verursacht hatte, und die sich so mühevoll in den letzten Wochen geschlossen hatte.

Er sah aus wie immer, seine bleiche Haut bildete einen starken Kontrast zu dem rabenschwarzen Haar, und seine Gesichtszüge wirkten ebenmäßig und verschlossen. Selbst aus dieser Entfernung konnte ich den hellblauen Ring in seinen Augen erkennen, der weitestgehend von der schwarzen Pupille verdrängt wurde.

Eine Welle von Gefühlen überschwemmte mich, von Sehnsucht bis hin zu Wut über sein Verschwinden. Für einen Moment schien die Zeit stillzustehen, und meine Beine trugen mich keinen Schritt mehr weiter. Ich wandte mich so schnell wie möglich ab, als er mich ansah. Finster weigerte ich mich für den Rest des Tages, den Blick noch einmal nach hinten zu werfen. Ich zwang mich dazu, Ryan aus meinen Gedanken zu vertreiben.

Er war Gesprächsthema Nummer eins, und ich versuchte, die ständigen Fragen über seinen Aufenthalt in »Frankreich« zu ignorieren, mit denen unsere Mitschüler ihn bombadierten. Ryan schien ebenfalls genervt zu sein und war kurz davor, die Fassung zu verlieren.

Ich begrüßte die Aufmerksamkeit, die er bekam, denn so hatte ich mehr Möglichkeiten, ihm aus dem Weg zu gehen. Beim Mittagessen schlang ich die Portion Risotto in Rekordschnelle herunter und eilte aus dem Speisesaal, bevor er auch nur seinen Teller beladen konnte. Wenn er mir im Schulkorridor begegnete, lief ich absichtlich zwischen Derek und Ally, während ich den Kopf gesenkt hielt. Ich war noch nicht bereit für ein Gespräch. Erleichtert atmete ich aus, als ich in unserem Zimmer im Hexenwohntrakt ankam, um meinen Kampfanzug zu holen. Als die Anspannung von mir abfiel, seufzte ich und ließ mich auf mein seidiges Himmelbett fallen, um wenigstens fünf Minuten lang allein sein zu können.

Am Nachmittag trafen wir uns in der Turnhalle, um am Waffenkundeunterricht teilzunehmen. Brummig schlüpfte ich in der Umkleidekabine in meinen Kampfanzug und begrüßte das leichte Leder auf meiner Haut. Die körperliche Betätigung war genau das, was ich jetzt brauchte, um mich abzureagieren und meinen angestauten Gefühlen ein Ventil zu geben.

Nathan genügte nur ein einziger Blick in mein Gesicht, um zu wissen, dass ich heute am liebsten jemanden verdreschen wollte, also stellte er sich persönlich als mein Übungspartner zur Verfügung. Vielleicht wollte er auch einfach nur Ryan ärgern, der uns die gesamte Unterrichtsstunde finstere Blicke zuwarf. Das Metall der Schwerter klirrte, als ich auf Nathan einhieb und meinen gesamten Frust in den Angriff legte. Natürlich hatte ich gegen Nathan kaum eine Chance, doch es freute mich zu sehen, dass er ganz schön ins Schwitzen kam und mir nicht so leicht wie sonst die Spitze seines Schwerts an den Hals setzen konnte.

»Du solltest öfters wütend sein«, lachte er keuchend, als ich ihn mit dem Rücken bis an die Wand zurückdrängte.

»Ich bin nicht wütend«, knirschte ich mit zusammengepressten Zähnen.

»Frustriert?«, riet er, doch statt einer Antwort ließ ich mein Schwert niedersausen. Er wich geschickt aus, drehte sich zur Seite und stand im Nu hinter mir, um meine Beine mit dem Fuß wegzuziehen und schadenfroh zu grinsen, als ich auf den Knien landete. »Du konzentrierst dich nicht genug!«

Ach ja, und wessen Schuld war das? Statt aufzustehen tat ich so, als hätte ich hinter Nathan etwas Interessantes gesehen. Wie zu erwarten drehte er sich um, nur um entsetzt zu keuchen, als ich im Kreis wirbelte und seine Beine ebenfalls wegkickte. Er landete neben mir und hielt sich stöhnend das Steißbein, denn er hatte kaum Zeit gehabt, sich professionell abzurollen.

»Du kämpfst unfair!«

»Sag das mal einem Maira«, erwiderte ich und beugte mich zu ihm. »Du konzentrierst dich einfach nicht genug.«

Er sah mich verdattert an, dann prusteten wir beide los. Ich konnte einfach nicht anders, Nathans Gegenwart und das Training heiterten mich auf, auch wenn ich wusste, dass es genau die falsche Art und Weise war, mit der Situation umzugehen.

»Schön, dass du dich wieder einigermaßen erholt hast«, erwiderte er und strich mir über die Schulter, als das Läuten ertönte und den Unterrichtsschluss verkündete.

Ich lächelte gequält und versuchte, die Schmerzen in Armen und Beinen zu überspielen. Vielleicht würde mich die Anstrengung vom heutigen Tag davon abhalten, eine weitere Nacht über Ryan zu grübeln.

»Was macht übrigens dein neuer grüner Freund?«, fragte Nathan mit einem missbilligenden Stirnrunzeln.

Ich zuckte mit den Achseln. »Er langweilt sich.«

Der Schulleiter schüttelte mit dem Kopf und lächelte amüsiert.

»Das nächste Mal rufst du mich bitte an, wenn wieder etwas ist. Ich bin vor Schreck mit dem Kopf durch die Zeltplane gestoßen, als der Kobold aus dem Nichts bei mir aufgetaucht ist.«

Lächelnd wies ich ihn darauf hin, dass ich ein nächstes

Mal so schnell nicht gebrauchen konnte. Er lächelte skeptisch und beendete die Stunde. Ich stellte mich unter die Dusche der Mädchenumkleidekabine und seufzte unter dem heißen Wasser, das meine Muskeln lockerte und eine träge Müdigkeit hervorrief.

Als ich fertig war, wartete Alissa nicht wie üblich auf mich. Die Umkleidekabine war leer. Mit einer düsteren Vorahnung schnappte ich meine Tasche und zuckte nicht einmal zusammen, als Ryan in der Tür auftauchte und mir den Weg versperrte. Innerlich verfluchte ich meine Freundin, denn das hier stank nach einem abgekarteten Spiel.

»Geh mir aus dem Weg«, fauchte ich und versuchte, nicht in die Augen zu blicken, die so viele schmerzliche Gefühle in mir hervorriefen.

»Ich will mit dir reden«, antwortete Ryan finster, doch ich konnte die Schuldgefühle in seinem Gesicht ablesen.

»Jetzt willst du reden?«, schnaubte ich. »Da kommst du ein bisschen spät, findest du nicht?« Ich suchte nach einem Ausweg. Die Tür war breit, und wenn ich mich schnell bewegte, konnte ich an ihm vorbeischlüpfen. Er ahnte es und verlagerte sein Gewicht. Mist.

»Macht er dich glücklich?«, fragte er mich, und seine Augen verdüsterten sich. Oh, das durfte doch wohl nicht wahr sein.

»Er macht mich auf jeden Fall nicht unglücklich! Nicht, dass es dich etwas anginge.«

Na ja, jedenfalls nicht direkt. Aber sollte der Vampir doch denken, was er wollte. Ryan presste die Zähne zusammen, und ich verdrängte die Stimme des schlechten Gewissens, die sich in meinem Kopf meldete.

»Es tut mir leid«, murmelte er. Es war das erste Mal, dass ich Ryans Hände nervös an seiner Jacke herumzupfen sah. Bitte nicht, dachte ich, als die Mauer um mein Herz Risse bekam.

»Ich will es nicht hören.«

»Jill...«

»Ich will es nicht hören!«

Er ignorierte meinen Einwurf. Ich hätte mir am liebsten die Hände vor die Ohren geschlagen und laut gesungen.

»Hätte ich geahnt, dass ich so die Kontrolle verliere...«

Okay, jetzt wurde ich richtig zornig. Er wollte ein Gespräch? Dann sollte er auch mit den Konsequenzen leben.

»*Das* tut dir leid? Ist das dein Ernst?«, sagte ich wütend und pfefferte meine Tasche auf die Bank neben mir, um die Hände besser in die Hüften stemmen zu können. »Vier Monate, Ryan! Vier verdammte Monate habe ich versucht, dich zu erreichen, um dir zu sagen, dass mir dieser Vorfall egal ist! Wir hätten über alles reden können! Stattdessen hast du dich verpisst und es nicht einmal für nötig gehalten, mir eine Nachricht zukommen zu lassen! Du bist einfach verschwunden! Kannst du dir vorstellen, wie ich mich gefühlt habe?«

Die Lampen über uns begannen zu flackern, als meine Prana anfing, wild in meinem Inneren zu toben. Ich kämpfte dagegen an. Nathan würde es nicht begrüßen, wenn ich schon wieder die Turnhallenfenster sprengte. Ich drehte mich um, damit ich den längeren Weg durch die Halle nehmen konnte. Ich musste hier weg.

»Ich war da«, knurrte Ryan. »Du hast mich nur nicht bemerkt.«

Es war fast nur ein Flüstern, das an meine Ohren drang und mich hinderte, auch nur einen Schritt weiterzugehen, als ich die Bedeutung seiner Worte verstand. Angewurzelt blieb ich stehen.

»Was?«, hauchte ich, und ein gefährlicher Wind ließ meine Haare schweben. Ryan registrierte es ebenfalls und trat von einem Fuß auf den anderen, als wäre er nicht sicher, ob er wirklich weitersprechen sollte.

»Wiederhole das bitte«, sagte ich eisig.

Er warf die Hände in die Luft. »Ich war da und habe aufgepasst, dass dir nichts passiert. Die meiste Zeit jedenfalls. Ehrlich, du bist schwerer zu hüten als ein Sack Flöhe. Der Wolf im Wald, Jonathan. Der Pfeil in seiner Pfote? Erinnerst du dich?«

Sprachlos starrte ich ihn an und ignorierte die kleinen blauen Funken, die aus meinen Händen auf den Boden rieselten.

»Ist. Das. Dein. Ernst?!«

Er nickte und zog den Kopf etwas ein, als der Metallknauf der Tür gefährlich zu glühen begann. Ich musste etwas von meiner Energie loswerden und leitete sie abweisend dort hinein, aber es würde nicht lange ausreichen.

Trotzdem hielt er dem drohenden Unwetter stand. Ryan war niemand, der weglief.

»Jill, ich...«

»Du hast mich vier Monate lang beschattet«, donnerte ich, und er schloss den Mund, als meine Stimme von den Wänden widerhallte. »Du hast all die Zeit dabei *zugesehen*, wie schlecht es mir ging? Und du hast es nicht für nötig gehalten, mir auch nur den kleinsten Hinweis zu geben?«

Betreten senkte er den Blick, und ich rang um Fassung.

»Geh. Sofort.«

Die Erkenntnis traf mich und stachelte die Gefühle in mir an, sodass ich für nichts mehr garantieren konnte. Der Türgriff fing an zu schmelzen, diese Option blieb mir somit verwehrt.

Ryan machte einen Schritt auf mich zu, als ich taumelte und zu zerreißen drohte.

»Lass mich durch, oder ich sorge dafür, dass du mir nicht mehr im Weg stehst, Vampir!«

Er verstand es nicht. Er machte einen weiteren Schritt auf mich zu. Ich versuchte, mich an ihm vorbei zu drängen, doch Ryan stemmte den Arm an den Türrahmen und versperrte mir den Weg. Das war zu viel für mich. Mittlerweile kribbelte meine gesamte Haut, und ich spürte die Prana weiter wachsen. Das war mehr Energie, als ich bei mir behalten konnte.

»Selbst schuld«, zischte ich und legte meine Hand auf seine Brust. Unter äußerster Anstrengung schaffte ich es, einen Großteil der Prana zurückzuhalten, doch der Energiestoß, der ihn traf, warf ihn etwa zwei Meter nach hinten. Für einen Moment ließ er ihn in einem hellen, blauen Licht erscheinen, das von dunkelblauen Schlieren durchzogen war. Benommen lag er auf dem Boden, und ich nutzte die Gelegenheit, um an ihm vorbeizustürmen und auf den Ausgang zuzuhalten.

»Das hättest du vor vier Monaten mal machen sollen«, hörte ich ihn gepresst murmeln.

Mit einem frustrierten Aufschrei stieß ich die Tür vor mir auf. Ich musste schnellstmöglich einen Weg finden, die Macht in mir loszuwerden. Als ich aus dem Gebäude trat, fiel ich mit den Knien auf die durchweichte Wiese und suchte verzweifelt eine Möglichkeit. Feuer, Strom, Sturm … alles schien mir zu riskant, um es in diesem Ausmaß zu entfesseln. Biokinese nahm nicht genug Magie in Anspruch.

Eis, schoss es mir durch den Kopf, und im letzten Moment hob ich die Hand in Richtung der Bäume des Waldes, um die ausbrechende Magie zu lenken und umzuformen. Sämtliche Tannen im Umkreis von fünfzig Metern wurden mit einer Eisschicht überzogen, die dem Nordpol alle Ehre gemacht hätte. Erschöpft sank ich in mich zusammen und atmete tief durch.

»Siehst du, ich sagte doch, sie jagt das Gebäude nicht in die Luft!« Dereks Gesicht schaute grinsend hinter einem Baum vor der Halle hervor, und aus dem Gebüsch daneben lugten Allys und Dons Köpfe. Alissa wirkte erleichtert.

»Trotzdem, guck dir diese Eisschicht an. Echt, Jill, du solltest wirklich mal an deiner Kontrolle arbeiten! Ich hoffe, du hast ihn am Leben gelassen.«

Ich schaute sie nur ungläubig an. Hier standen meine Freunde, die genau gewusst hatten, was mich drinnen erwartete. Die gerade mit angesehen hatten, wie ihre Dämonenfreundin kurz davor war, ein ganzes Gebäude zu sprengen. Und sie zeigten nicht die geringste Spur von Angst. Ich wusste nicht, ob ich wütend über das eine oder dankbar für das andere sein sollte.

Don zog beeindruckt die Augenbrauen in die Höhe. »Alter Schwede, du musst ihn ja ganz schön hassen, wenn die Gefühle deine Prana so durchdrehen lassen!«

Derek lachte schallend. »Hassen? Nein. Dann wäre ihre Prana mitternachtsblau gewesen. Hast du den Blitz nicht gesehen? Er war zum größten Teil hellblau. Das hier hat was anderes ausgelöst.« Er sah mir tief in die Augen. »Es war Liebe.«

Kapitel 16

»Was machst du denn hier?«, fragte Derek, als ich am Samstagmorgen durch den Wohntrakt der Jungen stiefelte. Er lümmelte im Aufenthaltsraum auf einer kuscheligen Couch, die aussah, als koste sie mehr als die ganze Einrichtung in unserem Haus in Langfield zusammen. Don begrüßte mich ebenfalls und wischte sich gerade eine Träne aus dem Auge.

»Meine Güte, schaut ihr etwa schon wieder eine Schnulze?«, fragte ich mit einem entgeisterten Blick auf den überdimensionalen Flachbildfernseher.

»Bist du hergekommen, um uns einen Kriegsfilm schmackhaft zu machen, oder was?«, konterte Derek säuerlich.

Ich grinste und tat, als wäre diese Idee gar nicht so schlecht. »Keine Sorge, von Krieg hab ich genug, genauso wie von Dramen, Liebesgeschichten oder Horrorfilmen. Ich bin hier, um Chaz aus dem Bett zu schmeißen. Er ist nicht zum Training erschienen.«

Don kicherte. »Viel Spaß dabei.«

Ich sah ihn misstrauisch an, doch als ich nach stürmischem Klopfen endlich eine Antwort aus dem Zimmer von Chaz hörte und eintrat, wusste ich, was Don so witzig fand. Es sah aus, als hätte eine Bombe eingeschlagen. Auf dem Fußboden und über der Bettdecke verteilt lagen Unmengen benutzter Taschentücher. Der Nachtischschrank war vollgestopft mit Lutschtabletten und benutzten Teetassen, Salben und Hustentropfen. Klamotten hingen verstreut über dem Stuhl und dem Schreibtisch, und selbst auf dem Regal zwischen den Büchern konnte ich eine Socke klemmen sehen.

Mein Blick wanderte zu Chaz, der in seinem Himmelbett lag, Unmengen Kissen im Rücken, die Decke bis ans Kinn gezogen. Er starrte mich mit großen, feuchten Kulleraugen an. Ich konnte ein Prusten nicht unterdrücken, als ich dem mitleiderregenden Hundeblick eine Weile standhielt.

»Schon gut, ich glaube dir ja, dass du krank bist!«

Er kniff die Augen vorwurfsvoll zusammen, und ich stockte.

»Oh mein Gott, du meinst es ernst«, sagte ich trocken.

»Mir geht es echt schlecht, Prinzessin.«

»Was du nicht sagst. Und, wo drückt der Schuh?«

»Ich habe Husten, und mir läuft der Rotz aus der Nase wie Wasser!«

Ich wartete, doch er redete nicht weiter.

»Und?«, drängte ich.

»Was, und?«

»Das war es schon?«

»Bist du verrückt geworden?«, klagte er. »Ich war in meinem ganzen Leben noch nicht so krank!«

Ich starrte ihn an und entschied mich dafür, dass er einen plötzlichen Hang zur Dramatisierung hatte und sein Verstand nur vorrübergehend beeinträchtigt war.

»Okay, ich gehe dann mal. Das ist mir ein bisschen zu schräg. Gute Besserung!«

Schmunzelnd bahnte ich mir einen Weg zurück zur Tür, wobei ich mit der Fußspitze einen BH beiseiteschob. Der gehörte wohl nicht zu seinen Klamotten. Ich flüchtete durch den Flur und die Treppe hinab. Don und Derek erwarteten mich schon lachend im Aufenthaltsraum. Wehleidige und kranke Männer schreckten mich fast so sehr ab wie Mairas.

»Du bist schon wieder da? Musstest du keinen Tee kochen oder ihm die Brust mit Salbe einschmieren?«, lachte Derek.

»Ähm, nein.«

»Dann hast du mehr Glück als Don«, prustete er los und fing sich einen Seitenhieb von seinem Freund ein.

»Tja, sieht so aus, als hätte ich heute einen freien Tag!«

Eine halbe Stunde später hatte ich mich mit den Jungs und Alissa in der Küche des Hexerwohntrakts wiedergefunden, die aus unerklärlichen Gründen bedeutend luxuriöser ausgestattet war als die der Mädchen.

Ungeduldig tippte ich mit dem Fuß auf den Boden und stützte den Ellenbogen auf den schweren Holztisch, an dem etwa zehn Personen Platz nehmen konnten. Derek lehnte an der Theke und schaute mich augenrollend an, während Ally und Don ein Buch durchwälzten, um ein neues Rezept für Stockbrotteig zu finden. Ich stoppte die Bewegung mit einem entschuldigenden Lächeln.

»Sorry«, murmelte ich, denn ich wusste selbst nicht, was los war. Ohne mein Training war ich nicht ausgelastet, doch das war längst nicht alles. Seit etwa einer Woche verspürte ich eine gewisse Unruhe, die nichts mit meinem Männerchaos zu tun hatte.

Ryan hatte ich gedroht, ich würde ihn beim nächsten Mal zu einem Eisblock gefrieren lassen, als er erneut ein Gespräch mit mir suchte. Angesichts der Tatsache, dass ich erst vor ein paar Tagen ein Stück des Waldes hatte gefrieren lassen, nahm er die Drohung nicht gerade auf die leichte Schulter und ging mir aus dem Weg.

Auch Nathan hatte es übertrieben, indem er mir im Unterricht provokativ einen Klaps auf den Hintern gegeben hatte, als nur Ryan zu uns herüberblickte. Ich hatte ihn wütend daran erinnert, dass ihm sein Posten als Schulleiter wichtiger sein sollte als solche Kindereien. Seitdem schmollte er, und ich genoss die Ruhe, die ich nun vor den beiden hatte.

Jetzt, da ich beschlossen hatte, nicht mehr mein ganzes Leben durch die Hormone bestimmen zu lassen, rückten andere Probleme in den Vordergrund. Laut Conchobhars Aussage verließen die Tiere den Wald der Umgebung in Scharen. Er war wie ausgestorben, ohne dass Cox eine Erklärung dafür hatte. Möglicherweise lag es an dem Riesenwolf, oder besser gesagt an Jonathan, der durch den Wald streifte. Aber ich wurde das Gefühl nicht los, dass auch der pflanzentötende Nebel nicht ganz unschuldig war. Das Letzte, was ich wollte, war, dort nachzusehen. Keine zehn Pferde kriegten mich so schnell dort rein. Da Nathan meine Warnung auf die leichte Schulter nahm und der Meinung war, dass es eine natürliche Erklärung für den Nebel geben müsse, machte ich mir immer mehr Gedanken, ob ich ihn nicht doch mehr erforschen sollte. Dass Jonathan zu einem monströsen Werwolf werden konnte, auch wenn kein Mond schien, konnte ich Nathan nicht sagen. Jonathan würde mein Dämonengeheimnis sofort an die Öffentlichkeit bringen.

Irgendetwas stimmte absolut nicht in der Winterfold Akademie, und ich fürchtete, dass wir es bald erfahren würden. Seufzend stand ich auf und holte eine Schüssel aus einem der oberen Schränke. Die Küche war ein Traum aus Glas, Chromstahl und Aluminium, während die Schranktüren und der Tisch aus dunkler Eiche für ein wenig Gemütlichkeit sorgten. Zahlreiche Sensortasten machten es möglich, nahezu alles elektronisch zu bedienen, und ein großes Fenster sowie Unmengen LED-Lichter an der Decke sorgten für helles, freundliches Licht. Irgendjemand hatte ein tolles Auge für die Ausstattung gehabt, denn Obst und Gemüse in farbigen Schüsseln, passende Blumenvasen, Tischdeckchen und die hellgrüne Tapete verliehen dem Raum etwas Elegantes und gleichzeitig Heimeliges.

Ich öffnete den zweitürigen Kühlschrank und griff mir die Milch, um sie in einen Messbecher zu schütten. Das Grundrezept hatte ich im Kopf, und wir konnten später noch entscheiden, was wir hinzugaben. Wenn der Teig genug geruht hatte, würden wir ihn um Stöcke wickeln und in unserer Bibliotheksecke über den offenen Kamin halten, während wir wie schon so oft die Geschichtsbücher nach Werwölfen durchsuchten, die unheimliche Fähigkeiten hatten. Bisher leider erfolglos.

Derek erahnte meine Gedanken. Ihn störte es ebenso, dass er keine Antwort darauf hatte, wie Jonathan zu so etwas Gefährlichem werden konnte.

»Mach dir keine Sorgen, wir werden es schon herausfinden.«

»Ja«, sagte ich betrübt, während ich die Milch in die Mikrowelle schob, um sie etwas aufzuwärmen, »ich hoffe nur, er greift niemanden an.«

»Bis jetzt scheinst du die Einzige zu sein, die er auf seiner Angriffsliste stehen hat«, scherzte Alissa und riss Don das Buch aus der Hand, der sich lauthals beschwerte.

Ich verzog das Gesicht. »Hoffen wir, dass es vorerst dabei bleibt.«

Ally und Don stritten sich noch immer darüber, ob sie lieber Schinkenwürfel oder Kräuter zum Teig hinzugeben sollten. Ich suchte das Pizzagewürz und stellte es neben die Schüssel. Sollten sie sich doch streiten. Ich war heute für den Teig zuständig, und ich hatte Lust auf Pizza-Stockbrot.

Derek reichte mir das Öl, und ich maß ein paar Esslöffel davon ab, um sie in die Schüssel zu geben.

»Ich habe gestern gehört, wie Jonathan mit Mrs. Iwanow gestritten hat, weil sie ihn nicht zu Vanessa in den Krankensaal gelassen hat. Er wird ziemlich schnell zornig, aber du kennst ja Mrs. Iwanow. Sie ist brummiger als ein Grizzlybär. Er hatte keine Chance und muss bis morgen warten.«

Na, das waren ja mal Neuigkeiten. Über Vanessas Zustand hatte man bisher sehr wenig gehört, außer, dass er sich Tag für Tag nur schleppend verbesserte und sie auch nur langsam wieder an Kraft gewann. Sie war bisher nur für wenige Minuten aufgewacht, wenn man den Gerüchten Glauben schenken durfte.

»Ich werde morgen nach ihr sehen«, verkündete ich und versuchte die skeptischen Blicke meiner Freunde vergebens zu ignorieren.

»Ja, ich weiß, dass wir uns nicht leiden können, und wir werden sicher nie richtige Freunde, aber vielleicht können wir diese blöde Fehde endlich beenden. Außerdem will ich sehen, wie sie meine Dämonenprana verkraftet hat.«

»Na ja, deine Energie hat ihr immerhin das Leben gerettet«, stimmte Derek mir zu.

»Reicht mir mal einer Salz und Zucker?«, fragte ich in Richtung Ally und Don, die vor dem Gewürzregal standen. Hektisch legte ich den Löffel aus der Hand, um die fliegenden Sachen aufzufangen, die Alissa durch Telekinese herüberwirbeln ließ.

»Ein bisschen langsamer«, rief ich, als mir der Salzstreuer fast aus der Hand glitt. Zur Antwort traf mich ein Ei mit voller Wucht am Hinterkopf.

»Hey!«

Ich spürte die klebrige Masse an meinen Haaren herunterlaufen. Mit einer Handbewegung brachte ich die Tüte mit Oregano über Allys Kopf zum Kippen und kicherte, als das Gewürz in ihre orangeroten Ringellöckchen rieselte und sich darin verfing. »Nicht mit mir, Fräulein!«

»Ich war das nicht«, rief sie empört, doch ihr Blick wanderte im selben Moment zur Mehltüte, die auf dem Tresen zwischen uns stand. Don flüchtete in die Ecke der Küche, um seine sorgfältig gestylten Haare in Sicherheit zu bringen, währen Ally und ich gleichzeitig versuchten, die Tüte mit Telekinese zum jeweils anderen schweben zu lassen. Sie hielt dem beidseitigen Druck nicht stand und zerplatzte in einer Wolke weißen Nebels, dem ich kichernd auszuweichen versuchte.

Überraschenderweise erschien Conchobhars Umriss auf der Spüle, als das Mehl sich an seinem Körper festsetzte. Der kleine Kobold hielt sich den Bauch vor Lachen und wurde sichtbar.

»Du warst das mit dem Ei!«, schimpfte ich und zeigte mit dem Finger auf ihn, während er kichernd nach Luft schnappte und sich abklopfte. Alissa und ich verständigten uns mit einem Blick, und im Nu war die Küche erfüllt von Weintraubengeschossen, die an Wände und Fenster klatschten, während das grüne Wesen lachend versuchte, auszuweichen. Derek und Don hielten sich aus unserer Schlacht heraus, auch wenn sie amüsiert Zuflucht unter dem Küchentisch gesucht hatten.

Lachend schüttelte ich das Mehl aus meinen Haaren und drehte mich um, nur um direkt mit dem Gesicht vor eine wabbelige Männerbrust zu stoßen. Im Raum wurde es schlagartig still, und nur ein Zischen ertönte, als Cox unsichtbar wurde, um sich vor dem zu verstecken, der gerade die Tür geöffnet hatte. Ich sah schluckend nach oben. Mr. Sheffields wässrige Augen starrten mich wütend an. Na toll.

»Strafarbeit, Benett«, presste er hervor, »und wenn diese Küche nicht in fünf Minuten glänzt, dann werden Sie nie wieder ein Fuß auf das Gelände dieser Schule setzen. Habe ich mich klar genug ausgedrückt?«

»Ja, Mr. Sheffield. Entschuldigen Sie.« Ich senkte den Kopf demütig. Er wusste nicht, dass ich damit versuchte, mein Lachen zu unterdrücken. Auf dem schwarzen T-Shirt des Lehrers prangte mein Gesichtsabdruck in dem Weiß des

Mehls. Er verließ den Raum gerade noch rechtzeitig, bevor auch Alissa ihr Kichern nicht mehr unterdrücken konnte. Gemeinsam brachen wir in lautes Lachen aus.

»Also schön, lasst uns alles wegputzen und dann von vorne anfangen.«

Derek mixte noch mal die Zutaten für das Stockbrot zusammen, während Ally und ich die Putzlappen schwangen. Zu guter Letzt knetete Don mithilfe seiner Magie die Zutaten zu einer Masse. Wieder etwas Sinnvolles, das man mit der Gabe der Verformung von Gegenständen machen konnte. Ich versuchte es ebenfalls, während ich lächelnd die Zeit mit meinen Freunden genoss. Wer wusste schon, wann wir wieder so unbeschwert sein konnten.

Am Sonntag machte ich mich auf den Weg, um Vanessa einen Besuch abzustatten. Über Nacht hatte es etwas geschneit, und ich klopfte in der Eingangshalle des Hauptgebäudes den Schneematsch von meinen Stiefeln. Auf dem Weg durch die verlassenen Gänge überlegte ich, wie ich ihr am besten einen Waffenstillstand vorschlagen sollte, während meine Sohlen auf den Fliesen quietschten.

Vor dem Krankensaal blieb ich stehen und strich mir die feuchten Flocken aus den Haaren, als ich Jonathans Stimme hörte. Na super, er war der Letzte, dem ich begegnen wollte. Mürrisch machte ich auf dem Absatz kehrt, um später wiederzukommen, doch etwas an seinem Tonfall ließ mich innehalten und lauschen.

»Wir sind so nah dran. Wir können jetzt nicht aufhören«, sagte er hitzig, und ich sah mich verstohlen um. Die Tür zu Mrs. Iwanows Zimmer war geschlossen. Was konnte es schon schaden, eine Weile zuzuhören? Vielleicht erfuhr ich jetzt endlich etwas mehr über diese Wolfssache.

»Es ist vorbei, Jonathan«, ertönte Vanessas Stimme, und ich war erschrocken, wie schwach sie klang.

»Es ist erst vorbei, wenn ich es sage!« Er war wütend, so viel stand schon mal fest.

Vanessa klang eher erschöpft. »Lass es gut sein, wir haben es schon zu weit getrieben.«

»Was willst du damit sagen?«

»Ich will damit sagen, dass du den Verstand verloren hast, wenn du jetzt weitermachen willst. Nicht zu diesem Preis, Jon!«

»Der Preis hat dich doch vorher nicht interessiert!«

»Jetzt tut er es aber!«

Ich hörte, wie die Matratze knarrte, und spähte durch den Türspalt. Vanessa setzte sich schwerfällig auf, und ich schnappte lautlos nach Luft. Sie wirkte rappeldürr, ihre Wangen waren eingefallen, und alles in allem sah sie ausgezehrt aus. Die blonden Haare hingen glanzlos und zerzaust herab. Jonathan dagegen sprühte vor Energie.

»Das sagst du jetzt, weil es dir schlecht geht. Wir haben einen Fehler gemacht, na und? Wenn du nur erst…«

»Nein«, unterbrach sie ihn mit kratziger Stimme. »Es wird kein weiteres Mal geben. Du bist schon süchtig danach!«

Sie erhob sich und schwankte, doch trotz allem stach sie ihm mit dem Finger in die Brust. »Ich sage es dir ein letztes Mal: Die Sache ist erledigt!«

Er packte sie an den Oberarmen. »Falsch, Süße. Die Zeit, in der du mich herumkommandieren konntest, ist vorbei. Ich werde es mit dir oder auch ohne dich durchziehen!«

Ich sah, wie sie panisch in sein Gesicht blickte. »Das kannst du nicht. Du brauchst mich!«

Er lachte hohl. »Es gibt andere Wege.«

»Das ist zu gefährlich, Jonathan! Du weißt nicht, was du tust.« Ihre Stimme hallte verzweifelt durch den Krankensaal, auch wenn sie leise sprach. Nur Jonathans Griff schien ihr noch Halt zu geben.

Mir reichte es. Ich öffnete die Tür und stürmte in den Raum.

»Lass sie in Ruhe, du übergroßer Köter! Sie kippt gleich aus den Latschen!«

Der Werwolf wirbelte herum. Er gab ein Knurren von sich, das mir das Blut in den Adern gefrieren ließ, und seine gelben Augen funkelten gefährlich. »Misch dich nicht in Sachen ein, die nicht gut für dich sind.«

»Tja, weißt du, ich würde dir sogar recht geben, aber dummerweise scheine ich genau dafür ein Talent zu haben.«

Er schnaubte und stieß Vanessa von sich. Sie landete auf dem Boden und stieß mit dem Kopf gegen den Nachttischschrank, bevor ich sie auffangen konnte.

Ich stürzte zu ihr und hob sie behutsam auf meine Arme. Sie schien kaum noch etwas zu wiegen. Ihre Hand krallte sich schwach in meinen Arm.

»Halt ihn auf«, hauchte sie, bevor sie wieder in die Bewusstlosigkeit fiel. Ich suchte den Raum nach dem Mondkind ab, doch er war verschwunden.

»Was hat er vor?«, flüsterte ich, doch Vanessa gab mir keine Antwort.

Als ich aus dem Krankensaal lief, war in keinem der Korridore mehr eine Spur von Jonathan.

»Verflixt«, murmelte ich und hämmerte an Mrs. Iwanows Tür, um sie zu Vanessa zu schicken. Nachdem ich mich vergewissert hatte, dass sie sich um Vanessa kümmerte, eilte ich zurück zu meinem Zimmer.

»Cox?!«

Ein leises Zischen ertönte, und der Kobold erschien mit fragendem Blick auf Alissas ordentlich gemachtem Bett.

»Erinnerst du dich daran, dass ich nicht wollte, dass du jemandem hinterherspionierst?«

Er nickte skeptisch und verschränkte die Beine.

»Ich habe einen Auftrag für dich.«

Kapitel 17

Quälend langsam vergingen die nächsten Tage. Nachdem ich meinen Freunden von dem Vorfall im Krankensaal erzählt hatte, lernten wir, mit einer gewissen Nervosität zu leben. Jonathan plante irgendetwas, was uns nicht gefallen würde, so viel war klar. Doch auch wenn Cox den Werwolf Tag und Nacht beschattete, so brachte er doch kaum interessante Neuigkeiten, was dessen Tagesablauf anging.

»Vielleicht hat er es sich nun doch überlegt und lässt es sein, was immer er vorhatte«, flüsterte Alissa im Geschichtsunterricht bei Mr. Martin. Der alte Werwolf war gerade in einen langweiligen Vortrag über John Beaufort, den ersten Herzog von Somerset, versunken. Ich hörte nur mit einem Ohr hin und machte mehr schlecht als recht Notizen dazu, während ich darüber grübelte, was das alles zu bedeuten hatte. Immerhin hatte ich mir einen Teil von Mr. Martins monoton heruntergerasselten Worten gemerkt und wusste jetzt, dass Margaret Beaufort die Tochter Johns war und diese wiederum die Mutter von Heinrich dem VII. In der zweiten Stunde überraschte uns der langweilige Lehrer allerdings mit einem Test, um zu prüfen, wie viel wir wirklich bei uns behalten hatten.

Stöhnend legte ich den Kopf in die Hände und versuchte, den pochenden Schmerz zu verdrängen, der für gewöhnlich

Unheil ankündigte. Die Fragen waren Gott sei Dank recht einfach, und ich konnte die Hälfte davon allein dadurch beantworten, dass ich auch in einem historischen Roman von John Beaufort gelesen hatte. Jetzt musste ich nur noch die Daumen drücken, dass der Autor gut recherchiert hatte und die geschichtlichen Fakten nicht nur seiner Fantasie entsprungen waren.

Ich zog eine Grimasse, als ich meinen Test nach der Stunde bei dem weißhaarigen Werwolf mit den goldenen Augen abgab und mein Blick auf Dereks Blatt fiel, das mit etwa doppelt so vielen Wörtern beschrieben war. Alter Streber.

Doch ich kam nicht umhin zu bemerken, dass ich mich in Zukunft auf den Hosenboden würde setzen müssen, wenn ich tatsächlich eine Karriere bei der VO anstrebte. Auch wenn ich sehr gute Noten in allen Sportfächern hatte und weiterhin in Magie gut abschnitt, so zählte ich in Mathe, Geschichte, VO-Gesetz und Dämonologie doch eher zu den schlechteren Schülern. Ich war einfach viel zu oft mit anderen Dingen beschäftigt – zum Beispiel damit, mir Sorgen um Gott und die Welt zu machen. Und mit männlichen Dingen, um ehrlich zu sein. Aber damit war nun Schluss.

Ich begleitete Alissa in den Speisesaal, um ein zweites Frühstück einzunehmen. Speck und Eier zogen mich normalerweise an wie ein Magnet, heute jedoch lag die Sorge wie ein schwerer Stein in meinem Magen. Ich entschied mich für einen kleinen Salat und beobachtete meine Mitschüler, während Derek und Don sich uns anschlossen.

Derek wirkte enttäuscht. »Ich habe Mr. Martin gefragt, ob es in der Geschichte berühmte Werwölfe gab, die besondere Fähigkeiten hatten. Oder die sich auch ohne Vollmond verwandeln konnten. Er sagte, dass es natürlich auch Mondkinder gab, die ihre Verwandlung eine Woche vor Vollmond schon vollziehen konnten, besonders jene, die sehr mächtig waren. Aber als ich ihn gefragt habe, ob sie sich auch vollständig in einen Wolf verwandeln konnten, hat er mich nur angesehen, als sei ich verrückt geworden.«

»Hmm«, machte ich nur und kaute auf einem knackigen Salatblatt, »dann können wir also die Geschichtsbücher in der Bibliothek weglegen. Bleiben uns noch circa eine halbe Millionen anderer Bücher, die wir noch nicht durchgesehen haben.«

»Und mit was machen wir dann weiter?«, fragte Ally lustlos. Sie war ernster geworden, seit sich ihre Gabe verstärkte und sie ständig den Gefühlen anderer ausgesetzt war. Ich vermisste ihr quirliges Geplapper, denn sie gewöhnte sich nur langsam an die Strapazen, die ihre Fähigkeit mit sich brachte. In der Anfangszeit, kurz nach Ryans Verschwinden, war es besonders schlimm gewesen. Durch das Beeinflussen meiner Gefühle zum Positiven war sie selbst fortwährend müde gewesen und hatte ständig Nasenbluten bekommen.

»Magie!«, rief ich nach einer plötzlichen Eingebung, und ein paar Köpfe drehten sich zu uns herum.

»Magie?«, wiederholte Derek und senkte die Stimme. »Du weißt doch, dass Jonathan ein Mondkind ist.«

»Vielleicht braucht er deshalb ja Vanessa! Aber mit ihrer Feuermagie wird sie ihm wohl kaum weiterhelfen können«, mutmaßte Alissa.

Ich schüttelte den Kopf. »Nein, er meinte, er könne es auch ohne sie durchziehen. Aber auch Mondkinder haben Prana in sich. Vielleicht hat er einen Weg gefunden, dass sich seine verändert. Ihn zu etwas Besonderem macht. Oder sie hat sich erst in den letzten Monaten herausgebildet.«

Ich sah Ally an, und nach ein paar ratlosen Sekunden leuchtete Erkenntnis über ihr Gesicht.

»Wie bei mir«, flüsterte sie, und ich nickte.

Wir hatten eine Weile nach dem Grund für Alissas Fähigkeiten geforscht und waren dabei auf ein paar einzelne Personen gestoßen, die in der Vergangenheit ähnliche Fähigkeiten gehabt hatten. Etwa alle fünfzig Jahre wurde in England eine Hexe oder ein Hexer geboren, der Gedanken lesen, Gefühle spüren oder mit Geistern reden konnte. Der Auslöser war eine minimale Veränderung der Prana, ein Geburtsfehler, wie Alissa es nannte. Für mich waren diese Leute etwas Besonderes, genau wie Alissa.

Jonathan dagegen würde nie etwas anderes als ein Ekelpaket für mich sein. Ich suchte den Speisesaal nach ihm ab und entdeckte seinen blonden Schopf ein paar Tische weiter bei seinen Sportkumpels. Als hätte er meinen Blick gespürt, sah er mich an, und ich zuckte zusammen. Ein höhnisches Lächeln umspielte seine Lippen, in seinen Augen blitzte eine unausgesprochene Drohung.

»Was immer er plant, er wird es bald tun«, hauchte ich, wie gefesselt von diesen kalten, gelben Augen.

»Sieh dir den an«, schnaubte Ally verächtlich, und ich riss mich von Jonathans Anblick los. Sie zeigte auf Chaz, der an einem Tisch am Eingang des Saales saß und die Aufmerksamkeit von drei Hexenschülerinnen genoss, die förmlich an seinen Lippen hingen.

»Wahrscheinlich erzählt er ihnen gerade, wie er seine schwere Grippe überwinden konnte, die ihn am Wochenende fast das Leben gekostet hat«, scherzte ich.

Chaz war zum Frauenheld schlechthin geworden. Er sah verwegen aus, seine blonden Haare hingen ihm ständig zerzaust in der Stirn, und seine Haltung und sein Gang strotzten nur so vor Coolness. Trotzdem konnte ich nicht verstehen, warum alle so ein Theater wegen ihm machten und die halbe Schülerschaft sich um ihn riss. So toll war er nun wirklich nicht.

»Du magst ihn doch nicht etwa?«, fragte ich Alissa

zögernd, denn für gewöhnlich regte sie sich nie so über irgendwelche Typen auf.

»Nein, ich traue ihm nicht!«

Doch dass ihre Wangen rot anliefen, verriet mir mehr als ihre Worte.

»Du traust ihm nicht, weil du seine Gefühle nicht spüren kannst. Aber du *könntest* ihn mögen…«

»Nein«, fiel sie mir ins Wort. »Okay, es wäre schön, mal ausnahmsweise einen Jungen zu treffen, dessen Gefühle mich nicht gleich überrumpeln«, gab sie zu, »aber trotzdem. An ihm ist etwas faul.«

Ich schüttelte den Kopf und unterdrückte ein Grinsen. »Es muss schwer sein, jemandem vertrauen zu wollen, der ein Rätsel für einen ist, wenn man ansonsten die Gefühle von allen anderen spüren kann. Aber Ally, dem Rest der Welt geht es *immer* so!«

Sie wirkte für einen Moment unsicher. »Wie haltet ihr das nur aus? Ich wäre ständig misstrauisch. Schon als Kind hatte ich ein gutes Gespür für Gefühle. Wenn auch nicht in dem Ausmaß.«

Ich zuckte mit den Achseln. »Wir kennen es nicht anders.«

Das Klingeln zum Unterricht unterbrach unsere Gespräche, und ich sah auf die Uhr. »Mist, wir werden zu spät kommen.«

Wir hatten eine Doppelstunde Grundlagen der Mairajagd bei Nathan und dann Verteidigung bei der Vampirin Mrs. Evans, doch bis zur Turnhalle war es ein gutes Stückchen Fußmarsch.

Nathan begrüßte uns mit einem Stirnrunzeln, als wir uns endlich umgezogen hatten und die Halle betraten. Der Rest der Klasse war schon versammelt. Ich warf ihm ein entschuldigendes Lächeln zu, doch im Nachhinein ärgerte es mich. Ich hatte eigentlich vorgehabt, ein bisschen länger die

Eingeschnappte für seinen Po-Klatscher zu spielen. Die Erleichterung stand ihm allerdings ins Gesicht geschrieben, und so seufzte ich nur. Ich konnte ja doch nicht ewig sauer auf ihn sein. Was nichts daran änderte, dass ich zu ihm genauso Abstand brauchte wie zu Ryan.

»Kommt schon, ihr vier! Der Unterricht hat begonnen. Dafür werdet ihr mir nachher dabei helfen, die Waffen wieder zu verstauen.«

Derek und Don stöhnten. Vielleicht sollte ich mir das mit dem Schmollen doch noch einmal überlegen.

Die Unterrichtsstunde entpuppte sich als durchaus interessant. Wir bildeten mehrere Gruppen und wurden vor fünf Zielscheiben verteilt, während Nathan Lockwood an jede Gruppe einen Bogen und ein Dutzend Pfeile verteilte. Mit Bogenschießen hatte ich mich bisher kaum beschäftigt, und ich freute mich darauf. Allerdings stellte sich heraus, dass ich eine vollkommene Niete darin war. Selbst Derek traf wenigstens die Zielscheibe, während meine Pfeile darüber hinweg segelten oder im Boden stecken blieben.

»Du bist zu fahrig, Jill!«, belehrte mich der Schulleiter, und ich unterdrückte eine genervte Antwort. Wenn ich in den Sportfächern nun auch noch versagte, war der halbwegs gute Durchschnitt auf meinem Abschlusszeugnis dahin.

Nathan machte am Ende einen Wettbewerb aus dem Unterricht, aus dem unsere Gruppe natürlich vorzeitig ausschied. Zum Schluss waren es Ryan, Nathan und der Vampir Taron, die um die ersten drei Plätze schossen. Ryans Pfeil landete zwar einen Millimeter näher an der Mitte als der des Schulleiters, das Rennen machte aber am Ende der silberblonde Vampir aus Irland, der zugab, schon als Kind in einem Verein mit dem Bogenschießen angefangen zu haben.

Ebenfalls für Ablenkung sorgte die Stunde bei der rothaarigen und zarten Mrs. Evans. Sie war die einzige Vampirin unter den Lehrern, und ihre Körperstatur hatte schon einige getäuscht. Sie hatte Nathan gebeten, für einen Schaukampf etwas länger zu bleiben. Uns allen stockte der Atem, als die beiden miteinander kämpften. Nathan punktete mit Kraft und Geschick, Mrs. Evans dagegen mit Schnelligkeit und Eleganz. Es war schwer zu sagen, wer die meisten Treffer erzielte, und somit einigten sich die Zuschauer auf ein Unentschieden.

Mit bedeutend besserer Laune machten wir uns zum Stundenende auf den Weg zu den Wohntrakten, um vor dem Abendessen noch etwas Ruhe zu genießen. Cox wartete in unserem Zimmer auf mich und Alissa. Ich sah in seinem Gesicht, dass er diesmal mehr zu erzählen hatte als die letzten Tage, und wappnete mich.

»Bald!«, rief er aufgeregt, und Alissas Augen wurden groß.

»Was, bald?«, fragte ich. Cox zuckte mit den Schultern und hüpfte auf dem Bett auf und ab. Ich wusste, wie sehr er auf ein Abenteuer hoffte.

»Keine Ahnung. Jonathan ist schnurstracks in die Kabine von den Lehrern spaziert, als ihr alle bei dem Schaukampf von dem Braunen und der Rothaarigen wart. Dort hängt der Plan für die Wachen, auf dem sie sehen können, ob sie für diese Woche eingeteilt sind und zu welchen Zeiten sie welchen Rundgang machen sollen.«

Seit den Angriffen im letzten Jahr liefen nach Einbruch der Dunkelheit fortwährend Jäger der VO und Lehrer über das Gelände. Nathan hatte die Wachen nach dem Vorfall mit Vanessa und Jonathan noch mal verstärkt. Nach der Sperrstunde gab es ohne eine Sondergenehmigung kaum noch eine Möglichkeit, die Wohnhäuser zu verlassen.

»Er ist mit dem Finger auf der zugehörigen Karte über den Flur zum Krankenflügel gefahren. Was immer er vorhat, wird dort stattfinden.«

»Na toll, ein Datum wäre besser gewesen«, murrte ich. »Trotzdem, gute Arbeit, Cox.«

Im Krankenflügel also. Was zur Hölle wollte er von Vanessa, was er nicht auch bei einem offiziellen Besuch machen konnte? Oder besser gesagt, was hatte er mit ihr vor?

»Morgen Abend«, murmelte Alissa leise und streckte mir den Flyer entgegen, der schon seit Tagen auf unserem Schreibtisch herumlag. Ich brauchte keinen Blick darauf zu werfen.

»Morgen ist die Aufführung der Theatergruppe, oder?«

Alissa nickte. Sie hatte das Bühnenbild entworfen, und auch wir hatten vor, uns das Stück anzusehen. Es würde bis kurz nach Mitternacht dauern, und die ersten beiden Unterrichtsstunden am Donnerstag fielen allein deshalb aus.

»Und wenn alle abgelenkt sind…«

»…hat Jonathan genügend Zeit, um alles zu machen, was er machen will«, schloss ich und wünschte mir, ich wäre ahnungslos geblieben. Wie gerne würde ich mir ebenso sorglos das Theaterstück ansehen wie meine Mitschüler.

»Ich würde sagen, wir brauchen einen Plan.«

»Bin schon unterwegs«, rief Cox und schwang sich zum Fenster, um Derek und Don zu holen. Bevor ich ihm öffnete, strich ich ihm über die Schulter und wunderte mich einmal mehr über die kühle, ledrige Haut.

»Danke, dass du uns hilfst, Cox. Du bist unbezahlbar.«

Seine grüne Farbe wurde um die Wangen herum etwas dunkler, und ich hätte meine Hand dafür ins Feuer gelegt, dass er gerade »rot« geworden war.

»Kein Thema. Ich finde es toll bei euch. Und jetzt mach das verdammte Fenster auf, bevor ich mich bei so viel Gefühlsduselei noch übergeben muss.« Er wurde unsichtbar, und ich hörte, wie er sich in die eiskalte Nachmittagsluft schwang.

Kurze Zeit darauf fanden sich Derek und Don bei uns ein. Sie hatten eine Kanne mit heißer Schokolade und eine halbe Buttercremetorte dabei.

»Vermutlich werden wir das Abendbrot verpassen«, verteidigte sich Derek, als ich sprachlos den riesigen Kuchen musterte.

»Gib schon her, Dickerchen!«, grinste ich und lud mir ein gewaltiges Stück auf einen Teller. Ich hatte zum Frühstück kaum etwas gegessen, und die Mittagspause hatte wie üblich nur mit belegten Broten in der Turnhalle stattgefunden. Derek stemmte empört die Hände in die Hüften, bevor er unsicher an sich herab sah.

»Es sind doch nur drei Kilo!«, rief er verzweifelt.

»Derek, das war ein Spaß!« Doch jetzt, wo ich ihn so betrachtete, fiel auch mir auf, dass sich sein rotes Hemd am Bauch etwas straffte. Na toll, mal wieder mit Anlauf ins Fettnäpfchen gehüpft.

Alissa schaffte es, die Gedanken auf ein anderes Thema zu lenken, und erzählte von Conchobhars Beobachtung.

»Wir sollten zu Nathan gehen«, schlug Don nicht zum ersten Mal vor.

Ally verneinte. »Und was willst du ihm sagen? ›Hör mal, Jonathan hat etwas geplant. Wir haben keine Ahnung, was es ist. Wir haben auch keine Ahnung, wann – jedenfalls nicht richtig. Aber kümmere dich mal darum.‹ Was soll er machen, er kann den Werwolf schlecht unter Arrest stellen. Außerdem würde der sofort ausplaudern, dass Jillian ... na ja, ihr wisst schon ...«

Ich brummte. Ein Freak ist? Dämonische Superkräfte hat? Würde ich es jemals vergessen dürfen?

»Wir sollten herausfinden, was er vorhat. Wenn er denkt, er könne die Wachen austricksen, wieso sollten wir das dann nicht auch können?«

Meine Freunde sahen mich schweigend an, und ich wartete, während ich mir ein gewaltiges Stück Torte in den Mund schob und mit Kakao spülte.

»Ich denke, das könnte funktionieren«, meldete sich

Alissa als Erstes zu Wort. »Dann müssten wir nicht gleich die ganze Schule verrückt machen und können wenn nötig eingreifen. Vielleicht will er ja nur ins Schulgebäude einbrechen und seine Noten etwas aufhübschen. Könnte ja sein, dass wir den Teufel nur an die Wand malen.«

»Ich glaube eher, der Teufel steckt in Jonathan«, murmelte Derek, und ich stimmte innerlich zu. Derek wirkte allerdings abgelenkt und betrachtete sehnsüchtig den Rest der Torte, die er provokativ noch nicht angerührt hatte.

»Iss jetzt dieses doofe Stück Kuchen, Derek, du bist nicht dick!«

Zu meiner Erleichterung gab er nach und holte sich einen Teller. Ich wollte nicht, dass er wegen meiner unbedachten Aussage in den Hungerstreik ging oder dachte, er müsse eine Diät machen.

»Also folgen wir ihm«, stellte Alissa klar. »Cox, meinst du, du kannst im Lehrerzimmer der Turnhalle auf dem Plan nachschauen, wer Nachtwache hat?«

»Ähm…« Cox saß neben mir auf meinem Bett und scharrte verlegen mit den Füßen.

»Du kannst es aufmalen«, flüsterte ich, weil ich ahnte, warum er plötzlich so schüchtern war.

»Geht klar«, stimmte Cox erleichtert zu und bedachte mich mit einem dankbaren Blick. Ehrlich mal, wo sollte ein Kobold denn auch Lesen und Schreiben lernen? Derek und Ally diskutierten mittlerweile hitzig über die Vorgehensweise. Ich überließ ihnen die Planung, denn mein Talent lag weniger darin, sondern eher in der Improvisation.

»Ich kann es dir beibringen, wenn du willst«, schlug ich Cox leise vor, und seine Fledermausohren stellten sich auf.

»Das wäre super!«

Ich lächelte ihn an und versuchte, das Gefühl von Sorge zu verdrängen, wenn ich an den morgigen Tag dachte. Der Kuchen lag mir plötzlich schwer im Magen. Ob mir noch genügend Möglichkeiten dazu blieben, ihn zu unterrichten? Irgendein Gefühl sagte mir, dass wir es mit etwas Ernsterem zu tun hatten, als wir dachten.

Kapitel 18

»Los geht's«, flüsterte ich und schob das Fenster unseres Zimmers leise auf. Die Scharniere knarrten etwas, doch das Geräusch verlor sich in der Nacht. Meine Finger erstarrten, als sie die eisige Scheibe berührten, und sofort bildete mein Atem kleine Wölkchen vor meinem Gesicht. Ich überlegte, ob ich nicht doch lieber den Wintermantel anstatt der dünnen Lederjacke über den Kampfanzug ziehen sollte, doch er würde mich eher in meinen Bewegungen behindern. Außerdem waren in meiner Jacke zahlreiche Schlaufen angebracht, in denen nun zwei Dolche und ein Langschwert baumelten. Wer konnte schon wissen, was uns erwartete? Ich wollte Jonathan nachts nicht wieder unbewaffnet begegnen. Der Wächter unter unserem Fenster, das zur Wiese vor dem Waldrand zeigte, war gerade um die Hausecke gebogen. Uns blieben etwa fünf Minuten.

Alissa grummelte hinter mir etwas Unverständliches, als ich auf das Fensterbrett stieg. Wir hatten in letzter Sekunde unseren Plan ändern müssen, und das gefiel ihr überhaupt nicht. Jonathan hatte nicht wie gedacht die Ablenkung der Theateraufführung genutzt, um was auch immer durchzuführen.

Ally hielt es für übertrieben, dass wir nun um zwei Uhr morgens das Risiko auf uns nahmen, unerlaubt über das

Schulgelände zu streifen. Nächtliche Ausflüge wurden bestraft. Erst vor kurzem war Timmothy, ein Hüne von einem Werwolf, für zwei Wochen suspendiert worden, weil er nachts in den Hexenwohntrakt zu seiner Freundin schleichen wollte. Außerdem zog es einen unschönen Eintrag in der Akte nach sich, und jeder, der auch nur ansatzweise von einem Job bei der VO träumte, blieb allein deshalb artig in seinem Bett.

Ich hatte Ally fast zugestimmt, dass heute Nacht wohl nichts mehr passieren würde, bis Conchobhar ein Gespräch zwischen Jonathan und seinem Kumpel belauscht hatte. Der Werwolf hatte seinem Freund berichtet, er müsse sich am Eingangstor der Schule mit jemandem treffen und bräuchte Hilfe, um heute Nacht um halb drei die Wache im Aufenthaltsraum abzulenken, damit er durch die Tür schlüpfen könne.

Dadurch, dass Ally und ich eine riesige Eiche vor dem Fenster hatten, deren Äste bis an die Hauswand reichten, blieb es uns erspart, ein solches Ablenkungsmanöver zu starten. Es wäre auch nicht gerade einfach gewesen, die gute Mrs. Evans zu überlisten. Die Vampirlehrerin war heute Aufpasserin im Hexenwohntrakt und hatte verdammt scharfe Sinne.

»Komm schon, beeil dich«, wisperte ich und sprang ab. Der Ast, auf dem ich landete, schwankte bedrohlich, und ich musste mich an mehrere kleine Zweige klammern, um nicht das Gleichgewicht zu verlieren. Die reifüberzogene Rinde schabte über meine Handfläche. *Gratulation, Jillian. Schon die erste Schürfwunde.* Der Gedanke, dass Ryan und ich hier an diesem Fenster unseren ersten Kuss gehabt hatten, half auch nicht gerade weiter.

Ich reichte Alissa die Hand und half ihr vom Fenster hinunter. Sie zitterte vor Kälte, und ihre helle, sommersprossige Haut leuchtete fahl im Licht des Halbmonds. Wir arbeiteten uns zum Stamm vor, und ich wollte gerade daran herabklettern, als Ally mich zur Seite riss und mir die Hand auf den Mund legte. Instinktiv hielt ich die Luft an und sah auf den Boden, konnte jedoch niemanden in unserer Umgebung sehen. Ihr warnender Blick allerdings sagte mir, dass ich stillhalten sollte. Die Spannung war kaum auszuhalten. War schon jetzt etwas schiefgegangen?

Sekunden später bog eine schwarze Gestalt um die Ecke und nahm denselben Weg wie die Wache zuvor. Ich erkannte die gebückte Haltung selbst von hier oben aus und drückte mich und Alissa enger an den Stamm, um den Schutz der Äste zu nutzen. Der Schatten schlich vorbei und verschwand in der Dunkelheit.

»Was zur Hölle macht Sheffield denn hier? Er ist für keine Wache eingeteilt«, flüsterte ich und sah auf die Uhr. Wir hatten noch zwei Minuten, bis der reguläre Wachposten wieder hier entlangkommen würde.

»Das ist eine Scheißidee, habe ich doch gesagt! Wenn ich seine Gefühle nicht vorher gespürt hätte, wären wir direkt in ihn hineingelaufen.«

Ich begann trotzdem mit dem Abstieg. Uns lief die Zeit davon. »Wir können Derek und Don nicht alleine hier herumstreifen lassen. Es ist zu spät, um abzubrechen.«

Die beiden Jungen mussten ihre eigene Fluchtaktion aus dem Hexerwohntrakt meistern, doch sie hatten Cox, der sie unterstützte. Don und Dereks Aufgabe bestand darin, das Gebäude der Werwölfe auf der Vorder- und Rückseite im Auge zu behalten, während Alissa und ich uns in die Schule schleichen und in der Nähe des Krankenflügels warten würden, um zu sehen, ob Jonathan auftauchte. Ich war mir sicher, dass die Geschichte mit dem heimlichen Besuch am Eingangstor der Schule geflunkert war. Er hatte nicht umsonst nach der Wache im Krankenflügel geschaut.

»Sie werden uns erwischen, ich weiß es«, flüsterte Alissa

und stieg viel zu langsam für meinen Geschmack den Baum herab, während ich schon unten angekommen war. Ungeduldig sah ich auf die Uhr. Es dauerte zu lange. Ich schloss die Augen und sammelte im Nu die Energiefäden in meinem Inneren ein, um sie zu der Quellkugel zusammenfließen zu lassen. Mit meinen Gedanken konzentrierte ich mich auf Alissa, stellte mir ihr Gewicht vor und nutzte genau so viel der Energie, um Alissa mit Telekinese auf den Boden schweben zu lassen. Der blaue Schein meiner Prana umhüllte ihren Körper schwach. Sie japste erschrocken nach Luft und schlug mir auf den Arm, als sie sanft neben mir landete.

»Mach das nie wieder, ohne mich zu fragen!«

»Dann trödel nicht so und komm!«

Die Wolken meinten es gut mit uns und zogen gemächlich vor den Mond, sodass wir vollständig in der Schwärze der Nacht verschwanden. Es war unheimlich still, und ich fröstelte. Meine Zehen waren in den Turnschuhen schon halb abgefroren, aber die Stiefel wären mit den Absätzen einfach zu laut gewesen.

Ich nahm Alissas Hand, und zusammen schlichen wir zur Hausecke, um vorsichtig auf den Campus zu spähen. Statt den üblichen Kiesweg zum Hauptgebäude zu nehmen, machten wir einen großen Bogen, um an die unbeleuchtete Seite des Gebäudes zu gelangen. Hier gab es keinen Eingang, doch Derek hatte am Nachmittag vorsorglich ein Fenster der Bibliothek im ersten Stock geöffnet und angelehnt. Hoffentlich hatte Mr. Yeng, der Hausmeister, es nicht bei seinem Rundgang geschlossen.

»Darf ich?«, fragte ich Alissa spöttisch, und ich hätte schwören können, dass sie mir die Zunge herausstreckte, auch wenn ihr Gesicht vollständig im Schatten lag.

Ich konzentrierte mich ein weiteres Mal und keuchte etwas vor Anstrengung, als ich ihre dreiundfünfzig Kilo heraufschweben ließ. Sie hing etwas unbeholfen in der Luft, während ich sie so nah wie möglich an das Fenster manövrierte. Mit einem leisen Schubs war es geöffnet, und Ally stieg hinein. Jetzt kam der schwierige Teil. Alissas Magie war bei weitem nicht so fortgeschritten, dass es für das Gewicht eines Menschen reichte. Dass sie Ryan damals von mir hatte wegschleudern können, war einzig und allein ihrer Furcht und Wut zuzuschreiben. Eine Weile passierte gar nichts, und ich spürte lediglich ein Flattern im Magen, als wäre ich mit einer Achterbahn gefahren.

»Ich schaffe es nicht, Jill. Du bist zu schwer!«

»Das war die verdammte Buttercremetorte, ich sag's doch! Konzentriere dich. Denk an deine Familie, deine Freunde. Versuch ein bisschen Liebe hervorzurufen.«

Es passierte nichts.

»Anscheinend bin ich ein herzloses Miststück«, flüsterte sie trocken, und ein Grunzen entfuhr mir, als ich das Lachen unterdrückte.

»Dann denk eben an diesen Karson und wie er dich ausnutzen wollte.«

Mit einem Ruck wurde ich nach oben katapultiert und krachte mit dem Rücken an die Dachkante des Gebäudes, mehrere Stöcke über dem Fenster, in das ich eigentlich zu steigen beabsichtigt hatte.

»Autsch«, presste ich hervor, als ich auch schon wieder auf den Boden zuraste. Der Fall wurde langsamer, und ich schwebte über Kopf, bevor mich Alissas Hand packte und durch das Fenster in die Bibliothek zog. Wir landeten purzelnd auf dem kalten Boden.

»Ich glaube, ich muss mich übergeben.«

»Sorry, sorry, sorry!«, wisperte sie, und ich winkte ab.

»Schon gut, aber lass uns zusehen, dass wir hier wegkommen. Wir haben genügend Krach gemacht, um die halbe Schule zu wecken.«

Ich verglich die Uhrzeit mit dem Wachplan, den Cox mir aufgezeichnet hatte. Die Zahlen und Buchstaben waren schwer zu entziffern, doch er hatte sich große Mühe gegeben, ihn detailgetreu abzumalen. Wir verließen die Bibliothek und schlichen hauptsächlich durch die stockdusteren kleineren Korridore.

Meine feuchten Turnschuhe quietschten an den Stellen, die mit Fliesen ausgelegt waren. Soviel zum Thema laute Absatzstiefel. Ich zog sie aus und lief in Strümpfen weiter, während ich mich mit dem Gedanken abfand, am Ende der Nacht mit Frostbeulen heimzukehren. Der Teppich, der in einigen Gängen lag, war eine wahre Wohltat.

Die kalten Mauern der Schule waren stillschweigende Zeugen unseres Ausflugs, während die bunten Gemälde von prächtigen Königen und kühnen Rittern, edlen Damen und friedlichen Landschaften vorwurfsvoll im Schein der Fackeln zu uns herabblickten.

Wir kamen nur langsam voran. Alissas Gespür für Gefühle war besser als jede Karte, zumal die Wachen der Schule sich nur grob an den Zeitplan hielten. Wir wussten in etwa, wann sich welche Person in welchem Stock aufhielt, aber nicht, welche Gänge sie wählte. Wir entgingen knapp einem Zusammenstoß, indem wir uns in ein leeres Klassenzimmer retteten, ein weiteres Mal kam uns eine Marmorstatue zugute, die groß genug war, dass wir beide zum Großteil dahinter verschwinden konnten. Eine Fackel auf der anderen Seite erledigte den Rest. Der Wächter der VO, mit träumerischem Gesichtsausdruck und bis an die Zähne bewaffnet, wurde von dem Licht geblendet. Es schützte uns allerdings nicht vor seinem Gehör, und ich hatte das Gefühl zu explodieren, als der Staub hinter der Statue in meiner Nase krabbelte und ich ein Niesen unterdrückte.

Meine Nerven waren zum Zerreißen gespannt, und ich atmete erleichtert aus, als wir endlich den Korridor zum

Krankenflügel erreichten. Hier gab es nur Mrs. Iwanow, die in ihrem Kabuff schräg gegenüber von Vanessas Krankenzimmer nächtigte. Nicht, dass die grimmige Russin weniger gefährlich war als die VO-Männer. Selbst Mr. Sheffield hatte Respekt vor ihr.

»Wir können schlecht hier vor dem Zimmer stehenbleiben, mitten im Gang«, überlegte ich, als ich um die Ecke spähte.

»Wir teilen uns auf«, beschloss Ally, und eine rote Locke fiel ihr in das entschlossene Gesicht. »Du bleibst und versteckst dich in dem Klassenzimmer hier drüben. Wenn du die Tür einen Spalt auflässt, hast du einen guten Blick auf den Korridor. Ich nehme diese Nische auf der anderen Seite des Ganges. Dann ist es egal, von welcher Seite Jonathan kommt. An einem von uns muss er vorbei, und dann können wir ihm folgen. Wenn etwas ist, dann schick eine SMS.«

Bevor ich etwas erwidern konnte, schwebte sie davon und duckte sich unter einer der wenigen elektrischen Lampen hindurch, die den Flur spärlich beleuchteten und Schatten an die mit Wandteppichen behangenen Steinwände warfen. Meine Güte, dieses Mädchen legte eine Eleganz an den Tag, von der ich nur träumen konnte. Im Gegensatz zu mir glichen ihre Schritte eher denen einer Elfe, nicht eines Elefanten, obwohl wir beide klein und schmal waren. Ich sah ihr nach und stellte mir vor, wie sie sich hinter der Statue von irgendeiner Heiligen Eleonore versteckte. Ein weiterer Blick auf die Uhr verriet mir, dass es kurz nach halb drei war. Es konnte nicht mehr lange dauern.

Ich zog mich leise in das Klassenzimmer zurück und ließ die Tür einen Spalt auf, um hindurchsehen zu können. Der winzige Lichtstrahl ließ mich ein paar verstaubte Holztische und Stühle erkennen. Es sah eher unbenutzt aus, und ich konnte mich auch nicht erinnern, hier jemals Unterricht gehabt zu haben. Ich bückte mich und rieb mir meine Zehen warm, bevor ich wieder in meine Turnschuhe schlüpfte.

Plötzlich packte mich eine Hand an der Schulter. Ich wirbelte entsetzt herum. Wir waren geliefert, man hatte uns erwischt. Doch statt in das Gesicht eines Wächters oder Lehrers zu starren, blickten mir schwarze Augen entgegen. Augen, in denen ich vor nicht allzu langer Zeit wie eine Ertrinkende versunken war.

»Was zur Hölle tust du hier?«, fuhr ich Ryan an und fasste mir vor Erleichterung an die Brust, um mein Herz zu beruhigen. Dann kehrte die Wut auf ihn zurück.

»Was tut *ihr* hier? Habt ihr den Verstand verloren?« Er war stinksauer. Pfff. Als hätte er das Recht dazu.

»Das geht dich nichts an, verschwinde!«

»Es geht mich sehr wohl etwas an, Jill.«

Ich zog die Augenbrauen in die Höhe und schnaubte hämisch. »Wie kommst du zu der Annahme?«

Der Vampir biss auf die Zähne und kniff verletzt die Augen zusammen.

Ich atmete erschöpft aus. »Das ist nicht der richtige Ort, um das zu erörtern. Geh zurück ins Bett und hör auf, mir zu folgen. Weißt du, wie viele Schüler heute Nacht aus den Betten geschlichen sind? Das kann nur schiefgehen! Du weißt doch nicht einmal, was hier los ist!«

»Doch, das weiß ich. Derek hat mich angerufen. Don hat vor einer Stunde angefangen, sich die Seele aus dem Leib zu kotzen.«

»Diese verdammte Buttercremetorte«, murmelte ich.

»Derek hätte es nie alleine aus dem Wohntrakt geschafft, und im Gegensatz zu dir vertraut er mir!«

»Wieso sollte ich dir auch vertrauen«, fauchte ich und wandte mich ab, als ich den Schmerz in seinen Augen sah. Okay, das war fies, aber zur Hölle, er hatte mich verletzt.

»Du brauchst mich«, flüsterte er.

»Brauche ich nicht«, antwortete ich stur und war froh, dass ich ihm den Rücken zuwenden konnte, um so zu tun, als beobachte ich den Flur.

»Ich brauche dich.«

»Tust du nicht«, flüsterte ich, doch meine Kehle war wie zugeschnürt, und lediglich ein heiseres Flüstern entsprang ihr.

»Ich brauche dich«, hauchte er wieder, und die Trauer in seiner Stimme war zu viel für mich. Ich drehte mich um, und mein Gesicht fand sich im Nu in seinen Händen wieder, als seine Lippen auf meine trafen. Ich spürte, wie heiße Tränen meine Wange herabliefen. Tränen, die seit Wochen darauf warteten, vergossen zu werden. Tränen, die ich vor ihm verborgen halten wollte.

Gefühle durchströmten mich und ließen mein Herz fast zerspringen. Verzweifelt krallte ich meine Finger in seine Handgelenke, um zu verhindern, dass er sich entfernte. Er küsste mich mit einer Intensität, die ich noch nie bei ihm erlebt hatte. Wo er sonst vorsichtig und zurückhaltend gewesen war, brannte nun ein leidenschaftliches Feuer in ihm. Alle Angst, mich verletzen zu können oder die Kontrolle zu verlieren, schien in diesem Augenblick wie verflogen. Ein Schluchzen entfuhr mir, und er hielt mich fester, als wolle er mich nie wieder loslassen.

Gefühle brachen aus mir heraus, die ich bisher zu verstecken versucht hatte. Die Schuld, die auf mir lastete, weil ich ihn nicht hatte aufhalten können, als er es gebraucht hatte, brannte ein Loch in meine Brust und ließ mich ihn noch enger an mich ziehen.

Ich wusste nicht, wie viel Zeit vergangen war. Es kam mir wie eine Ewigkeit vor, wie ein Traum, aus dem ich nicht mehr aufwachen wollte.

Leider ging für gewöhnlich in solchen Momenten alles schief. Der Türspalt öffnete sich mit einem leisen Knarren, und Cox schlüpfte atemlos herein. Wir sprangen auseinander, doch Ryan schien beim Anblick des kleinen Kobolds nicht einmal zusammenzuzucken.

»Derek ist erwischt worden. Es war eine Falle von Jonathan. Er wird gerade zu Nathan gebracht. Jonathan ist auf dem Weg zum Wald. Vielleicht würdet ihr mal eure knutschenden Ärsche hier raus bewegen und zusehen, dass ihr ihn einholt!«

Entgeistert starrte ich ihn an. Der Wald. War ja klar.

Kapitel 19

Wir schnappten Alissa am Ende des Ganges auf, und ich zog sie mit mir, nachdem ich hastig alles erklärt hatte. Zu den Tränenspuren auf meiner Wange oder dem Gefühlschaos in mir sagte sie nichts. Wir hatten Wichtigeres zu tun. Um mehr Zeit zu gewinnen, blieben wir nicht einmal mehr stehen, um auf den Wachplan zu blicken. Ich verließ mich auf Ryans Instinkte und Alissas Gespür, wenn jemand in der Nähe war. Wir bahnten uns einen Weg durch die Schule, und mehr als einmal zog ich ängstlich den Kopf ein, wenn unsere Schritte an den steinernen Wänden widerhallten. Fast erleichtert atmete ich aus, als wir den Seiteneingang erreichten und uns die eisige Nachtluft umschloss.

»Dort entlang.« Cox zeigte mit dem Finger auf die düsteren Umrisse der Bäume schräg hinter dem Werwolfwohntrakt. Dort, wo Jonathan mich einst als Wolf bedroht hatte. Wir verlangsamten unser Tempo, als wir den schwarzen Waldrand erreichten.

»Na, dann zeigt mal, was eure Sinne können«, murmelte ich, »denn ich würde hier nicht einmal einen Bären erkennen, selbst wenn er direkt vor meiner Nase stünde.«

Ohne zu antworten schob sich Ryan an mir vorbei, und wir folgten ihm ins Ungewisse. Der Geruch nach Moos, Kiefernnadeln und Kälte stieg in meine Nase, während ich mich zwischen den immer dichter werdenden Baumstämmen hindurchschob. Nach ein paar hundert Metern hatte der schwache Mond seinen Kampf gegen die dichten Wolken gewonnen, und ich war dankbar für das bisschen Licht, das mir den Weg erleuchtete. Eine dünne Eisschicht glänzte auf den Baumstämmen wie funkelnder Glitzerstaub. Im Zusammenspiel mit dem Mondschein bekam die Nacht somit eine ganz eigene Schönheit und verlieh dem Wald etwas Mystisches.

Trotzdem gefiel mir diese Ruhe nicht. Nachts hatte man einfach nichts in einem Wald zu suchen. Wir schwiegen, und außer dem leisen Knacken von Zweigen unter unseren Füßen war nichts zu hören.

»Wir finden ihn nie im Leben«, flüsterte ich, als die Stille zu sehr auf mir lastete. Cox landete auf meiner Schulter, und das Gewicht des kleinen Kobolds beruhigte mich etwas.

»Ich kann ihn riechen«, knurrte Ryan und brachte mich damit zum Schweigen. Schön, dann eben doch. Wir gingen weiter, und ich widerstand dem Drang, vor mich hin zu summen, nur um meine Nervosität zu verstecken. Ich hasste die Wälder mittlerweile. Ständig begegnete mir hier etwas, was mich töten wollte.

Alissa fiepte plötzlich panisch und sprang einen Schritt zurück, sodass sie gegen mich prallte. Reflexartig zog ich mein Schwert und sah mich nach einer Gefahr um, doch nachdem Ryan nur angespannt auf den Boden starrte und keine Kampfeshaltung eingenommen hatte, ließ ich den Arm sinken. Conchobhar sprang von meiner Schulter. Widerwillig sah ich an Alissa vorbei und verzog das Gesicht.

Vor uns lag ein Greifvogel mit aufgerissener Kehle. Seine toten gelben Augen blickten ins Leere. Ich versuchte, die Übelkeit in meinem Magen zu beruhigen, als Cox ihn mit dem Finger auf den Rücken drehte.

»Scheint so, als hätte unser Straßenköter Hunger gehabt. Das ist ja widerlich«, würgte ich.

Alissa und Ryan wechselten einen bedeutungsvollen Blick.

»Okay, was habe ich verpasst?« Genervt verschränkte ich die Arme, weil die beiden offenbar etwas wussten, was ich nicht bemerkte. Wenigstens zuckte auch der Kobold mit den Achseln.

»Er blutet nicht«, wisperte Ally.

Ich zwang mich, noch einmal auf den zerfetzten Hals zu sehen. Kein roter Tropfen glänzte im Mondschein.

»Es kann kein Maira gewesen sein, die Wunden sehen anders aus. Der hätte den Vogel doch mit einem Bissen verschlungen.«

Ryans Hand wanderte automatisch zu der Narbe an seinem Hals, bevor er mich eindringlich ansah. Seine Stimme klang angespannt. »Das war kein Maira. Aber es war auch kein anderes Tier. Die Wunde stammt von einem Messer.«

Alissa schnappte hörbar nach Luft, und entsetztes Schweigen lastete über uns. Toll, anscheinend war ich die Einzige, die auf der Leitung stand.

»Und wer sollte einem Vogel einfach so zum Spaß die Kehle aufschlitzen? Das war ein anderes Tier, wo ist das Problem?«

Unbehaglich trat Ryan von einem Fuß auf den anderen, und ich schluckte nervös. Die Sache schien ernster zu sein, als ich dachte.

»Die Frage ist nicht wer, sondern warum. Weißt du, wofür das Blut des Roten Milans gut ist?«

Roter Milan. Irgendeine Erinnerung regte sich bei dem Vogelnamen in mir, aber ich wusste absolut nicht mehr, wo ich ihn gehört hatte.

Alissa schaffte immerhin ein Schnauben. »Sie ist eine Niete in Dämonologie, Ryan, schon vergessen? Der Rote

Milan gilt als sehr mächtig, in manchen Ländern werden die Vögel sogar als heilig angesehen. Es sind die einzigen Tiere, deren Blut unserem ähnelt. Den Legenden zufolge lebt unsere Seele nach dem Tod in diesen Vögeln weiter. Hier in England gibt es so gut wie keine mehr, da die Mairas wegen der erhöhten Prana bevorzugt auf diese Tiere Jagd machen, wenn sie keine größeren Opfer finden. Eine Zeit lang galten sie hier als ausgestorben. Und ihr Blut kann auch dazu benutzt werden, Hexenblut zu ersetzen.«

Langsam dämmerte es mir, doch ich wollte es nicht aussprechen.

Ryan übernahm das für mich. »Hexenblut wird in der allgemeinen Magie nicht verwendet. Man braucht es nur für Dämonenbeschwörungen.«

Nein. Nein, nein, nein. Nicht schon wieder. Es gab Menschen, die nicht einmal von Dämonen wussten. Und ich begegnete ihnen jetzt regelmäßig? Nein! Es reichte doch wohl, dass mein Vater einer gewesen war! Was zur Hölle hatte ich denn verbrochen?

»Lasst uns verschwinden«, drängte Alissa, und Ryan nickte zustimmend.

Ich blieb stehen. »Und dann? Jonathan versucht gerade, einen Dämon zu beschwören, da sind wir uns doch einig, oder? Was, wenn er schon angefangen hat? Wir müssen das verhindern!«

»Jill, du kannst nicht immer die ganze Welt retten. Das hier ist eine Nummer zu groß für uns! Letztes Jahr hatten wir einfach Glück, noch mal wird uns das nicht passieren.«

»Und was, wenn zwischen Jonathan und einer Katastrophe nur wir stehen? Ich will mich doch nicht allein darum kümmern, aber wenn wir jetzt zurücklaufen, ist es vielleicht zu spät!«

Ich zückte mein Handy und dankte dem Schicksal, dass ich noch ein bisschen Empfang hatte. Eilig tippte ich eine

SMS an Derek: *Hol Hilfe. Im Wald hinter dem WW-Wohntrakt. Bring Nathan mit und wen du sonst noch findest.*

Alissas Entschlossenheit geriet ins Wanken. Ich konnte ihr nicht verübeln, dass sie Angst hatte. Die hatte ich auch. Ryans Blick verriet mir, dass er mir überallhin folgen würde. Conchobhar war plötzlich hellwach. Er würde sich nie ein Abenteuer entgehen lassen, selbst wenn es den Tod bedeuten konnte.

»Ich sehe es mir wenigstens schon mal an«, flüsterte ich, und die drei folgten mir schweigend.

»Er ist nicht mehr weit entfernt«, murmelte Ally nach einer Weile, und ich hörte das Zittern in ihrer Stimme. Ich sah unnatürlich rotes Feuer durch die Bäume schimmern und schlich weiter voran. Leises Gemurmel ertönte. Wir blieben stehen und lauschten mit offenem Mund. Nur Conchobhar verlor seine Sichtbarkeit und schwang sich in die Bäume, um näher heranzukommen. Mein Mund fühlte sich an wie ein trockenes Flussbett.

Jonathan sprach mit irgendwem. Wir kamen zu spät. Doch am meisten Sorge bereitete mir, dass er ängstlich klang.

»Wo ist Leviathan? Dich habe ich nicht gerufen!«

Ich biss mir auf die Lippe, um nicht frustriert zu stöhnen. Wie sehr ich diesen Namen hasste.

Eine schnurrende Stimme antwortete, die seltsam widerhallte und sich fast hypnotisierend anhörte. »Nein, hast du nicht. Das ist wahr. Der Meister hat Wichtigeres zu tun.«

»Und da schickt er mir seinen Diener? So lautete die Abmachung aber nicht! Er hat mir versprochen, dass er mir dauerhaft Kraft schenkt!«

Ein Lachen ertönte, dass sich mir die Härchen auf den Armen aufstellten. »Oh, das wird er, kleiner, süchtiger Wolf. Er hat nur nicht gesagt, wann!«

Die Stimme überschlug sich fast vor Lachen, bevor sie

weiterredete. »Sooo süß, diese Prana, die er dir geschenkt hat, nicht wahr? Wie schmerzlich muss es sein, sie zu verlieren!«

»Ich habe ihm alles gebracht, was er wollte«, stammelte das Mondkind. »Ich habe ihm alles gesagt, was er wissen wollte!«

Ich hörte die Verzweiflung in seiner Stimme und sah traurig auf den Boden. Einmal mehr war ein dummes Wesen auf die Hinterlist der Dämonen hereingefallen.

»Das hast du. Hmm... Milanblut... wo ist deine Hexe? War sie etwa klüger als du, kleiner Werwolf? Oder ist sie schon wahnsinnig geworden?«

»Sie hat einen Rückzieher gemacht«, erwiderte Jon wütend, und ich stellte mir vor, wie sein Speichel von den Lippen tropfte.

»Kluges Mädchen«, erwiderte die Stimme amüsiert.

Ich strich mir mit der Hand die Haare aus den Augen. *Was habt ihr nur getan, Vanessa?* Wenn Jonathan klug genug war, würde er den Dämon nach Hause schicken, und damit hatte sich auch die Sache mit dem Riesenwolf erledigt, wenn ich es richtig verstand. Wie es aussah, hatten der Werwolf und Vanessa ein bisschen mit Dämonen herumgespielt, um ihre Macht aufzubessern. Dass Dämonenprana süchtig machte, war mir allerdings neu. Vielleicht war ich als Halbdämon immun dagegen. Ich hoffte, dass das Schauspiel hier bald vorbei war, und betete, dass Jonathan jetzt keinen Fehler machte. Ally und Ryan lauschten ebenfalls angestrengt. Die Anspannung auf ihren Gesichtern war deutlich lesbar in dem schwachen rötlichen Schein, der durch die Bäume drang.

Was für ein Déjà-vu, dachte ich betrübt, als ich mich an die Szene mit Mrs. Grant im letzten Jahr erinnerte. Auch sie hatte die Dämonen unterschätzt.

»Ich kann dir helfen, weißt du?«, klang die Stimme verführerisch durch den Wald. Ich stöhnte und legte die Hand über die Augen. *Bitte Jonathan, sei einmal klug.*

»Wie?«, antwortete der Werwolf misstrauisch, und ich zog verzweifelt die Luft ein.

»Ich kann dir ebenfalls etwas von der Macht einflößen, wenn auch nicht so viel wie Leviathan. Komm näher! Komm schon her.«

Entsetzt riss ich den Kopf hoch, als Jonathan nicht antwortete. Ohne zu überlegen, sprinteten wir alle drei los.

»Nicht!«, schrie ich und brach durch das Unterholz. Der Werwolf stand an einem mit Kreide in den trockenen Waldboden gezogenen Kreis, an dessen Linie einige Kerzen gestellt und zahlreiche Runen aufgemalt waren. Er wirbelte herum und riss die Augen auf, als er uns erkannte.

Ich registrierte eine alte Holzhütte im Hintergrund, die ich noch nie zuvor gesehen hatte. Doch mein Blick war von dem Wesen gefesselt, das in dem Kreis stand. Das hier war nicht einmal ansatzweise mit dem Geschäftsmann zu vergleichen, den Leviathan bei seiner Beschwörung dargestellt hatte. Das hier war ein Dämon, wie man ihn sich in den Albträumen vorstellte. Kurz fühlte ich mich an den Glöckner von Notre Dame erinnert, der äußerst hübsch gegen diese Kreatur wirkte. Ein mit Furunkeln übersäter Buckel, so groß wie einer dieser Fitnessbälle, ließ das Geschöpf in gebückter Haltung stehen, während die Arme fast auf dem Boden schleiften und in grünlich-grauen Fingern endeten. Der fette Wanst des großen Geschöpfes war deutlich unter einem schwarzen Mantel zu erkennen, der jedoch zu klein war, um auch den Buckel mit einzuschließen. Das Gesicht des Wesens war von Narben übersät und auf einer Hälfte verbrannt, sofern sich das auf der grauen Haut erkennen ließ. Zwei ungleiche schwarze Augen musterten mich, während sich der schiefe Mund, dessen eine Hälfte nur noch Narbengewebe war, zu einem zornigen Schrei verformte.

Jonathan stand zu nah am Kreis. Ehe er sich bewegen konnte, griff eine der langen Klauen nach seinem Kragen. Ein Zischen ertönte, als die pickelige Haut des Dämons das Feuer des Kreises durchbrach und Jonathan zu sich zog. Der Werwolf kreischte angsterfüllt und stieß mit dem Fuß gegen eine der Kerzen, was den Bannkreis, der den Dämon gefangen hielt, zerstörte.

Das Feuer erlosch, und eine nervenzerreißende Stille senkte sich über den Wald herab. Der Dämon war frei. Und, verdammt noch mal, keiner außer Derek hatte eine Ahnung, wie man ihn zurückschicken konnte.

Kapitel 20

»Lass ihn los«, brachte ich mit zitternder Stimme hervor, während meine Knie nachzugeben drohten.

Die Kreatur lächelte süffisant mit dem entstellten Mund und hielt Jonathan wie einen Schild vor sich. Ihre Klauen strichen fast liebevoll über dessen Hals, doch nur eine Bewegung wäre nötig, damit die im Mondschein glänzenden Krallen die Kehle aufschneiden würden.

Eine einzige Fackel, die am Eingang der Holzhütte hing, beleuchtete die Szene. Der Schutzkreis war verloschen.

»Nein«, antwortete der Dämon gedehnt, und von der hypnotisierenden Stimme war nur noch Kälte übrig. »Es sei denn, du meldest dich freiwillig, um an seiner statt hier zu stehen.«

Ich trat instinktiv einen Schritt zurück und spürte Alissas und Ryans Nähe in meinem Rücken. Ihr Atem ging genauso schnell wie meiner, während sie versuchten, das Grauen vor uns zu begreifen.

»Der Meister wird sich freuen, wenn Fafner ihm ein Geschenk mitbringt, oh ja, das wird er.« Das Wesen redete mit sich selbst und betrachtete entzückt den zitternden Werwolf, als sei dieser ein Kleinkind, das es in seinen Armen wiegte. Es wirkte plötzlich vollkommen durchgeknallt.

»Fafner«, versuchte ich seine Aufmerksamkeit wieder auf mich zu lenken, und sein Kopf schoss nach oben.

»Du nennst mich beim Namen, dumme Göre, ohne mir deinen zu verraten. Aber das musst du gar nicht, nein, Fafner weiß, wer vor ihm steht. Der Meister würde Fafner reich belohnen, wenn er dich mitbringt.«

»Ähm«, stotterte ich und ging einen weiteren Schritt zurück, als ich die Gier in den Augen des Dämons erkannte. Das lief überhaupt nicht gut. Ich hatte keine Ahnung, wie wir aus dieser Sache wieder herauskommen sollten. Fafner schien abzuwarten, wie wir reagierten.

»Hat irgendeiner von euch eine Idee, was wir tun sollen?«, flüsterte ich mit heiserer Stimme über meine Schulter. Alissa antwortete lediglich mit einem Fiepen.

»Ich bezweifle, dass er freiwillig in seinen Kreis zurücktreten wird«, hauchte Ryan, und die Anspannung in seiner Stimme raubte mir jeglichen Mut, den ich noch hatte aufbringen können. Es blieb uns also nur die Möglichkeit, ihn zu töten – ein eher unmögliches Unterfangen.

Ryan hatte recht gehabt, es war keine gute Idee gewesen, nicht auf Nathan zu warten.

Nathan!, meldete sich eine Stimme in meinem Kopf. Er war auf dem Weg hierher, wenn Derek meine SMS bekommen hatte. Wir mussten Fafner nur lange genug hinhalten. Allerdings irrte Nathan durch einen riesigen Wald, es konnte Stunden dauern, ehe er uns fand. Es sei denn, jemand zeigte ihm den Weg.

Einer Eingebung folgend huschten meine Augen in das Blätterdach über dem Dämon mit seiner Geisel. Wie zu erwarten blickte ich in Cox' riesige Augen. Mit dem Kopf ruckte ich in die Richtung, in der die Schule lag und schielte schnell auf die Uhr. Der kluge Kobold verstand, was ich ihm sagen wollte.

Allerdings war Fafner nicht halb so abgelenkt, wie ich gehofft hatte. Er warf den Kopf zurück und stieß ein wütendes Brüllen aus, als er Cox in den Kronen der Bäume erblickte.

»Oh, Scheiße«, hauchte ich, als der hässliche Dämon seine Geisel wie eine Puppe von sich warf. Jonathan wurde unsanft gegen die Holzhütte geschleudert und landete hart auf dem Boden. Seine Augen rollten sich nach hinten und entblößten das Weiße.

Fafner allerdings schien vor Wut anzuschwellen. Sein Mantel riss am Rücken, und ich riss entsetzt den Mund auf, als er nicht aufhörte zu wachsen.

»Was zur Hölle ist das für eine Kreatur?«, brachte Alissa mit hoher Stimme heraus.

»Ein Dämon«, sagte Ryan trocken, und wir wichen zurück, bis wir aneinander gedrängt vor dem dichten Unterholz standen, das uns in den Rücken stach. »Ich glaube, du hast ihn wütend gemacht, Jill.«

Unfähig, die Augen abzuwenden, sah ich zu, wie Fafner auf das Doppelte anschwoll und mitternachtsblaue Prana seinen Körper überzog. Meine Haare stellten sich in der aufgeladenen Luft auf, und ich konnte die Energie, die von ihm ausging, selbst auf meiner Haut kribbeln spüren. Hitze strömte über mein Gesicht, brannte in den Augen und brachte mich dazu, den Kopf wegzudrehen. Als sie nachließ, musste ich mich zwingen, wieder hinzusehen.

Vor uns stand nicht länger der Dämon, sondern ein Wesen, das eher einem Drachen glich. Graue, ledrige Flügel brachen aus dem Buckel heraus und entfalteten sich hinter dem echsenartigen Körper, der in einem dornenbesetzten Schwanz endete. Die schwarzen Augen erglühten nun in strahlendem Königsblau, und wo einst das verbrannte Gesicht des Dämons gewesen war, riss er nun eine langgezogene, mit Fangzähnen bestückte Schnauze auf. Mit einem Schwung stieß er sich vom Boden ab und riss ein Loch in das Blätterdach, als er in den Nachthimmel aufstieg.

Cox war längst verschwunden, doch Fafners stechende Augen suchten nach ihm. Als er ihn nicht fand, stieß er im Sturzflug wieder hinunter, direkt auf uns zu. Einmal mehr wünschte ich mir, ich könnte mich genauso unsichtbar machen wie der Kobold.

»Deckung!«, schrie ich und warf mich zur Seite, als der Dämon in den Baum krachte, vor dem wir uns Sekunden zuvor noch zusammengedrängt hatten. Ally lag neben mir, Ryan stand durch seine Vampirgeschwindigkeit schon wieder auf den Beinen und zog seine Schwerter.

Fafner richtete sich mit frustriertem Kreischen wieder auf und beachtete den dicken Baumstamm gar nicht, den er gerade gefällt hatte, als wäre er nur ein Zahnstocher. Seine grauen Schuppen glänzten, sein Blick fand meinen, und er zog den Kopf nach hinten, um einen tödlichen Biss durchzuführen. Ein grüner Schatten flog an mir vorbei und sprang auf die Schnauze der Echse, die wütend nach ihm schnappte. Conchobhar schwang sich in die Bäume und lenkte den Dämon lange genug ab, dass ich Ally auf die Beine ziehen und rennen konnte.

Fafner bemerkte unsere Flucht und entschied, dass der Kobold zu schnell für ihn war. Sein Schwanz peitschte nach vorne und verfehlte mich nur um Haaresbreite, weil ich mich früh genug auf den Boden warf und abrollte. Ryan tauchte hinter dem Ungetüm auf und stach ihm eines seiner beiden Schwerter in den Schenkel des hinteren Beines. Der Drache brüllte wütend, während er nach dem Vampir schnappte. Der Schwerthieb schien ihm kaum etwas auszumachen.

Ein dünner Baumstamm flog zwischen die beiden und wurde von den spitzen Zähnen zermalmt. Verwirrt sah ich mich um und erblickte Ally, die mit bleichem, aber entschlossenem Gesicht die Hände zu Fäusten geballt hatte. Sie hatte ihren Schrecken überwunden und kämpfte mit den ihr möglichen Mitteln, der Telekinese.

Ich zog mein eigenes Schwert und wartete auf einen Augenblick, in dem die Kreatur abgelenkt war. Doch sie behielt uns alle im Auge und versuchte zu entscheiden, wen sie als Nächstes angreifen würde.

Ich musste eine Schwachstelle finden, irgendetwas, was Fafner aufhalten konnte. Die Echse bäumte sich mit stolz geschwellter Brust auf, und ich nutzte die Gelegenheit. Im Sekundenbruchteil sammelte ich meine Macht und legte sie in den Gedanken, die magnetischen Felder mithilfe der Ferrokinese zu beeinflussen. Die messerscharfe Schneide des Schwertes schoss auf die Brust Fafners zu, dorthin, wo ich sein Herz vermutete. Doch statt sich in den Körper zu bohren, prallte die Waffe an der schuppigen Haut des Dämons ab.

Na schön, dann eben mit Magie, dachte ich panisch, als er sich in meine Richtung stürzte.

Ryan schoss schneller zwischen uns, als ich es mit den Augen erfassen konnte. Er baute sich vor mir auf, doch der Schwanz der Kreatur fegte ihn wie ein Blatt im Wind beiseite, wobei er noch zwei weitere Bäume umriss. Die Lichtung hatte sich bedeutend vergrößert.

Ich sammelte meine Prana zu einem Energieball, den kaum eine andere Hexe zustande bekommen hätte, doch als ich ihn abschoss und die Energie sich nur wie eine zweite Haut über das Monster legte, schwand meine Hoffnung. Damit kam ich nicht weiter.

Der Dämon schüttelte sich kurz und brüllte ein weiteres Mal, zorniger als zuvor. Bevor er sich jedoch auf mich stürzen konnte, flog ein spitzer Ast aus Alissas Händen und bohrte sich in sein Auge, woraufhin ein Kreischen ertönte, das die Bäume erzittern ließ. Ryan war noch immer in den Tiefen des Unterholzes verschwunden, in das er geschleudert worden war. Ich betete, dass es ihm gut ging.

Ohne zu überlegen, sprengte ich mit der Feuermagie ein

Loch in den Boden neben dem Drachen, doch auch das Feuer schien ihn nicht zu stören. Ich konzentrierte mich auf das Blut des Wesens, in der Hoffnung, es gefrieren lassen zu können, doch es war eine Macht, mit der ich nicht vertraut war. In meinen Gedanken spürte ich, wie die Prana in seine Adern floss, doch die Kälte, die ich in ihn schickte, schien von dem Feuer seiner eigenen Prana verbrannt zu werden.

Fafner warf sich auf mich, und ich konnte mich hinter den Stamm einer Eiche retten, der über einen Meter Durchmesser hatte und dem Gewicht des Drachen zitternd und knackend standhielt.

Wir konnten nicht gewinnen. Fliehen war das Einzige, was uns blieb, doch dazu mussten wir erst Ryan finden. Und was, wenn die Kreatur sich auf den Rest der Welt stürzte?

Ich sah Alissa, die hinter der Holzhütte in Deckung gegangen war und den bewusstlosen Jonathan mit sich zog, um ihn aus der Schusslinie zu bringen. Und dann hörte ich Kampfgeschrei, das weder vom Drachen noch von Ryan kam. Hoffnungsvoll spähte ich um den Baum. Nathan, im Kampfanzug und mit lediglich einem Kilidsch in der Hand, betrat dicht gefolgt von einem geschockten Derek und Chaz die Lichtung.

Das sollte der Rettungstrupp sein?! Wir waren tatsächlich geliefert.

Derek eilte zu Alissa hinter die Hütte und half ihr, die Wunde des Werwolfs zu versorgen.

»Kann man einen Dämon außerhalb eines Kreises zurückschicken?«, rief ich durch den Trichter meiner Hände und versuchte, unter dem Kampfgebrüll des Dämons etwas zu verstehen.

»Nein«, rief Derek verzweifelt, »ihr müsst ihn töten! Haltet ihn ein bisschen hin, Don holt die Wächter!«

Na, der hatte gut reden.

Von den Neuankömmlingen verwirrt schwang sich Fafner in die Luft und flog eine Runde, um sich einen Überblick zu verschaffen. Nathan und Chaz hatten sich verteilt, auch Ryan war mit blutendem Kopf wieder aufgetaucht. Als ich auf die Lichtung trat, standen wir in einem großen Viereck.

»Ein Drache, Jill?«, rief Nathan lachend und mit leuchtenden Augen. »Heirate mich!«

Ich hoffte, dass er seine Angst überspielen wollte und nicht völlig übergeschnappt war. Nathan liebte das Abenteuer, doch das ging wirklich zu weit. Als würde ich mich mit Absicht ständig mit Monstern abgeben.

Er stand da wie ein junger Gott. Sein braunes Haar wehte im Wind, und seine Muskeln spannten sich, als er angriffslustig das Schwert kreisen ließ. Fafner, angezogen von Nathans Stimme, stieß ein Brüllen aus und stürzte sich aus der Luft auf ihn. Mit einem ohrenbetäubenden Beben landete er vor dem Hexer, doch Nathan hatte sich schon unter den Beinen des Drachen durchgerollt und dabei dessen weiche Haut an der Unterseite des Bauches aufgeschlitzt. Die Verletzung war bei weitem nicht tödlich für die Bestie, und sie wirbelte herum.

Chaz griff von der rechten Seite an und schleuderte einen Energieball. Bevor Fafner sich ihm zuwenden konnte, tat ich dasselbe. Diesmal schien es, als bringe die Macht, mit der die Prana auf ihn traf und explodierte, das Wesen endlich aus dem Gleichgewicht. Verwirrt von den Angriffen mehrerer Seiten drehte sich der Drache im Kreis, während Ryan und Nathan flink wie Wiesel um ihn herumkreisten und hier und da die Waffen in die Haut der Kreatur rammten.

Doch es war nur eine Frage der Zeit, bis Fafner einen von uns erwischte. Der Schwanz peitschte gefährlich durch die Luft und riss einige der kleineren Bäume um, während die spitzen Dornen todbringend durch die Nacht blitzten. Nathan erkannte ebenfalls, dass wir eine andere Taktik brauchten, und verschwand zwischen den Bäumen, als ich einen gewaltigen Feuerball abschoss.

»Achtung!«, schrie ich, damit Ryan sich in Sicherheit bringen konnte, als das Geschoss am Rücken des Drachen explodierte und einen Flügel bis zur Hälfte zerfetzte. Ich fühlte, wie mich der Gebrauch der Magie langsam schwächte. Trotz der Kälte rann mir der Schweiß über Rücken und Gesicht, wo er sich mit dem Dreck und einigen blutigen Kratzern vermischte. Wo zur Hölle war Nathan hingegangen?

Chaz lenkte mit einem Energieball die tobende Echse von mir ab, und ich ließ den Blick suchend über die zertrümmerte und rauchende Lichtung wandern. Ich sah Nathans Schatten im Geäst der Bäume, bevor ich einen Schrei der Warnung ausstoßen konnte. Er wollte doch nicht etwa…

Doch, er wollte. Mit einem Satz ließ er sich fallen und landete auf dem geschuppten Rücken des Drachen unter ihm. Er taumelte, klammerte sich mit einer Hand fest und zog sich in den Nacken des Dämons. Sein Schwert glänzte im Mondlicht, als er es mit beiden Händen packte und mit einem Triumpfschrei niedersausen ließ, um es in den Kopf der Kreatur zu rammen und das Hirn zu durchbohren.

Ich schlug entsetzt die Hände vor den Mund, als sich die Szene wie in Zeitlupe vor mir abspielte. Der Drache stieß im Todeskampf einen letzten Schrei aus und schwang den stachelbesetzten Schwanz nach oben. Er durchbohrte Nathans Rücken mit einem Knacken. Dann zog der Drache seinen Schwarz mit blutigen Dornen wieder aus Nathans Körper heraus, bevor er alle Kraft verlor und mit einem dumpfen Schlag auf den Boden sank.

Ein stummer Schrei lag auf meinen Lippen. Überraschung sprach aus Nathans Augen, die mich aufgerissen musterten. Ein Lächeln umspielte stolz seine Lippen, als er vom Rücken der Kreatur rutschte und zu Boden sank.

Er hielt meinen Blick. Hinter ihm ging der Leichnam des Dämons in Flammen auf und hüllte uns in Rauch und Asche, doch er hielt meinen Blick. Bäume und Sträucher der Umgebung fingen Feuer, doch er hielt meinen Blick. Weder das Inferno noch die entsetzen Schreie meiner Freunde, die versuchten, den Brand unter Kontrolle zu bringen, hinderten ihn daran, die Augen von mir abzuwenden und jeden Zentimeter meines Gesichtes zu mustern, als wolle er ihn sich für den Rest der Ewigkeit einprägen.

Erstarrt konnte ich nichts weiter tun, als dazustehen und ihm in die Augen zu schauen, während sich seine Knie in den aufgewühlten Boden gruben und sein Kampfanzug an der Stelle dunkel wurde, an der die Dornen des Dämons aus der Brust getreten waren. Die Zeit stand still, kein Geräusch drang bis zu meinem Bewusstsein hindurch. Einzig und allein diese strahlend grünen Augen, von dunklen Wimpern umrahmt, fesselten mich und schienen meine Gefühle zu betäuben. Wehmütig musterte er mich, und es war, als öffnete sich ein Tor, das mich bis in die Tiefen seiner Seele blicken ließ. Die Reinheit seiner Liebe zu mir überwältigte mich, sie raubte mir die Luft zum Atmen und ließ mich verloren zurück, während ich zu ersticken drohte.

»Ein Drache.« Lautlos glitten die Worte über seine Lippen, doch ich konnte sie selbst über diese Entfernung verstehen, während das Feuer nun auch zwischen uns loderte. Er lachte mit schmerzverzerrtem Gesicht, während er mit letzter Kraft stolz das Schwert in den Boden rammte, an dessen Klinge noch das Blut des Dämons glänzte.

Das Strahlen verließ seine Augen, noch während er mit friedlichem Gesichtsausdruck auf den Boden sank und das Leben seinen Körper verließ.

Ich hatte nicht bemerkt, dass ich zu rennen begonnen hatte. Ich bemerkte nicht einmal, dass die Flammen um uns herum den Wald abbrannten, dass sie sich an meinem

Körper hochschlängelten, als ich die Feuerwand durchbrach.

Ich ließ mich neben Nathans leblosen Körper sinken und griff nach seiner Hand, um sie zu halten.

»Nein«, hauchte ich. Niemand schien mich zu hören.

»Nein!«, wisperte ich wieder, diesmal lauter, doch niemand nahm Notiz von mir. Ich umklammerte Nathans warme Hand, drückte sie fest und hoffte verzweifelt darauf, einen Pulsschlag zu fühlen, den Druck seiner Finger zu spüren oder auf eines der Wunder, die in so zahlreichen Filmen den Helden retteten.

»Helft mir«, flüsterte ich mit heiserer Stimme, während heiße Tränen über meine Wange liefen und meinen Blick verschleierten.

Die Sekunden verstrichen. Kein Retter kam herbei, um im letzten Moment Nathans Wunden zu versorgen. Kein magisches Wesen kam, um in letzter Sekunde seine Verletzungen zu heilen. Kein Engel stieg herab, um ihm wieder ein Stück des Lebens einzuhauchen, das er so geliebt hatte. Um mir das wiederzubringen, was *ich* so geliebt hatte. Ihn! Nathan lag weiter reglos vor mir und hielt die Augen geschlossen, als wäre er nur eingeschlafen.

Ich rüttelte vorsichtig seinen Körper, doch er rührte sich nicht. Ich stieß stärker gegen seine Brust, um ihn dazu zu bewegen, wieder aufzuwachen und endlich die Augen zu öffnen.

»Wach auf!«

Er hielt es noch immer nicht für nötig, diesem Albtraum ein Ende zu bereiten.

Ich schlug ihm ins Gesicht. »Du wirst mich nicht alleine hierlassen, hörst du? Wach verdammt noch mal endlich auf!«

Ich presste die Hände auf seine Brust und verpasste ihm einen Schub von meiner Prana. Sein Körper bäumte sich wie unter einem Schock auf und blieb dann wieder reglos liegen.

»Du hast mir versprochen, du kämpfst für mich!«

Ich schickte eine weitere Pranawelle in ihn hinein. Bei Vanessa hatte es auch funktioniert, als sie an der Schwelle des Todes stand. Er rührte sich nicht.

»Du hast es versprochen!«, schluchzte ich und verstärkte den Energiestrom, bis meine Hände auf seiner Brust in einem hellen Blau erstrahlten. Mir wurde schwindelig. Es war nicht genug. Ich sammelte alle Macht, die ich hatte, um sie in meine Hände fließen zu lassen und Nathans Körper damit zu füllen, so lange, bis sein verdammtes Herz endlich wieder anfangen würde zu schlagen.

Zwei Hände packten mich von hinten und zogen mich weg, doch ich schlug sie beiseite und krabbelte wieder zu Nathan, um weiter seine Hand zu halten. Ich musste ihn retten. Ich *musste*!

Wieder spürte ich zwei lästige Arme, die mich von dem Körper des Hexers wegziehen wollten.

»Lass mich in Ruhe!«, schrie ich unter Tränen. »Ich kann ihm helfen!«

»Jill!«

Chaz' Stimme drang dumpf bis an mein Ohr.

»Ich kann ihm helfen!«, schluchzte ich wieder und berührte panisch das Gesicht des Mannes, der mir mehr als einmal das Leben gerettet hatte. Chaz packte mich an den Oberarmen und zwang mich, in sein Gesicht zu sehen.

»Jill, du kannst ihm nicht mehr helfen.«

Wie konnte er so ruhig bleiben, wo doch gerade die ganze Welt aus den Fugen geriet? Meine ganze Welt.

»Doch, ich muss nur …«

»Er ist tot, Jillian!«

Ich sah ihn mit aufgerissenen Augen an, doch ich weigerte mich, die Wahrheit zu akzeptieren. Ich sah Ryan und

Alissa, Don und Derek hinter ihm, die noch immer den Brand in Schach hielten. Ich wollte mich abwenden, wieder den Körper des Mannes in den Armen halten, der immer für mich da gewesen war. Ich musste doch bei ihm sein. Ich musste ihm doch helfen!

»Er ist tot, Jillian, und keine Macht der Welt wird ihn wieder zurückbringen.« Chaz' Stimme brach, und eine Träne stahl sich aus seinen Augen, als er mich weiter festhielt und zwang, ihn anzusehen. Zweifel nagten an mir, als ich begann, ihm zuzuhören.

»Du musst es akzeptieren.«

Was musste ich akzeptieren? Wo blieb das verdammte Wunder, das am Ende immer alles gut werden ließ?

Doch schlagartig wurde mir klar, dass es kein Wunder geben würde. Auch wenn ich oft genug dem Tod entgangen war, oft genug gegen ihn gekämpft hatte, um meine Freunde und mich selbst zu schützen, ihn sogar besiegt hatte, als ich Vanessa aus seinen Fängen riss. Dieses Mal hatte er gewonnen. Und es gab absolut nichts, was ich dagegen tun konnte. Kraftlos sanken meine Arme herab.

»Er ist tot?«, hauchte ich, und Tränen strömten über mein Gesicht, wo sie sich mit Staub und Asche vermischten.

Chaz suchte nach Worten, doch er gab es kopfschüttelnd auf und zog mich in seine Arme. Wie betäubt ließ ich es zu, dass er seine Hände in meine Haare krallte und versuchte, Herr über seinen eigenen Schmerz zu werden und mir dabei gleichzeitig Trost zu spenden.

»Er ist tot«, wisperte ich wieder und ließ fast schon verwundert die Gefühle auf mich einströmen, die ich zu verdrängen versucht hatte. Es war zu viel für mich. Zu viel Schmerz, der ein Loch in meine Brust bohrte. Ein verzweifelter Schrei entfuhr meiner Kehle, und die Dunkelheit fing mich mit ihren sanften Händen auf, als ich das Bewusstsein verlor.

Kapitel 21

Sanft strich ich über die weiße Rose, die neben mir aus dem Boden schoss und bezaubernd im Licht der Wintersonne glänzte. An jeder anderen Stelle wäre es ungewöhnlich gewesen, zwischen Schnee und Eis eine Lichtung zu finden, die voller Blütenpracht war. Einige Elfen wirbelten mit klappernden Flügeln an mir vorbei und spielten Fangen, während andere damit beschäftigt waren, mir ein paar der Blüten ins Haar zu flechten. Der Ort war friedlich und still. Die Elfen strahlten ihre ganz eigene Magie aus, die mich beinahe glauben ließ, mich in einem Traum zu befinden.

Ich blickte nach oben, lauschte dem Wind, der durch die Blätter raschelte, und genoss die einzelnen Sonnenstrahlen, die über mein Gesicht tanzten. Es war ein Ort zum Träumen, ein Ort, der einen glücklich machen konnte … es sei denn, man hatte das Gefühl, nie wieder so etwas wie Glück verspüren zu können.

Mit zusammengebissenen Zähnen blinzelte ich die Tränen weg und versuchte, nicht daran zu denken, was in der Akademie gerade passierte. Ich hatte kein schlechtes Gewissen, weil ich nicht da war, doch ein Impuls brachte mich dazu, die weiße Rose sanft zu pflücken und zu dem schmalen, plätschernden Bach zu gehen, der sich durch die Lichtung schlängelte.

Mein Spiegelbild blickte mir verzerrt entgegen, doch trotzdem konnte ich die tiefliegenden Augen mit dunklen Ringen darunter erkennen. Ich hatte seit Nathans Tod kaum eine Träne vergossen. Ich konnte es nicht. Während die Schule die Nachricht seines Ablebens mit Entsetzen aufnahm und in tiefe Trauer gefallen war, weigerte sich mein Körper, es zu akzeptieren. Ich war wie betäubt. Auf Fragen antwortete ich monoton, ansonsten war ich froh, wenn ich in Ruhe gelassen wurde.

Derek und Alissa waren für mich da, doch ich wollte nicht einmal sie um mich herum haben. Ally hatte mit ihrer Gabe Einfluss auf meine Gefühle genommen und mich beruhigt, doch dieses Gefühl des Friedens, das sie auf mich übertrug, fühlte sich falsch an. Außerdem bekam sie Nasenbluten davon. Und so war ich in dieser Woche öfters an diesen entlegenen Ort geflüchtet, an dem ich nicht reden musste.

Vielleicht hatte mein Herz auch einfach beschlossen, nie wieder etwas zu fühlen. Es war, als wäre es nicht mehr vorhanden. Eine Gleichgültigkeit nahm von mir Besitz, die ich nie für möglich gehalten hatte. Und es war mir egal, dass es so war. Die Elfen akzeptierten meine Anwesenheit, und nach meinem dritten Besuch war ich nicht mehr interessant genug, sodass sie nicht mehr ständig um mich herumschwirrten und erstaunt so banale Dinge wie Schnürsenkel, Haargummis oder Fingernägel betrachteten.

Heute allerdings schien sich der Anflug eines Gefühls in mir zu regen, und ich drängte es ängstlich zurück, aus Angst vor den Folgen, wenn ich es zuließ. Ich ließ die Finger durch das eisige Wasser gleiten, und der Duft des Waldes hüllte mich ein. Verschiedenste Gerüche umspielten meine Nase, von Blüten bis hin zu moosigen Baumstämmen, feuchter Erde und der Rinde der Bäume. Sie alle erinnerten mich an Nathan, und ich hielt die Luft an, um die Erinnerung an ihn zurückzudrängen, damit sie mir nicht den Verstand raubte.

Behutsam ließ ich die Rose ins Wasser gleiten, und eine Träne tropfte in die schneeweiße Blüte, bevor sie sanft auf dem Strom wiegte und auf Reisen ging. Es war das einzige Zugeständnis, was ich an Nathans Tod machte.

Ich hörte Zweige unter schweren Schritten knacken und richtete mich auf. Stirnrunzelnd betrachtete ich die große Gestalt, die sich zwischen den Bäumen hindurchzwängte und mit erhobenen Armen stehen blieb, als die Elfen ihn mit ihren messerscharf geschnitzten Stöckchen bedrohten. Sie umschwirrten ihn eine Weile misstrauisch und entschieden dann, dass er vorerst keine Gefahr darstellte.

»Was willst du hier?«, fragte ich Chaz tonlos und war fast verwundert über die Gleichgültigkeit in meiner Stimme.

»Was willst *du* hier?« antwortete er schulterzuckend.

Ich betrachtete das glasklare Wasser und die hellen Flecken der Sonnenstrahlen, die auf den kleinen Kieselsteinen am Grund des Baches tanzten.

»Ich denke nach.«

Chaz setzte sich neben mich, und ich verzog das Gesicht. Wenn ich Gesellschaft hätte haben wollen, wäre ich in der Schule geblieben.

»Nein, du versteckst dich«, stellte er fest.

»Und wenn schon...«

»Ich verstehe, dass du nicht bei der Trauerfeier bist. Ich konnte es auch nicht.«

Ich schwieg und versuchte, nicht daran zu denken, dass die gesamte Schule sich heute versammelt hatte, um Nathan die letzte Ehre zu erweisen, auch wenn er in seiner Heimatstadt und nicht hier beerdigt wurde.

»Sie machen sich Sorgen um dich«, begann er vorsichtig.

»Mir geht es gut.«

»Nein, geht es nicht. Damit kannst du nicht einmal die Mairas täuschen.«

Ich schnaubte und sammelte ein paar Steine, um sie ins Wasser zu werfen.

»Du solltest darüber reden«, fuhr er fort.

Okay, langsam nervte er.

»Was willst du eigentlich, Chaz? Du interessierst dich doch nur für dich selbst, warum solltest gerade du mit mir reden wollen? Wir sind nicht einmal Freunde!«

»Genau deswegen. Manchmal …«

»Nein«, unterbrach ich ihn, »ich will *nicht* reden.«

Er ließ sich nicht beirren. »Schön, dann rede ich eben.«

Er pflückte eine violette Blüte und ließ sie ebenfalls in den Bach gleiten, doch er entschuldigte sich hastig, als eine Elfe ihm mit dem Holzschwert auf die Finger schlug und mit so hochfrequenter Stimme in einer anderen Sprache schimpfte, dass es in den Ohren schmerzte.

»Nathan hat die Natur auch geliebt. Es wundert mich, dass er nicht den ganzen Tag an diesem traumhaften Ort verbracht hat.«

»Was weißt du denn schon über ihn?«

Er zuckte mit den Achseln. »Nicht halb so viel wie du, denke ich.«

Ich presste die Lippen aufeinander, weil ich nicht reden wollte.

»Er war der Erste, der mich nicht für einen hoffnungslosen Fall hielt und Potenzial in mir gesehen hat. Dafür werde ich ihm ewig dankbar sein.«

Ja, das sah Nathan ähnlich, er hatte in allen nur das Gute gesehen. Ich merkte, dass ich die Hände zu Fäusten geballt hatte, und zwang sie auseinander, indem ich ein Stöckchen aufhob und Kreise in die feuchte Erde des Ufers malte.

»Er hat mir gedroht, dass er mich in eine Eisskulptur verwandelt, wenn ich auch nur ansatzweise versuche, dir den Kopf zu verdrehen.«

Ja, auch das sah ihm ähnlich. Ich musste lächeln, auch wenn ein Schleier der Tränen meine Sicht vernebelte. Chaz' Stimme wurde ebenfalls brüchig.

»Ich habe auch einst eine wichtige Person verloren. Seitdem trage ich diesen Spruch von Rainer Maria Rilke in meinem Herzen:

Der Tod ist groß.
Wir sind die Seinen
lachenden Munds.
Wenn wir uns mitten im Leben meinen,
wagt er zu weinen
mitten in uns.«

Ein Schluchzer entfuhr mir und durchbrach die Stille. Es tat weh. Es tat so verdammt weh, dass ich Angst hatte, daran zu ersticken. Ich schlang die Arme um die Knie und ließ den Tränen freien Lauf.

»Er hat letztes Jahr zu mir gehalten, als keiner mir geglaubt hatte, dass ein Maira in meiner Heimatstadt aufgetaucht ist. Er hat mir gezeigt, wie ich mit meiner Prana umgehen muss. Er hat mich zusammengehalten, als Ryan verschwunden ist. Er hat mir ständig den Arsch gerettet, sei es, um einer Bestrafung von Mr. Sheffield zu entgehen oder um mich vor dem Tod zu bewahren. Er hat mir immer und immer wieder aus Schwierigkeiten herausgeholfen.« Es brach einfach aus mir heraus. Meine Stimme war kaum mehr als ein heiseres Krächzen. »Und genau das hat ihn das Leben gekostet. Wenn ich nicht so dumm gewesen wäre, hätte Jonathan nicht versehentlich den Dämon freigelassen. Ich bin schuld, dass er diese Verletzung erlitten hat. *Ich* hätte *ihn* an diesem Abend retten sollen. Ich hätte ihm helfen müssen. Ich bin schuld, dass er tot ist.«

Chaz unterbrach mich, indem er mir einen Finger auf die

Lippen legte. »Rede dir ja nicht so etwas ein. Du hättest ihn nicht retten können.«

»Aber Vanessa...«

»Vanessa war nicht tot, Jillian, und du hast keine heilenden Kräfte. Sie hatte keine tödliche Verletzung, sondern einfach nur lebensgefährlich viel Prana verloren. Du hast ihr deine geliehen, bis sie sich von selbst erholen konnte, aber du kannst niemanden heilen! Und du kannst nicht die ganze Welt retten! Es war Nathans Entscheidung, den Dämon auf diese Weise zu töten. Er hat das Abenteuer geliebt und ist als Held gestorben, genauso wie er es gewollt hätte. Aber du bist nicht schuld!«

»Warum fühle ich mich dann so schuldig?«

»Weil du ein gutes Herz hast.«

Ich legte den Kopf auf die Knie und versuchte, mich wieder zu beherrschen. Die Erinnerung an Nathan laugte mich aus, sie schnürte mir die Brust zu.

»Ich frage mich, wie das alles passieren konnte.«

Chaz seufzte. »Es wäre nicht rechtens, irgendjemandem die Schuld in die Schuhe zu schieben. Es hat sicher viel dazu beigetragen, dass sich Vanessa und Jonathan von der Macht haben blenden lassen, die die Dämonen versprechen. Aber im Großen und Ganzen wurden viele Fehler gemacht, nicht nur von den beiden.«

Ich schwieg eine Weile und dachte über das Gesagte nach, während ich mich darüber wunderte, wann Chaz vom arroganten Weiberhelden zum weisen Ratgeber geworden war.

»Wie konnte Jonathan nur so dumm sein? Was für Gründe hatte er? Ich will es verstehen! Dann würde ich ihn vielleicht weniger hassen.«

»Frag ihn doch. Das würde dir helfen, mit der Sache abzuschließen.«

Ich hob den Kopf und sah Chaz skeptisch an. »Jonathan liegt im Krankenflügel und wird von einem VO-Mitarbeiter bewacht, bis er fit genug ist, zu seiner Gerichtsverhandlung in der Verborgenenorganisation zu reisen.«

Er hob die Augenbrauen, und etwas von seiner Hochmütigkeit kehrte in sein Gesicht zurück. »Und das hindert dich? Vielleicht hat ja schon jemand den Wächter bestochen, der für heute eingeteilt ist.«

Er hatte doch nicht etwa…

Das Funkeln in seinen Augen beantwortete mir die Frage, bevor ich sie stellen konnte.

»Ich kann nicht, Chaz. Jonathan hat gewusst, was er getan hat. Ich weiß nicht, ob ich ihm je verzeihen kann.« Sollte eher heißen, ich wusste nicht, ob ich es schaffte, ihm nicht den Kopf abzureißen. Mir wäre es lieber gewesen, mit Vanessa zu reden, doch ihr Vater hatte sie direkt nach dem Vorfall in eine Londoner Privatklinik fliegen lassen. Das Ganze hätte nie passieren dürfen. Wütend ballte ich erneut die Hände zu Fäusten und erschrak über das Knacken des dünnen Stocks, den ich noch immer in den Händen hielt.

Chaz erkannte, wo das Problem lag. »Ich werde dich begleiten, du musst dir keine Sorgen machen.«

Ich sah ihn eine Weile an und versuchte, schlau aus ihm zu werden. »Wieso tust du das?«

»Was?«

Ich machte eine Handbewegung zwischen uns. »Das alles hier. Warum hilfst du mir?«

Er zögerte.

»Weil ich es versprochen habe«, sagte er, und sein Gesicht wirkte plötzlich verschlossen. Ich wartete ab, doch er schien mir nicht darauf antworten zu wollen.

War es Nathan gewesen, der ihm den Auftrag gegeben hatte? Oder hatte Ryan ihm gesagt, er solle auf mich aufpassen? Der Vampir litt, das wusste ich. Seit Nathans Tod hielt er sich stets in meiner Nähe auf, ohne mir wirklich zu nahe zu kommen. Er wollte mich trösten, doch er wusste, dass er im Moment nicht die richtige Person dazu war. Es fühlte sich falsch an. Und das brachte ihn fast um. Ich hatte Nathan auf eine andere Art und Weise geliebt als Ryan, und dennoch hatte sich mein Herz nicht entscheiden können.

Ich sah auf die Uhr und stellte fest, dass ich noch fast zwei Stunden hatte, bis Tante Amalia mich abholen würde. Die letzten drei Unterrichtstage vor den Weihnachtsferien fielen aufgrund des Todes des Schulleiters aus, und wie viele andere Schüler auch hatte ich nicht das Bedürfnis, die Ferien hier zu verbringen. Ich wollte weg. Weg von den Erinnerungen, die in jeder Ecke lauerten und mich zu ersticken drohten.

»Okay, lass uns gehen«, flüsterte ich mit einem mulmigen Gefühl im Bauch.

Nachdem wir den Wald durchquert hatten, fanden wir eine verlassene Akademie vor. Sämtliche Schüler und Lehrer hatten sich im Speisesaal versammelt, um Nathan zu gedenken. Lautlos durchquerten wir den Korridor zum Krankenflügel, und einen Moment lang glaubte ich, Chaz habe mich auf den Arm genommen. Doch der grauhaarige Wächter der VO, der am Ende des Ganges Aufstellung genommen hatte, tat so, als bemerke er unsere Anwesenheit nicht. Chaz musste ihn gut bezahlt haben.

»Ich weiß nicht, ob das so eine gute Idee ist«, sagte ich wieder, als wir vor der Tür des Krankenzimmers stehen blieben, und schürfte mit der Schuhspitze über den steinernen Boden.

»Wenn du merkst, dass es zu viel wird, ruf einfach ganz laut, okay? Ich werde hier warten.«

Ich atmete tief durch und drückte die Klinke nach unten. Der Raum war abgedunkelt, und es dauerte eine Weile, bis ich Jonathans Umrisse in einem der Betten ausmachen konnte. Er saß aufrecht, doch ich konnte sein Gesicht in den Schatten kaum erkennen.

»Oh, die Heldin der Schule beehrt mich persönlich mit ihrem Besuch«, höhnte er, doch seine Stimme klang vorsichtig. Ich zögerte und versuchte, mir über meine Gefühle klarzuwerden. Der Zorn überlagerte fast alles, als ich die Gehässigkeit des Werwolfs mit geballten Fäusten ertrug. Er hatte den Tod eines Lehrers ausgelöst und hatte nicht einmal den Anstand, es zu bereuen. Doch tief im Inneren empfand ich noch etwas anderes als Hass. Mitleid. Ich klammerte mich an dieses Gefühl, um den Aufruhr in mir zu stoppen und meine Prana unter Kontrolle zu bekommen. Ich wollte wenigstens ein paar Antworten.

»Ist es das, was dich dazu gebracht hat, deine Seele zu verkaufen? Eifersucht?«, fragte ich geradeheraus und war erstaunt, wie beherrscht ich mich anhörte.

»Du solltest lernen, deine Nase aus Dingen herauszuhalten, die dich nichts angehen«, sagte Jonathan schroff.

»Glaubst du, ich hätte nicht liebend gerne in meinem Zimmer gesessen und nichts davon mitbekommen? Wie konntest du nur so dumm sein, Jonathan!«

Er schwieg, und ich dachte beinahe, er wäre eingeschlafen, als ein Streichholz aufflammte und er die Kerze auf seinem Nachttisch anzündete. Ich sog erschrocken die Luft ein, als er mir sein Gesicht zuwandte. Unter den roten, glasigen Augen lagen eingefallene Wangen. Seine Haut war nicht mehr als ein hauchdünner, bleicher Überzug, der seinem Antlitz etwas Gespenstisches verlich.

»Ich brauche ein Streichholz, um eine Kerze anzuzünden, siehst du?«, fragte er, als wäre das nicht offensichtlich. Ich ahnte, worauf er hinaus wollte, und verbarg mein Erschrecken.

»Ja, und ich brauche ein Fahrrad, um beim Tausend-Meter-Lauf mit dir mitzuhalten.«

Er kniff die Augen zusammen und musterte mich zornig. »Das ist nicht dasselbe!«

»Du hast es getan, um Macht zu bekommen?« Es war mehr eine Feststellung als eine Frage.

»Schnelligkeit und Stärke kann man weitestgehend erlernen. Magie nicht.«

Ich konnte es kaum fassen. »Und, hast du Magie bekommen?«

»Nein«, murmelte er und war doch tatsächlich so dreist, mir ins Gesicht zu grinsen, während ein träumerischer Ausdruck die Wut verdrängte. »Etwas viel Besseres.«

Ach ja, richtig. Der Wolf.

»Und was hat es dir gebracht, außer dass die Dämonenmagie dich offenbar abhängig gemacht hat?« Ich verstand es einfach nicht.

»Weißt du, wie es ist, mit vier größeren Brüdern aufzuwachsen, die allesamt stärker sind? Weißt du, wie es ist, mit einem Rudel Mondkinder in einem Wohntrakt eingesperrt zu sein, und sich einem Einzigen, dem Stärksten, unterordnen zu müssen? Ich bin zu Besserem bestimmt, als diese Erniedrigung ertragen zu müssen. Dafür habe ich es gerne in Kauf genommen!«

Nein, ich wusste es nicht. Und es war auch schwer, sich vorzustellen, dass Jonathans Brüder *noch* kräftiger waren als er. Dieses Gespräch war zwecklos, und ich drehte mich zur Tür, um den Raum schnellstmöglich wieder zu verlassen, bevor ich nicht länger verdrängen konnte, dass er einen wichtigen Teil meines Lebens auf dem Gewissen hatte. Doch als seine Worte durch meinen Kopf hallten, hielt ich inne. Etwas beunruhigte mich. In Kauf genommen? Es fiel mir mit einem Schlag ein.

»Jonathan«, flüsterte ich, »was hast du dem Dämon dafür bezahlt, damit er dir Macht geschenkt hat?«

Ich drehte mich wieder zu ihm und sah das letzte bisschen Farbe aus seinem Gesicht weichen.

»Jonathan?«

Er verzog das Gesicht abermals zu einer wütenden, verbitterten Fratze. »Informationen.«

Ich schluckte. »Informationen worüber?«

»Das wirst du schon noch früh genug erfahren. Oder auch nicht, keine Ahnung. Jedenfalls hat er bekommen, was er wollte, ohne dass er sein Versprechen eingelöst hat, mir dauerhaft Macht zu beschaffen.« Er fegte mit der Hand wütend die Teetasse vom Tisch. Das Porzellan zerschellte auf dem harten Boden in tausend Teile.

»Was soll das heißen, er hat, was er wollte?«

Die Tür flog auf, und Mrs. Evans, die kleine Vampirin, trat zusammen mit zwei Wächtern ein.

»Sie werden zusammen mit den VO-Mitgliedern, die zur Trauerfeier erschienen sind, zu Ihrer Anhörung fahren«, sagte sie barsch zu Jonathan, bevor sie mich bemerkte. »Miss Benett, was zum Teufel tun Sie hier? Ich hatte ausdrücklich verboten, jemanden in dieses Zimmer zu lassen. Schaff sie heraus«, befahl sie herrisch einem der Wächter, der mich hart am Oberarm packte und zur Tür schleifte. Ich stemmte mich dagegen.

»Du hast ihm Informationen gegeben, ohne zu wissen, was er damit anstellt?«, schleuderte ich dem Werwolf wütend entgegen, doch er wandte nur den Kopf ab, während ich grob zur Tür gedrängt wurde.

»Lassen Sie mich verdammt noch mal los!« Ich riss meinen Arm aus dem Griff des Wächters und stürmte abermals in den Raum. »Jonathan, welche Informationen? Was hast du ihm noch gegeben?«

Panisch hallte meine Stimme an den Wänden wieder, bevor sie von Mrs. Evans zornigem Befehl übertönt wurde.

»Ich habe gesagt, raus! Und das auf der Stelle, Miss Benett!«

»Mrs. Evans, es ist wichtig, dass Sie es aus ihm herausbekommen!« Ich würde nicht wieder den Fehler machen und versuchen, alles alleine zu regeln. Ich hätte von Anfang an zu einem Lehrer gehen sollen.

»Ich werde mich darum kümmern, Miss Benett. Sie können nachher gerne auf ein Gespräch in mein Büro kommen. Aber ich schwöre Ihnen, wenn Sie diesen Raum nicht auf der Stelle verlassen, werde ich Sie der Akademie verweisen!«

Ich schluckte die Worte, die mir auf der Zunge lagen, und ging aufgebracht aus dem Zimmer.

Chaz wartete vor der Tür. »Chaz, er hat…«

»Ich weiß, ich habe es gehört.«

»Ich muss…«

»Nein, musst du nicht!« Er drehte mich wütend um und zwang mich, in sein Gesicht zu sehen. »Hör auf, dich selbst um alles kümmern zu wollen! Gib etwas von der Verantwortung ab, bevor du daran zugrunde gehst. Ich werde nachher mit Mrs. Evans reden und ihr nahelegen, dass sie notfalls aus Jonathan herausprügeln soll, was für einen Preis er bezahlt hat. Aber du wirst dich ab sofort aus dieser Sache heraushalten, hast du mich verstanden? Es kann nicht immer jemand da sein, um dich zu retten.«

Sprachlos starrte ich ihn an, bevor ich resigniert zusammensackte. Ich konnte die Wahrheit nicht ignorieren.

Chaz ließ mich in der marmornen Eingangshalle zurück, in der sich die Schüler versammelt hatten, um in die verfrühten Ferien zu starten. Ich suchte gar nicht erst nach Ally und Derek, sondern holte schnurstracks meine Tasche im Hexenwohntrakt und begab mich zum Eingangstor, um auf Tante Amalia zu warten. Ich musste weg hier, bevor mich meine Gefühle übermannen konnten. Wut, Trauer und Angst ließen meine Hände zittern.

Inmitten einiger Autos von Eltern sah ich den alten Chevy, an dem meine Tante lehnte und traurig lächelte. Sie zog mich in den Arm, und ihr Lavendelduft umhüllte mich. Dankbar drückte ich sie und ließ den Tränen freien Lauf.

»Es tut mir so leid, Liebes«, sagte sie und schaute mich von oben bis unten an. »Wenn ich irgendetwas tun kann…«

»Schon gut«, unterbrach ich sie und ließ mich erschöpft auf den Beifahrersitz fallen. »Lass uns einfach nur nach Hause fahren.«

Kapitel 22

Der Speisesaal war zum Schulbeginn am Donnerstag erschreckend laut, auch wenn wir schon seit drei Tagen wieder zurück in der Akademie waren. Durch einen Schneesturm waren wir allerdings mehr oder weniger in den Wohnhäusern eingesperrt gewesen, was mir ganz recht gewesen war. Schüler schlenderten von einem Tisch zum anderen und erzählten ihren Freunden von den Erlebnissen der Ferien, was sie zu Weihnachten bekommen und wie viele Kilos sie doch durch das ganze Essen zugelegt hatten.

Ich bewegte meine Zehen, um die Kälte in meinen Stiefeln zu vertreiben. An den hohen Fenstern der Halle war das dichte Schneetreiben zu sehen, durch das wir uns ein paar Minuten zuvor den Weg gebahnt hatten. Ich strich die verbliebenen Schneeflocken aus meinen zerzausten Haaren und band sie zu einem dicken Knoten. Gelächter vermischte sich mit dem Summen der Stimmen, und ich verzog das Gesicht. Die zwei Wochen bei Tante Amalia hatten mir gut getan. Ich hatte lange Gespräche mit ihr gehabt, heiße Bäder genommen, viel gelesen und getrauert. Ich fühlte mich erholt, doch hätte ich auch nichts gegen zwei weitere Wochen abseits des Schulalltags gehabt.

»Was denkst du, wer wird den Posten des Schulleiters übernehmen?«, fragte Alissa vorsichtig, während sie sich ein Brötchen mit Schinken und Salat belegte. Ich ignorierte den Stich, den es mir versetzte, und zuckte mit den Achseln.

»Vielleicht Mrs. Preston, aber meiner Meinung nach fehlt es ihr an Durchsetzungsvermögen. Sie ist einfach zu lieb. Ich hoffe nur, dass es nicht Mr. Sheffield ist.«

»Du liegst falsch«, sagte Derek, der den Mund voller Speck und Eier hatte. »Ich habe gehört, dass es Mrs. Evans wird.«

»Auch gut. Sie ist in Ordnung.«

Aber sie wird nicht so gut sein wie Nathan, dachte ich im Stillen. Niemand wird ihn je ersetzen können. Die Trauer hatte sich mittlerweile in Wut verwandelt. Damit konnte ich weitaus besser umgehen als mit dieser Hilflosigkeit. Ich war sauer auf alles und jeden.

Ich war wütend auf Jonathan und Vanessa, weil sie die Sache in Gang gesetzt hatten. Ich war zornig darüber, dass Nathan sein Leben aufs Spiel gesetzt und verloren hatte, um diesen missratenen Dämon zu töten. Ich war zornig auf Ryan, weil er verschwunden war und erst auftauchte, als ich meine Gefühle für Nathan wiederentdeckt hatte. Ich war sauer auf ihn, weil er mir monatelang hinterherspioniert hatte, ohne es mich wissen zu lassen. Ich war sauer auf Chaz, weil er mir neuerdings ebenfalls auf Schritt und Tritt folgte und es sich scheinbar zur Mission gemacht hatte, sein Versprechen an Nathan oder Ryan oder weiß der Geier wen zu halten. Ich war sauer auf Alissa und Derek, weil sie es sogar für eine gute Idee hielten, ein paar Leibwächter um mich herum zu wissen. Ich war sogar sauer auf Mrs. Evans, die doch nur Nathans Platz eingenommen hatte.

Und doch ließ ich niemanden etwas von meinen Gefühlen spüren, denn ich wusste, dass deren Ursprung lediglich darin lag, dass ich sauer auf mich selbst war. Ich war wütend über meine eigene Dummheit, meine Schwäche und meine

Fehler, die ich gemacht hatte. Aber hey, es war nun mal leichter, auf andere wütend zu sein. Jedenfalls redete ich mir das ein. Blieb nur zu hoffen, das Alissa nicht allzu viel von meinen Gefühlen spürte.

Ich schob mir den Rest meines dick mit Sirup bestrichenen Pfannkuchens in den Mund und drängte meine Gefühle beiseite. Es machte Nathan nicht wieder lebendig, wenn ich Alissa und Derek mit meiner schlechten Laune strafte.

»Hey, wo ist Don eigentlich?«, fragte ich, als wir die leeren Teller zu dem dafür vorgesehenen Tisch brachten. Jetzt, wo ich so darüber nachdachte, fiel mir auf, das ich ihn vor den Ferien das letzte Mal gesehen hatte.

Dereks Gesicht verfinsterte sich. »Wir hatten Streit.«

Ich wartete ab, doch Derek schien nicht weiter darauf eingehen zu wollen. Es musste ein schlimmer Streit gewesen sein, wenn er nicht darüber reden wollte. Ich sah stirnrunzelnd zu Ally, doch sie gab mir mit ihrem Blick zu verstehen, dass sie auch nicht mehr wusste als ich.

Kopfschüttelnd suchte ich mir einen Weg durch das Gedränge vor dem Buffet, als mir plötzlich Ryan gegenüberstand. Er wirkte genauso überrascht, und ich konnte die Zuneigung nicht leugnen, die mir einen rasenden Puls bescherte.

»Ähm … hi«, sagte ich lahm und zwang mich zu einem Lächeln.

»Hey.« Ryan lächelte erleichtert zurück und stand etwas verloren da, als wisse er nicht, wie er im Moment mit mir umgehen sollte. Ich wurde rot bei dem Gedanken an unseren letzten Kuss, der mich so mit Leidenschaft erfüllt hatte.

Jetzt allerdings überwogen die Schuldgefühle, wenn ich ihn ansah und mir der Glanz seines zerzausten schwarzen Haares ins Auge fiel, oder das Leuchten seiner Augen, oder der geschwungene Mund, der mich dazu einlud, ihn zu küssen. Ich fühlte mich schuldig, weil ich überhaupt etwas fühlte. Ich wollte nichts mehr fühlen. Liebe tat weh, das hatten mir nun beide Männer bewiesen, für die ich je etwas gefühlt hatte. Ich drängte das Kribbeln im Bauch und den Schmerz in der Brust zurück und sah mich nach einem Weg um, auf dem ich mich nicht direkt an dem Vampir vorbeidrängen musste.

Ryan bemerkte mein Unbehagen und trat mit versteinertem Gesicht einen Schritt zur Seite, ohne jedoch den Schmerz in seinen Augen vollständig verbergen zu können. Ich senkte peinlich berührt den Kopf und ging weiter.

»Jill«, sagte Ally warnend.

»Was ist?«, fuhr ich sie schärfer als beabsichtigt an, weil ich mich über mich selbst ärgerte.

»Du solltest sobald wie möglich ein Ventil für deine Gefühle finden, wenn dir der Zustand der Schulfenster lieb ist.«

Ich schnaubte verärgert und ging schneller, damit sie etwas zurückfiel. Bis ich das Klassenzimmer erreichte, hatte ich meine Wut wieder unter Kontrolle, sodass ich stehen blieb und auf sie wartete.

»Es tut mir leid, ich wollte dich nicht so anfahren.«

»Schon okay.« Sie legte mir beruhigend die Hand auf den Arm, und ich spürte, wie sich die Wogen in meinem Inneren glätteten. Es war faszinierend, wie sie die Gefühle anderer beeinflussen konnte. Und auch irgendwie beängstigend.

Allerdings hielt es nur so lange an, bis ich das Klassenzimmer betrat und Mr. Sheffields Hakennase sich in meine Richtung drehte.

»Was tut der hier?«, fragte ich verblüfft und etwas zu laut.

»Ähm...Jill...«, begann Ally, doch es dämmerte mir schon.

»Nein«, stieß ich hervor und konnte das Entsetzen kaum verbergen, als der untersetzte Lehrer mich hämisch anlächelte. Es war Donnerstag. Wir hatten Magie-Unterricht. Und da unser Magielehrer es vorgezogen hatte, sich von einem Drachen aufspießen zu lassen …

»Oh, bitte nicht«, stöhnte ich, als ich zu meinem Platz schlurfte.

»Es ist nur vorübergehend. Die neuen Lehrer werden im Frühjahr an der Akademie anfangen. Bis dahin helfen einige unserer alten Lehrer aus«, klärte mich Derek auf.

»Frühjahr?!«, stieß ich hervor. »Weißt du eigentlich, wie lange es bis dahin noch ist?«

Derek sah ebenfalls nicht glücklich aus, und auch der leere Platz neben ihm machte es nicht besser. Don hatte sich zwei Reihen hinter uns einen Tisch gesucht, doch er lächelte mir freundlich zu. Wenigstens wurde ich nicht in deren Krieg hineingezogen. Ich knallte die Tasche auf den Tisch und klappte das Lehrbuch auf, um mich dahinter zu verstecken. Es war schon schlimm genug, dass mich Mr. Sheffield jede Woche in Artenkunde und Dämonologie niedermachte. Nun musste ich ihn auch noch weitere vier Stunden ertragen.

»Erschießt mich bitte«, murmelte ich, als er die Tür krachend ins Schloss fallen ließ und augenblicklich Ruhe einkehrte.

»Ich habe mich über den Stand Ihrer Magiekenntnisse informiert. Nicht, dass Sie wirklich stolz darauf sein könnten«, begann er ohne Umschweife. Ich grunzte leise und rutschte weiter in meinem Stuhl nach unten, sodass höchstens noch meine Stirn hinter dem Lehrbuch hervorschaute. Vielleicht vergaß er ja, dass ich in dem Kurs saß.

»Nichtsdestotrotz bin ich der Meinung, dass Sie nun genug Theorie durchgenommen haben. Wir werden deshalb ab jetzt daran arbeiten, Ihre praktischen Fähigkeiten zu verbessern. Alle Spezialgebiete finden sich in Gruppen ein. Feuer zu Feuer, Telekinese zu Telekinese und so fort. Alle, die bis jetzt noch kein Spezialgebiet haben, können meinetwegen den Raum verlassen oder weiter vergebens versuchen, ihre Magie zu finden.«

Tyra, ein kleines, unscheinbares Mädchen, mit dem ich nur selten geredet hatte, stürmte mit tränengefüllten Augen aus dem Klassenzimmer. Ein Junge namens Orlando dagegen suchte sich schmollend einen Platz im hinteren Teil des Raumes und starrte finster vor sich hin. Na, das fing ja super an, dachte ich mir und folgte Alissa zum Telekinese-Tisch.

»Miss Benett, ist Ihr Spezialgebiet die Telekinese?«, fragte Mr. Sheffield mit knarrender Stimme, die mir einen Schauder über den Rücken jagte.

»Ja, unter anderem«, antwortete ich spitz.

»Und warum sitzen Sie nicht am Feuer-Tisch? Oder am Eis-Tisch? Haben Sie vor, alle fünf Minuten die Gruppen zu wechseln?«

Ich wusste, dass er mich nur aufziehen wollte.

»Wenn Sie das so wünschen, Mr. Sheffield.« Wenn er glaubte, er könne mich damit reizen, dann hatte er sich getäuscht.

»Nein, das wünsche ich nicht! Setzen Sie sich hier vorne an den Lehrertisch, ich werde Sie persönlich unter meine Fittiche nehmen.«

Na schön, vielleicht hatte ich mich auch getauscht. Gedanklich fluchend setzte ich eine ausdruckslose Miene auf und zog mir einen Stuhl an das Pult, wo ich dem fiesen Mann direkt gegenüber würde sitzen müssen. Das würden die längsten vier Stunden meines Lebens werden. Dem Lächeln des alten Hexers nach zu urteilen wusste er es ebenfalls.

»Mr. Sheffield«, meldete sich eine Stimme zu Wort, und Chaz hob die Hand.

»Was ist, Henderson?«

»Ich kann wie Jillian auch meine Prana direkt nutzen.

Sollte ich nicht ebenfalls bei Ihnen sitzen? Ich möchte ungerne allein üben.«

Ich konnte sehen, wie die Schläfe an der Stirn des grimmigen Mannes pochte, und dankte Chaz im Stillen dafür, dass er mir beistehen wollte.

»Meinetwegen«, brummte Sheffield nach einer Weile, und ich atmete erleichtert aus. Zu zweit ließ es sich weitaus besser ertragen. Ich rückte meinen Stuhl so weit wie möglich vom Tisch weg und wartete auf Anweisungen. Magie war eigentlich ein Fach, das ich recht gut beherrschte. Vielleicht konnte ich Sheffield damit besänftigen, dass ich ihm zeigte, nicht immer eine Lusche zu sein. Sheffield setzte sich uns gegenüber und musterte mich über die Lesebrille hinweg.

»Wärmen Sie meinen Tee auf«, befahl er und zeigte auf seine Tasse.

»Wie hätten Sie ihn denn gerne?«, fragte ich zuckersüß. »Warm? Heiß? Soll ich ihn noch mal kochen?«

»Heiß genügt.«

Ich zog die Augenbrauen zusammen, als ich meine Prana in Wärme umwandelte und in die Tasse schickte. Ein leichter Dampf stieg aus ihr empor. Mit pochendem Herzen wartete ich ab, ob ich den Test bestanden hatte.

»So, und nun lasst uns anfangen«, knurrte der Lehrer, und ich konnte nur mit Mühe verhindern, dass mir die Kinnlade herunterfiel. Demnach war es kein Test gewesen.

»Miss Benett, bringen Sie die Stehlampe dort drüben dazu, etwas Licht zu werfen. Mr. Henderson, von Ihnen erwarte ich einen Magieball. Wenn möglich ohne uns alle in die Luft zu jagen.«

Sheffield schien sich mit meinen Aufzeichnungen befasst zu haben. Neben der Umformung von Gegenständen bereitete mir die Mikropsychokinese die meisten Schwierigkeiten. Er wusste es ganz genau. Ich konnte das Maß der Elektrizität nicht genug einschätzen, da die elektrischen Ströme ihre eigene Kraft hatten und der Prana entgegenwirkten. Es erforderte viel Feingefühl – etwas, was nicht gerade meine Stärke war. Schon gar nicht, wenn meine Gefühle Achterbahn fuhren.

Ich atmete tief durch und versuchte, mein inneres Gleichgewicht wiederherzustellen. Sheffield trommelte ungeduldig mit den Fingern auf den Tisch. Ich unterdrückte ein Seufzen und biss die Zähne zusammen, als ich nur ein winziges bisschen Prana in das Kabel zur Lampe schickte. Die Glühbirne darin glimmte schwach und erlosch fast auf der Stelle wieder.

Ich versuchte es erneut, und mir stand der Schweiß schon nach wenigen Sekunden auf der Stirn, doch ich konnte das Leuchten erhalten. Ein Laut der Zufriedenheit entschlüpfte mir. Ich hatte es geschafft.

»Was soll das werden, Miss Benett? Die Lampe steht in einem Klassenzimmer, nicht in einem Bordell. Machen Sie mehr Licht.«

»Mr. Sheffield, ich weiß nicht, wieviel…«

»Tun Sie es einfach. Sie werden doch wohl wissen, wie eine Lampe zu leuchten hat.«

Ich verstärkte den Pranafluss, und die blauen Energiefäden kribbelten in meinen Adern. Die Lampe leuchtete etwas heller.

»Ist das alles, was Sie zustande bringen?«

Ich verstärkte weiter, doch noch immer schüttelte Sheffield nur abschätzig mit dem Kopf. Ich versuchte, die Wut darüber zu dämpfen, leider zu spät. Die Glühbirne platzte, und kleine Scherben rieselten zu Boden.

»Schwache Leistung«, sagte er laut genug, dass es die halbe Klasse hören konnte, bevor er sich Chaz zuwandte, der zu meiner Freude einen perfekten Energieball vor sich schweben hatte. Selbst der untersetzte Lehrer hatte ein zufriedenes

Grunzen für ihn übrig. Er holte seine Aktentasche, in der einer der Plastikbecher mit Wackelpudding stand, die es heute Morgen beim Buffet gegeben hatte.

Kleiner Dieb, dachte ich, als ich verwundert dabei zusah, wie er den Plastikdeckel abnahm und den Becher umstülpte. Der grüne Pudding zerfiel wabernd in sich selbst.

»Miss Benett, ich will, dass Sie mir aus diesem Pudding eine Kugel formen.«

Wie bitte? Aus diesem Haufen Matsch? Ich öffnete den Mund, um zu widersprechen.

»Tun Sie's!«, fuhr mich Sheffield an und stoppte meinen Protest, bevor er richtig angefangen hatte. Zerknirscht richtete ich meine Aufmerksamkeit auf den grünen Glibber. Das konnte nichts werden, und er wusste es genau. Ich schickte etwas Prana aus. Es war ein erbärmlicher Anblick. Der Pudding drehte sich, aus jeder Ecke liefen kleine, wabernde Brocken aus ihm heraus und flossen auf den Tisch, wo sie lustig vor sich hin wackelten. Es war, als kneteten zwei unsichtbare Hände einen Teig, der viel zu flüssig war und zwischen den Fingern herauslief.

Mr. Sheffield schnaufte verächtlich. »Schwache Leistung, Miss Benett.«

Ich ließ die Prana fallen und schwieg, während ich langsam bis zehn zählte.

»Sie hatte nicht einmal zwei Jahre, um sich auf acht Spezialgebiete statt auf eins vorzubereiten«, verteidigte mich Chaz.

»Um Ihre Meinung habe ich Sie nicht gebeten, Henderson. Sie sind ja schon mit einem Spezialgebiet vollkommen überfordert, obwohl Sie zwei Jahre älter sind als der Rest.«

Neugierig schaute ich zu dem blonden Jungen neben mir, der hörbar die Luft ausstieß. Chaz schien reifer als die meisten zu sein, aber ich hatte nie daran gedacht, dass er schon zwanzig sein könnte. Es tat mir leid, dass er nun den Zorn von Sheffield auf sich gezogen hatte.

»Was Sie angeht, Miss Benett, so hatten Sie ja nun ausreichend Privatstunden bei Mr. Lockwood – oder war er zu sehr damit beschäftigt gewesen, Ihnen Komplimente zu machen?«

Ich hielt den Atem an und klammerte mich an der Tischkante fest, während ich den Dämonologielehrer zornig anfunkelte. Ruhig bleiben. Atmen. Er will dich nur reizen.

»Sie haben Potenzial, das will ich nicht bestreiten, aber Sie werden es nie zu einer Jägerin bringen. Dazu fehlt Ihnen die nötige Charakterstärke. Sie ruhen sich auf den Lorbeeren aus, die Sie sich durch Zufall verdient haben. Mr. Lockwood hat Sie genauso verhätschelt wie Ihre Tante auch.«

Ich war sprachlos. War dieser Mann überhaupt schon einmal einem Maira begegnet? Geschweige denn einem Dämon? Ich biss mir auf die Zunge, um mir einen Kommentar zu verkneifen, doch ich spürte, wie mir das Blut in den Ohren rauschte und die Wärme in mein Gesicht stieg. Mein Puls beschleunigte sich, und mit ihm wurde die Prana in jede Pore meines Körpers gedrückt.

»Hören Sie auf damit«, sagte Chaz ruhig, doch sein Blick ruhte besorgt auf mir. Sheffields Augen hatten ein besorgniserregendes Glitzern angenommen. Er *wollte*, dass ich die Kontrolle verlor. Er brachte mich mit Absicht zur Weißglut. Bedrohlich beugte er sich vor, und seine Stimme wurde leiser, wobei sie vor Hohn geradezu troff.

»Was ist los, Miss Benett? Hat Ihnen noch nie jemand die Wahrheit ins Gesicht gesagt? Sind Sie es gewohnt, wie eine Heldin verehrt zu werden, nur weil Sie ein paar Mairas auf dem Gewissen haben? Ich sage Ihnen etwas dazu. Die Jäger, die da draußen ihr Leben lassen, die Lehrer, die letztes Jahr die Schule verteidigt und ebenfalls mit dem Leben bezahlt haben – *das* sind die wahren Helden, die wir verehren sollten. Nicht diejenigen, die das Pech magisch anziehen und sich und alle Mitmenschen ständig in Gefahr bringen. Ohne die Hilfe der VO, der Lehrer, Ihrer Freunde... wären Sie verloren gewesen, bei jedem einzelnen Kampf. Sie sollten Ihren Stolz schnellstmöglich vergessen und anfangen, sich auf den Hosenboden zu setzen, damit Sie etwas lernen. Stattdessen stolzieren Sie mit hoch erhobenem Kopf durch die Schule und tun so, als hätten Sie tatsächlich etwas geleistet. Ich weiß nicht, was dieser Milchbubi von Schulleiter Ihnen für einen Floh ins Ohr gesetzt hat, aber...«

»Reden Sie nicht so über Nathan«, stieß ich hervor. Meine Hände bebten vor Wut und Zweifeln, die mir Mr. Sheffield ins Ohr gesetzt hatte.

»Ach ja, und wieso nicht?«, höhnte er.

»Weil Sie nie auch nur ansatzweise so gut werden, wie er es war.«

Sheffield lachte, doch sein Blick wurde gefährlich. »Gut in was? Herzen von Schülerinnen brechen? Ich bewundere die Loyalität, die Sie ihm entgegenbringen. Aber Nathan Lockwood war draufgängerisch und unvorsichtig, eine Gefahr für seine Schüler. Genau deshalb hat er den Tod gefunden. Genauso, wie Sie ihn finden werden, wenn Sie so weitermachen. Sie sind nichts weiter als eine verwöhnte...«

»Das reicht!« Meine Stimme bebte, als ich aufsprang und der Stuhl hinter mir krachend umkippte. »Sie haben kein Recht, so über ihn zu urteilen. Nathan hatte ein gutes Herz und war zehn Mal so viel wert wie Sie! Und was mich angeht, ich suche mir diesen verdammten Ärger nicht aus. Ich habe keine Ahnung, wieso Sie mich nicht leiden können, und ich habe auch keine Ahnung, was für Differenzen Sie mit meiner Mutter hatten. Was auch immer sie Ihnen angetan hat, hat nichts mit mir zu tun. Also hören Sie auf, den verbitterten, alten Gnom zu spielen! Entschuldigen Sie mich.«

Ich schnappte meine Tasche vom Stuhl und schwang sie über die Schulter, als ich aus dem Raum stürmte, die Blicke der Schüler wohlweislich auf mir spürend. Wütend knallte ich die Tür hinter mir zu und wäre fast in Mrs. Evans, die neue Schulleiterin, gerannt.

»Ah, Miss Benett. Sie haben länger durchgehalten, als ich es von Ihnen erwartet habe. Sehr gut. Ich hoffe, es gab keine Verletzten.«

Ich stoppte und schaute Sie verwirrt an. »Ich ... es tut mir leid. Mr. Sheffield hat ...«

»... Sie auf meinen Befehl hin zur Weißglut gebracht. Ich weiß.«

Ich starrte sie an. Die Verwirrung vertrieb für einen Moment das Rauschen in meinen Ohren.

»Wie bitte?«

»Gehen Sie ein Stück mit mir.« Sie legte den Arm um meine Schulter, und es war seltsam, dass sie dieselbe Größe hatte wie ich, obwohl sie eine solche Autorität ausstrahlte.

»Ich habe Mr. Sheffield gebeten, Ihre Belastbarkeit auf die Probe zu stellen. Ich hoffe, er hat es nicht zu sehr übertrieben. Ich hatte Sie weitaus früher erwartet.«

Ich wand mich aus ihrem Griff und blieb stehen. »Was soll das heißen?«

»Das soll heißen, dass ich mir Sorgen um Sie mache. Sie spielen Ihre Rolle gut, doch ich spüre, dass Sie aufgewühlt sind. Bei Ihren Kräften ist das nicht auf die leichte Schulter zu nehmen. Nathan hat Ihnen näher gestanden, als er es hätte tun sollen.«

Mir schoss die Röte ins Gesicht, doch sie winkte ab.

»Schon gut, ich will gar nicht weiter darauf eingehen. Allerdings hat Sie sein Tod sehr mitgenommen, und ich musste herausfinden, inwiefern das für Sie und andere gefährlich werden kann. Ich habe Sie wohl falsch eingeschätzt, Sie sind stärker, als es den Anschein hatte.«

Da war noch etwas anderes. Ich spürte es. »Mrs. Evans, worum geht es hier wirklich?«

Sie seufzte leise und fuhr sich fahrig durch die langen roten Haare. »Ich möchte wissen, wie Sie nun zu Jonathan Matterick stehen.«

»Ich hasse ihn.«

Besorgnis verhärtete ihre hübschen Gesichtszüge, und die Augen verdunkelten sich.

»Genau das habe ich befürchtet. Ich weiß, dass Sie ihm die Schuld geben, aber bedenken Sie, dass er es mit einer höheren Macht zu tun gehabt hat. Er ist getäuscht worden. Glauben Sie mir, der Entzug der Magie kostet ihn momentan fast selbst das Leben. Rache wird Nathan nicht wieder zurückbringen, sonst hätte ich diesem dummen Werwolf selbst schon den Kopf herumgedreht.«

»Mrs. Evans«, unterbrach ich ihre hitzige Erklärung, »dass ich ihn hasse, bedeutet nicht, dass ich Rache nehmen will. Jonathan ist ein bemitleidenswertes Geschöpf. Er hat es verdient, dass es ihm jetzt schlecht geht, aber ich empfinde keine unüberwindbare Wut für ihn. Eher Verachtung.«

Und das stimmte. Nach meinem Ausbruch im Krankensaal hatte ich lange Zeit darüber nachgedacht. Wahrscheinlich wollte die Schulleiterin ebenfalls auf diesen Tag hinaus. Wieso spielte es überhaupt eine Rolle, was ich Jonathan gegenüber fühlte? Er war in London bei der VO, wo man immer noch versuchte, Informationen aus ihm herauszuquetschen. Ich war nicht einmal in seiner Nähe. Es sei denn …

»Sie wollen ihn doch nicht etwa zurück an die Schule holen«, platzte ich heraus.

»Nein, das will ich nicht«, sagte sie betrübt. »Allerdings werde ich keine andere Wahl haben, wenn er sich kooperativ zeigt.«

Ich sah sie sprachlos an.

»Miss Benett, mir gefällt das genauso wenig wie Ihnen. Bis jetzt steht auch noch nichts fest, Mr. Matterick hüllt sich immer noch in Schweigen und ist mit seinem Entzug beschäftigt. Wir wissen nicht, wie viel Vanessa Cole uns verraten kann, da ihr Vater sie vor jeglichen Verhören schützt. Aber ich möchte, dass Sie sich darauf einstellen, dass Jonathan Matterick irgendwann zurückkehren wird. Versuchen Sie, mit ihm ins Reine zu kommen.«

Nach einigem Zögern nickte ich kaum merklich, und die Vampirin mit den leuchtend roten Haaren wirkte vorerst zufrieden.

»Mr. Sheffield will übrigens nur ihr Bestes, Sie sollten nicht zu streng mit ihm sein. Ich muss ihm in einigen Punkten recht geben, Sie könnten tatsächlich mehr Ansporn gebrauchen. Konzentrieren Sie sich weniger darauf, geheime Verschwörungen aufzudecken, auch wenn uns das im letzten Jahr wahrscheinlich allen das Leben gerettet hat. Ich möchte nicht, dass Sie auch nur noch ein einziges Mal einen Alleingang machen, haben Sie mich verstanden? Wenn irgendetwas ist, dann kommen Sie zu mir!«

Ich senkte den Blick. »Versprochen, kein Alleingang mehr.« Nun ja, wenn man es so betrachtete, war ich ja nicht alleine gewesen. Ich verkniff es mir, Mrs. Evans darauf hinzuweisen.

Die Schulleiterin sah mich misstrauisch an und verabschiedete sich. Ich wollte nicht wieder in den Unterricht zurück und mich mit dem untersetzten Lehrer auseinandersetzen, also schlenderte ich zur Bibliothek und dachte nach.

Sie hatte recht, ich mischte mich zu viel in andere Dinge ein. Vielleicht sollte ich etwas von der Verantwortung an diejenigen abgeben, die damit auch umgehen konnten. Mrs. Evans schien wirklich kompetent zu sein. Blieb nur zu hoffen, dass es endlich einmal zu etwas Ruhe in meinem Leben kommen würde.

Als es zum Unterrichtsende klingelte, dauerte es nicht lange, bis Alissa und Derek in unserer geheimen Bibliotheksecke ankamen. Das Feuer im Kamin prasselte schon fröhlich, und ich hatte mich weitestgehend beruhigt. Derek stand unentschlossen vor mir und wusste nicht so richtig, was er sagen sollte. Er konnte ja auch meine Gefühle nicht spüren. Ally allerdings schaute bis über beide Ohren grinsend hinter seinem Rücken hervor, wobei ihre Sommersprossen zu leuchten schienen.

»Verbitterter, alter Gnom?«, fragte sie.

Wir brachen in schallendes Gelächter aus.

Kapitel 23

Müde klopfte ich mir den Schnee von den Stiefeln und marschierte durch den Aufenthaltsraum unseres Wohntraktes. Seit dem Vorfall in Mr. Sheffields Unterricht war nun eine ganze Woche vergangen. Da er mich absichtlich provoziert hatte, blieb es bei einer Verwarnung für mich, doch das hatte nicht dazu beigetragen, dass mich der grimmige Lehrer besser behandelte. Vielleicht hätte ich mir das mit dem Gnom sparen sollen.

Nichtsdestotrotz hatten seine Worte Spuren bei mir hinterlassen, und so arbeitete ich doppelt so hart an den Fertigkeiten meiner Magie. Nach dem Unterricht büffelte ich mit Ally und Derek in der Bibliothek am warmen Feuer. Ich genoss die gemütlichen Stunden mit den beiden, sie halfen mir, mich zu erholen und mich langsam an die neue Situation zu gewöhnen. Und sie halfen mir über Nathans Tod hinweg, auch wenn ich das Gefühl hatte, die Wunde würde nie verheilen.

Da es draußen immer noch bitterkalt war und sich noch kein Lehrer für Waffenkunde und Grundlagen der Mairajagd eingefunden hatte, blieb ich von den meisten sportlichen Aktivitäten verschont. Gelegentlich joggte ich in den frühen Morgenstunden, um den Kopf freizubekommen, aber alles in allem konzentrierte ich mich auf den Unterricht und die Hausaufgaben. Ich hatte mir mittlerweile genügend Fehltritte geleistet, und für mich war es an der Zeit, den Lehrern zu zeigen, dass ich ebenfalls vorbildlich und ehrgeizig sein konnte.

»Ich bin hundemüde. Gott sei Dank haben wir jetzt Wochenende«, stöhnte ich und ließ mich in einen der geschwungenen Sessel fallen. Ally ging es nicht besser.

»Mir scheint, sie drücken uns jetzt doppelt so viele Hausaufgaben aufs Auge«, stimmte sie mir zu und warf sich auf ein gepolstertes Sofa.

Es stimmte. Vielleicht wollten die Lehrer den Alltag wiederherstellen oder uns einfach nur von den Geschehnissen der letzten Wochen ablenken. Vielleicht dachten sie durch Jonathans dämliche Aktion aber auch, wir hätten zu viel Langeweile.

»Mein Kopf ist wie leergefegt«, jammerte Alissa.

»Wollen wir tauschen? Meiner fühlt sich an, als platze er jeden Moment.« Ich hatte gerade erst einen neun Seiten langen Aufsatz über das Herstellen eines Schutzschildes durch Magie geschrieben. Es war ein elend langer Vorgang, der viel Präzision und mindestens eine Handvoll Hexen mit verschiedenen Spezialgebieten erforderte.

»Sheffield wird meinen Aufsatz sowieso wieder schlecht bewerten.«

»Nun ja, immerhin hast du Chaz, der dir im Unterricht zur Seite steht.« Alissa warf mir einen prüfenden Blick zu, und ich wusste, worauf sie hinauswollte. Chaz und ich mussten immer noch beide an Mr. Sheffields Lehrertisch üben. Er setzte sich so manches Mal für mich ein, und das blieb nicht unentdeckt.

»Ally, ich sage dir doch, wir sind nur Freunde. Wenn überhaupt.«

Alissa war noch immer skeptisch, was den coolen Schönling anging. Sie begegnete ihm mit nichts weiter als kühler

Höflichkeit, während er sie nicht besser behandelte. Die beiden konnten einfach nicht miteinander, und das mussten sie auch nicht, denn Chaz hielt sich für zu cool, um öffentlich mit uns abzuhängen. Es war mir egal. Ich mochte ihn zwar, aber ich musste ihn nicht ständig um mich haben.

»Ob Ryan das auch so sieht?« Damit hatte Ally wieder einen wunden Punkt getroffen.

»Keine Ahnung, du kennst seine Gefühle besser als ich.« Unbehaglich rutschte ich auf dem weichen Sessel herum.

»Er leidet.« Das war alles, was sie dazu sagte. Alissa fühlte sich oftmals wie eine Spionin, weil sie ungefragt alles spüren konnte, was andere fühlten. Aus diesem Grund redete sie kaum darüber.

»Ich weiß«, seufzte ich, »ich vermisse ihn auch. Aber es ist einfach zu viel passiert.«

Vermissen war untertrieben, um es genau zu nehmen. Wenn er an mir vorbeilief, beschleunigte sich mein Pulsschlag. Ich spürte ein Flattern im Bauch, sobald ich seinem Blick begegnete. Ich würde mich am liebsten in seine Arme werfen, wenn ich in seine blauen Augen sah. Ich könnte weinen, wenn er mir lediglich ein Nicken zur Begrüßung zuwarf oder ein paar höfliche Worte mit mir wechselte. Ich spürte ihn ständig in meiner Nähe, aber es war, als trenne uns eine riesige durchsichtige Mauer. Und egal, wie sehr ich dagegen hämmerte, nichts wollte sie zum Einsturz bringen. Es fühlte sich falsch an.

Etwas in mir war zerbrochen, als er mich verlassen hatte. Und einen weiteren Teil meines Herzens hatte Nathan mit ins Grab genommen. Wie konnte ich mich dann wieder auf Ryan einlassen, wo ich ihm nicht einmal meine ganze Liebe schenken konnte?

»Das musst du wissen«, sagte Ally. »Aber du solltest es wenigstens versuchen. Irgendwann.«

»Wir werden sehen«, erwiderte ich und streckte meine

Füße aus. Wir sahen uns noch eine DVD an, eines dieser alten Märchen, die Alissa so liebte. Doch als sie schon nach einer halben Stunde laut zu schnarchen begann und auch mir die Augen zufielen, weckte ich sie, um ins Bett zu gehen.

In dieser Nacht träumte ich wirre Dinge von Wölfen, Elfen und endlos langen, verlassenen Straßen. Plötzlich war ich in der Schule und irrte durch die steinernen Gewölbe. Die Statue des König Richard im zweiten Stock des Schulgebäudes hielt mich an der Schulter fest, als ich an ihr vorbei ging. Ich wollte die kalten, harten Hände abschütteln, doch sie packte fester zu und rüttelte an mir.

»Jill!«

Benebelt schlug ich die Augen auf und starrte in die Dunkelheit, bis ich erschrocken feststellte, dass die Hand auf meiner Schulter real war. Nur viel kleiner.

»Jill, wach endlich auf, verdammt noch mal!«

Conchobhars Stimme drang panisch an mein Ohr, und ich setzte mich auf.

»Cox, was ist los? Es ist mitten in der Nacht!«

»Alissa ist verschwunden!«

»Was meinst du damit? Sie ist vielleicht im Bad oder holt sich etwas zu trinken. Lass mich schlafen!«

»Nein, du doofe Hexe! Sie ist verschwunden! Weg! Vor einer Sekunde hat sie noch im Bett gelegen! Es hat Puff gemacht, und jetzt ist sie *weg*!«

Ich knipste das Nachtlicht an und sah den kleinen Kobold verständnislos an. In seinem Blick lag Panik.

Ich sah zu Allys leerem Bett, vor dem noch ihre Pantoffeln standen.

»Cox«, flüsterte ich, »was ist hier los?«

Eine halbe Stunde später standen Mrs. Evans, drei Wächter von der VO und die mollige Mrs. Preston in unserem Zimmer. Dazu gesellten sich nach einer Weile Mr. Sheffield und Derek, den man geweckt hatte.

»Und Sie sind sicher, dass sie den Raum nicht verlassen hat?«, fragte die Schulleiterin zum wohl hundertsten Mal.

»Im Nachthemd und barfuß? Nein, hat sie nicht! Sie ist einfach verschwunden!«

Ich konnte schlecht erzählen, dass es eigentlich mein Kobold gewesen war, der es beobachtet hatte und der sich unsichtbar in unserer Nähe aufhielt.

»Vielleicht hat sie geschlafwandelt?«, vermutete Mrs. Preston.

»Oder Miss Benett hatte lediglich einen Albtraum, in dem ihre Freundin verschwunden ist, die sich nur in dem Bett irgendeines Kerls herumtreibt«, knurrte Sheffield. Unter seiner Jacke blitzte ein gelbkarierter Pyjama hervor. In einer anderen Situation hätte ich es vielleicht lustig gefunden, als er zum Fenster watschelte.

»Es dürfte nicht schwer sein, sich an diesem Baum herunterzuhangeln.«

»Sehen Sie vielleicht irgendwelche Fußspuren im Schnee?«, fuhr ich ihn an. »Mrs. Evans, ich bitte Sie, Sie kennen Ally! Sowas würde sie nicht tun! An der Aufsicht im Aufenthaltsraum ist sie auch nicht vorbeigekommen. Sie hat sich einfach so in Nichts aufgelöst!«

Mrs. Evans sah mich an, und ich konnte sehen, wie hin- und hergerissen sie war.

»Menschen lösen sich nicht einfach so in Nichts auf, Miss Benett. Karl, Jason, Fred – Sie werden das Schulgelände absuchen. Wenn Sie das Mädchen finden, geben Sie mir unverzüglich Bescheid. Ansonsten werden wir bis morgen früh abwarten. Vielleicht taucht sie wieder auf, und es gibt eine ganz logische Erklärung für ihr Verschwinden. Wir sollten nicht gleich den Teufel an die Wand malen. Miss

Benett, Mr. Watson – ich gebe Ihnen fünf Minuten, dann liegen Sie wieder in Ihren Betten. In dem jeweils eigenen Bett!«

Sie sah Derek mit ihren schwarzen Augen an. »Beruhigen Sie Miss Benett etwas.«

Damit verließ sie das Zimmer und folgte den drei Wächtern. Ich schlang die Hände um meine Knie und fröstelte durch den seidigen, schwarzen Morgenmantel. Ich war mir allerdings nicht sicher, ob das Zittern nur durch die Kälte kam.

»Derek, wo zur Hölle kann sie sein?«, fragte ich ihn, doch er wirkte genauso ratlos.

»Meinst du, sie hat sich selbst weggebeamt? Mit Telekinese? Vielleicht hat sie ihre Magie im Schlaf freigesetzt?«

»Jill, man kann sich mit Telekinese nicht selbst vom Fleck bewegen, das müsstest du doch besser wissen als ich. Ich … sie … vielleicht sollten wir wirklich bis morgen früh abwarten. Versuch, etwas zu schlafen.«

Doch ich sah das Verständnis in seinen Augen, als ich zweifelnd die Stirn runzelte. Auch er würde heute Nacht kein Auge zubekommen.

»Versprich mir, dass wir sie morgen finden!«

»Das kann ich nicht, aber ich verspreche dir, dass wir jeden Stein umdrehen werden, bis sie wieder auftaucht.«

Ich nickte, und er verabschiedete sich. Als ich auf meinem Bett saß und in die Stille lauschte, stahl sich eine heiße Träne aus meinen Augen. Ally war für mich mehr als nur eine Freundin. Sie war wie eine Schwester.

»Wo zum Teufel steckst du nur?«, flüsterte ich in die Dunkelheit und strich Cox über den Rücken, der sich auf meiner Decke zusammengerollt hatte. Alle schienen zu hoffen, dass es eine normale Erklärung für Alissas Verschwinden geben würde. Aber wann war mein Leben je normal?

Alissa tauchte weder am Samstag noch am darauffolgenden Tag wieder auf. Mittlerweile hatte man ihre Eltern benachrichtigt, und ich hatte stundenlang mit Mrs. Collins telefonieren müssen, die immer und immer wieder wissen wollte, wie genau Alissa verschwunden war.

Derek und ich halfen den Wächtern dabei, den umliegenden Wald abzusuchen, ohne Erfolg. Alissa blieb verschwunden. Sobald es dunkel war, brachen wir die Suche ab und setzten uns in die Bibliothek, um in staubigen Büchern nach Hinweisen zu suchen, wie ein Mensch verschwinden konnte. Langsam war ich der Verzweiflung nahe.

»Sie kann doch nicht einfach so weg sein«, wiederholte ich und knallte frustriert ein weiteres nutzloses Buch auf den Stapel vor mir. Derek war ebenfalls mit seinem Latein am Ende. Er wirkte übermüdet und rieb sich die Augen.

»Bist du mit deiner Telekinese schon weitergekommen?«, fragte er mich hoffnungslos.

»Nein.«

Ich hatte versucht, mit der Telekinese meinen Körper zu beeinflussen, ihn irgendwie schwerelos zu machen. Es hatte nichts gebracht.

»Es kann nur etwas mit Magie zu tun haben«, murmelte er wieder vor sich hin, doch so weit waren wir schon. Ein Körper löste sich nicht einfach in Luft auf. Wir vermuteten, dass Alissa neben ihrer Gabe, Gefühle zu spüren, noch eine zweite Gabe entwickelt hatte, die bislang unbekannt war.

»Was, wenn sie sich unsichtbar gemacht hat? Was, wenn sie nicht weiß, wie sie sich zurückverwandeln soll?« Derek klang skeptisch. Dass er solche haarsträubenden Ideen hatte, zeigte, wie verzweifelt er war.

»Nein, sie ist nicht unsichtbar«, sagte Cox leise von seinem Sitzkissen aus. Ich zucke zusammen. Manchmal konnte man schnell vergessen, dass der Kobold anwesend war, wenn man ihn nicht sah.

»Und wieso bist du dir so sicher?«

»Weil ich es sehen könnte. Kobolde jedenfalls können sich nicht voreinander verstecken. Wir sehen uns, obwohl wir für euer Auge nicht sichtbar sind. Es ist schwer zu erklären.«

Ich stieß die Luft aus der Nase aus und rieb mir die Schläfen.

»Du bist sicher, dass sonst niemand im Zimmer war?«

»Todsicher.«

»Derek, wir sind auf dem falschen Weg. Ich spüre es. Diese Dinge, die in der Schule passieren ... Das ist nicht normal, und ich wette, es hängt miteinander zusammen! Was ist, wenn dieser komische Nebel sie verschluckt hat, den ich vor ein paar Monaten gesehen habe? Der, der das Gras welken lässt?«

»Da war kein Nebel, Jill.« Cox wurde sichtbar. »Ich habe es gespürt, wenn im Wald etwas war, was nicht dort sein sollte. In den letzten Wochen war alles in Ordnung. Und wenn sich jemand oder etwas in unser Zimmer geschlichen hätte, dann hätte ich es bemerkt!«

»Schon gut, Cox. Ich glaube dir ja. Aber etwas stimmt nicht. Seitdem Jonathan ...« Ich stockte und schloss den Mund.

»Was?«, fragte mich Derek.

»Jonathan. Er hat noch immer nicht verraten, was er den Dämonen zum Tausch gegen seine Macht angeboten hat. Was, wenn es Alissa war? Wenn er Alissa verkauft hat?«

»Jill, ich weiß, dass du Jonathan nur zu gern auch daran die Schuld geben würdest. Aber denk doch mal logisch. Er sitzt in der VO fest und hätte sie schon in einen Beschwörungskreis ziehen müssen. Kein Dämon kann einen Menschen ohne Hilfe aus seinem Bett zaubern. Oder überhaupt in die Unterwelt. Dann würden ständig Menschen verschwinden.«

Ja, es hörte sich absurd an. Aber etwas hatte meine Alarmglocken zum Schrillen gebracht.

»Jonathan sagte, ich würde es noch früh genug herausfinden. Derek, nur weil wir nicht wissen, wie etwas funktioniert, heißt das nicht, dass es nicht geht.«

Er seufzte. »Ich weiß, du hast mir verboten, mich weiter mit der Unterwelt und den Dämonen zu befassen. Aber ich habe es trotzdem getan, und glaube mir, ohne einen Beschwörungskreis ist es nicht möglich.«

Ich verdrängte meinen Missmut darüber, dass er weiter geforscht hatte. »Und was sind deine Ergebnisse?«

Er schob die Brille höher auf die Nase und verfiel in seinen üblichen professionellen Tonfall, wie immer, wenn er etwas erklärte.

»Mir hat sich die Frage gestellt: Wieso können Hexen mit ihrem Blut Dämonen beschwören und ein Abbild von ihnen in diese Welt holen? Wie einen Geist aus Fleisch und Blut. Da, aber doch nicht ganz da. Dämonen können die Unterwelt nicht gänzlich verlassen, sie sind nur wie eine Kopie, wenn sie im Beschwörungskreis auftauchen. Aber warum?

Eine Erklärung wäre, dass die Unterwelt aus dieser blauen Prana besteht, die auch in deinen Adern fließt. Nennen wir sie ›Oberprana‹. Da in der Realität nur die weiße Prana herrscht, also eine vereinfachte Form der blauen, kann auch nur eine vereinfachte Form der Dämonen in diese Welt kommen.

Niedere Dämonen, die schwächeren, wie etwa Fafner, die können einen Schutzkreis verlassen. Oder auch der Zerberus. Er hätte uns letztes Jahr mit Haut und Haaren fressen können, wenn er wie Fafner aus dem Schutzkreis gekommen wäre. Wieso können sie die Unterwelt verlassen, während die höheren Dämonen wie Leviathan ein Portal brauchen? So etwas wie den Silax, den du letztes Jahr zerstört hast.

Liegt es daran, dass sie nur eine schwache Form der Prana in sich tragen? Ähnlich wie deine Prana? Du bist eine Mischung aus Dämon und Hexe. Deine Prana ist dunkelblau, wenn du Dämonenmagie verwendest, und hellblau, wenn du sie mit Hexenmagie mischst. Aber du wirst nicht in die Unterwelt gezogen, du wandelst hier in der Realität. Genauso wie es die schwachen Kreaturen der Unterwelt können, wenn sie beschworen werden.«

Ich war verwirrt und fand es etwas unpassend, dass er mich mit niederen Dämonen verglich.

»Lass mich noch mal zusammenfassen«, erwiderte ich vorsichtig und zählte an den Fingern ab. »Dämonenfürsten haben die blaue Oberprana in sich, die Unterwelt besteht aus blauer Oberprana, höhere Dämonen sind darin gefangen. Die Realität besteht aus weißer Prana; Hexen, Vampire, Werwölfe und Normalsterbliche haben weiße Prana. Und was hat das jetzt mit mir und den schwachen Dämonen zu tun?«

Derek strich sich über das stoppelige Kinn, um es mir besser erklären zu können. »Stell dir mal einen riesigen Topf voll Wasser vor. Stell dir vor, wir trennen den Topf in der Mitte mit einem Netz ab. Das Wasser läuft durch das grobmaschige Netz durch, von einer Seite auf die andere. Bilden wir uns einmal ein, dass die eine Hälfte des Topfes die Unterwelt ist. Dort lassen wir große blaue Plastikkugeln hineinfallen, die für die Dämonen stehen. Sie sind so groß, dass sie nicht durch das Netz passen, und somit auf der einen Seite des Topfes gefangen – in der Unterwelt.

Auf der anderen Seite machen wir das gleiche, nur mit großen, weißen Kugeln. Sie können ebenfalls nicht durch das Netz. Sie stehen für die Verborgenen und sind im Diesseits gefangen. Es sei denn, man schafft ein großes Loch, durch das die Kugeln durchpassen. Einen besonderen Beschwörungskreis, der nur mit dem Silax zustande gebracht werden kann. Du verstehst, was ich meine? Ohne einen Silax ist es den Dämonen weder möglich, in unsere Welt zu kommen, noch können sie Menschen in die Unterwelt ziehen.

Jetzt nehmen wir mal an, wir geben kleine, hellblaue Kügelchen in den Topf. Sie können sowohl auf die eine als auch auf die andere Seite schwimmen. Sie werden nicht durch die Barriere aufgehalten.«

»Das wären dann ich und die schwachen Dämonen, richtig?«, fragte ich trocken, und er nickte. »Wie bist du darauf gekommen?«

»Erinnerst du dich daran, dass der Silax nur durch die Zusammenarbeit von Hexen und Dämonen entstehen kann? Was, wenn die zwei Spezies ihre Prana im Silax vereinen und somit eine hellblaue erschaffen. Das wäre eine Erklärung dafür.«

Derek blickte sich unbehaglich um. Ich konnte ihn verstehen. Das Wissen, was er mir hier offenbarte, war äußerst gefährlich.

»Das heißt, dass Mrs. Grant und Leviathan letztes Jahr eigentlich die Möglichkeit gehabt hätten, einen neuen Silax zu erstellen.«

Er nickte. »Ja, sie ist eine der wenigen Hexen gewesen, die ihre Prana direkt in Gegenstände leiten konnte. Ich vermute, sie haben es nicht gewusst. Dieses Wissen...«

»...sollte niemals an die Öffentlichkeit geraten«, beendete ich seinen Satz. Ich ließ es mir durch den Kopf gehen. Dereks Theorie klang logisch, aber...

»Wo willst du hin?«, fragte Derek, als ich aufsprang.

»Nur weil niemand in der Nacht in unser Zimmer gekommen ist, um einen Beschwörungskreis zu ziehen, heißt das nicht, dass nicht vorher schon einer da war!«

Derek eilte mir hinterher, und wir rannten über den zugefrorenen Campus. In unserem Zimmer rückte ich ächzend

Alissas Bett zur Seite und untersuchte den Boden. Ich schnitt den cremefarbenen Teppich auf und strich über die Dielen, die sich darunter verborgen hatten.

»Hier ist nichts«, stellte Derek überflüssigerweise fest. Doch ich war noch nicht fertig. Mit schnellen Handgriffen zog ich das Bett ab und untersuchte die Decke.

»Hättest du das nicht machen können, bevor du den Teppich zerschneidest?«

Ich antwortete nicht und widmete mich der Matratze. Wortlos ließ ich das Bettlaken fallen und starrte auf den hauchdünnen Kreis, der darunter zum Vorschein kam.

»Sie ist in der Unterwelt, Derek.« Meine Stimme war nicht mehr als ein Krächzen. Derek starrte erst mich an, dann die Matratze, während ich hilflos um Fassung rang.

»Wenn das stimmt, dann haben wir ohne einen Silax keine Chance, sie zurückzuholen«, sagte er geschockt.

Meine Knie gaben nach, und ich sank auf den Boden.

»Wir müssen ihr helfen, Derek, irgendwie! Alissa ist bei den Dämonen! Wer weiß, was sie schon mit ihr angestellt haben!«

»Niemand kann ohne einen Silax in die Unterwelt oder wieder hinaus. Niemand außer…«

»Niemand außer den schwachen Dämonen«, beendete ich den Satz für ihn. Er starrte mich entsetzt an, als ich tief Luft holte. »Und ich bin ein Dämon.«

Kapitel 24

»Schick mich in die Unterwelt.«

»Hast du sie nicht mehr alle?!« Derek warf die Hände über den Kopf, und sein Blick verriet mir, dass er mich für völlig durchgeknallt hielt.

»Wir müssen etwas tun!«

»Jill, ich werde dich nicht in irgendeine Hölle schicken, aus der du vielleicht nicht wieder rauskommst!«

»Und was ist mit Alissa?«

»Ich will euch nicht beide verlieren!«

Ich zog scharf die Luft ein. »Du hast sie schon aufgegeben!«

»Nein!« Er setzte sich verzweifelt auf mein Bett und stützte den Kopf in die Hände, während ihm das dünne blonde Haar ins Gesicht fiel. »Aber Jill, wir wissen nicht, wo sie ist. Wir wissen nicht einmal, wie groß die Unterwelt ist oder wie es dort aussieht. Sie ist dort unten mit aberhunderten von Dämonen. Was für eine Chance hat sie da schon?« Seine Stimme brach und endete in einem Schluchzen.

»Alissa ist nicht tot, ich weiß es. Was bleibt uns schon anderes übrig? Ich weiß, dass ich gesagt habe, ich mache keine Alleingänge mehr, aber was bringt es schon, zu den Lehrern zu laufen? Derek, niemand sonst kann in die Unterwelt! Ich bin ihre einzige Chance!«

Er blickte auf, und Tränen füllten die geröteten Augen.
»Ich werde sie nicht sterben lassen«, flüsterte ich.
Seine Schultern sackten herab, und ich wusste, dass ich gewonnen hatte.
»Kennst du das Ritual noch?«
Er schüttelte den Kopf. »Nein, aber ich habe ein paar der Aufzeichnungen deiner Mutter kopiert, bevor wir sie der VO übergeben haben.«
Er lief rot an, doch ich konnte ein stolzes Lächeln nicht unterdrücken. Derek war eher selten jemand, der sich gegen Regeln und Gesetze stellte.
»Dann lass uns anfangen.«
»Nein, so schnell geht das nicht. Ich brauche erst noch ein paar Utensilien. Kerzen und Kräuter. Cox?«
Mit einem Zischen erschien er. Ich fragte mich, warum der sonst so vorlaute Kobold sich nicht in unser Gespräch eingemischt hatte, bis ich die Trauer in seinem Gesicht sah. Er hatte Alissa sehr gemocht, und mir fiel es wie Schuppen von den Augen. Er hatte sich nicht eingemischt, weil er mir zustimmte. Er wollte ebenfalls, dass ich in die Unterwelt ging.
»Kannst du mir ein paar Dinge aus der Küche und Kerzen aus der Bibliothek stehlen?«, fragte ihn Derek zögernd. Conchobhar nickte.
»Gut, dann komm mit, ich male dir eine Liste auf. Jill, wir treffen uns in einer Stunde in der Turnhalle.«
Ich unterdrückte meine Ungeduld und nickte. Derek verließ den Raum, doch Cox sprang auf meine Schulter und schlang die Arme um meinen Hals. Wortlos hüpfte er Derek hinterher. Mit einem mulmigen Gefühl blieb ich zurück. Die Umarmung hatte sich nicht angefühlt, als hätte er mir viel Glück gewünscht. Sondern eher nach Abschied. Na, das machte Mut.

Ich beschloss, die verbleibende Zeit sinnvoll zu nutzen. Bis zur Sperrstunde war es noch etwas Zeit, und so hatte ich die Möglichkeit, zur Turnhalle zu laufen. Ich schlüpfte in meinen Mantel und zog die Kapuze tief ins Gesicht. Es war dunkel draußen, und ich hielt mich in den Schatten der Bäume. Ich hatte alles Recht, mich auf dem Campus aufzuhalten. Trotzdem wollte ich keine unnötige Aufmerksamkeit erregen, denn die leere schwarze Sporttasche über meiner Schulter konnte für unangenehme Fragen sorgen.

Ich wusste, dass Mrs. Evans und auch die anderen Lehrer mich im Auge behielten. Langsam hatte ich das Gefühl, sie hielten mich für psychisch instabil. Die Turnhalle war noch beleuchtet, und ich genoss die Wärme, die mir entgegenschlug, als ich den kalten Winterabend hinter mir ließ. Als ich den großen Raum betrat, hörte ich die Tür ins Schloss fallen.

»Auch das noch«, stöhnte ich leise. Ich wusste, wer mit schnellen Schritten den Flur durchquerte. Ich hatte gespürt, dass er mir gefolgt war.

»Spar dir die Luft«, sagte ich, ohne mich umzudrehen. Ich ging geradewegs auf die Waffen zu, die an der Wand der Turnhalle hingen.

»Du wirst nicht gehen«, stieß Ryan hervor. Er klang der Verzweiflung nahe.

»Macht es dir Spaß, mich zu belauschen? Wieso spionierst du mir schon wieder hinterher?« Grimmig packte ich ein Schwert und eine Armbrust, um sie in die Tasche zu werfen.

»Weil du aufgewühlt bist. Und es besteht eine neunundneunzigprozentige Chance, dass du dann etwas Dummes tust.«

»Das gibt dir noch lange nicht das Recht, dich in mein Leben einzumischen. Das hier ist meine Sache!«

Seine Stimme wurde flehend. »Ich will dir helfen.«

»Ich will es aber nicht.«

»Warum?«

Endlich fasste ich mir ein Herz und drehte mich um. »Weil die Menschen um mich herum für gewöhnlich sterben, wenn sie das tun.«

Er sah mich an, und mein Herz zog sich zusammen. Seine schwarzen Haare hingen zerzaust in der Stirn. Durch die Aufregung hatte sich etwas Farbe in sein sonst so ebenmäßiges bleiches Gesicht geschlichen.

»Du kannst nicht die ganze Welt retten«, flüsterte er bestimmt und ballte die Hände zu Fäusten.

»Ja, und das habe ich auch nicht vor. Aber Alissa kann ich helfen! Wer sollte es sonst tun, Ryan? Wer sonst soll für mich in die Unterwelt gehen? Wenn du es kannst, dann bitte schön! Oder wenn es sonst irgendwer kann, dann los, ich lasse ihm den Vortritt! Und weißt du auch, warum? Weil ich Angst habe! Aber ich habe genauso viel Angst davor, Alissa zu verlieren, und deswegen ist es verdammt noch mal an der Zeit, ein paar Dämonen in den Hintern zu treten!«

»Glaubst du ernsthaft, du könntest einen Dämon töten? Hältst du dich mittlerweile für allmächtig?«

Ich atmete tief durch, doch ich konnte nicht verhindern, dass sich meine Stimme hob. »Nein, ich glaube nicht, dass ich einen Dämon töten kann. Ich schaffe es ja noch nicht einmal, mir einen Vampir vom Hals zu halten!«

Der hatte gesessen. Ryan kniff die Augen zusammen, doch ich konnte sehen, dass ihn meine Anspielung auf seinen Kontrollverlust verletzte.

»Es war nicht deine Schuld«, krächzte er.

»Ebenso wenig wie deine«, sagte ich etwas beherrschter, »aber darum geht es hier auch nicht. Ich will mir und Alissa nur etwas Zeit verschaffen, bis uns Derek irgendwie wieder zurückholen kann. Sie kann nicht alleine aus der Unterwelt heraus.«

»Vielleicht ist sie längst tot. Und du wirst es ebenfalls sein, bevor die Nacht vorbei ist!«

»Weißt du, was ich glaube? Dich stört am meisten, dass du nicht mitkommen kannst. Wenn du deine Nase nicht überall hineinstecken würdest, hättest du gar nichts von dem Vorhaben gewusst!«

Er warf die Hände in die Luft. »Und dann? Weißt du, wie ich mich gefühlt hätte, wenn du einfach verschwunden wärst?«

Ich schnaubte zornig und trat ihm entgegen, sodass uns nur noch wenige Zentimeter trennten.

»Ob ich es weiß?!«, stieß ich zornig hervor. »Ja, Ryan, dank dir weiß ich das sehr gut!« Ich bohrte ihm meinen Zeigefinger in die Brust. »Ich will nicht, dass du, Chaz oder sonst irgendwer mir weiterhin folgt. Ich will keine Beschützer mehr, die ihr Leben aufs Spiel setzen, um mir zu helfen. Du kannst sowieso nicht mitkommen, und es wird Zeit, dass ich meine Kämpfe alleine austrage!«

»Das ist aber nicht dein Kampf!«, brüllte er zornig.

»Die haben meine beste Freundin geklaut. Damit haben die Dämonen es zu meinem Kampf gemacht! Lass mich endlich in Ruhe!« Damit drehte ich mich um und stampfte wütend von Ryan weg.

»Ich liebe dich!«

Meine Beine stockten, und ich riss den Kopf hoch.

»Was?«, fragte ich leise und riss entsetzt die Augen auf. Ryan sah aus, als wäre er ebenso geschockt darüber, dass er es gerade laut ausgesprochen hatte.

»Ich liebe dich«, wiederholte er diesmal leiser, »und ich schwöre dir, wenn du nicht in einem Stück zu mir zurückkommst, dann werde ich Leviathan persönlich das Herz aus der Brust reißen.«

Wortlos drehte er mir den Rücken zu und verließ die Halle, während ich sprachlos zurückblieb.

Als Derek kam, hatte ich die Tasche fertiggepackt. Neben Messern, Schwertern und der Armbrust befanden sich nun auch eine Taschenlampe und Leuchtstoffröhren darin. Ich machte mir nicht vor, dass mir auch nur eine Sache davon weiterhelfen würde, allerdings fühlte ich mich damit nicht so unvorbereitet.

Derek sah fürchterlich aus. Er machte sich Vorwürfe, war von Zweifeln geplagt und hätte alles am liebsten wieder abgesagt, wenn er nicht ebenso Angst um Alissa gehabt hätte.

»Mach das Licht aus und schließ die Tür ab«, sagte er angespannt. »Die nächste Wache wird denken, dass schon jemand vor ihr den Job erledigt hat.«

Ich gehorchte stumm und fand mich kurz darauf im Schein einer Kerze wieder, die einsam in der riesigen Halle flackerte. Die Wände lagen im Schatten, und die Dunkelheit wirkte bedrohlich. Die Stille kratzte an meinen Nerven wie scharfe Krallen auf Metall, während ich Derek bei seinen Vorbereitungen zusah.

Er zog einen Kreidekreis und setzte komplizierte Runen an den Rand, die er aus dem Buch neben sich abzeichnete. Nervös trat ich von einem Fuß auf den anderen.

»Kann ich nicht auch irgendwas machen?«

Er deutete auf die Kerzen, die aus seinem Rucksack herausschauten. »Setz die genauso, wie es hier im Buch beschrieben ist.«

Er wirkte angespannt und konzentriert. Ich hätte mich gerne weiter mit ihm unterhalten, doch ich wollte ihn nicht stören. Wer wusste schon, wo er mich sonst hinschickte. Nachdem die Kerzen leuchteten, wurde es etwas heller um uns. Derek verteilte mehrere Kräuter, doch ich verlor das Interesse, als ich die ganzen lateinischen Wörter las. Ungeduldig wanderte ich durch die Halle.

»Fertig«, sagte er und klopfte sich die Hände an der Leinenhose ab.

»Was muss ich tun?«, fragte ich nervös.

»Stell dich einfach hier rein. Ich mache den Rest.«

Mit geschulterter Tasche betrat ich den Kreis. Ein Kribbeln durchfuhr mich, kaum wahrnehmbar. Derek sah mich ernst durch seine Brille an.

»Versuch, irgendwie einen Weg zurückzufinden, okay? Wenn nicht, versuche ich, dich wieder zu beschwören. Ich weiß allerdings nicht, ob das klappt, oder ob das auch funktioniert, wenn Alissa dabei ist.«

»Okay, wie viel Zeit habe ich?«

»Wie viel brauchst du?«

»Wenn ich bis zum Morgengrauen nicht wieder da bin, dann versuch, mich zurückzuholen.«

»Ich werde hier warten.«

Er sah mich eindringlich an, und ich konnte die Zweifel in seinen runden, apfelgrünen Augen sehen.

»Ich habe Angst«, flüsterte ich.

»Ich auch. Sei vorsichtig!«

Mit einem Nicken gab ich ihm zu verstehen, dass er anfangen konnte. Er murmelte leise die lateinischen Worte vor sich hin, doch selbst wenn er lauter gesprochen hätte, hätte ich sie nicht verstanden. Ein Flattern machte sich in meinem Bauch bemerkbar, und ich unterdrückte die Übelkeit. Ich sank auf die Knie, aus Angst umzukippen.

Plötzlich war ich schwerelos, und Dereks Stimme drang nur noch dumpf in meinem Ohr. Der Raum drehte sich, und ich presste die Augen zusammen, um mich nicht übergeben zu müssen. Dann ließ der Wirbel nach, und ich konnte Derek nicht mehr hören. Stattdessen strich ein fast schon heißer Wind über meine Wangen.

Es hatte tatsächlich funktioniert.

»Herzlich willkommen in der Unterwelt, Jillian«, sagte ich zu mir selbst und hob den Kopf, um zu sehen, was mich erwartete.

Ich war allein und saß auf einem verkohlten Feld. Es war dunkel, kein Mond leuchtete, aber dennoch wurde ich in ein dämmriges Licht getaucht. Ein blauer, wabernder Schleier zog sich durch den Himmel, der meiner Prana ähnelte. Es sah spektakulär aus und erinnerte mich an die Polarlichter, die es in unserer Welt gab. Nur schien der ganze Horizont damit durchzogen zu sein, und der Himmel schien niemals so schwarz werden zu können, wie ich es gewohnt war.

Wärme zog durch meine kalten Knochen, und ich entledigte mich des schweren Wintermantels. Darunter erschien mein Kampfanzug, in dem ich mich weitaus wohler und beweglicher fühlte. Der Mantel hatte der Vorsicht gedient, für den Fall, dass in der Unterwelt ebenfalls Winter herrschte.

Ich rappelte mich auf und sah mich zitternd um. Unter meinen Füßen knirschte die Asche dessen, was wohl einmal Pflanzen gewesen sein sollten. In der Ferne sah ich vereinzelte, abgestorbene Bäume. Unwohl drehte ich mich um die eigene Achse und suchte nach etwas, hinter dem ich mich verstecken konnte. Ich fühlte mich so schutzlos. Ein Stück hinter mir ragte eine Ansammlung von Felsen aus dem Boden. Als ich sie erreichte, atmete ich tief durch und sammelte mich erst einmal. Der Stein in meinem Rücken fühlte sich ebenfalls heiß an, und das mitternachtsblaue Licht des Himmels schimmerte auf den kantigen Felsen.

Ich öffnete den Reißverschluss meiner Sporttasche, und das Geräusch hallte erschreckend laut in der unheimlichen Stille wider. Ich biss mir auf die Lippe und lauschte, doch um mich herum war es seltsam ruhig. Keines der abgestorbenen Blätter an den verkrüppelten Bäumen raschelte, keine Vögel zwitscherten, nicht einmal der Wind machte auch nur das kleinste Geräusch. Ich entschied mich gegen die Taschenlampe, solange ich noch nicht sicher sein konnte, wirklich allein zu sein.

Das war also die Unterwelt.

»Und in welche Richtung gehe ich jetzt?«, murmelte ich und sah mich zweifelnd um. Die Gegend war trist und leer. Außer den abgebrannten weiten Flächen, den vereinzelten Bäumen und ab und zu einer Ansammlung von Gestein gab es nichts. Wo sollte ich anfangen, Alissa zu suchen? Wäre sie weitergegangen oder hätte sie sich versteckt?

Ich spähte angestrengt in jede Richtung, bis ich in dem fernen, bleichen Nebel ein winziges Licht wahrzunehmen vermochte. Vielleicht hatte Ally es auch bemerkt. Mit klopfendem Herzen machte ich mich auf den Weg und behielt nervös meine Umgebung im Auge.

Nachdem ich eine Weile über Feld und Wiesen gestolpert war, begann ich zu joggen, um besser voranzukommen. Meine Schritte klangen dumpf in der Nacht, das vertrocknete Gras raschelte unter den Sohlen meiner Stiefel. Ich hielt das Tempo eine Weile durch, bis ich mir schwer atmend die stechende Seite hielt und in der immer schwerer werdenden Tasche nach meiner Wasserflasche kramte. Langsam wechselte ich zu einem flotten Gang, den ich eine Weile durchhalten würde. Was blieb mir auch anderes übrig? Ich musste Alissa finden, und das so schnell wie möglich.

Ich wanderte Stunden, so kam es mir vor, und immer mehr lastete die Einsamkeit auf mir. Wenn ich nur jemanden hätte mitnehmen können. So jedoch war ich allein mit meiner Angst. Die Landschaft hatte sich kaum verändert, es waren lediglich mehr Bäume und Sträucher zu sehen, die unheimliche Schatten warfen. Zweimal knickte ich auf dem unebenen Boden um. Mein Knöchel schmerzte bei jedem Schritt.

Nach einer Weile sehnte ich die Stille zurück, die mir anfangs so Angst gemacht hatte. Doch was ich jetzt hörte, war weitaus schlimmer. Die Idee mit der Taschenlampe hatte ich verworfen, seit aus dem angrenzenden toten Wald unheimliche Geräusche zu mir hervordrangen. Durchdringendes Pfeifen, dröhnendes Bellen, hohes Kreischen, das kein Wesen in der Realität zustande gebracht hätte, sowie ekelhafte Fresslaute jagten mir einen Schauder nach dem anderen über den Rücken, und so hielt ich mich weit vom Dunkel der Bäume entfernt. Am meisten beunruhigte mich allerdings ein tiefes, kehliges Grollen, das die Bäume erzittern ließ. Als ich es das erste Mal gehört hatte, war ich vor Angst hinter einen Felsen gekrochen und hatte mich minutenlang nicht bewegen können. Es schien, als würde der Wald selbst seinen Unmut über die Stille verkünden.

Hoffnungslosigkeit und Angst machten es mir schwer, weiterhin einen Schritt vor den anderen zu setzen. Doch es war wie eine unsichtbare Anziehungskraft, die mich führte und der ich in eine Richtung folgte, auch wenn es viel Willensstärke erforderte.

Wie sollte ich Ally in dieser tristen Landschaft finden? Das Licht, das ich zu sehen gedacht hatte, hatte sich schon vor mehreren Kilometern als Illusion herausgestellt.

Ein Flügelschlagen ließ mich zusammenzucken und Schutz in einem dornigen Gebüsch suchen, während ein Schatten durch den Nachthimmel zog, der einem Maira ähnelte. Ich hätte mich am liebsten so klein wie möglich zusammengerollt und versteckt darauf gewartet, dass Derek irgendeinen Weg fand, mich hier herauszuholen.

Doch der Gedanke an Ally, die weitaus ängstlicher war als ich, gab mir das letzte bisschen Kraft, das ich brauchte, um weiterzumachen, als das Schneiden der Flügel durch den Wind verklang. Ich musste sie finden, und somit rappelte ich mich auf und lief. Ich lief einfach weiter und hängte mich mit meinem letzten Gedanken an Alissa.

Die Geräusche verklangen, je weiter ich den Wald in meinem Rücken ließ. Stutzig hob ich den Kopf, als ich bemerkte, dass ich auch seit geraumer Zeit kein abgestorbenes Gras, sondern Sand unter den Schuhen spürte. Zögernd blieb ich stehen. Es sah aus, als wäre ich auf einer ziemlich schlechten Straße gelandet, die von toten, bedrohlich wirkenden Bäumen gesäumt war. Die schwarzen Äste der riesigen Wächter verknoteten sich in den Kronen und bildeten eine Art düsteren, toten Tunnel.

Eine Straße musste zwangsläufig irgendwohin führen, allerdings wusste man nie, wem man begegnete. Das zunehmende Rascheln der Blätter im Wind ließ mich nervös eines meiner Schwerter ziehen. Die Klinge spiegelte das blaue Farbenspiel des Himmels wieder und beruhigte mich etwas. Wenigstens würden mich die Baumkronen vor Besuchern aus der Luft verstecken. Ich straffte meine Schultern und setzte meinen Weg fort.

Irgendetwas schien mich in die Richtung zu ziehen, die ich eingeschlagen hatte. Ich hatte ein undefinierbares Bedürfnis, diese Straße weiter zu gehen. Nach anfänglichem Misstrauen hoffte ich nun, dass mich dieses Gefühl zu Ally bringen würde. Der Sand und kleine Kieselsteinchen knirschten unter meinen Stiefeln, von den Bäumen regneten tote Blätter auf mich herab. Mein Atem ging schnell und unregelmäßig, während ich auf die leisesten Geräusche meiner Umgebung achtete.

Die Straße schien ins Nirgendwo zu führen. Nach einer Weile lichteten sich die großen Bäume, die wie Mauern aus Holz am Wegesrand standen, und machten kleinerem Gehölz Platz, das nicht weniger trist aussah. Die sanfte Brise brachte das hohe, verrottete Gras der Wiesen entlang der Straße dazu, wie Wellen auf dem Ozean hin und her zu schaukeln.

Mit jedem Schritt verstärkte sich das Kribbeln in meiner Magengegend, und schon bald beschlich mich eine Ahnung. Ich war schon seit mehreren Kilometern nicht mehr allein.

Dass ich bis jetzt noch nicht angegriffen wurde, machte

es mir möglich, die aufkommende Panik zu unterdrücken und meinen Weg Schritt für Schritt fortzusetzen. *Geh einfach weiter. Nicht anhalten. Nicht umdrehen.* Meine Wasserflasche war mittlerweile halb leer. Es mussten schon etliche Stunden vergangen sein, und meine Beine fühlten sich an wie Blei. Ich wagte es nicht, langsamer oder schneller zu werden. Schweißperlen bildeten sich auf meiner Stirn und in meinem Nacken, während das Rascheln des Grases in meiner Nähe immer lauter wurde. Wenn ich nicht bald etwas fand, das mir weiterhalf, würde mich Derek zu früh zurückbeschwören.

Die Landschaft veränderte sich langsam. Rechts und links des Weges waren Ruinen zu sehen, die fast genauso leblos wie die Natur wirkten. Von den einstigen Gebäuden waren nur noch moosüberzogene, zusammengefallene Steine übrig, die verloren den Launen der Natur ausgesetzt waren. Schatten schienen sich darin zu sammeln. Sie bewegten sich auf unnatürliche Weise.

Mein Griff um das Schwert verstärkte sich, und ich verdrängte das Gefühl der Schwäche sowie die Müdigkeit, die von mir Besitz ergriffen hatte. Hohe, bröckelige Mauern und verfaulte Zäune säumten die Straße, doch alles wirkte so furchtbar trist und unbelebt.

Ich verlangsamte meine Schritte und blieb unsicher stehen. Zu meiner Rechten hob sich ein eisernes Tor hervor, durch dessen Stäbe ich in weiter Ferne ein Herrenhaus erkennen konnte. Ich hatte schon mehrere Gebäude gesehen, die zwar unbewohnt ausgesehen hatten, jedoch gepflegter als die zerfallenen Steinbrocken der Ruinen waren. Dieses Mal jedoch spürte ich, dass ich nicht weitergehen sollte. Ich betrachtete das Tor. Es kam mir bekannt vor, aber das konnte doch nicht sein. Ich hatte fast vergessen, dass ich in der Unterwelt wandelte. In dem tristen, blauen Licht, dass der Himmel abwarf, wirkten die meisten Pflanzen gar nicht tot, und auch sonst unterschied es sich nicht viel von unserer Welt, einmal abgesehen von der drückenden Wärme.

Ich hielt keuchend im Schatten eines riesigen Baumes an, der aus dem weitläufigen Garten ragte. Stirnrunzelnd betrachtete ich den rauen Stein der Mauer. Was war an diesem Gebäude anders? Es konnte nichts schaden, sich hier umzusehen, und vielleicht konnte ich so auch dem leisen Grollen und den Schatten entgehen, die ich im Gras entdeckt hatte.

Das erinnerte mich daran, dass ich nicht allein war. Erschrocken drehte ich mich um und hielt den Atem an. Auf der anderen Straßenseite standen vereinzelte Bäume vor einer hohen Wiese, kein ungebetener Besucher war zu sehen, doch irgendetwas störte mich. War es diese plötzliche Stille? Ich lauschte angestrengt. Das Knurren war verschwunden, das Rascheln ebenfalls. Allerdings war da dieses Gefühl, angestarrt zu werden. Angestrengt kniff ich die Augen zusammen und versuchte, etwas zu erkennen. Eine unnatürliche Bewegung inmitten der Graswellen, ein Schatten, der nicht zu den Bäumen passte, irgendetwas.

Was ich jedoch sah, ließ mir das Blut in den Adern gefrieren. Eisblaue Augen glühten aus dem hohen Feld heraus und starrten mich an. Zwei weitere Augenpaare gesellten sich dazu. Ich kannte diese Augen. Ich hatte eine panische Angst vor ihnen. Ein dumpfes Grollen ertönte, als die Tarnung der Angreifer aufgeflogen war. Ich ging langsam rückwärts und hoffte darauf, das Eisentor jeden Moment im Rücken zu spüren, während das Gras sich bewegte, als massige Körper sich hindurchschoben. Wenn ich nur schnell genug wäre, konnte ich vielleicht hochklettern.

Doch nicht der kalte Stahl des Tores traf mich, sondern ein gleißender Schmerz bohrte sich durch meinen Rücken und durchfuhr meine Adern. Ich roch verschmortes Leder und verbrannte Haut, als ich stöhnend auf die Knie fiel und den Schrei zu unterdrücken suchte, der sich von meinen

Lippen stahl. Mein Körper stand für einen Moment in Flammen, so fühlte es sich an, und als der Schmerz verebbte, meinte ich, kaum noch Haut an der Stelle zu haben, an der mein Rücken auf das Tor getroffen war. Nicht nur, dass ich am Boden liegend eine miese Kampffigur abgab, nun hatte sich auch mein Plan mit dem Fluchtweg erledigt.

Ein Knurren ertönte und ließ mich angstvoll schluchzen. Drei große Schatten erhoben sich aus den Gräsern und fletschten die Zähne. Vor mir bahnten sich drei Höllenhunde in geduckter Haltung einen Weg aus dem Gestrüpp.

Das Bild des Zerberus, mit dem wir es im letzten Jahr zu tun hatten, blitzte vor meinem inneren Auge auf. Sie waren groß wie Pferde, und auch sonst erinnerte nur wenig an einen Hund. Mit schleimigen Hautfetzen behangene Knochenpanzer ließen lediglich kleine Büschel Fell zwischen den Rippen hervorlugen. Der Kopf des halb verwesten Skelettes kam einem Hundeschädel nahe. Faustlange Zähne ragten in alle Richtungen, messerscharfe Krallen bestückten die Klauen, und der stachelbesetzte Schwanz war todbringend. Wir hatten es zu dritt kaum geschafft, einem einzigen Zerberus zu entkommen. Und nun stand ich allein gegen drei von der Sorte. Mein Ausweg im Rücken war versperrt, und als ich meine Prana im Inneren sammeln wollte, durchfuhr mich ein weiterer stechender Schmerz, der mir den Atem raubte. Meine Prana war verschwunden. Wie konnte das sein? Wo war das leuchtend blaue Geflecht, das sich sonst durch meine Adern schob und vor meinem inneren Auge erstrahlte? Ich hatte nichts, wonach ich greifen konnte. Die drei Kreaturen schlichen näher, und die ersten Krallen scharrten über den Boden der Straße.

Das war mein Ende. Ich saß in der Falle und hatte nichts weiter zur Verfügung als zwei billige Schwerter.

Kapitel 25

Ich spürte mein Herz gegen meine Brust pochen, während kalte Angst mir die Kraft zum Denken nahm. Die drei riesigen Kreaturen schlichen im Halbkreis um mich herum. In meinem Rücken waren lediglich eine Mauer und ein Tor, dessen Berührung meinen Körper verbrennen würde. Es war aussichtslos.

Als der erste Zerberus zum Sprung ansetzte, retteten mich lediglich meine Reflexe. Ich warf mich zur Seite und rollte durch den heißen Staub, als der Höllenhund gegen das zischende Gitter prallte und sich winselnd zurückzog. Die anderen beiden Monster beäugten das Metall misstrauisch, bevor ihre stechenden Augen jede meiner Bewegungen aufsaugten. Ich unterdrückte ein Husten und wartete ebenso gespannt.

Zerberus Nummer zwei machte Anstalten, sich mir zu nähern, doch der größte der drei gab ein warnendes Fletschen von sich und schnappte in seine Richtung. Ungeduldig knurrte der andere zurück, doch er fügte sich dem Befehl. Ich konnte mir zusammenreimen, dass der Zerberus in der Mitte wohl der Rudelführer war.

»Gutes Hundchen«, flüsterte ich, doch das donnernde Bellen ließ mich verstummen.

Der Zerberus, der Bekanntschaft mit dem Tor gemacht

hatte, kam langsam näher, doch plötzlich gruben sich die Zähne des großen knackend in seinen Oberschenkel. Die beiden wälzten sich auf dem Boden, knurrten und bissen um sich, brüllten und rissen sich gegenseitig das Fleisch von den Knochen. Anscheinend war die Rangfolge doch noch nicht geklärt.

Das Schauspiel fesselte mich nur so lange, bis ich mir der Anwesenheit des dritten Zerberus bewusst wurde. Er kam geduckt näher und sah nicht einmal annähernd so aus, als wolle er dem Befehl, zu warten, gehorchen. Ich sah an ihm vorbei auf die Lücke, die sich zwischen dem kämpfenden Knäuel und ihm auftat, doch er bemerkte meine Absicht und schnitt mir den Weg ab. Damit war mehr Platz entlang der Mauer.

Ich überlegte nicht lange und rannte los. Der Zerberus sprang mit Gänsehaut verursachendem Schnappen hinter mir her und riss mich zu Boden. Der heiße Sand schürfte meine Knie auf. Ich drehte mich und steckte ihm den Griff meines Schwertes zwischen die Zähne, während sein stinkender Atem in mein Gesicht blies und sein Gewicht die Luft aus meinen Lungen presste. Die messerscharfen Krallen bohrten sich durch das Leder meines Kampfanzugs und ritzten mir die Haut auf. Er warf den Kopf nach hinten und damit das Schwert aus seinem Mund.

Diese wenigen Sekunden gaben mir die Zeit, mein zweites Kilidsch in eine Lücke seines Brustpanzers zu rammen, direkt zwischen die Rippen. Der Höllenhund warf sich zur Seite und versuchte, mit dem Maul an das Heft des Schwertes zu kommen, während sein stachelbesetzter Schwanz meine Kopfhaut streifte, als ich gerade noch rechtzeitig den Kopf einzog. Das Kilidsch steckte fest, doch wenigstens war einer der Hunde abgelenkt.

Die anderen beiden hatten ihren Kampf beendet und waren auf meine Flucht aufmerksam geworden. Sie stürzten auf mich zu, und ich hatte nicht einmal mehr eine Waffe. Ich wollte einen sinnlosen Fluchtversuch unternehmen, als ich hinter den beiden etwas sah, das mir neue Hoffnung gab. Das Tor hatte sich einen Spaltbreit geöffnet. Ohne zu überlegen rammte ich dem ersten Zerberus meine Sporttasche in den Rachen. Ein widerliches Geräusch ertönte, als Metall auf Knochen traf und sich meine Dolche in seinen Gaumen bohrten.

Er schüttelte den Kopf, und die Tasche riss, während der Inhalt auf den Boden kullerte. Die zwei Handfackeln, die ich auf gut Glück eingepackt hatte, entzündeten sich, und plötzlich war die schwüle Luft erfüllt von beißendem Rauch und grellem, roten Licht.

Die Höllenhunde wichen für einen Moment zur Seite und knurrten. Aus dem Maul des größten tropfte das Blut, ebenso wie aus der Brust des anderen, in der noch immer mein Säbel steckte.

Noch so eine Chance würde ich nicht bekommen, denn Feuer schien die Kreaturen nicht abzuschrecken. Mit dem Fuß kickte ich das bengalische Feuer in die Richtung des Köters, der mir im Weg stand. Geblendet von dem roten Rauch kniff ich die Augen zu und rannte einfach los. Ich spürte den rauen Stein der Mauer an meinem Arm schleifen, also war ich auf dem richtigen Weg. Als sie in dem kühlen Gitter endete, das unter meinem Druck nachgab, schrie ich vor Erleichterung auf. Ich presste mich hindurch und schob es in dem Moment zu, als eine der Kreaturen davor rannte. Mit einem Klicken rastete das Schloss ein, und ich saß rücklings auf der trockenen Grasfläche, die sich auf der anderen Seite der Mauer befand. Die Seite, auf der mich keine Höllenhunde zerfleischen wollten.

Ich sackte erleichtert zusammen und legte mich auf den Rücken, um zu Atem zu kommen, während ein irres Lachen meinen Lippen entfuhr, das in einem Schluchzen endete.

Die Höllenhunde tobten und stießen gegen das Eisengitter, doch es hielt stand. Ich beäugte es voller Grauen und betete, dass es nicht aus den Angeln riss. Wieso konnten sie das Tor plötzlich berühren?

Eine zornige Männerstimme durchschnitt die Nacht. »Du hast mehr Glück als Verstand, Prinzessin, weißt du das eigentlich?«

Ich riss entsetzt die Augen auf. Das konnte doch wohl nicht wahr sein. War das wirklich …? Wut erfüllte mich, als ich erkannte, wer da mit zornesrotem Kopf vom Haus aus auf mich zumarschierte und die Höllenhunde mit blauer Prana beschoss. Der Verrat versetzte meinem Herz einen unglaublichen Stich.

»Du?!«, schrie ich, als Chaz mit wehendem Haar vor mir zum Stehen kam. Ich ballte die Hände zu Fäusten. »Du warst es? Dafür werde ich dich umbringen, Henderson!«

Wir starrten uns eine Weile an, bis Chaz höhnisch schnaufte. »Und mit was, bitteschön?«

»Mit meinen bloßen Händen, wenn es sein muss!« Ich stürzte mich auf ihn und platzierte einen Faustschlag direkt unter sein Kinn. Chaz hob die Hände zu spät, und mein Schwung riss ihm den Kopf nach hinten. Er taumelte, doch ich drehte mich schon um die eigene Achse, damit ich ihm meinen Fuß in den Bauch rammen konnte. Chaz war noch nie gut im Nahkampf gewesen. Seine starken Hände packten meinen Stiefel und hielten ihn fest, bevor ich ihn erwischte, doch ich wand mich aus seinem Griff und stürzte erneut auf ihn. Blinde Wut ließ mich nicht darüber nachdenken, dass ich körperlich hoffnungslos unterlegen war. Doch ich war auch schneller und besser.

»Du bist ein verdammter Dämon!«

Mein Ellenbogen traf seine Rippen, als er mir auswich.

»Nicht mehr als du auch!«, brüllte er zurück und rieb

sich mit schmerzerfülltem Gesicht die Seite. Ich griff wieder an.

»Wie konntest du sie nur entführen? Ich habe dir vertraut!« Tränen verschleierten meine Sicht, als er meine Handgelenke packte und festhielt, sodass ich gezwungen war, ihm in die Augen zu schauen. Augen, die gefährlich blau leuchteten.

»Ich bin hier, um euch zu helfen!«

»Wem willst du das erzählen?«, knurrte ich und stieß mein Knie nach oben in seine Weichteile. Chaz sank quietschend zu Boden und presste sich die Hände zwischen die Beine.

»Mir«, ertönte eine schwache Stimme, deren Befehlston mich sofort ungläubig innehalten ließ. War sie es wirklich? In der Tür des großen, aus schwarzem Stein erbauten Hauses stand sie, in ihrem wehenden Nachthemd und barfuß, die roten Locken zerzaust und schmutzige Schlieren im Gesicht.

»Ally?« Ich konnte es nicht glauben.

»Ally«, rief ich heiser und rannte auf sie zu, um sie in die Arme zu schließen. Ich stürmte die Veranda empor. Wir schluchzten beide und hielten uns umklammert. Keiner dachte daran, Chaz aufzuhelfen.

»Du irres Weib, was zum Teufel hast du hier verloren?«, fragte mich Alissa unter Tränen.

»Glaubst du, ich lasse dich alleine unter einer Horde Monster?«

»Du hättest weg bleiben sollen, Jill!«

»Wieso?« Erstaunt sah ich sie an, denn ihre Stimme klang verzweifelt. Wäre nicht *Gott sei Dank rettest du mich* angebrachter gewesen?

»Weil es genau das ist, was Leviathan wollte«, antwortete Chaz grimmig, der es endlich geschafft hatte, wieder auf zwei Beinen zu stehen.

»Kann mir vielleicht mal einer erklären, was hier los ist?«, stieß ich frustriert hervor. »Und du bewegst dich keinen Millimeter weiter, Freundchen!«

»Wir gehen rein«, murmelte Alissa. »Hier draußen ist es nicht sicher. Und lass Chaz in Ruhe.«

Sie sah ängstlich in den Himmel, und ich erinnerte mich an den Flügelschlag, den ich auf dem Weg hierher gehört hatte. Mit eingezogenem Kopf folgte ich den beiden in das finstere Herrenhaus.

Die Fenster waren zugenagelt, sodass nur Chaz' blaue Energiekugel ein wenig Licht spendete. Der Weg führte durch einen verstaubten Flur bis an eine Kellertreppe, die mit Spinnweben überzogen war und in tiefste Schwärze führte.

»Keine zehn Pferde kriegen mich da rein«, schnaufte ich und verschränkte die Arme vor der Brust.

»Pferde vielleicht nicht, aber wie sieht es mit Höllenhunden aus?«, fragte Chaz sarkastisch, und ich setzte missmutig meinen Weg in die Gruft fort. Chaz verschloss die Tür hinter uns, und einen Moment leuchtete sie blau auf. Ich wurde das Gefühl nicht los, dass er uns gerade eingesperrt hatte, und wäre ihm am liebsten wieder an die Kehle gegangen. Allein mein Vertrauen zu Ally hielt mich davon ab. Wenn sie sicher war, dass er keine Gefahr darstellte, dann konnte ich nicht anders, als ihr zu glauben. Ich versuchte es jedenfalls.

Am Ende der hölzernen Stufen war ein flackernder Lichtschein zu sehen, und ich sog erstaunt die Luft ein, als ich hinunterstieg. Statt eines feuchten, dreckigen Kellers sah ich das, was ich eigentlich in den oberen Etagen erwartet hätte. Ein riesiger Raum erstreckte sich vor mir. Auf dem antiken, verschnörkelten Teppich stand eine Sitzgruppe mit einladenden creme-weißen Sofas und Sesseln. Im steinernen Kamin dahinter flackerte ein Feuer, und selbst der monströse Kronleuchter an der Decke war mit Kerzen bestückt.

In einer Nische befand sich ein dunkler Esstisch mit edlen Schnitzereien, an dem locker zehn Personen in gepolsterten Stühlen mit Armlehnen Platz nehmen konnten. Eine Doppelflügeltür führte nach nebenan.

»Wow«, sagte ich trocken und begutachtete die Gemälde, die dem Raum etwas Heimeliges verliehen. Doch dann fiel mir ein, wieso wir hier waren, und ich stemmte die Arme in die Hüfte.

»Ihr habt mir einiges zu erklären. Besonders du«, schimpfte ich und zeigte mit dem Finger auf Chaz.

Doch es war Ally, die zu erzählen begann. Mit offenem Mund lauschte ich ihren Erzählungen.

»Es waren Jonathan und Vanessa, die uns das ganze Jahr über an Leviathan verraten haben. Sie haben ihn mit Informationen über dich gefüttert, ihm verraten, wie dein Tagesablauf ist, mit wem du zu tun hast, wen du liebst... einfach alles. Sie haben dir sogar eine Haarstähne entwendet. Dafür hat er ihnen vorläufig Macht verliehen. Vanessa wurde skeptisch und hat sich immer mehr aus der Sache befreit, sodass der Werwolf auf sich allein gestellt war.«

»Dieser verdammte Werwolf hat meine Haare abgeschnitten?«, platzte ich heraus. »Ich dachte, es wäre Cox gewesen!«

Alissa sah mich nur säuerlich an, und ich machte eine entschuldigende Geste, damit sie fortfahren konnte.

»Jedenfalls sollte er auch Blut von dir besorgen, was sich als nicht ganz so einfach herausgestellt hat, wenn man bedenkt, dass du Tag und Nacht unter Beobachtung gestanden hast.«

Ich holte wieder Luft, doch sie brachte mich mit einer Handbewegung zum Schweigen.

»Später mehr dazu. Jedenfalls hat er dich deshalb im Wald angegriffen, erinnerst du dich? Als alle anderen auf der Strandparty waren.«

Ich nickte, doch der Tag schien Ewigkeiten zurückzuliegen.

»Was wollte Leviathan mit diesen Sachen?«

»Er wollte dich in die Unterwelt ziehen. Als er jedoch einsehen musste, dass du zu sehr unter dem Schutz anderer stehst, hat er seinen Plan geändert und Jonathan auf mich angesetzt. Ich habe durch diese doofe Gefühlsgabe ständig Nasenbluten gehabt. Für Jonathan war es ein Leichtes, eines der Taschentücher aus dem Eimer zu fischen. Und bei meinen Löckchen fällt es auch nicht auf, wenn eine Strähne fehlt. Jedenfalls denke ich, dass es so war. Leviathan hat in der Unterwelt einen Kreis gezogen, der identisch mit dem war, der unter meinem Bett ist. Er musste nur herausfinden, wann bei uns Nacht war, und schon bin ich unsanft in dieser abscheulichen Welt aufgewacht, direkt in Leviathans Armen.«

Sie zitterte bei dem Gedanken daran, und auch mir lief ein Schauder über den Rücken. Chaz schwieg und stocherte mit finsterem Gesichtsausdruck in der Glut des Feuers.

»Verstehst du jetzt, Jill? Leviathan wollte eigentlich dich haben, doch als er mitbekommen hat, dass du für ihn unerreichbar bist, hat er sich mich geschnappt. Einzig und allein zu dem Zweck, dass *du* zu *ihm* in die Unterwelt kommst. Er hat auf deinen Beschützerinstinkt gesetzt und auch noch Recht behalten.«

Ich schloss den Mund und versuchte, das Ganze zu verdauen. Ally zog die Füße an und drückte sich tiefer in den weichen Sessel, den sie sich ausgesucht hatte.

»Ich verstehe das alles nicht. Was will er von mir? Rache, weil ich letztes Jahr seine Pläne durchkreuzt habe?«

»Wir wissen es nicht genau. Leviathan hat mich gefangengenommen und angepflockt wie ein Tier. Ich habe ihm so viele Fragen wie möglich gestellt, und er plauderte gerne, nachdem ich seine Gefühle etwas beeinflusst habe. Aber das war etwas, was ich nicht verstanden habe. Er hat ständig etwas von deinem Blut gemurmelt. Und dass es der Schlüssel sei. Ich weiß aber nicht, was er damit meint.«

Sie senkte erschöpft den Kopf, und erst jetzt sah ich die dunklen Striemen, die sich deutlich in ihrem Nacken und an ihrem Hals abzeichneten. Sie musste Todesängste durchlitten haben, und trotzdem hatte sie alles daran gesetzt, so viel wie möglich herauszufinden, für den Fall, dass es uns helfen konnte. Ich setzte mich wortlos auf die Lehne des Sessels und nahm sie in den Arm. Heiße Tränen liefen ihr über die Wangen, und ich wurde wütend über die Hilflosigkeit, der ich ausgeliefert war.

»Wie hast du sie da rausgeholt? Und was zum Teufel bist du?«, zischte ich Chaz zu.

»Ich bin ein Halbdämon, genau wie du. Ich habe dich beobachtet, das ganze Jahr über, um dich zu schützen. Gott sei Dank hatte dein toller Vampirfreund die gleiche Idee. Aber nicht einmal zu zweit schafft man es, dich von Dummheiten abzuhalten.«

Ich starrte ihn finster an und ließ ihn erklären.

»Jedenfalls habe ich in der Nacht draußen Wache gehalten, als Ally verschwunden ist, und bin ihr auf schnellstem Weg in die Unterwelt gefolgt. Leviathan hatte nicht so schnell mit Besuch gerechnet, und so konnte ich sie befreien, als er für eine Weile verschwand.«

»Okay, schön und gut. Aber für mich ergibt das immer noch keinen Sinn, ich habe mehrere Fragen! Woher kennst du mich? Warum folgst du mir? Wer zur Hölle bist du, und wieso denkst du, du müsstest auf mich aufpassen?«

Er zog eine Grimmasse und zuckte mit den Schultern. »Das solltest du unseren Vater Baal fragen, Schwesterchen.«

Kapitel 26

Ich starrte Chaz an. Das war ja wohl ein schlechter Scherz.

»*Unseren* Vater? Baal? Vergiss es, ich glaube dir kein Wort. Außerdem heißt mein Vater William. Wieso wusste ich bis jetzt noch nichts von dir? Und überhaupt, wo ist denn dieser tolle Dämonenvater? Du siehst mir nicht einmal ähnlich!«

»Nein, er hieß nur in der Realität William. Sein richtiger Name ist Baal.«

Frustriert kaute ich auf meiner Lippe herum und sehnte die Zeit zurück, in der ich noch geglaubt hatte, mein Vater wäre ein anständiger Hexer mit normalem Namen gewesen. Ich wusste gar nichts über ihn, und plötzlich tauchte ein Typ auf, der behauptete, er sei mein Bruder. Das Ganze war sowas von absurd.

Ein Rumpeln ertönte im oberen Geschoss des Hauses, und ruckartig sahen wir alle an die Decke, als könnten wir hindurchschauen.

»Na toll, ich habe gewusst, dass das passiert. Hättest du bei deiner Ankunft nicht weniger Lärm machen können? Unser Versteck wurde entdeckt«, fuhr mich Chaz an. Ich blickte nur verwirrt zurück, aber Ally war bleich wie ein Gespenst geworden.

Chaz packte mich an den Armen. »Hör zu, Baal wird uns

nicht helfen können, weil er wegen einer anderen Sache verreisen musste. Leviathan hat den Zeitpunkt mit Absicht gewählt. Dad hat mich hier gelassen, damit ich auf dich aufpasse. Ich verspreche dir, wenn wir heil aus der Sache rauskommen, dann erkläre ich dir alles. Aber erst müssen wir herausfinden, wie wir euch zurück in die Realität bekommen.«

Ich verzog triumphierend das Gesicht. »Kein Problem. Derek wird mich jeden Moment hier rausbeschwören, und ich werde Ally mitnehmen. Er hat mir bis Sonnenaufgang Zeit gegeben. Die zwölf Stunden müssten bald rum sein.«

Alissa stöhnte, und Chaz brummte genervt.

»Was?«, meinte ich säuerlich.

Chaz ließ sich auf eines der Sofas fallen und strich sich durch die Haare.

»Nichts. Nur die Tatsache, dass die Zeit in der Unterwelt langsamer läuft. Du sitzt für die nächsten zwei Tage hier fest.«

»Was? Ist das euer Ernst?«

»Ich fürchte schon«, seufzte Ally.

»Wow, dann bist du ja schon ganz schön lange hier.«

»Wem sagst du das.«

»Wie schaffst *du* es denn in die Realität und zurück?«, fragte ich Chaz. Der Gedanke daran, dass er mein Bruder sein sollte, kam mir noch immer suspekt vor.

»Durch fremde Hilfe, aber die wird euch nicht möglich sein.«

Für einen Moment verschwamm sein Blick, und er wirkte nachdenklich, bevor er mich musterte. »Wie bist du hergekommen?«

»Na, Derek hat mich hergeschickt. Er kennt das Ritual, mit denen man Dämonen in die Unterwelt verbannt.«

Chaz fuhr zornig hoch. »Er hat dich losgeschickt, ohne einen Gegenkreis in der Unterwelt, in dem du landen kannst? Wisst ihr eigentlich, wie gefährlich das ist? Du hättest sonst wo landen können, anstatt direkt vor meiner Tür.«

»Ich bin nicht vor deiner Tür gelandet.«

Er schnappte hörbar nach Luft. »Wie zur Hölle hast du uns dann hier gefunden?«

Ich erzählte ihm davon, dass ich schon mehrere Stunden in der Unterwelt umhergestreift war, ehe mich dieses seltsame Gefühl der Anziehung gepackt hatte. Entgeistert lauschte er meiner Geschichte.

»Du bist beim verlorenen Wald gelandet? Du hast wahnsinniges Glück, dass du noch lebst, weißt du das? Da draußen lauern ... Dinge.«

»Ach ja, das wäre mir gar nicht aufgefallen. Drei davon wollten mir vor einer viertel Stunde noch die Kehle herausreißen.«

»Ich rede nicht von Höllenhunden. Ich rede von ... großen Dingen.«

Er schien nicht weiter darüber reden zu wollen, und ich erinnerte mich schaudernd an das Grollen, das aus dem Wald ertönt war. Ein Grollen, das die Erde hatte erzittern lassen.

Ein Kratzen aus dem oberen Stockwerk, das sich stark nach Krallen anhörte, ließ Staub von der Decke regnen. Ich rutschte nervös auf meinem Platz herum, doch ich traute mich nicht, danach zu fragen.

»Können wir nicht einfach abwarten, bis Derek mich in ein paar Tagen beschwört und ich Alissa mitnehmen kann?«

»Das wird nicht gehen«, sagte Chaz deprimiert. »Alissa kann nicht wie du einfach die Welten wechseln. Dazu braucht es ein Portal, also einen Beschwörungskreis, der in beiden Welten existiert. Leviathan hat es irgendwie geschafft, einen identischen Beschwörungskreis zu ziehen, der haargenau mit dem in Alissas Bett übereinstimmt. Die beiden Kreise sind wie Zwillingsbrüder miteinander verbunden und bilden ein Tor. Der in der Unterwelt ist mit Dämonenblut gezogen, der in der Realität allerdings nur mit Kreide. Somit wirkt er wie eine Einbahnstraße. Wäre der Kreis in der Realität mit Hexenblut gezogen, könnte auch Leviathan vollständig zwischen den Welten hin und her wandern, sofern ihn jemand beschwört. Allerdings erfordert es so viel Hexenblut, dass es den Spender das Leben kosten würde. Das heißt, er kann mit diesem Kreis Menschen in die Unterwelt ziehen, aber sich selbst nicht in die Realität.«

Ich riss die Augen auf.

»Wie das Loch in dem Netz«, stieß ich hervor und zwirbelte eine Haarsträhne, die meinem Zopf entkommen war, um den Zeigefinger. Erst nach einer Weile bemerkte ich die Stille, hob den Kopf und begegnete verständnislosen Gesichtern.

»Hä?«

Ich erklärte Dereks Theorie, und Chaz blickte mich erstaunt an.

»Also sind die Unterwelt und die Realität durch ein Netz getrennt. Die großen, weißen Kugeln auf der einen Seite sind die Verborgenen in der Realität, die blauen Kugeln auf der anderen sind die Dämonen in der Unterwelt. Sie sind zu groß, um durch das Netz zu passen, das die Welten voneinander trennt. Es sei denn, man hat ein großes Loch im Netz. Einen Beschwörungskreis oder einen Silax. Beide sind nur mit Hexen- und Dämonenblut möglich, verstehst du? Das ergibt alles einen Sinn. Du und ich, wir sind die hellblauen, kleinen Kugeln. Wir brauchen kein Loch, um durch das Netz zu schwimmen und die Seiten zu wechseln. Für uns reicht ein einfacher Beschwörungskreis auf *einer* der beiden Seiten.«

Ich sah die beiden an, und vor Stolz schwoll meine Brust an. Ich hatte mir tatsächlich alles gemerkt, was Derek mir erklärt hatte, und ich hatte es sogar verstanden. Ally und

Chaz wirkten allerdings verwirrt. Ich schnappte mir ein Blatt Papier und malte es ihnen auf.

Langsam zeigte sich Verständnis in ihren Blicken, doch Chaz tippte nachdenklich auf einen der kleinen Kreise.

»Ich gebe dir recht, bis auf eine Sache. Ich glaube, ich bin ein etwas größeres hellblaues Kügelchen als du. Sagen wir einfach, ich schlage mehr nach unserem Vater als nach unserer Mutter. Ich passe nicht durch das Netz, ich brauche ebenfalls zwei Beschwörungskreise. Und somit Hilfe von der Realität.«

Irritiert runzelte ich die Stirn, doch er lächelte wehmütig.

»Später«, stoppte er meine Fragen, bevor sie meine Lippen verlassen konnten. Wer half Chaz von der Unterwelt in die Realität? Und was meinte er damit, er wäre mehr wie, ich traute es mich kaum zu denken, *unser* Vater?

»Also wissen wir jetzt immerhin, dass Chaz sich hier rausbeschwören lassen kann und theoretisch auch Jill mithilfe eines Kreises in die Realität schicken kann. Abgesehen davon, dass Derek sie sowieso zurückbeschwört, egal, wo sie sich in der Unterwelt aufhält. Ich werde mich dann wohl mal häuslich hier einrichten.« Ally lächelte verbittert.

Chaz griff über die Lehne des Sessels und strich ihr beruhigend über den Arm. Sie lächelte dankbar, und ich runzelte misstrauisch die Stirn. Die negativen Schwingungen zwischen den beiden schien es nie gegeben zu haben. Ob es auch so gekommen wäre, wenn Chaz nicht der Retter in der Not gewesen wäre?

»Wir gehen nicht ohne dich«, sagte er bestimmt.

»Na, dann sollten wir uns wohl mal einen Plan überlegen. Wie es aussieht, ist Leviathans Kreis unsere einzige Möglichkeit, Ally hier rauszubringen. Ich muss alles über sein Versteck wissen. Wir brauchen etwas, das ihn ablenkt, und müssen zusehen, dass der Kreis unbewacht ist. Einer von uns, in dem Fall kann das nur Chaz sein, muss in die

Realität und Derek sagen, dass er uns an Alissas Kreis im Bett zurückholen soll. Ich glaube, wir haben eine Menge zu besprechen.«

Chaz hob zweifelnd die Augenbrauen, und erst jetzt wurde ich mir wieder des Kratzens bewusst.

»Ich glaube, in meiner Bibliothek gibt es mehrere Baupläne. Leviathans Versteck ist vielleicht dabei, aber wir sollten uns besser nicht zu viel Zeit lassen. Die Kreaturen dort oben meinen es nicht gut mit uns.«

Eine Stunde später waren die Geräusche verklungen, und ich atmete erleichtert auf. Es hatte stark an den Nerven gezehrt, und nachdem mir Chaz erzählt hatte, um was es sich handelte, war mir kurzzeitig übel geworden. Dabei noch einen Plan zu erstellen, wie wir vorgehen sollten, war beinahe unmöglich. Dennoch hatte ich unsere Vorgehensweise übersichtlich niedergeschrieben.

Chaz erklärte, dass in der Unterwelt nicht nur Dämonen wie Leviathan oder mein Vater lebten (ich weigerte mich, ihn *unseren Vater* zu nennen), sondern hier hatte die Evolution ebenso zugeschlagen wie in der Realität. Nur dass dabei keine Tiere wie Elefanten, süße Hunde oder Kätzchen herausgekommen waren, sondern monströse Gestalten wie der Zerberus oder geflügelte Kreaturen mit zahnbesetzten Schnäbeln. Selbst Mairas schienen mir jetzt harmlos zu wirken. Ich kam mir vor wie im Jurassic Park.

Es hatte eine Zeit gegeben, in der die Dämonen in Häusern gelebt hatten, wie das, in dessen Keller wir uns versteckten. Allerdings waren sie zu wenige geworden, hatten sich durch Kriege gegenseitig umgebracht und lebten nun im Untergrund. Chaz' Haus war mit Magie geschützt, ich hatte jedoch den Alarm ausgelöst und den Schutzzauber zerstört. Wie ich vermutet hatte, lag auf der Kellertür noch einer. Wir waren uns nur nicht sicher, wie lange er halten würde.

Das Verstummen der Geräusche war eine Wohltat. Ich wollte nicht als Frühstück irgendeines Monsters enden. Stöhnend streckte ich meinen Rücken und legte den Stift beiseite. Der lange Marsch hatte seinen Tribut gezollt, und ich fühlte mich ausgelaugt und müde.

»Besser wird es nicht«, sagte ich und rieb mir die Augen.

»Der Plan hat zu viele Lücken. Es sind zu viele Risiken, zu viel, was schief gehen kann.« Chaz studierte unzufrieden unsere Zeichnungen.

»Dann improvisieren wir eben!«

Missmutig ließ Chaz das Papier fallen und wollte widersprechen, doch als sein Blick auf Ally fiel, wurde sein Gesicht weicher. Man sah ihr an, dass die Unterwelt ihr nicht guttat. Sie wirkte ausgezehrt und mager.

»Chaz, eine bessere Lösung werden wir nicht finden. Wie lange willst du noch Pläne schmieden? So lange, bis uns diese Missgeburten dort draußen aufspüren oder bis Derek mich zurückbeschwört und wir wieder ganz von vorne anfangen müssen?«

»Vielleicht… Derek könnte herausfinden, wie Leviathan die Zwillingskreise geschaffen hat. Wir müssen nicht…«

»Derek wird es nicht herausfinden«, sagte ich matt. »Die einzigen Dämonenbücher, die er hat, sind von meiner Mum. Und darin stand nichts davon.«

»Unserer Mum«, unterbrach Chaz mich beiläufig, und ich zog eine Grimasse. »Also schön, dann lasst uns aufbrechen, solange es dort oben noch ruhig ist.«

»Eins wäre da noch. Ich kann meine Magie hier nicht benutzen.« Dieses Detail hatte ich bis jetzt verschwiegen, weil Chaz so schon unzufrieden mit unserem lückenhaften Plan war, doch irgendwie erschien es mir nun wichtig, als wir aufbrechen wollten.

Sein Brustkorb hob und senkte sich, als er tief einatmete. Ich hätte meinen kleinen Finger darauf verwettet, dass er still bis zehn zählte. Doch als er antwortete, schien er gefasst. »Ohne Magie. Stundenlang durch die Unterwelt … du bist wahnsinnig. Schließ die Augen und gehe in dein Innerstes. Was fühlst du?«

»Nichts.«

»Weil du hier keine Hexenmagie anwenden kannst. Die Welt hier besteht aus Prana, blauer Prana, um genau zu sein. Es ist die Dämonenmagie. Du musst dein Innerstes darauf einstellen. Normalerweise siehst du die blauen Stränge, wenn du deine Energie sammelst, richtig?«

Ich dachte an das Gewirr blauer, flüssiger Fäden, das sich sonst vor meinen Augen abgezeichnet hatte. »Ja, aber es ist nicht da.«

»Doch, es ist da. Du siehst es nur nicht. Hexen sehen ihre weiße Prana in der Realität nicht, sie spüren sie nur. Genauso ist es mit den Dämonen in der Unterwelt. Wir sehen sie nicht, weil sie ständig um uns ist. Du lebst hier in einer riesigen Energiequelle, deine Prana wird von Minute zu Minute aufgefüllt, sobald du dich verausgabst. Es dauert nur mehrere Stunden, bis sie wieder voll aufgeladen ist. Deshalb leben wir Dämonen ewig. Jedenfalls musst du damit umgehen können, die Prana ohne dein Auge zu nutzen.«

Ich schloss die Augen und konzentrierte mich. Es stimmte, ich fühlte mich quasi blind und sah nichts. Aber hatte ich das Gefühl, als hätte ich keine Prana mehr? Nein. Sie war da, ganz sicher. Ich dachte angestrengt daran, wie ich bislang die Pranastränge zu einer Kugel zusammengeführt hatte, und drängte all meine Gedanken in diese Richtung. Ich konnte spüren, wie die Macht in meiner Brust glühte. Es war total seltsam, sie nicht sehen zu können. Ich zwackte einen Teil der Magie ab und ließ sie in Form einer Kugel Richtung Hand wandern. Der Energieball materialisierte sich vor mir, und ich riss die Augen auf, als Ally und Chaz laut schimpften. Gleißend blaues Licht schlug mir entgegen und blendete mich so, dass meine Augen tränten. Mit einem Ruck zog ich die Energie in mich zurück und ignorierte das Brennen in meinen Armen, das sie verursachte.

»'Tschuldigung.«

Ally kicherte, und das Geräusch war wie Musik in meinen Ohren.

Chaz allerdings brummte nur ungnädig. »Du wirst mit der Zeit lernen, es richtig einzuschätzen.«

»Nein danke, ich habe vor, so schnell wie möglich hier zu verschwinden und niemals wiederzukommen. Der Aufwand lohnt sich nicht.«

Chaz sparte sich jegliche Kommentare und führte uns zu einem Wandteppich, hinter dem sich eine hölzerne Tür verbarg.

»Der Weg führt aus dem Haus raus, ohne dass wir die Haustür nehmen müssen. Ich denke nicht, dass die Dämonen verschwunden sind. Sie werden den Eingang beobachten.«

Ächzend schob er die Tür auf und entblößte einen schmalen Tunnel. Ich nickte schweigend und folgte ihm in die Dunkelheit. Der Geruch nach Schlamm, gemischt mit verrottetem Laub, drang in meine Nase, aber ich begrüßte die kühle Luft. Die Unterwelt war mir eindeutig zu warm.

Chaz schuf Licht mit einem kleinen Energieball. Wir standen in einem erdigen Gang, aus dessen Decke schwarze Wurzeln ragten und in dem selbst ich meinen Kopf einziehen musste. Chaz blieb nichts anderes übrig, als seinen Rücken gänzlich zu beugen.

»Es sind nur fünf Minuten Fußweg«, sagte er mehr zu sich selbst. Fünf Minuten zu viel für meinen Geschmack. Schon nach wenigen Metern schnürte mir Beklemmung die Brust ab, und der Schweiß trat auf meine Stirn. Die Wände schienen immer enger zu werden, und ich schloss die Augen, während mein Atem schneller ging. Ich versuchte, mir vorzustellen, ich liefe über eine sonnige Wiese, aber es half nichts. Panisch schlug ich die Augen auf und sah nichts als Dreck um mich herum. Kleine Krümel rieselten von der Decke, und ich blieb angsterfüllt stehen. Was, wenn die Decke einbrach? Ich krallte meine Finger in die Wand, als Schwindel mir das Gleichgewicht zu nehmen drohte. Ich wollte gerade wieder umdrehen, da glitt Alissas Hand in meine.

»Schon gut, du hast es gleich geschafft«, flüsterte sie.

Ich hörte Chaz' Schritte vor uns, und der Schein der Kugel entfernte sich immer weiter. Plötzlich beruhigte ich mich. Eine tiefe Zufriedenheit breitete sich in mir aus. Sie hatte ihren Ursprung in meiner Hand. Sie kam aus Alissas Hand, um genau zu sein.

»Danke«, wisperte ich, und wir setzten unseren Weg fort.

»Keine Ursache. Wenigstens das funktioniert noch. Aber meine Telekinese kannst du hier vergessen, ich bin ja kein Dämon. Ich fühle mich so nutzlos.«

»Du wirst nie nutzlos sein. Ich brauche dich!«

Wir holten Chaz ein, und nach wenigen Metern hatte ich das Gefühl, der Tunnel stiege an. Es wurde wärmer, und ich konnte das düstere Blau des Himmels vor mir erkennen.

»Wird es hier eigentlich auch mal hell?«, fragte ich Chaz, als wir durch das von Gebüsch verdeckte Loch nach draußen stiegen.

»Nein, hier herrscht ewige Nacht.«

»Wow, müsst ihr einen Stromverbrauch haben.«

Chaz brach in schnaubendes Lachen aus. »Hier gibt es keinen Strom, Jill. Unsere Energie ist die Prana, schon vergessen? Hier läuft alles mit Magie.«

Ich kam mir unwissend vor, doch ich hatte keine Zeit, um missmutig zu sein. Um uns herum war es still, fast schon friedlich. Durch das beruhigende blaue Licht des Himmels konnte ich zwischen den Bäumen hervorspähen. In einiger Entfernung stand das düstere mehrstöckige Haus, das verlassen wirkte, obwohl ich doch erst wenige Minuten zuvor in dessen gemütlichem Keller gesessen hatte. Die weite Wiese auf dem Grundstück, selbst die Anordnung der Laubbäume, die den Weg bis zum Tor säumten, kamen mir so vertraut vor. Ich spürte wieder diese Anziehung und wandte den Blick ab. Anscheinend ging sie von dem Haus selbst aus, nicht von Alissa.

Vor uns im Dunkeln prangte ein hohes Glasgebäude, versteckt durch verdorrte Laubbäume. Ich konnte kleine, bunte Lichter darin erkennen.

»Was ist das?«

Chaz führte uns zu einer Metalltür und strich mit der Hand darüber. Sie erstrahlte in einem gedämpften Licht, bevor sie nach innen schwang.

»Willkommen im Paradies«, sagte er bitter und ließ uns eintreten.

»Ohhh«, hauchte ich, als ich von klappernden Elfenflügeln und bunten Lichtern umringt wurde. Wir standen unter einer riesigen Glaskuppel, die mit Pflanzen förmlich vollgestopft war. Blühenden Pflanzen. Es war eine Wohltat, dieses Stück Leben zu sehen, nachdem ich stundenlang durch die tote Welt dort draußen geirrt war. Ganze Bäume erhoben sich vor uns und säumten zwischen strahlenden Blumen unseren Weg.

Chaz erhellte seine Energiekugel, und zusammen mit den schimmernden Lichtern der Elfen konnte ich mich erstaunt umsehen. Hinter den Blumen erstreckten sich Gemüsebeete, voll mit Salat, Tomaten, Möhren, Kartoffeln. Selbst ein kleiner Bach mit frischem, klaren Wasser floss zwischen dem Gras einer kleinen Wiese.

»Lass mich raten, deine Speisekammer?«, scherzte ich, und Chaz rollte mit den Augen.

»Wenn du es so nennen willst. Dir ist sicher aufgefallen, dass es da draußen nicht allzu viel Essbares gibt.«

Drei Elfen schwebten auf mich zu und ließen einen roten Apfel in meine Hand fallen.

»Danke«, nuschelte ich, denn ich hatte meine Zähne schon in das saftige Obst gerammt. Ich hatte kaum gespürt, wie ausgehungert ich war. Alissa schob sich still ein paar Weintrauben in den Mund, während Chaz drei Wasserflaschen an dem Bach füllte.

»Hier. Steckt das in eure Taschen. Wenn etwas schief geht und wir nicht zurück können, werden wir froh über etwas Wasser sein.«

Alissa schob die Flasche in die weite Jacke, die Chaz ihr geliehen hatte, doch ich musste mir erst einen Schluck genehmigen.

Chaz wirkte ernst und angespannt, als er uns weiterscheuchte. Wir kamen zu einer weiteren Tür, und ein Kreischen ertönte, als er sie öffnete. Es war der Schrei einer Krähe, tiefer und lauter, als ich es je für möglich gehalten hätte. Er ließ mir das Blut in den Adern gefrieren.

Ich sah Chaz entgeistert an, als er mir bedeutete, in die Dunkelheit dahinter zu schlüpfen.

»Euch passiert nichts.«

Ich verschränkte die Arme vor der Brust und blickte ihn stur an. So weit reichte mein Vertrauen dann doch nicht. Er seufzte und ging zuerst, woraufhin ich ihm folgte. Seine Energiekugel erhellte einen kleineren Glasraum als den der Elfen, doch auch hier spürte ich saftiges Gras unter meinen Füßen. Doch als ich in die Ecke des Raumes spähte, fiel mir die Kinnlade herunter.

Ein gewaltiger Vogel zerrte an der eisernen Kette, die um seinen Hals geschlungen war. Er öffnete den messerscharfen Schnabel und stieß ein weiteres schrilles Kreischen aus. Das Tier überragte uns um Längen und breitete die ledernen, durchlöcherten Flügel aus. Die Brust und den Rücken des Vogels schützte ein schleimiger Knochenpanzer, unter dem schwarze und graue Federn hervorlugten. Krallen, so lang wie meine Beine, gruben sich in die Erde, als er versuchte, die Kette abzustreifen.

»Ich habe ihn erst vor kurzem gefangen«, flüsterte Chaz und betrachtete das Geschöpf voller Bewunderung, die ich nicht teilen konnte. Ich fand es abscheulich. Der Vogel tobte, seine Flügel durchschnitten die Luft wie Messer und wirbelten Gras und Staub auf.

»Können wir den Rundgang jetzt beenden?«, fragte ich trocken und trat einen Schritt zurück, als mich das Wesen registrierte. Augen, so leuchtend wie Saphire, bohrten sich in meinen Blick, und ich schluckte ängstlich.

»Ich habe sie Agash genannt, wegen ihren stechenden Augen. Ist sie nicht wunderschön? Noch ein bisschen wild, aber das bekommen wir hin.«

Na toll, das Ding hatte sogar einen Namen. Chaz trat näher, und die Brust des Vogels schwoll an, als sie den Kopf zurückzog und ihn misstrauisch musterte.

»Ehrlich, Chaz, was wollen wir hier?«

»Hast du gedacht, ich will in die Dämonenstadt laufen?«, fragte er abwesend, und seine leuchtenden Augen musterten den geflügelten Dämon noch immer fasziniert. Verständnislos folgte ich seinem Blick und stieß ein hysterisches Lachen aus, als ich das Lederband, das um den Hals des Vogels geschlungen war, als Zügel ausmachte.

»Ich laufe dann schon mal los. Viel Spaß beim Sterben.«

Chaz hielt mich am Arm fest, als ich den Raum verlassen wollte.»Jill, Ignis Tenebris ist viele Kilometer entfernt. Dass du es heil bis hierher geschafft hast, bedeutet nicht, dass diese Welt sicher ist. Selbst in der Luft sind wir für viele ein Leckerbissen, aber wenn wir den Fußweg nehmen, sind wir so gut wie tot. Ich werde Agash reiten. Ihr beide nehmt

Caladrius. Ich habe ihn schon seit einigen Jahren, und er ist zahm.«

Ich blickte mich im Raum um und bemerkte erst jetzt, dass der große weiße Stein in der Ecke gar kein Stein war, sondern dass er sich langsam regte, als sein Name erklang. Caladrius war etwas größer als Agash und strahlte eine seltsame Ruhe aus. Das Gefieder, das ihm geblieben war, und selbst seine Lederhaut erstrahlten in einem reinen Weiß. Er streckte gelangweilt die Flügel aus. Tiefblaue Augen blickten mich wissend an, als wäre ihm klar, dass er keine abrupten Bewegungen machen sollte.

»Und du bist nicht einmal auf die Idee gekommen, diese Monster bei unserem Plan zu erwähnen?«

Caladrius raschelte mit den Federn, als ich näher trat. Irgendetwas in seinen Augen sagte mir, dass er mich nicht angreifen würde. Ich nahm meinen ganzen Mut zusammen und trat einen Schritt nach dem anderen nach vorne. Der Vogel knickte die Beine ein und legte sich auf den Boden, sodass ich jeden Moment hätte aufsteigen können. Er senkte demütig den Kopf, und ich streckte meine zitternde Hand aus. Als meine Finger die schneeweißen Federn auf seinem Kopf berührten, war ich erstaunt, wie weich sie doch zwischen meinen Fingern entlangglitten. Caladrius drückte mir seinen gewaltigen Kopf in die Handfläche, als gefalle es ihm, dass ich ihn berührte.

»Oh mein Gott«, hauchte ich mit heiserer Stimme.

Ich suchte Chaz' Blick und sah, dass er mich grinsend beobachtete.

»Schon mal geflogen? Du wirst es lieben!«

Kapitel 27

Die toten Äste der Bäume knarrten im Wind, als wir uns in die Luft erhoben und das verrottete Laub der Kronen hinter uns ließen. Ich packte die Zügel fester und klammerte mich mit der anderen Hand in die Federn von Caladrius, während mir kühler Wind ins Gesicht peitschte und meine Augen zum Tränen brachte.

»Sieh dir das an, Ally!«, wisperte ich über meine Schulter, doch ich bekam nur ein ängstliches Wimmern zur Antwort. Sie hielt mich fest umklammert, presste die Augen zusammen und grub ihren Kopf in die Kuhle zwischen meinen Schulterblättern. Erstaunt besah ich die kleiner werdende Welt unter uns, die sich von hier oben kaum von der Realität bei Nacht unterschied, wenn man einmal von dem unnatürlich blauen Schein des Himmels absah. Wälder, Wiesen und Ruinen wurden kleiner und kleiner, während der Klang der Flügel unserer Reittiere die Stille der Nacht zerriss.

In meinem Bauch kribbelte es, und für einen Moment vergaß ich die Sorgen, vergaß, dass wir auf dem Weg waren, ein schier unmögliches Unterfangen zu versuchen. Ich vergaß, dass wir in der wohl abscheulichsten Welt feststeckten, die ein Menschenauge je zu Gesicht bekommen hatte. Ich vergaß, dass wir auf dem Weg in den sicheren Tod waren.

Doch als ich zu Chaz herübersah, der damit kämpfte, Agash unter Kontrolle zu halten, und dabei besorgt den Himmel absuchte, unterdrückte ich den Jauchzer, der auf meinen Lippen lag. Wir waren hier oben genauso Beute für andere Dämonen wie auch auf der Erde.

Nach einer Weile ließ das kribbelnde Gefühl nach. Meine Hände schmerzten und verkrampften sich. Der Wind war nun nicht mehr angenehm kühl, sondern stach auf meinen Wangen wie tausend Nadeln. Meine Haare hatten sich zu einem Knoten verwirrt, den ich wohl nie wieder würde lösen können.

Ich atmete erleichtert auf, als wir in den Sinkflug übergingen und Minuten später dumpf auf dem abgestorbenen Gras einer Wiese landeten. Bäume versperrten mir die Sicht, doch Chaz führte uns gezielt einen Hang hinab, nachdem er unsere Dämonenvögel angekettet und einen scharfen Schnitt von Agashs Schnabel auf dem Arm davongetragen hatte.

Die Bäume lichteten sich und machten immer mehr verfallenen Gebäuden Platz, die in der staubigen Luft düster vor sich hin rotteten. Vor uns ragte die Dämonenstadt Ignis Tenebris in ihrem zerfallenen Glanz auf. Keine Lampe brannte in den verdreckten Straßen, nur kalter Stein und verfallenes Holz beobachteten unseren stillen Marsch durch die Schatten.

Es war eine tote Stadt, trist und leer. Türen, die aus den Angeln gebrochen waren, knarrten im Wind. Vernagelte Fenster blickten zu uns herunter, und totes Laub fegte durch die Straßen. Die einstigen Häuser einer Vorstadt wichen höheren Ruinen, die vielleicht einst Fabrikhallen oder Bürogebäude gewesen waren, bevor der Tod Einzug gehalten hatte. Unsere Schritte hallten dumpf an den kahlen Wänden der Gassen wieder.

»Das war nicht immer so, weißt du«, flüsterte Chaz.

»Was ist passiert?«, fragte ich und versuchte, meine Stimme nicht gänzlich der Angst zu überlassen.

»Krieg«, sagte er schlicht und bedeutete mir, still zu sein, als wir um eine Ecke bogen.

Der Schein eines Feuers erhellte das Ende der Straße, und ich konnte mehrere Gestalten erkennen, die sich um eine Tonne gesellten. Tiefe Stimmen wehten zu uns herüber, doch ich konnte sie nicht verstehen.

»Lasst uns einen anderen Weg nehmen«, sagte Chaz angespannt und zog uns zurück in die Schatten der düsteren Welt.

»Wer ist das?«, wisperte Ally und griff meine Hand. Obwohl sie die Gabe hatte, meine Gefühle zu beeinflussen, so war sie doch verletzlich wie ein kleines Kind, und ich freute mich, dass ich ihr ebenso Trost und Kraft spendete wie sie mir.

»Abschaum«, antwortete Chaz mit zusammengebissenen Zähnen. »Schwache Dämonen wie Fafner. Sie gehören zu Leviathan und tanzen nach seiner Pfeife.«

Wut erfüllte mich, als ich an den buckeligen Dämon dachte, der Nathan auf dem Gewissen hatte. Wir machten einen großen Bogen, nahmen andere Seitengassen und kämpften uns weiter vor in das Herz der Stadt. Die heiße Luft drückte, und der Schweiß sammelte sich unter meinem Kampfanzug. Jetzt war ich froh über das Wasser, das wir mitgenommen hatten.

Wir erreichten ein monströses Gebäude, das von außen genauso verlassen wie der Rest der Ruinen wirkte. Die gleichmäßig verteilten trüben Scheiben der Fenster ähnelten denen einer verlassenen Schule oder vielleicht auch eines Museums.

»Leviathans Unterschlupf«, klärte Chaz uns auf. Wir blieben nicht lange, um das Gebäude zu betrachten, sondern suchten ein Versteck.

Auf der gegenüberliegenden Seite der Straße schlüpften wir durch die zerbrochene Tür eines Ladens, von dem aus wir Leviathans Versteck im Auge behalten konnten. Das Innere des Ladens war vollkommen zerstört. Zerbrochene Stühle und Tische waren unter einer Schicht Staub begraben, und den Tresen bedeckte ein schwarzer Schleim, der im ersten Moment zu pulsieren schien. Ich hielt mich so nahe wie möglich an der Tür und gab acht darauf, nichts zu berühren. Chaz wirkte angespannt und lief unruhig auf und ab.

»Also schön, ich werde mich um die Ablenkung kümmern und den Alarm in Leviathans Labor am anderen Ende der Stadt auslösen. Er wird denken, dass wir dort einbrechen wollen, um den Silax zu stehlen, an dem er schon seit Jahren experimentiert, um ihn zum Laufen zu bringen.«

Ich riss die Augen auf. Davon hatte er mir bis jetzt noch nichts verraten.

»Keine Sorge, der Silax dort ist zerstört, und Leviathan hat nicht die Macht, ihn wieder in Gang zu bringen. Dad hat ihn genug untersucht, um zu erkennen, dass jegliche Magie darin entwichen ist. Fakt ist, Leviathan wird denken, Ally und ich wollen den Silax nutzen, um in die Realität zurückzukehren. Vielleicht denkt er auch, wir hätten eine Möglichkeit gefunden, den Silax wieder in Gang zu bringen. Aber er wird sich auch auf keinen Fall die Gelegenheit entgehen lassen, wenn er denkt, dass er Ally wieder schnappen kann. Somit seid ihr ihn los und könnt euch in sein Gebäude schleichen. Ich weiß allerdings nicht, wie viele Wachen er zurücklässt, also setzt alles daran, unbemerkt bis in den Hinterhof vorzudringen. Ihr müsst es irgendwie zum Kreis schaffen, hört ihr? Wenn ich den Alarm ausgelöst habe, kehre ich in die Realität zurück und rufe schnellstmöglich Derek an, damit er euch in Alissas Bett beschwört. Ihr geht los, sobald Leviathan mit seinen Wachen das Gebäude verlässt. Wenn ihr es bis zum Kreis geschafft habt, dann versteckt euch und behaltet ihn im Auge. Sobald er anfängt zu glühen, habt ihr ein Zeitfenster von etwa drei Minuten, um hineinzugelangen. So weit klar?«

Ally und ich nickten stumm, doch Sorge ließ meine Eingeweide verkrampfen. Es konnte so viel schief gehen. Was, wenn Chaz bei seinem Ablenkungsmanöver gefasst wurde? Was, wenn Ally und ich in Gefangenschaft gerieten? Was, wenn es Derek nicht rechtzeitig in unser Zimmer schaffte oder die richtige Beschwörung für Hexen eine andere war als die für Dämonen. Was, wenn Leviathan, noch während wir auf unsere Rettung warteten, zurückkehrte?

Aber es half nichts, das war unsere einzige Möglichkeit. Wir würden es schaffen, redete ich mir ein.

Chaz packte mich an den Schultern und sah mir tief in die Augen. Ich konnte die Sorge und die Angst darin erkennen. Er setzte sein Leben für uns aufs Spiel.

»Versucht, nicht zu sterben, okay?«

»Geht klar. Und … du auch nicht … Brüderchen.«

Seine Augen weiteten sich, und ein leichtes Lächeln umspielte seine Lippen, als er mich in seine Arme zog. Ally drückte er einen liebevollen Kuss auf die Stirn, und eine Träne stahl sich aus ihren Augen.

Chaz schloss die Augen, und skeptisch sah ich dabei zu, wie er tief durchatmete. Meditierte er etwa? Doch gerade, als ich ihn fragen wollte, ob er eingeschlafen war, flüsterte er kaum wahrnehmbare Worte vor sich hin. »Komm schon … wach auf … ich muss zurück … es ist wichtig … in einer halben Stunde … ich verlasse mich auf dich … wach auf …«

Er schlug die Augen auf und schüttelte den Kopf, um seine Gedanken zu klären.

»Wer …?«

»Später«, unterbrach er mich. Ärgerlich wippte ich mit dem Fuß auf und ab. Er würde mir so einiges erklären müssen, wenn wir zu Hause waren. Falls wir es jemals bis nach Hause schafften.

»Du hast die Baupläne vom Gebäude im Kopf?«, vergewisserte er sich. »Du kennst die Sicherheitsmaßnahmen, die Leviathan aufgestellt hat? Denk dran, ich kenne nicht alle. Es könnten weitere …«

»Schon gut! Geh endlich! Wir schaffen das schon.«

Chaz warf Alissa einen letzten besorgten Blick zu und verschwand lautlos durch die Tür.

Das Warten dauerte ewig, und weder Ally noch ich hatten das Bedürfnis zu reden. Wir lehnten mit dem Rücken an der Scheibe des zertrümmerten Cafés, und ich behielt den Raum im Blick, während wir ab und zu einen Blick nach draußen warfen. Etwas beunruhigt registrierte ich, dass der schwarze pulsierende Schleim auf dem Tresen verschwunden war. Die Stille war belastend, die schwüle Luft drückend und meine Nervosität kaum auszuhalten. Ich war kein Mensch, der gerne wartete.

»Hast du in der Unterwelt jemals eine Uhr gesehen?«, fragte ich Alissa und suchte die Wände mit den Augen ab.

»Ich glaube, bei ihnen spielt die Zeit nicht so eine große Rolle wie bei uns.«

Ich verfiel wieder in Schweigen und dachte darüber nach, dass die Zeit hier langsamer verlief. Oder dass sämtliche Pflanzen nur mit Hilfe von Elfen am Leben gehalten werden konnten. Oder dass es hier überhaupt Elfen gab. Diese Schönheit schien mir an so einem abscheulichen Ort irgendwie suspekt. Wieso glich die Unterwelt in so vielen Dingen unserer eigenen Welt, obwohl sie doch etwas ganz anderes war? Gab es noch weitere Welten, von denen wir nichts wussten?

Nach einer Weile stand ich auf und dehnte meine Muskeln, nur um etwas zu tun zu haben. Ich fühlte mich matt und ausgelaugt, doch das war nichts im Vergleich zu Alissa, die wirklich fertig aussah. Nach meiner Rechnung saß sie seit fast einer Woche hier fest, ohne die Möglichkeit, Magie verwenden zu können, völlig hilflos der Willkür der Dämonen ausgeliefert. Kein Wunder, dass sie Chaz so dankbar war. Er hatte für sie die einzige Hoffnung dargestellt, bis ich aufgetaucht war. Ich bewunderte ihren Mut und dass sie es geschafft hatte, Leviathan Informationen aus der Nase zu ziehen. Jetzt allerdings saß sie wie ein Häufchen Elend an die zerbrochene Tür des Cafes gelehnt, die strähnigen Haare hingen ihr ins Gesicht, und die verschmierte Staubschicht schaffte es nicht gänzlich, die dunklen Augenringe zu verbergen.

Ich kniete mich vor sie und nahm ihre Hände, um ihr wenigstens ein bisschen Hoffnung zu geben.

»Wir kommen wieder nach Hause, Ally, ich verspreche es dir.«

Ihre Stimme war nicht mehr als ein schwaches Krächzen, als sie antwortete. »Und was ist, wenn einer von euch stirbt? Wir müssen nur wegen mir in diesen blöden Kreis…«

Ich packte ihre Hände fester. »Das wird nicht passieren. Und selbst wenn, dann solltest du nie vergessen, dass es unsere eigene Entscheidung war. So, wie es Nathans Entscheidung war, uns vor Fafner zu retten.«

Sie lächelte matt.

»Wann hast du angefangen, daran zu glauben?«, fragte sie mich, als sie die Wahrheit in meinen Worten spürte. Ich lächelte gequält. Es stimmte. Ich hatte wochenlang versucht, mir einzureden, dass ich nicht schuld an Nathans Tod war. Ich hatte mir Vorwürfe gemacht, dass er gestorben war, weil ich gerettet werden musste. Doch niemand konnte so etwas vorhersehen, und niemand konnte die Entscheidungen anderer beeinflussen, so viel war mir nun klar.

Ein Knall riss mich aus meinen Gedanken, und wir sprangen auf, um unsere Gesichter an die Scheibe zu drücken.

Angestrengt spähte ich die Straße hinunter und meinte, einen Rauchfaden am Himmel ausmachen zu können, weit entfernt. War das Weiße dort am Himmel nicht der Schatten von Caladrius? Und wem gehörten dann die anderen Schatten, die ihn umkreisten?

Ich wandte den Blick ab und versuchte mir einzureden, dass Chaz wusste, was er tat. Nicht lange danach tat sich etwas auf dem Dach der Fabrik. Mehrere Gestalten schwangen sich auf geflügelten Dämonen in die Dunkelheit der Nacht. Es waren hunderte.

»Es geht los«, flüsterte ich. Gespannt warteten wir auf eventuelle Nachzügler, bevor wir uns an den Händen packten und die Straße überquerten. Im Schatten der Halle schlichen wir an der hohen Steinmauer entlang, auf der Suche nach dem Eingang, den ich auf den Plänen gesehen hatte. In einer düsteren Gasse stoppten wir, und ich suchte die Wand ab.

»Hier ist nichts«, flüsterte ich mit angekratzten Nerven. »Sollte hier nicht der Schacht sein?«

Alissa deutete mit zitternden Händen auf einen schmutzüberzogenen Zementblock einige Schritte entfernt.

»Sie haben ihn zugestellt.«

»Na toll, das fängt ja gut an.«

»Kannst du ihn nicht zur Seite schieben? Versuch es mit Telekinese.«

Ich runzelte die Stirn, denn ich wollte so wenig wie möglich von meiner Magie verbrauchen. Vermutlich würde ich sie später noch dringend gebrauchen können. Doch so fieberhaft ich auch überlegte, war es doch eine bessere Lösung, als auf die Schnelle unseren Plan über Bord zu werfen. Ich rief meine Magie in meine Mitte und versuchte blind, sie abzuschätzen, um den mehrere hundert Kilo schweren Block beiseitezuschieben. Ich würde eine Menge Kraft verbrauchen.

Meine Hände schossen nach vorne, um der Magie in meinem Kopf eine Richtung zu geben. Der Block rutschte dröhnend ein paar Meter davon, bevor er krachend an der Mauer des Nebengebäudes landete.

»Vielleicht sollten wir noch eine Klingel suchen. Nur für den Fall, dass irgendwer unsere Anmeldung noch nicht registriert hat.«

Ich warf Ally einen giftigen Blick zu. »Ich kann nichts dafür, dass ich meine Prana nicht sehe! Ich muss es blind abschätzen!«

»Uns geht es allen so, Jill. Und ich habe mich immer gefragt, warum du deine Magie so perfekt beherrscht. Kein Wunder, wenn du sie ständig vor dir siehst.«

Sie lächelte, und ich überging die Stichelei, solange sie wenigstens für ein paar Sekunden von ihrer Angst abgelenkt wurde. Wir wandten uns dem verrosteten Gitter vor uns zu. Glücklicherweise ließ es sich mit nur wenig scharrenden Geräuschen entfernen.

»Ich gehe zuerst«, wisperte ich, legte mich auf den Bauch und ließ mich in die Dunkelheit gleiten. Wie geplant landeten wir in einem der Kellerräume, von denen wir vermutet hatten, dass sie unbenutzt waren. Feuchte Betonwände, bröckelig und muffig, umschlossen den kahlen Ort und verschluckten selbst das letzte bisschen des bläulichen Lichts, das durch das schmale Fenster hereinfiel. Ich wagte es, eine Energiekugel zu formen, und achtete darauf, nicht zu viel Prana hineinfließen zu lassen. Ein Schatten verschwand raschelnd hinter einer Ansammlung aufgestapelter Holzkisten. Erschrocken wich ich zurück und tastete nach meinem Schwert. Ally hielt sich dicht hinter mir, als ich vorsichtig einige Schritte auf die Kisten zumachte.

»Lass uns hier abhauen. Es sind bestimmt nur Ratten. Oder eine Katze«, hauchte Alissa, und ich verkniff mir meinen Kommentar. Hatte sie nicht gesehen, was die Unterwelt aus süßen Hunden und kleinen Vögelchen gemacht hat?

Was hatte sie gedacht, wie eine Dämonenkatze aussah? Klein und fluffig?

Wir durchquerten mehrere aneinandergrenzende Räume, einer verrotteter als der andere, vollgestopft mit Kisten, alten Möbeln, Zeitungen und Bauschutt. In jeder Ecke schien es zu rascheln, und kleine Krallen huschten über den Betonboden, ohne dass wir etwas oder jemandem begegneten. Wir hielten uns umklammert, und ich redete mir immerfort ein, dass uns große Tiere schon längst angefallen hätten.

Das spärliche Licht meiner Energiekugel, das Schatten über die toten Wände gleiten ließ, machte die Sache nicht einfacher. Ich hätte das Licht am liebsten strahlend hell erleuchten lassen, aber das Risiko, somit entdeckt zu werden, war einfach zu groß. So mussten wir uns mit einer Sichtweite von nur wenigen Metern begnügen.

Alissas schneller Atem wurde nur von angeekelten Lauten unterbrochen, als wir ab und an in klebende Spinnennetze liefen, die in unseren Haaren und an der Kleidung haften blieben. Ich zuckte zusammen, als der oberste Stein eines Bauschutthaufens herunterkullerte und vor meinen Füßen landete. Ally erstickte einen Schrei, indem sie sich die Hand vor den Mund schlug. Mein Herz klopfte bis zum Hals, meine Finger glitten schweißfeucht vom Griff des Schwertes ab, aber ich drängte uns weiter und weiter durch die finsteren Gewölbe.

»Müssten wir nicht längst da sein?«, frage ich nervös und ignorierte, dass es bei weitem nicht mehr nur vier kleine Füßchen waren, die uns folgten und über den Boden klackerten. An der nächsten Biegung erhaschte ich einen Blick auf einen rosafarbenen Schwanz, der unter dem Spalt einer verfallenen Holztür verschwand. Also doch nur Ratten, beruhigte ich mich und verdrängte den Gedanken daran, dass der Schwanz mindestens vierzig Zentimeter maß.

»Ich habe das Gefühl, wir gehen im Kreis, Jill.«

»Nein, es muss hier irgendwo nach oben gehen. Dort vorne unter der Tür brennt Licht.«

Ich beschleunigte die Schritte und drückte das Ohr und beide Hände an die einzige Tür im Gang, die halbwegs intakt aussah. Auf der anderen Seite war es still, und ich wartete mit geschlossenen Augen ab. Ally zupfte an meiner Jacke.

»Jill«, hauchte sie mit hoher Stimme.

»Sei still, ich versuche, etwas zu hören.«

»Jill.« Diesmal klang es eindringlicher.

»Was ist denn?« Ich drehte mich um und erstarrte, als mich eine Armee mitternachtsblau glühender Augen vom Boden aus anstarrte.

»Beweg dich jetzt nicht«, stieß ich leise hervor und beobachtete die kleinen gepanzerten Körper vor uns. Immerhin hatte ich recht behalten, was die Ratten anging – bis auf die Tatsache, dass sie die Größe von Dackeln hatten und aussahen, als wären die verwesten Körper schon vor Jahren gestorben und hätten nur vergessen, mit dem Atmen aufzuhören.

»Vielleicht sind sie nur neugierig«, piepste ich und zog den Kopf ein, als eine der Dämonenratten zu meiner Rechten fauchte und schwarze Zähne bleckte.

»Mach die Tür auf, Ally. Ganz langsam!«

Ich schob mich vor sie und hielt mein Schwert schützend in die Höhe, doch die Bewegung war zu schnell für den Geschmack der Ratten. Plötzlich sprangen sie nacheinander auf mich zu. Die erste landete auf meiner Schulter, und ich fegte sie mit einem angeekelten Laut von mir herunter. Die nächste biss sich in meinem Bein fest, und ich jagte ihr mein Schwert in den Nacken, nur um wieder eine abzuwehren, die direkt auf mein Gesicht zusprang. Sie waren überall. Ich spürte Bisse in meinem Ellenbogen. Ein stechender Schmerz in meinem Oberschenkel sagte mir, dass sich auch hier eine der Kreaturen festgebissen hatte. Sie landeten auf meinem Rücken, meinem Kopf, krallten sich in dem Leder des Kampfanzugs fest und schlugen Klauen und Zähne in mein Fleisch, wo sie nur konnten.

Verzweifelt schlug ich um mich, doch wo ich eine Ratte erwischte, kehrten zwei neue dafür aus der Dunkelheit zurück. Panisch trat ich nach ihnen, versuchte sie abzuschütteln, doch sie nahmen mir das Gleichgewicht, und ich ging in die Knie. Wimmernd schwang ich mein Schwert und zerteilte mit nur einem Hieb gleich mehrere der kleinen Körper, aber es war aussichtslos. Der Druck ihres Gewichtes drückte mich mit dem Gesicht auf den Boden, während der gleißende Schmerz ihrer Bisse durch meinen Körper fuhr.

Quietschend und fauchend ließen sie plötzlich von mir ab, als Feuer den Raum erhellte. Die Ratten wichen vor dem Lichtkreis zurück und verschwanden lauernd in der Dunkelheit, während Alissa die Fackel schwenkte wie ein Schwert. Sie reichte mir die Hand und zog mich durch die Tür auf eine steinerne, schmale Treppe, die von Feuern beleuchtet wurde.

Keuchend zog ich die Tür hinter uns zu und ließ mich daran herabgleiten. Blut sickerte aus einigen Stellen meines Kampfanzugs heraus, und ich rieb mir den Nacken, in den eine dieser Kreaturen ihre Zähne versenkt hatte. Schwer atmend verdrängte ich die Panik, die von mir Besitz ergriffen hatte, und ballte die Hände zu Fäusten, um das Zittern zu stoppen. Von meinem Kampfanzug war kaum mehr als ein paar Fetzen geblieben.

»Bist du schlimm verletzt?«, hauchte Ally besorgt und untersuchte meine Arme durch das zerrissene Leder.

»Nein, nur oberflächlich.«

»Die Tür war nicht verschlossen. Hat Chaz nicht etwas von Schutzzaubern gesagt?«

»Er hat es vermutet, aber vielleicht fanden sie die Ratten hier unten ausreichend«, sagte ich trocken.

Ich nahm mir nicht viel Zeit zum Durchatmen, sondern packte Alissa bei der Hand und zog sie die steinerne Wendeltreppe hinauf, wobei wir auf jeder dritten Stufe stehenblieben und lauschten. Die Treppe endete in einem steinernen, ebenfalls mit Fackeln beleuchteten Gang, in dem sich einige verfaulte Holztüren befanden, die mit Fenstern aus Gitterstäben ausgestattet waren.

»Sieht gar nicht aus wie ein Museum. Eher wie ein Verlies«, murmelte ich und unterdrückte ein Schaudern. Die Kratzer und Bisse der Ratten brannten wie Feuer auf meiner Haut, und ich ignorierte das Krabbeln in meinen zerzausten Haaren. Gut, dass Spinnen mich noch nie gestört hatten.

»Also, wir müssen jetzt zweimal rechts, dann einmal links, dann wieder rechts.« Gemeinsam irrten wir durch Gänge, die sich in nichts unterschieden. Schon bald musste ich stehen bleiben und mich mit Alissa beraten, weil ich den Überblick verloren hatte.

»Jill, wir sind noch keiner Wache begegnet. Hier ist keine Menschenseele. Findest du das nicht komisch?«

»Natürlich, aber ich bin auch froh darüber. Wir haben keine Zeit, uns ewig zu verstecken. Wir müssen zum Kreis!«

An jeder weiteren Ecke hielten wir an und lauschten, bevor ich hervorspähte und wir mit klopfenden Herzen einen weiteren Flur durchquerten. Plötzlich hörte ich Stimmen und erstarrte. Ich konnte nicht einordnen, ob sie sich entfernten oder näher kamen, allerdings waren sie noch ein gutes Stück entfernt.

Stumm gab ich Alissa ein Zeichen, und wir machten kehrt. Der Flur war sehr langgezogen, und so blieb uns nichts weiter übrig, als panisch die Holztüren nacheinander zu probieren, in der Hoffnung, dass eine davon nicht abgeschlossen war.

Nun, eine der Türen war offen, leider aber nicht verlassen. Verblüfft stand ich einem hässlichen Dämon gegenüber, der sich jedoch nicht lange beirren ließ. Zwei starke Hände packten meine Oberarme und hoben mich in die Luft, bevor ich auch nur einen Schritt aus dem düsteren Zimmer machen konnte.

»Sieh an, wen haben wir denn da?«

Die Welt drehte sich um mich, als ich hochgehoben und an die Wand gepresst wurde. Der Gestank nach faulen Eiern drang in meine Nase und sorgte dafür, dass sich mir der Magen umdrehte. Ich blickte in das hässlichste Gesicht, das ich je gesehen hatte. Wo eigentlich Lippen hätten sein sollen, verzog sich rohes, vernarbtes Fleisch zu einem Grinsen, das verfaulte, bröckelige Zähne entblößte. Die breite Nase des Dämons kräuselte sich, als er an meinem Hals roch und sein Körper erbebte, als hätte er nie einen schöneren Duft schnüffeln dürfen. Seine fettigen, dünnen Haare streiften meine Wange, und ich konnte die Maden darin erkennen. Angewidert würgte ich und versuchte, ihn von mir zu schieben, doch sein massiger Körper presste sich gegen mich, und meine Füße baumelten hilflos in der Luft.

»Eine Verborgene! Dich schickt der Himmel, du riechst noch nach Leben. Lass mich dich kosten, Täubchen.«

Eine gespaltene Zunge schlängelte sich zwischen den wulstigen Lippen hervor und glitt an meinem Hals entlang. Hinter ihm sah ich einen weißen Schatten und schöpfte Hoffnung.

»Sind alle Dämonen so hässlich wie du?«, fragte ich ihn, und er knurrte zornig, doch das Geräusch ging in einem Gurgeln unter, als Alissas Messerklinge an seinem Hals erschien und mir zähflüssiges Blut ins Gesicht spritzte. Der Dämon ließ mich fallen und taumelte nach hinten, wo er an einen mit eisernen Fesseln versehenen Holztisch stieß, auf dem eine zugedeckte Gestalt lag.

Ich hechtete gleichzeitig mit Alissa nach vorne, als ein Tablett mit silbernen Werkzeugen von dem weißen Tuch herunterrutschte, doch wir waren nicht schnell genug. Scheppernd fiel es zeitgleich mit dem Körper des Dämons zu Boden und machte einen Lärm, der eine Horde Bären im Winterschlaf geweckt hätte.

»Weg hier«, zischte ich und wischte mir das Blut aus den Augen, während ich Ally aus der Tür herausschob. Weg von dem Grauen, das in diesem Raum gelauert hatte. Weg von den Gedanken, was sich unter dem Tuch befunden hatte und davon, dass es sich für einen kurzen Moment gehoben und gesenkt hatte. Weg von dem Gedanken, dass das unter dem Tuch noch gelebt hatte. Es war nur Einbildung, ein Luftzug, irgendetwas Derartiges, redete ich mir ein.

Ich hatte keine Zeit, mir Gedanken darüber zu machen, denn Alissa zerrte an meinem Arm, fort von den Stimmen und Schritten, die aus dem angrenzenden Flur ertönten. Wir liefen in die falsche Richtung, doch das war mir lieber, als noch einem dieser Wesen zu begegnen. Die Lautstärke unserer Schritte war nun egal, wir mussten schleunigst hier weg. Atemlos rannten wir durch die steinernen Flure, ohne zu wissen, wo wir ankommen würden, immer damit rechnend, jeden Moment dem Tod in die Arme zu laufen.

Die Stimmen hinter uns wurden leiser, und keuchend machten wir einen weiteren Richtungswechsel. Keiner von uns beiden hatte noch eine Ahnung, wo unser Weg hinführte. Ich riss wahllos einige Türen auf und spähte in verschiedenste Räume. Dunkle Verliese verbargen sich hinter denen, die nicht abgeschlossen waren. Wir entdeckten auch eine Speisekammer, mehrere dieser Laborzimmer, eine Abstellkammer und ein verschimmeltes Badezimmer, dessen verschmutzte Fliesen mit grünem Schleim bedeckt waren. Ich machte mir nicht die Mühe, die aufgerissenen Türen wieder zu verschließen, wir hatten so schon viel zu viel Zeit verloren und dazu noch keine Ahnung, wie wir zu dem Kreis gelangen sollten. Eine Doppeltür erregte meine Aufmerksamkeit, und ich stieß sie vorsichtig auf, bevor ich den Kopf hineinsteckte.

»Ally, ich habe den Thronsaal gefunden! Erinnerst du dich? Er war auf der Karte eingezeichnet!«

Die steinerne Halle war dunkel und verlassen, lediglich zwei kleine Fackeln an der Tür beleuchteten die kahlen, steinernen Wände. In der Mitte des Saals befand sich ein einzelner steinerner Stuhl mit hoher Lehne.

»Es ist niemand da«, wisperte Ally und zuckte zusammen, als ihre Stimme trotzdem an den Wänden widerhallte.

»Sei froh, dass Chaz' Plan geklappt hat. Übrigens, danke, dass du mir das Leben gerettet hast.«

Allys bleiches Gesicht war Antwort genug. Sie war nicht fürs Töten gemacht, und ich bewunderte, dass sie nicht eine Sekunde gezögert hatte. Zielstrebig hielt ich auf eine hohe Tür auf der anderen Seite des Saales zu.

»Nicht unbedingt der Weg, den wir geplant hatten«, schnaufte ich und dachte an den dunklen Schacht, durch den wir uns bis zum Beschwörungskreis hatten durchkämpfen wollen und der uns so lange verborgen hätte, bis Derek den Kreis aktivieren konnte.

Wir mussten eben das Beste daraus machen und improvisieren, dachte ich, als ich die schwere Tür aufschob und auf einen gewaltigen Innenhof trat. Dort lag er, verlassen im Schein mehrerer Fackeln, umrahmt von einer hohen Mauer. Die blaue Prana des Nachthimmels spiegelte sich auf der steinernen Platte mit dem Kreis, die inmitten einer seltsamerweise grünen Wiese lag. Zahlreiche marmorne Säulen stützten eine riesige steinerne Galerie, die sich in einem Viereck um den Innenhof zog. Marmorne Statuen schauten still von der Galerie herab, hässliche Dämonen und die schrillsten Wesen mit Stacheln, Schuppen und Flügeln. Ich erkannte Greife und Wasserspeier, Höllenhunde und anderes Getier, das nur noch in Ansätzen den Lebewesen unserer Welt glich. Der weiße Marmor der Statuen wirkte kalt und tot, doch die Feinarbeit und Genauigkeit des Künstlers ließ mir einen Schauder über den Rücken laufen. Die Statuen sahen aus, als wären sie mitten in ihrer Bewegung zu Stein erstarrt. Sie alle blickten in die gleiche Richtung, zu einer Statue von Leviathan, der am Kopf des Innenhofs auf seinem steinernen Thron saß und gebieterisch die marmorne Hand erhoben hielt. Wären wir in einer anderen Situation gewesen, hätte mich die handwerkliche Kunst und Architektur begeistert. Doch nun drängte ich Alissa so schnell wie möglich in den schmalen Gang hinter den Säulen, um in den Schatten Schutz zu suchen.

Jetzt war es nur noch ein Katzensprung, und ich hoffte, dass unser Plan aufging. Ich konnte es kaum glauben, dass wir es bis hierher geschafft hatten. Wir waren so nah am Ziel! Jetzt mussten sich Chaz und Derek nur noch beeilen, damit wir das letzte bisschen noch schafften.

Ich fand eine Nische, die vor dem Licht der Fackeln geschützt war und in der sich ein schmaler Schacht befand. Ich öffnete das Gitter.

»Hier rein!«

Ally hockte sich hin, doch sie stockte, und ihr Blick blieb misstrauisch auf den Innenhof gerichtet. Ich beruhigte mein rasendes Herz und redete mir ein, dass wir es schaffen würden. Während ich tief durchatmete, besah ich mir die Figuren der Dämonen genauer. Was doch die Natur nicht alles für missgestaltete Wesen in der Unterwelt hervorbrachte. Ally jedoch war bleich geworden. Ich folgte ihrem Blick zu der Statue Leviathans und erstarrte.

Die Statue hatte nicht wie vorhin noch die Hand erhoben. Stattdessen hatte sie den Kopf gedreht und starrte uns an.

Kapitel 28

»Ich dachte schon, du kommst gar nicht mehr«, hallte eine kalte Stimme auf dem Innenhof wider, und mein Herz setzte aus, da sie mir nur allzu bekannt vorkam. Ich hätte am liebsten laut aufgeschrien. Das durfte doch wohl nicht wahr sein.

»Da räume ich dir schon sämtliche Hindernisse aus dem Weg und schicke die Hälfte meiner Dämonenschar weg, und du schaffst es trotzdem noch, auf dem Weg hierher fast draufzugehen. Eine Explosion im Labor? Für wie blöd haltet ihr mich? Ich hätte mehr von der berüchtigten Jillian Benett erwartet.«

Da saß er auf seinem steinernen Thron, die Beine überschlagen, als hätte er alle Zeit der Welt zum Plaudern, während die Marmorschicht von ihm abbröckelte und in kleinen Steinen auf den Boden rieselte. Zum Vorschein kam der Geschäftsmann, dem ich schon vor einem Jahr begegnet war. Einfaches braunes Haar umrahmte ein ebenmäßiges Gesicht. Stechend blaue Augen und ein maßgeschneiderter Anzug ließen ihn fast harmlos wirken, hätte ich nicht gewusst, dass dieser Mann tödlicher war als all die Monster zusammen, denen ich bisher begegnet war.

Alissa starrte mit offenem Mund die bröckelnde Statue Leviathans an, während heiße Tränen der Wut an ihren

Wangen herabliefen. Sie war seit Tagen in dieser Welt gefangen, sie stand so kurz vor dem Ziel. Ich durfte nicht zulassen, dass wir jetzt scheiterten.

»Wenn der Kreis aufleuchtet, dann spring hinein, egal was passiert, hörst du? Halte dich an unseren Plan«, zischte ich ihr zu.

Mit glasigen Augen versuchte sie, sich zu sammeln und meine Worte zu begreifen. Ich drückte ihre Hand und tat das wohl Dümmste, was ich jemals gemacht hatte. Ich trat aus dem Schatten heraus und stellte mich ans andere Ende des Hinterhofs, direkt in das Sichtfeld des Dämons. Anerkennend neigte er den Kopf.

»Mutig. Du wirst doch wohl nicht gegen mich kämpfen wollen?«

»Du wirst mir nichts tun«, sagte ich mit fester Stimme. »Du brauchst mich.«

Bitte, bitte, lass Alissa recht gehabt haben. Er braucht mich, er hat irgendetwas mit mir vor.

Leviathan lächelte und musterte mich, bevor er zu lachen begann und sich erhob. Er hob einen Finger.

»Leider hast du einen kleinen Fehler begangen, Jillian. Ich brauche lediglich dein Blut, viel davon, um genau zu sein. Tot nützt du mir in diesem Fall mehr.«

Mit einem Schlag wich die Farbe aus meinem Gesicht. Dieser Teil des Plans ging dann wohl gehörig nach hinten los. Unfähig, mich zu bewegen, beobachtete ich jede seiner Bewegungen, doch Leviathan machte keine Anstalten, sich auf mich zu stürzen.

»Wozu brauchst du mich?«, krächzte ich. Wenn ich ihn nur ablenken könnte, bis dieser verdammte Kreis zu leuchten begann. Leviathan wedelte gelangweilt mit der Hand.

»Das braucht dich nicht zu interessieren. Ich kenne deine Masche, du wirst mich nicht hinhalten und mir dann entwischen.«

Um seine Finger bildete sich ein bläulicher Schein, und die schwüle Luft bereitete mir Schwindel, als ich panisch versuchte, mich zu beruhigen.

»Ich würde gerne wissen, wofür ich sterbe.«

Er seufzte übertrieben. »Also schön, diese eine Frage sei dir gewährt. Dein Blut ist der Schlüssel zum Portal in die Realität. Es ist genau die richtige Mischung aus Hexen- und Dämonenblut, die meinen zerstörten Silax wieder aufleben lassen wird und mir den Weg in die Welt öffnet, die schon längst mein hätte sein sollen. Tut mir leid, dass du dafür sterben musst. Ich hätte ja deinen vermaledeiten Bruder genommen, aber leider hat Cherufe zu viel Dämonenblut in sich. Und es wäre doch nur fair, nachdem du mich letztes Jahr um meinen Erfolg gebracht hast.«

Cherufe? Chaz? Ich holte Luft, um ihn danach zu fragen, doch entsetzt fiel mir ein, dass ich nur diese eine Frage hatte. Wie würde mein Tod wohl aussehen?

»Jillian, hinter dir!«, ertönte Alissas schrille Stimme. Ich wirbelte mit gezogenem Schwert herum, bereit, alles niederzumetzeln, das mir in die Quere kam. Die Klinge glitt lautlos in das Fleisch eines Halses, und vor mir sackte ein Dämon zusammen, der ebenso hässlich war wie der, den Alissa vorher getötet hatte. Dieser hatte eine Narbe quer übers Gesicht, und wo die Augen hätten leblos in den Himmel starren sollen, waren zwei tiefliegende, ausgefranste Löcher. Wo zur Hölle war er hergekommen?

»Das ist schon der zweite Diener, um den du mich bringst! Und was dich angeht«, Leviathan sah zu Alissa, und ich hörte ihr Schluchzen, »für dich habe ich mir etwas ganz Besonderes überlegt. Wenn du mit angesehen hast, wie deine Freundin stirbt, werde ich dir Gehorsam einprügeln. Ich könnte noch eine Mätresse gebrauchen.«

»Ally, verdammt, ich sagte, du sollst dich nicht einmischen.«

»Aber er will dich nicht lebend…«

Ich warf Alissa einen eindringlichen Blick zu. Wenn sie jetzt unser Vorhaben auf den Kopf stellte, war die ganze Aktion umsonst gewesen. Ich bewegte mich, um Leviathan von Alissa abzulenken, und seine stechenden Augen folgten mir. Bitte, Ally, rette dein verdammtes Leben und misch dich nicht ein.

»Glaube nicht, dass ich dir vergesse, dass du Fafner umgebracht hast. Er war einer der stärksten Diener, die ich hatte. Hätte es fast zum Dämonenfürsten geschafft, es hat nur ein winziges bisschen Macht gefehlt.«

Ich berichtigte ihn nicht, dass nicht ich es gewesen war, die ihn getötet hatte. Was brachte es schon?

»Fafner war ein widerliches Monster«, presste ich hervor.

Leviathan machte eine weitere Handbewegung, doch diesmal folgte ich ihr mit meinem Blick.

»Ja ja, wie auch immer. Fafner ist tot, und du wirst es auch gleich sein.«

Seine Hand leuchtete auf, ebenso wie eine der Statuen, auf die er zeigte. Die marmorne Haut bröckelte ab und entblößte einen dieser Dämonenvögel, auf denen wir hergeflogen waren. Nur dass dieser mit den schwarzen Federn und dem messerscharfen Schnabel bedeutend gefährlicher aussah als der friedliche Caladrius. Zeitgleich erhob sich der Dämon daneben aus dem Schlaf, ein verwesender, knochiger Stier mit Hörnern wie Dolchen und Hufen, die den Stein unter sich zermalmten. Der Stier schnaubte, und der Vogel kreischte, als sie von der Galerie sprangen und ich die Beine in die Hand nahm.

Leviathan lachte gackernd, als ich den Säulengang entlangrannte, um den beiden Dämonen zu entkommen, die sich aus der Luft auf mich stürzten oder mit dröhnenden Hufen hinter mir her rannten. Ich rollte mich gerade rechtzeitig hinter einen marmornen Sockel, als der Stier tobend vor die Steinsäule krachte und diese einen Riss bis zum Boden bekam. Der Flügelschlag hinter mir war die einzige Warnung, die ich bekam, bevor sich messerscharfe Krallen in meinen Rücken bohrten und mir das Fleisch aufrissen. Ich schrie und stach mit dem Schwert über die Schulter, doch der Vogel war schon wieder verschwunden. Indes rammte mich der Stier von hinten mit seinem knochigen Schädel. Die Welt drehte sich in schillernden Blautönen, als ich durch die Luft gewirbelt wurde und hart auf dem Boden aufkam. Ich rang nach Atem und beugte mich stöhnend über meinen linken Arm, der in einem unnatürlichen Winkel abstand und heftig pulsierte. Ich hatte das Knacken gehört und übergab mich zusammengekrümmt auf den Boden.

Der Schmerz trieb mir die Tränen in die Augen, doch mein einziger Gedanke galt Alissa. Ich musste sie hier rausbringen, und so erhob ich mich zitternd. Über mir kreiste der Vogel. Der Stier vor mir machte sich für seinen nächsten Angriff bereit. Chaz, verdammt, beeil dich endlich. Ich konnte nur hoffen, dass es kein Fehler gewesen war, ihm zu vertrauen.

»Wisst ihr was?«, schnaufte ich und warf das Schwert in meiner gesunden Hand zur Seite. »Ich hab langsam die Schnauze voll von euch.«

Was hatte es noch für einen Sinn, meine Magie aufzusparen? Ich wusste nicht, ob die beiden Kreaturen mich verstanden, doch ich glaubte, ein Zögern in dem Blick des Dämonenstiers zu erkennen, als ich meine Prana in meinem Inneren sammelte. Ich konnte noch immer die Menge nicht abschätzen, aber auf wen sollte ich auch Rücksicht nehmen? Es war doch nicht mein Problem, wenn hier alles in die Luft ging. Leviathan kicherte und rieb sich die Hände auf seinem Thron.

»Was für ein Schauspiel! Dafür lasse ich dich gerne noch

länger am Leben. Ich habe noch viele, viele Freunde dort oben sitzen!«

Ich kniff die Augen zusammen und ließ den Blick über die Galerie wandern, auf der noch mindestens dreißig Dämonenstatuen saßen. Das konnte ein langer Tag werden. Doch als die Energie meine Venen füllte, wichen auch gleichzeitig Angst und Schmerzen zurück. Wenn ich sterben sollte, schön, dann aber wenigstens nicht kampflos. Kribbelnd wirbelte die Prana in meinem Körper, wärmte meine Haut und ließ meine Haare schweben. Der metallische Geschmack auf meiner Zunge zeigte mir, dass ich am Rande meiner Energiegrenze war. Kleine blaue Blitze umspielten meine Finger, als ich die Prana in meine Hände leitete.

Der Stier wich misstrauisch zurück, während der Vogel mich mit blitzenden Augen beobachtete. Jetzt war ich nicht mehr die Beute, nun war ich eine potenzielle Gefahr. Sie erkannten jetzt erst, dass ich ein Dämon war. Ein tödlicher Dämon.

»Zeit zum Spielen«, knurrte ich und ließ die Prana durch meine rechte Hand entweichen, während meine Gedanken sie zu Feuer umwandelte, das den Stier umschloss. Gefangen in dieser Säule aus Flammen ertönte das schmerzerfüllte Brüllen der Kreatur. Ich ignorierte es und verschloss mein Herz gegen den Gedanken, dass ich gerade ein lebendiges Wesen quälte und ihm das Leben nahm. Das hier war ein Kampf, in dem kein Platz für Gnade war.

Der Stier brannte, doch ich wartete nicht ab, was geschah, sondern beschwor einen Wind herauf, der sich zu einem Sturm entwickelte und den schwarzen Vogel des Todes durch die Luft wirbelte. Er landete mit einem hässlichen knackenden Geräusch auf der Galerie und war somit aus meinem Sichtfeld verschwunden. Ich hätte mich verstecken können, aber die Wut in meiner Brust überlagerte jegliche Vernunft.

Leviathan zögerte nicht lange, und Sekunden später war

ich umzingelt von vier Höllenhunden, an deren Körpern sich der Marmor löste. Sie knurrten und fletschten die Zähne, umkreisten mich in der steinernen Arena und kamen Schritt für Schritt näher. Ich biss die Zähne zusammen und sammelte meine Prana wieder, bis mein Kopf zu zerbersten drohte. Mein gebrochener Arm pochte dumpf und hing nutzlos herab, doch die blaue Energie glitt über meine Haut und drang aus den Poren, da mein Körper allein sie nicht mehr zu halten vermochte.

Nur ein kleines bisschen noch, ermahnte ich mich und ging in die Knie, als der Druck in meinem Kopf zu stark wurde und mir die Sicht raubte. Blind sah ich nur einen blauen Schein durch die Schwärze und glaubte zu glühen. Ich verließ mich auf mein Gehör, als der Zerberus hinter mir zähnefletschend zum Sprung ansetzte. Die Magie brach aus mir heraus, ohne dass ich noch Kontrolle darüber hatte. Ich ließ sie ihren Weg durch meine Adern bahnen, nahm in Kauf, dass sie mir die Haut an den Stellen verbrannte, an denen sie austrat. Mit einem stummen Schrei auf den Lippen presste ich den Kopf zwischen die Knie und ließ die Wellen der Kraft über mich ergehen.

Ich atmete tief durch, als der Schmerz nachließ und Stille sich um mich herum ausbreitete. Blinzelnd nahm ich meine Umgebung wahr, wenn auch anfangs verschwommen. Um mich herum lagen die verkohlten Überreste der Höllenhunde sowie zwei schlangenähnliche verbrannte Dämonen von mehreren Metern Länge, die ich zuvor nicht bemerkt hatte. Erstaunt sah ich, dass selbst die Säulen hinter mir einiges abbekommen hatten und eine sogar gänzlich in sich zusammengefallen war. Staub und Rauch hüllten mich ein, doch nach und nach lichteten sie sich und hinterließen eine unheimliche Stille.

Was mich allerdings am meisten erstaunte, war, dass meine Prana noch immer nicht aufgebraucht war. Ich taumelte, ja, und ich fühlte auch die ersten Anzeichen von Schwäche und Müdigkeit, der Blutverlust machte sich bemerkbar, aber ich war noch nicht am Ende.

Trümmer verteilten sich auf der Wiese in der Mitte des Platzes, und von der ruhigen Schönheit des Ortes war nichts mehr geblieben. Er war zum Schlachtfeld geworden. Leviathan hatte sich in seinem steinernen Thron aufgerichtet und umklammerte die Lehnen, das Gesicht von Hass erfüllt. Er räusperte sich und setzte wieder die professionelle Maske auf.

Die Prana tobte noch immer in meiner Mitte, sie verlieh mir die Kraft, einen Fuß vor den anderen zu setzen. Eine unbekannte Lust zu zerstören nahm von mir Besitz und verdrängte jeden vernünftigen Gedanken, der sich leise zu Wort meldete. Mit noch immer schwebenden Haaren und stechendem Blick schritt ich in die Mitte des Innenhofs auf die Platte mit dem Beschwörungskreis zu. Somit konnte Leviathan direkt von seinem Thron auf mich herabschauen. Ich hob das Kinn.

»War das schon alles?«, fragte ich ihn leise, ohne ihn aus den Augen zu lassen.

Er verzog keine Miene, doch die Falte auf seiner Stirn hatte sich vertieft.

»Nicht übel«, sagte er nach einem gefährlichen Schweigen, »aber du weißt nicht, wie du deine Energie richtig einteilen musst. Du verschwendest zu viel.«

Er hatte den Tonfall eines Lehrers angenommen, der seinen Schüler tadelte, doch ich machte mir nichts vor. Das Glühen in seinen Augen hatte zugenommen, auch wenn er seine Wut gut zu verbergen wusste.

Aus den Augenwinkeln sah ich einen hellen Schimmer am Himmel und betete, dass es nicht nur Einbildung war.

Leviathan klatschte in die Hände, und kurz darauf öffneten sich Türen zu beiden Seiten des Hofs. Schritte ertönten im Takt einer Trommel, als sich die Galerie mit Dämonen füllte, die sich an dem Geländer aufstellten und mit mordlüsternen Blicken zu mir herabschauten. Verächtlich ließ ich den Blick über die entstellten Gesichter wandern, ignorierte Buckel, Furunkel und verwesendes Fleisch.

Leviathan hatte seine Wachen gerufen. Schwache Dämonen, die mich für ein bisschen Ruhm, ohne mit der Wimper zu zucken, töten würden. Fafner war auch einer von ihnen gewesen, und er hatte sich in einen Drachen verwandeln können. Wenn diese Dämonen nur halb so viel Macht hatten wie er, dann war ich geliefert.

»Hast du deine Schoßhündchen gerufen? Es spielt keine Rolle mehr, ich bin sowieso gleich verschwunden.«

Leviathan lachte schallend, und die Wände schienen zu erbeben.

»Glaubst du wirklich, dieser Kreis, auf dem du stehst, aktiviert sich gleich? Sieh hin, du hast ihn mit deinem Energieausbruch zerstört!«

Ich sah zu meinen Füßen herab und blickte auf den langen Riss, der die Steinplatte in zwei Teile gespalten hatte.

»Ich brauche keinen Kreis, um nach Hause beschworen zu werden.«

»Du nicht. Aber deine Freundin schon. Und seien wir ehrlich, um sie hier im Stich zu lassen, bist du einfach zu ehrenvoll.« Beim letzten Wort spuckte er verächtlich aus. »Wir haben alle Zeit der Welt, Jillian, denn mit diesem Kreis wirst du deine süße Alissa nicht mehr nach Hause schicken.«

»Mit diesem hier? Nein. Hast du wirklich geglaubt, wir fallen darauf herein?«, fragte ich verächtlich, und Leviathan kniff die Augen zusammen.

Ich konnte ein triumphierendes Lächeln nicht verbergen, auch wenn mir eher zum Schreien zumute war. Chaz, verdammt, lass mich jetzt nicht hängen.

Leviathan ließ die Augen durch die Schatten hinter den Säulen wandern, und ich sah, dass er verstanden hatte.

»Du wirst sie nicht finden, oh Fürst aller Fürsten. Alissa ist schon längst über alle Berge und liegt sicher in ihrem Bett.«

Leviathan blickte ungläubig.

»Findet sie!«, bellte er, und drei seiner Wachen verschwanden durch eine Tür der Galerie.

Ich lachte trocken. »Versuch es ruhig. Verschwende deine Zeit. Aber Alissa hat den *echten* Kreis genommen und nicht dieses billige Imitat, auf dem ich stehe. Sie ist durch die Platte verschwunden, die du heimlich ausgetauscht und in deine Privatgemächer gelegt hast.«

Ich flehte zu Gott, dass wir mit dieser Vermutung richtig gelegen hatten und Alissa nicht noch ziellos umherwanderte.

»Das ist unmöglich. Sie wäre nie dorthin gekommen«, zischte er, und innerlich jubelte ich auf.

»Durch die Tür? Nein. Gott allein weiß, wie du sie geschützt hast. Aber weißt du, Ally ist von Natur aus sehr zierlich. Wirklich schmal, das Mädchen. Genau wie deine Lüftungsschächte.«

Leviathans Gesicht wurde rot vor Wut, und er erhob sich drohend. Derek, jetzt war es wirklich an der Zeit, mich zu beschwören! Und wo blieb Chaz, um mir beizustehen, bis Derek Ally empfangen und meine eigene Beschwörung vorbereitet hatte?

Leviathan funkelte mich an. »Das war dein Todesurteil, Jillian Benett. Bringt sie um.«

Kampfgeschrei ertönte, als sich die Dämonen von der Galerie schwangen und dumpf auf der Wiese landeten. Im Nu war ich umzingelt. Derek! Jetzt war es wirklich, wirklich Zeit!

»Was ist los, Leviathan? Kannst du dich mir nicht selbst entgegenstellen?« Ich schluckte. Hoffentlich war das kein

Fehler. Leviathan hob schweigend die Hand, und die Dämonen verstummten. Ich atmete auf. Wieder ein paar Sekunden erkauft.

»Glaubst du, ich würde mir dafür die Hände dreckig machen?« Seine Stimme war so eisig, dass mein Blut zu gefrieren schien.

»Nein«, flüsterte ich, »ich glaube, dass du Angst vor einer Niederlage hast.«

Ein freudloses Lachen schallte zwischen den Mauern. »Niederlage? Du bist nicht einmal ein richtiger Dämon. Mag sein, dass du meine Hunde getötet hast. Mag sein, dass du den ein oder anderen schwachen Dämon getötet hast. Aber wag es nicht, dich mit mir auf eine Stufe zu stellen. Du bist nichts als unausgebildeter Abschaum. Und jetzt haben wir genug diskutiert – bringt diese verfluchte Göre endlich um!«

Die Dämonen stürzten sich auf mich. Nur noch wenige Meter trennten mich von den tödlichen Klingen, langen Krallen und gefletschten Zähnen. Einige der Dämonen fingen an, sich zu verwandeln, andere machten sich gar nicht erst die Mühe und gingen mit Waffen auf mich los.

Das Kreischen eines Vogeldämons ließ mich vor Erleichterung aufschreien. Diese strahlend weißen Federn, die auf uns herabstürzten, konnten nur Caladrius gehören. Sein Reiter ließ einen Kampfschrei ertönen. Sein blondes Haar wehte im Wind, die Miene war entschlossen. Die Muskeln der Oberarme waren deutlich sichtbar, als Chaz das Schwert in Position brachte. Dass er wieder in der Unterwelt war, konnte nur bedeuten, dass sich Ally in Sicherheit befand.

Mit Schwung rissen Caladrius und Chaz die Dämonen um, die mich fast erreicht hatten. Der Reiter schlitzte mit dem Schwert und einer langgezogenen Bewegung gleich einem Dutzend Dämonen den Hals auf, die noch mitten in der Verwandlung steckten. Caladrius stach mit seinem scharfen Schnabel um sich, schlitzte Kehlen und Bäuche auf, während seine scharfen Krallen weitere Dämonen niedertrampelten.

»Jill, spring auf!«, rief Chaz und lenkte den Vogel in meine Richtung. Ich ging in die Hocke, bereit zum Sprung, als mich eine Hand von hinten am Kragen packte und außer Reichweite von Chaz zog, der sich in Sekundenschnelle einer weiteren Schar Gegner gegenüber sah.

»Das wirst du schön bleiben lassen«, knurrte Leviathan in mein Ohr. Er hielt mich vor sein Gesicht, sodass mir keine andere Wahl blieb, als in seine irren Augen zu, sehen.

»Schrei für mich«, säuselte er und packte mit der freien Hand an meinen gebrochenen Arm. Er drückte zu, und ich schrie mir die Seele aus dem Leib. Der Schmerz trübte meine Sinne und fuhr durch meinen Körper, während ich mir auf die Lippen biss und die Schreie zu stillen Schluchzern übergingen. Der Ohnmacht nahe konnte ich spüren, wie seine andere Hand meine Kehle packte. Ich japste nach Luft, versuchte um Hilfe zu rufen, doch nur ein Krächzen entkam meinem gequetschten Hals. Wer sollte mir auch helfen? Chaz war mit einer Horde Dämonen beschäftigt.

Ich strampelte mit den Beinen, zerrte mit der freien Hand an Leviathans Klaue, doch er war zu stark, und mein Sichtfeld verschwamm immer mehr. Verzweifelt bäumte sich mein Körper auf und flehte nach Sauerstoff. In Panik presste ich die Hand an Leviathans Brust. Unter Aufbietung all meiner Kräfte leitete ich meine pure Prana in seinen Körper, ich stopfte ihn damit voll, in der Hoffnung, er würde daran zugrunde gehen und bersten. Sein Griff wurde lockerer, und es gelang mir, einen Atemzug zu nehmen, doch der Verlust meiner Prana war deutlich spürbar.

Sein Lachen drang nur noch dumpf bis an mein Ohr. »Ich kann ein Vielfaches deiner Prana in mir aufnehmen, du dämliche Hexe. Damit machst du mich nur stärker.«

Mein Kopf kippte zur Seite, und es wurde schwarz um mich herum, doch ich weigerte mich, mich dem Tod hinzugeben. Meine Gedanken wirbelten, und die Gesichter der Menschen, die ich am meisten liebte, tauchten vor meinem inneren Auge auf. Ich sah Tante Amalia, konnte Allys Duft nach Blumen riechen, dachte an Derek, selbst Nathans wunderschönes Gesicht tauchte auf und ließ mich schluchzen. Und dann kam Ryan an die Reihe. Seine wunderschönen Augen, die mich liebevoll ansahen. Ich hatte Ryan versprochen, lebend wiederzukommen. Ich hatte es *versprochen.*

Verzweifelt klammerte ich mich an den Gedanken, bei Bewusstsein zu bleiben. In meiner Brust war nichts als Leere, wo einst noch meine Lebensenergie gewütet hatte. Ich spürte noch immer Leviathans weichen Anzug unter meiner Hand, spürte das Herz darunter pochen. Ich spürte seine und meine Energie in seinen Venen toben. Wenn ich doch nur etwas davon zurückholen könnte.

Ich spürte das Kribbeln an meinen Fingern, bevor mein vernebelter Verstand registrierte, was ich tat. Ein leichtes Ziehen glitt durch meinen Unterarm, den Oberarm hinauf und breitete sich mit warmen Gefühl in meiner Brust aus. Wenn ich Vanessa meine Prana hatte leihen können, wer sagte dann, dass ich sie nicht auch von einem anderen nehmen konnte?

Ich krallte die Finger fest in Leviathans Anzug. Meine Gedanken klärten sich, und selbst meine Sehkraft kehrte in geringem Maße zurück. Ich war noch nicht tot. Ich war noch nicht fertig mit dem Leben.

Als ich die Augen aufschlug, sah ich das Entsetzen in Leviathans Blick. Ich keuchte und schnappte nach Luft, sog den reinen Sauerstoff in meine Lungen und dankte Gott für die Kraft, die mit dem Atem zurück in meine tauben Glieder kehrte. Leviathan musste mit ansehen, wie meine Energie zurück in meinen Körper schoss.

Er lockerte seinen Griff weiter und wollte mich von sich schleudern, doch ich packte seinen Anzug fester mit meiner gesunden Hand. Ich krallte mich hinein, bis der Stoff riss und meine Finger die nackte Haut des Dämons berührten. Und dann zog ich. Statt die Prana von mir wegzuschieben und in meine Hände zu leiten, wie ich es sonst tat, zog ich sie zurück in mein Innerstes.

Leviathan wehrte sich und schrie vor Schmerz auf, als nicht nur meine Prana, sondern auch seine eigene seinen Körper verließ. Ich legte ihm meinen gebrochenen Arm um den Hals und hängte mich an ihn wie ein Kleinkind an seinen Vater. Ich zog weiter, nahm neben meiner Energie auch die verdorbene Prana Leviathans auf. Sie brannte und tobte in meinen Venen, sie gab mir das Gefühl unendlicher Stärke, sie gab mir Macht.

Als mein Körper zu zerbersten drohte und der Druck zu stark wurde, ließ ich sie ausbrechen. Sie drang aus meiner Haut und hüllte mich in ein tiefblaues Netz flüssiger Energie, die fröhlich knisterte und sich ausbreitete. Ich hörte Schreie um mich herum, aber ich war viel zu sehr in dem Rausch gefangen, den Leviathans Prana in mir auslöste. Es fühlte sich gut an, es ließ mich Schmerzen und Angst vergessen, und ich konnte fühlen, wie Leviathan unter meinen Händen schwächer wurde und in die Knie ging.

Eingehüllt in strahlendes Licht sanken wir zu Boden. Ich bettete seinen Kopf auf meine Knie und sah erstaunt zu, wie sein Gesicht zu altern begann. Die Haut wurde runzlig, tiefe Furchen zogen sich über die Stirn und umrahmten die aufgerissenen Augen des Dämons, während sein Haar das satte Schwarz verlor und gespenstisch weiß wurde. Ich spürte, wie der Fluss seiner Energie schwächer wurde, und riss mich zusammen. Leviathan stand kurz vor dem Tod, es war kaum noch genügend Energie übrig, um sein Herz schlagen zu lassen. Mit all meinem Willen konzentrierte ich mich darauf, den Pranaaustausch zu stoppen. Der Atem des Dämons ging rasselnd, und ich schüttelte benommen den Kopf, um Herr über den Überschuss der Prana in meinem Inneren zu werden.

»Geh aus dem Weg, Chaz«, flüsterte ich. Ich wusste nicht, ob er mich gehört hatte. Mein Blick blieb an den von Entsetzen gepackten Augen Leviathans kleben. Ohne hinzusehen hob ich die Hand zur Seite und leitete heiße Energie durch sie hindurch. Ein Feuerinferno breitete sich um uns herum aus, während die Dämonen in unmittelbarer Nähe mit Leib und Seele verbrannt wurden. Die Hitze brannte auf meinen Wangen, Asche rieselte auf uns herab, und das Kampfgeschrei um uns verebbte. Gespenstische Stille war das Einzige, was blieb.

Ich kümmerte mich nicht darum, sondern senkte lediglich die Hand, als ich wieder so viel Prana in mir hatte, wie ich vertragen konnte. Leviathan lag in meinen Armen, und mein Blick haftete weiter an seinem so alt gewordenen Gesicht. Verwirrt sah er mich an, als könne er nicht verstehen, was hier gerade passiert war. Ich verstand es selbst nicht. Ich hatte es irgendwie geschafft, seine Magie aus dem Körper zu ziehen, ohne selbst daran zugrunde zu gehen. Ich hatte eine Schwachstelle gefunden. Und ich hätte ihn töten können, wenn ich es gewollt hätte.

»Du bist mir was schuldig, alter Mann, vergiss das nie!«, flüsterte ich in sein Ohr, während eine vertraute Übelkeit in meinem Magen rumorte.

Die Welt drehte sich, und ich hatte das Gefühl zu fallen. Dankbar gab ich mich der Schwerelosigkeit hin und genoss diese wenigen Sekunden der absoluten Stille und des Friedens. Mit einem dumpfen Aufprall landete ich auf dem Turnhallenboden.

Mit der Realität kehrten auch meine Schmerzen zurück. Mein Arm pochte dumpf, die Rattenbisse auf meinem Körper brannten wie Feuer, und Blut tropfte aus den zerrissenen und dreckigen Fetzen meines Lederanzugs. Ich versuchte, mich aufzusetzen, und verzog das Gesicht, als die Wunde, die die Krallen des Dämonenvogels hinterlassen hatten, ebenfalls zu brennen begann.

Schwerfällig hob ich den Kopf und blickte in zahlreiche ungläubige Gesichter. Mrs. Evans klammerte sich an den Griff ihres Schwertes, Mrs. Preston sah aus, als könne sie den Mund nie wieder schließen, und selbst Mr. Sheffield schien völlig aus der Fassung gebracht zu sein. Mehrere Wächter hielten Derek in ihrer Mitte, der aussah, als hätte er sich kräftig gewehrt. Ryan blutete an der Lippe, doch ansonsten schien er unversehrt, und die Erleichterung stand ihm ins Gesicht geschrieben.

Die Stille war kaum auszuhalten, als ich meinen Kopf hob und mit dem Schwindelgefühl kämpfte. Mein Sichtfeld verschwamm wieder, und ich hatte das Gefühl, in Watte gepackt zu sein.

»Ähm, hi«, krächzte ich mit heiserer Stimme. Flimmernde Punkte tanzten vor meinen Augen. »Ich glaube, ich bin euch eine Erklärung schuldig. Aber ich würde gerne erst in Ohnmacht fallen.«

Kapitel 29

Die Sonne tanzte hinter meinen geschlossenen Lidern, und ich genoss die Wärme auf meinem Gesicht. Ein klappernder Flügelschlag an meinem Ohr ließ mich die Augen öffnen und abermals über das Naturschauspiel staunen, das sich mir bot. Zwischen reinem, im Sonnenlicht glitzerndem Schnee sprossen die farbenfrohen Gewächse der Elfenmulde, während der Reif auf den Blütenblättern funkelte.

Ich spürte seine Anwesenheit, und mein Herz machte einen Hüpfer.

»Chaz«, hauchte ich, sprang auf und schlang die Arme um seinen Hals. Lachend klopfte er mir auf den Rücken.

»Sei vorsichtig mit deinem Arm, Prinzessin.«

Mürrisch betrachtete ich den weißen Gips, den ich seit ein paar Tagen tragen musste.

»Ich wusste, dass du kommst!« Okay, ich hatte es nicht gewusst, und ich war vor Sorge fast umgekommen, als Chaz auch am zweiten Tag nach meiner Rückkehr in die Realität nicht erschienen war.

»Natürlich bin ich zurückgekommen, ich hatte nur noch einige Sachen zu erledigen. Und wer sonst soll dir den Arsch retten, wenn du dich wieder in Schwierigkeiten bringst?« Er boxte mich spielerisch in die Seite, und ich bedeutete ihm, sich mit auf das Fleckchen Gras zu setzen, das ich vom Schnee befreit und mit der Pyrokinese erwärmt hatte.

Er las die unausgesprochene Frage in meinen Augen. »Leviathan ist geschwächt, aber er wird es überleben. Allerdings frage ich mich, warum du ihn nicht sofort getötet hast, als du die Chance hattest.«

»Weil schon genug Blut an meinen Händen klebt.«

Chaz seufzte. »Was meinst du, wie viel Blut zukünftig noch an seinen Händen kleben wird?«

Ich biss mir auf die Lippe. Das war eine moralische Frage, die mich schon lange quälte. Die dämonischen Kreaturen, wie die Mairas und Höllenhunde, waren im Grunde genommen wie blutrünstige Tiere. Trotzdem ging mir ihr Tod nahe. Doch während ich sie im Kampf getötet hatte, als sie versuchten, mich anzugreifen, hatte Leviathan wie ein hilfloser alter Mann in meinen Armen gelegen. Daran änderte auch die Tatsache nichts, dass er mir vorher selbst das Leben hatte nehmen wollen. Hatte man das Recht, in so einem Moment zum Mörder zu werden und über Leben und Tod eines wehrlosen Wesens zu bestimmen, um andere Leben zu retten?

»Es war das Richtige«, redete ich mir ein.

»Ich hoffe es.«

Ich rutschte näher zu Chaz und genoss die Wärme, die er ausstrahlte.

»Das, was du mit Leviathan gemacht hast … das war nicht normal, weißt du? Normalerweise können Dämonen keinen anderen Wesen die Prana entziehen.«

»Wann war ich jemals normal?«, fragte ich bitter und warf einen Stein in den Bach.

»Wem sagst du das?«

Ich lächelte und versetzte mich in Chaz' Lage, die meiner gar nicht so unähnlich war. Ich hatte meine Freunde, sicher, doch verstand keiner von ihnen, wie allein ich mich manchmal fühlte. Und hier saß ich nun neben jemandem, dem es genauso gehen musste.

»Also, du und ich. Geschwister? Im Ernst, bist du dir sicher?«

Er lachte schnaubend. »Ich bin mir sicher.«

»Warum wusste dann niemand von dir? Nicht einmal Tante Am, sonst hätte sie es mir gesagt!«

»Weil ich nicht so bin wie du.« Er sah mich an, und ich zog scharf die Luft ein, als sich die Farbe seiner sommergrasgrünen Augen in ein stechendes Blau und wieder zurück änderte. »Nach meiner Geburt war schnell klar, dass ich mehr Dämon als Hexer war. Deshalb bin ich bei Dad aufgewachsen. Ich hatte zu viele Kräfte, die ich zu beherrschen lernen musste. Ich konnte meine Augenfarbe nicht verändern, und überhaupt wusste ich nicht genug darüber, meine Herkunft zu verbergen.«

Mitleidig sah ich ihn an. »Es muss schlimm gewesen sein.«

Er zuckte mit den Achseln. »Nein, eigentlich nicht. Ich habe nichts anderes als die Unterwelt gekannt. Die Natur ist nicht grausam. Als die Unterwelt erschaffen wurde, war sie der Realität gar nicht unähnlich. Dad hat mir die alten Geschichten erzählt. Überall waren Elfen, die sich um Pflanzen und Wasser gekümmert haben.«

»Was ist passiert?«, fragte ich neugierig.

»Krieg, was sonst? Nur dass es etwas heftiger zugeht, wenn Dämonen Kriege führen.«

Ich dachte eine Weile darüber nach, während ich an dem Elfenanhänger meiner Kette spielte. »Es war unser Elternhaus, in dem du dein Versteck hattest, oder? Ich habe es wiedererkannt, irgendwie. Und es hat mich angezogen.«

Chaz nickte. »Es ist dem Haus, in dem unsere Eltern in der Realität gelebt haben, nachgebaut. Was die Anziehungskraft angeht, vermute ich, dass unser Vater etwas damit zu tun hatte. Ich glaube, es ist irgendein Zauber. Vielleicht hat er erwartet, dass du eines Tages in der Unterwelt landest.«

Vorsichtig sah ich ihn an und stellte endlich die Frage, die mir schon lange auf der Seele brannte. »Unser Vater…wie ist er so?«

»Er ist nett.«

»Nett? Er ist ein Dämon.«

»Ach, und was sind du und ich? Vielleicht solltest du deine Vorurteile überdenken. Dämonen neigen zur Grausamkeit und auch zur Machtgier, da wir sehr viel davon besitzen. Sie sind skrupellos und verbittert. Es gibt keine Gesetze, sondern der Mächtigste von allen gibt die Befehle, so lange, bis sich ein anderer findet, der ihn stürzt. Vater hat diese Wesenszüge ebenfalls, das will ich nicht bestreiten, aber er hat auch eine andere Seite. Als er Mum kennenlernte, hat sich vieles in ihm verändert. Er hat es sich zur Aufgabe gemacht, die Ordnung in der Unterwelt wiederherzustellen. Sagen wir einfach, er gehört zu den Mächtigen. Leviathan wusste, dass Baal für eine Weile weg musste, sonst hätte er es nie gewagt, sich mit dir anzulegen. Er hat vergebens versucht, Dad den Rang abzulaufen – und als es nicht klappte, hat Leviathan es sich zur Aufgabe gemacht, die Realität zurückzuerobern. Tja, jetzt, wo es erneut schiefgegangen ist, wird er es vielleicht wieder mit der Unterwelt versuchen, wer weiß.«

Mir schwirrte der Kopf, doch es waren noch so viele Fragen, die mir auf der Zunge lagen.

»Kommen wir zu dir«, fing ich an, und er stöhnte.

»Können wir nicht über etwas anderes reden?«

Ich grinste. »Auf gar keinen Fall. Du bist also hier, um auf mich aufzupassen, habe ich das richtig verstanden?«

»Zum Teil. Ich bin auch hier, um mich in der Realität zurechtzufinden, und wo könnte man besser damit beginnen als in einer Schule? Dad hat mich mein ganzes Leben darauf vorbereitet, aber eben nur theoretisch. Und ich will nicht ewig in der Unterwelt festsitzen.«

»Du hast mich am Anfang gehasst. Und streite das ja nicht ab!«

Er wurde ernst und stocherte mit einem Ast im Schnee herum. Ich musste lächeln bei dem Gedanken, dass ich das auch so oft tat, wenn ich in Gedanken war.

»Gehasst nicht, nein. Aber ich konnte dich nicht leiden. Versteh mich ein bisschen, Jillian. Du durftest in dieser tollen Welt aufwachsen, wohlbehütet und in Frieden. Und dann werde ich als dein Babysitter angestellt, was ich mir als die langweiligste Aufgabe überhaupt vorgestellt habe. Ein Fehler, wie ich schnell gemerkt habe. Und zur Krönung muss ich den Ahnungslosen spielen und mir von meiner kleinen Schwester Nachhilfe in Magie geben lassen, die nicht einmal halb so gut mit ihrer Macht umgehen kann wie ich mit meiner. Das war ein echter Knacks für meinen Stolz.«

»Du bist ein guter Schauspieler«, sagte ich trocken. »Und du durftest wenigstens unseren Vater kennenlernen. Ich habe noch nie mit ihm gesprochen und bin vor fast zwei Jahren förmlich in die verborgene Welt hineingeworfen worden. Glaubst du, für mich war es einfach, mit diesen ganzen Veränderungen umzugehen?«

Sein Gesicht wurde weicher. »Für mich war es auch neu. Plötzlich habe ich meine innere Prana gesehen, und sie füllt sich viel langsamer wieder auf als in der Unterwelt. Und wie zum Teufel überlebt ihr all diese Erkältungen? Ich dachte, mit mir geht es zu Ende.«

Ich prustete los und achtete nicht auf Chaz' empörten Gesichtsausdruck. »Warte erst, bis du mal eine richtige Grippe hattest, Cherufe!«

Er riss die Augen auf und zog eine Grimasse. »Tu mir bitte einen Gefallen und benutz diesen Namen nie wieder. Ich habe keine Ahnung, was unsere Eltern sich dabei gedacht haben.«

»Vielleicht wussten sie schon vorher von deinem Charme«, neckte ich ihn, denn ich hatte die Herkunft des Namens nachgeschlagen. Cherufe war ein Dämon, der Jungfrauen auflauerte.

Ich legte mich auf den Rücken und kuschelte mich in meinen dicken Wintermantel. Hätte man mir noch vor ein paar Monaten gesagt, dass ich mal so ausgelassen mit meinem Dämonenbruder quasseln würde, hätte ich die Person für verrückt erklärt.

Doch fast hätte ich die wichtigste aller Fragen vergessen. »Wie bist du nun in die Unterwelt und zurück gekommen?«

Er schien hin- und hergerissen, als wüsste er nicht, ob er es mir wirklich sagen sollte. »Durch Cassandra. Sie ist eine alte Freundin unserer Eltern und wurde darauf vorbereitet. Sie sieht Dinge in ihren Träumen und spürt es, wenn ich sie aus der Unterwelt kontaktieren will.«

Ich schnaubte. »Na super. Erst hetzt sie mir einen verrückten Kobold auf den Hals und dann meinen dämonischen Bruder.«

Chaz verstand nicht, dass ich es im Scherz gesagt hatte, und machte ein betretenes Gesicht. »Sei ihr nicht böse. Sie ist meine einzige Fahrkarte in die Realität.«

»Das war mal ein verdammt schräges Halbjahr«, sagte ich verträumt und schloss wieder die Augen, als die Sonnenstrahlen meine Nase kitzelten. »Ich könnte wirklich mal ein bisschen Ruhe brauchen. Was meinst du, wie lange wir geheim halten können, was wir sind?«

Chaz seufzte erneut. »Nachdem du direkt vor den Augen der Lehrer in einem Beschwörungskreis aufgetaucht bist? Nicht mehr allzu lange, schätze ich.«

»Hmm«, stimmte ich ihm traurig zu. Nach meinem Auftauchen in der Turnhalle waren viele Fragen offen geblieben, und allein Mrs. Evans hatte mich davor bewahrt, direkt zur Befragung zur VO geschleppt zu werden.

»Übrigens hast du dich doch gefragt, wo dieser Nebel herkommt, der das Gras zum Welken bringt. Das war ich, als ich dich beobachtet habe.«

Ich schlug die Augen auf. Chaz grinste, und plötzlich hatte ich das Gefühl, ihn nur noch unscharf zu sehen. In wenigen Sekunden löste er sich in Nichts auf, und vor mir schwebte der mysteriöse, kaum sichtbare Nebel, während das Gras neben mir zusehends schwärzer wurde. Im Nu war ich von einem Schwarm Elfen umgeben, die mit piepsiger Stimme schimpften und mit den Armen wedelten. Chaz erschien lachend an genau der Stelle, an der er noch vor einer Minute gesessen hatte.

»Cool, oder?«

»Cool? Du hast mir damit das ganze Jahr eine Heidenangst eingejagt! Ich habe ständig gedacht, ich werde verfolgt!«

Er ignorierte mein Geschimpfe. »Wurdest du ja auch. Von mir!«

Brummig stieß ich ihn in die Seite. »Kannst du mir das wenigstens beibringen?«

Mit den Achseln zuckend versuchte er, die Elfen zu beschwichtigen.

»Es ist Biokinese, aber eine höhere Form, die Dämonenmagie erfordert. Deshalb verwelkt auch das Gras. Ich glaube, ich bringe damit ein Stück der Unterwelt in die Realität. Jedenfalls weiß ich nicht, ob deine Fähigkeiten dazu ausreichen.«

Er stand auf, und ich lächelte. Wenn wir Glück hatten, würden wir noch viel Zeit haben, um es herauszufinden.

»So, meine Liebe, ich werde dich jetzt mal verlassen, denn dein Vampirverehrer lauert schon seit einer Weile ungeduldig im Wald.«

Ich stöhnte. Geh nicht, hätte ich am liebsten gesagt, doch ich wusste, dass ich um dieses Gespräch nicht herumkommen würde. Derek hatte mich vorgewarnt, dass er von Ryan mit eigenartigen Fragen bombardiert worden war. Fragen zu der Sache, die ich mit Leviathans Prana angestellt hatte. Bisher war ich dem Vampir gekonnt aus dem Weg gegangen.

Chaz winkte mir nur fröhlich zu, und ich stand auf, um mich an den kleinen Bach zu stellen. Ich hörte Ryans Schritte und atmete tief durch, ohne mich umzudrehen. Ich spürte das Chaos der Gefühle in mir, als mir sein Geruch nach Mandeln, Honig und Schnee in die Nase drang. Er schaffte es noch immer, mein Herz höher schlagen zu lassen und mich vollends um den Verstand zu bringen.

Doch die Dinge zwischen uns hatten sich geändert. Ich hatte mich verändert. Wie sollte es nach all den Geschehnissen jemals wieder so werden wie früher? Es würde immer wieder Situationen geben, in denen wir akzeptieren mussten, wer und was wir waren. Und solange Ryan sich selbst als Vampir verabscheute oder sich als potenzielle Gefahr für mich sah, würden wir uns nie mehr näher kommen.

»Ich weiß, was du mich fragen willst«, flüsterte ich in den Wind und hörte, wie der Vampir unruhig von einem Fuß auf den anderen trat. Als Ryan erfuhr, dass ich Leviathan die Prana entzogen hatte, dachte er gleich einen Schritt weiter. Ein Vampir war mit nur sehr wenig Prana nichts anderes als ein Normalsterblicher. Und ein Normalsterblicher brauchte sich keine Sorgen zu machen, dass er die Menschen, die er liebte, durch seine blutigen Neigungen verletzte.

»Könntest du es?«

Seine Stimme war kratzig, und es brach mir fast das Herz, sie zu hören. Ja, ich könnte ihm seine Prana entziehen, und solange er in der Realität blieb, würde sie auf dem Level bleiben, auf dem ich sie zurückließ. Ich könnte ihn zum Normalsterblichen machen. Ich fasste mich und drehte mich um.

»Ich könnte es«, sagte ich, während seine himmelblauen Augen meinen Blick fesselten. »Würdest du es wollen?«

Lust auf mehr von Linea Harris?

Dann sollten Sie unbedingt umblättern.

*Coveränderungen vorbehalten

Leseprobe

Linea Harris

Verlorene Welt

Bitter & Sweet 3

ivi, 368 Seiten

ISBN 978-3-492-70423-6

Kapitel 1

»Mach ihn auf.«

Ich ignorierte die nervige Stimme an meinem Ohr und versuchte, mich wieder auf das Buch zu konzentrieren.

»Jetzt mach ihn endlich auf, Jill«, rief Conchobhar erneut, und mit einem Satz landete er auf den mitgenommenen, vergilbten Seiten meines Romans. Ich fegte den kleinen Kobold mit einer lockeren Handbewegung beiseite, doch er hüpfte nur geschickt an das Fußende meines Bettes und wackelte wütend mit seinen grünen Fledermausohren. Nach einer Weile seufzte ich unter dem bohrenden Blick seiner Kulleraugen und klappte das Buch zu.

»Ich will es nicht wissen.«

Er verdrehte die Augen und warf mir den Brief der Verborgenenorganisation zu, der seit drei Tagen auf meinem Schreibtisch lag und mich so vorwurfsvoll anstarrte, wie es nur Papier mit schlechten Nachrichten konnte.

»Im Ernst, Cox. Lass mich die letzten beiden Ferienwochen noch sorglos genießen.«

Der Kobold schnaubte. »Heute Abend ist es sowieso vorbei mit deiner Sorglosigkeit. Hast du vergessen, was heute für ein Tag ist?«

»Nein, habe ich nicht«, flüsterte ich und kämpfte gegen das aufsteigende Übelkeitsgefühl an. Nun war es endgültig vorbei mit meiner Ruhe, also schwang ich mich aus dem Bett und beschloss, eine Dusche zu nehmen. Vielleicht konnte mir das rauschende Wasser etwas von meiner Anspannung nehmen. Außerdem war das Badezimmer koboldfreie Zone, und das allein war für mich Grund genug, die Haare besonders lange zu föhnen und sogar etwas Make-up aufzulegen. Lustlos wischte ich mit der Hand über den beschlagenen Spiegel und gab mir Mühe, meine Wimpern zu tuschen, ohne mir dabei meine türkisen Augen auszustechen.

Mein Blick wanderte zu der feinen Silberkette, die sich um meinen Hals schlängelte und einen glitzernden Libellenanhänger trug. Sie war ein Geschenk von Ryan, meinem Vampir-Exfreund, womit wir bei einem weiteren Problem waren.

Seit ich im letzten Schuljahr etwas Zeit in der Unterwelt verbracht hatte, um meine beste Freundin Alissa zu retten, hatte sich einiges verändert. Nicht nur, dass ich plötzlich und unerwartet in einem Beschwörungskreis mitten in der Turnhalle der Akademie aufgetaucht war, und das auch noch vor den Augen einiger Lehrer, es hatte sich auch herausgestellt, dass der neue Typ in unserem Jahrgang mein dämonischer Bruder war. An sich war Chaz gar nicht so übel, und mit seiner Hilfe hatten wir es geschafft, dem Dämonenfürsten Leviathan zum wiederholten Mal das Handwerk zu legen.

Allerdings hatte ich mal wieder etwas fertiggebracht, was ich eigentlich gar nicht hätte können sollen. Ich hatte Leviathan seine Lebensenergie, die Prana, entzogen, bis er kurz vor dem Tode stand und ich ihn seinem Schicksal überließ. Bisher wussten nur meine Freunde, was genau in der Unterwelt passiert war. Allerdings war unter ihnen auch Ryan, der wie immer schon einen Schritt weiter dachte.

Wenn es mir möglich war, einem Lebewesen die Prana zu entziehen und ihm nur noch so viel zu lassen, dass er kaum mehr als ein Mensch war, dann müsste es mir auch möglich sein, Ryan von seinem Vampirdasein zu erlösen, das er so hasste. Und das Schlimmste war: Er wollte es mir zuliebe, damit er keine Gefahr mehr für mich darstellte.

Vor fast genau einem Jahr war unser leidenschaftlicher Kuss etwas außer Kontrolle geraten, und ohne Alissas rechtzeitiges Eingreifen hätte ich an der ebenmäßigen Haut auf meinem Hals wohl noch mehr Narben gehabt, als es ohnehin schon waren. Von meinen Gefühlen überrumpelt hatte ich es nicht geschafft, ihn mithilfe meiner Magie aufzuhalten, als er mein Blut trinken wollte. Ich hatte ihm einfach nicht wehtun können. Ryan verabscheute sich dafür, dass er mich beinahe verletzt hatte. Doch die ganze Sache wäre vergessen gewesen, wäre er nicht für ein paar Monate spurlos verschwunden und hätte mich damit meiner Verzweiflung überlassen.

Am Ende war es Nathan gewesen, der mich aus dem tiefen Loch meiner Gefühlswelt wieder herausgezogen hatte. Allerdings war der Lehrer im letzten Schuljahr umgekommen, was die ganze Sache noch verkomplizierte. Ich hatte Nathan geliebt, und jetzt war er tot. Zwar konnte ich auch meine Gefühle für Ryan nicht leugnen, doch er hatte mich verletzt. Und die Tatsache, dass er mich kaum berühren konnte, ohne sich zu versteifen und Angst zu haben, sein Blutdurst würde ihn übermannen, machte es nicht einfacher, so mir nichts, dir nichts von vorne zu beginnen. Er wollte der Mensch sein, der mich beschützte, aber gerade damit wurde er selbst zu einer potenziellen Gefahr für mich.

So hatten wir beide unsere Probleme, mit denen wir klarkommen mussten. Ryan war jedoch der Ansicht, seine würden sich in Luft auflösen, sobald ich ihn zum Menschen machte. Für mich kam das nicht infrage. Ich wusste, wie sehr Ryan seine Schnelligkeit, die Stärke sowie die übernatürliche Hörkraft und den Geruchssinn vermissen würde. Wie er es liebte, lautlos wie eine Katze durch die Schatten zu schleichen. Das Vampirdasein war ein Teil von ihm, und ich weigerte mich, ihm diesen Teil zu nehmen, ohne dass er sich zu hundert Prozent sicher war.

Ryans Ansicht nach konnten wir nur zusammen sein, wenn er ein Mensch war. Ich dagegen hielt eben genau das für das Problem. Als Vampir hatte er mir geholfen, einige meiner Kämpfe auszufechten, und war dem Tode mehrmals trotz seiner außergewöhnlichen Fähigkeiten nur knapp entgangen. Selbst Nathan war einer der Besten unter den Hexen gewesen, die ich kannte, doch den Kampf gegen meine dämonische Verwandtschaft hatte er verloren. Ständig mussten Menschen in meiner Umgebung sterben. Als Normalsterblicher würde Ryan vermutlich keine zwei Wochen in meiner Gegenwart überleben, wenn man mein Talent betrachtete, den Ärger magisch anzuziehen oder regelmäßig Magieausbrüche zu haben, wenn meine Gefühle überhandnahmen.

Jedenfalls hatte es einen schrecklichen Streit gegeben, und wir hatten den Rest des Schuljahrs nicht mehr miteinander geredet. Der Preis für diese Beziehung war einfach zu hoch, und wenn wir einmal ehrlich waren: Dämonen und Vampire passten einfach nicht zueinander. Auch wenn ich ihn trotzdem schrecklich vermisste.

Ich verzog das Gesicht bei dem Gedanken und schlüpfte gerade in das schlichte schwarze Sommerkleid, das ich mir zurechtgelegt hatte, als Tante Amalias Stimme die Treppe herauf hallte.

»Wenn du mitkommen willst, dann solltest du dich beeilen.«

»Ich komme schon«, rief ich aus der Badezimmertür und eilte in mein Zimmer, um meinen kleinen Rucksack zu suchen.

Tante Am stand am Küchentresen und verstaute ihre selbst gemachten Kerzen, Glücksbringer und Amulette in einem Korb, während Cox auf ihrer Schulter turnte und die Streicheleinheiten genoss, die sie ihm geistesabwesend verpasste.

Tante Amalia hatte mein neues »Haustier« mit Freuden aufgenommen, und die beiden waren gute Freunde geworden. Conchobhar verabscheute es, wenn ich ihn so nannte, doch betrachtete man die Tatsache, dass er mir auf Schritt und Tritt folgte, dann kam ich nicht umhin, ihn mit einem Dackel zu vergleichen.

»Wir sind spät dran«, tadelte Tante Am, und ich zuckte entschuldigend mit den Schultern, woraufhin sie mir ein warmes Lächeln schenkte, das die kleinen Fältchen um ihre hexengrünen Augen vertiefte. Ich hatte meine gesamte Kindheit bei ihr verbracht und es nur selten erlebt, dass sie einmal wirklich sauer gewesen war.

Verstohlen blickte ich mich um und hoffte, dass sie dieses Mal etwas von dem ganzen Krimskrams, mit dem unser Haus vollgestopft war, auf dem Markt der Nachbarstadt Gorham verkaufen würde. Doch die Wände waren nach wie vor mit allerlei Schnickschnack behangen, der von Traumfängern bis hin zu selbst gemachter Dekoration reichte. Auf jedem freien Regal standen Kerzen in den verschiedensten Farben und Formen, die angeblich heilende oder beruhigende Wirkungen hatten. Weihrauchstäbchen hüllten unser Haus regelmäßig in einen angenehmen Duft, und Porzellangeschirr sowie bestickte Kissen und Deckchen in allen Ecken sorgten dafür, dass alles etwas altmodisch, aber auch elegant und gemütlich wirkte.

»Wenn wir jetzt nicht gleich fahren, dann brauche ich meinen Stand gar nicht erst aufzubauen«, rief Tante Am über die Schulter. Ich schlüpfte schnell in meine Riemchensandalen und folgte ihr durch den Garten.

Auf der Fahrt nach Gorham nagte das schlechte Gewissen an mir, und ich konnte Amalias misstrauische Blicke spüren, doch ich brachte es heute einfach nicht fertig, ungezwungen vor mich hin zu plappern. Es gab so vieles, was ich ihr noch nicht erzählt hatte. Ich kurbelte das Fenster herunter, um etwas frische Luft in den heißen, stickigen Wagen zu lassen. Meine Haare klebten feucht in meinem Nacken.

In Gorham angekommen half ich ihr eilig, den Verkaufsstand herzurichten, und verabschiedete mich wie üblich, um über den Markt zu schlendern. Sobald ich außer Sicht war, steuerte ich Cassandras Laden am Marktrand an.

Die läutende Türglocke ließ mich zusammenzucken und erinnerte mich daran, wie nervös ich war. Der Laden war leer, bis auf die Besitzerin Cassandra, die damit beschäftigt war, einige Zauberutensilien und Porzellantassen auf dem Regal abzustellen. Kein Wunder, dass sie sich so gut mit Tante Amalia verstand.

»Ich habe dich erwartet.« Sie lächelte, und ihr penetranter Geruch nach Flieder vermischte sich mit Weihrauch, der die Luft in dem Laden schwer und drückend werden ließ, sobald sich die Tür schloss.

»Ja, ich bin hier, um dir den nervigen Kobold zurückzugeben, der mich seit meinem letzten Besuch bei dir verfolgt«, scherzte ich, und mit einem Zischen wurde Cox auf meiner Schulter sichtbar, wobei er empört aufschrie. Cassandra blinzelte mich nur verdutzt an, und ich bedeutete ihr, dass sie sich keine Sorgen machen brauchte, bevor ich sie umarmte. Conchobhar stellte sich mit einer galanten Verbeugung vor, und mit einem amüsierten Lächeln lauschte Cassandra seiner Geschichte, wie ich ihn im letzten Jahr aus ihrer Wanduhr befreit hatte.

»Ist er schon da?«, fragte ich so beiläufig wie möglich, als die beiden verstummten, und begutachtete betont lässig eine eigenartige Kerze, die einen Mann verschlungen mit einem Wolf darstellte.

Die Frau mit den kurzen schneeweißen Haaren und den übergroßen Ohrringen warf einen flüchtigen Blick auf eine der kuriosen Standuhren.

»Ich werde ihn in ein paar Minuten beschwören. Du kannst so lange hier vorne warten. Auf dem Tresen steht Tee, bedient euch.«

Enttäuscht goss ich mir die dampfende Flüssigkeit in eine Tasse und beobachtete, wie Cassandra hinter dem Vorhang zum Hinterzimmer verschwand. Ihr Tonfall hatte unmissverständlich klargemacht, dass sie mich bei der Beschwörung nicht dabei haben wollte, auch wenn ich sie gerne beobachtet hätte. Nervös setzte ich mich auf den Tresen und ließ die Beine baumeln, während Cox die Regale inspizierte und entzückt vor einer Spieluhr stehen blieb, auf der sich eine Ballerina drehte.

Nur mit Mühe konnte ich meine Finger davon abhalten, ungeduldig auf die Tischplatte zu klopfen. Cassandras Murmeln aus dem Hinterzimmer war zu hören, und ich hielt gespannt den Atem an, als nach einer Weile eine Männerstimme antwortete und der Geruch von verbranntem Laub an meine Nase drang.

All die Ängste und Sorgen, die mich den ganzen Tag verfolgt hatten, schienen mit einem Mal von mir zu fallen, während ich plötzlich in das Gesicht meines Bruders schaute, der lässig in einem engen schwarzen T-Shirt in der Tür lehnte. Er lächelte mich an und änderte seine Augenfarbe von Blau zu Grün, bevor er mich in eine herzhafte Umarmung zog.

»Prinzessin, du scheinst in den letzten beiden Monaten gewachsen zu sein.«

Ich schnaubte und sah ihm mit hochgezogenen Augenbrauen ins Gesicht, wobei uns beiden nicht entging, dass er mindestens einen ganzen Kopf größer war als ich.

»Machst du dich etwa über mich lustig, Cherufe?«

»Nein, solange du mich nie wieder mit diesem Namen ansprichst.«

Mit der Hand wuschelte er mir durch die lockigen braunen Haare und gab mir das Gefühl, als wäre ich nicht älter als zehn. Wir plauderten noch kurze Zeit mit Cassandra, bevor wir uns mitsamt seinem Gepäck auf den Weg machten und durch die Stadt schlenderten.

»Also, wo gehen wir hin?«

»Wir fahren mit dem Bus nach Langfield. Tante Amalia wird noch bis heute Abend mit ihrem Stand zu tun haben, und du willst sicher erst einmal unser Haus sehen«, wich ich aus.

Chaz' Augen begannen zu leuchten.

»Was ist los?«, fragte ich verwirrt.

»Ich bin noch nie Bus gefahren«, grinste er.

»Ich glaube, du hast noch so einiges nachzuholen, Kumpel«, meldete sich Cox zu Wort, und ich zuckte zusammen, weil ich schon wieder vergessen hatte, dass ich den unsichtbaren Kobold auf der Schulter sitzen hatte.

Für Chaz musste es schwer sein, sich in der völlig neuen Welt zurechtzufinden. Unser Vater Baal hatte ihn so gut wie möglich auf das vorzubereiten versucht, was ihn in der Realität erwartete, doch war das meiste nur Theorie gewesen. Ich lachte in mich hinein, als ich mich an seine erste Erkältung im letzten Jahr erinnerte.

»Also«, begann ich, »wie ist die Lage da unten? Heiß?«

Chaz überging meine Anspielung. Die Unterwelt war eher eine zweite Dimension und hatte rein gar nichts mit der klischeehaften Hölle gemein, auch wenn ich sie nicht gerade als Paradies bezeichnen würde.

»Es ist beunruhigend still. Leviathan hat sich zurückgezogen, seit du ihm die Kräfte entzogen hast.«

Ich runzelte die Stirn. »Vielleicht muss er sich noch erholen. Oder er hat es endlich aufgegeben und will in Ruhe seinen Lebensabend genießen. Gibt es bei euch so etwas wie Rente?«

Mein Bruder lachte leise, doch ich konnte die Besorgnis hinter seiner Fassade erkennen.

Eine Gruppe Highschool-Mädchen lief an uns vorbei. Sie schenkten meinem Bruder schmachtende Blicke und schienen die Augen kaum von ihm lösen zu können. Mit seinen blonden Haaren, die ihm lässig in die Stirn fielen und ihn umso attraktiver machten, je zerzauster sie waren, musste er wohl der Traum aller Kleinstadt-Teens sein. Verwegen und süß, mit einem Hauch von Gefahr. Ich unterdrückte ein Glucksen. Wenn sie wüssten.

»Leviathan ist ein Dämonenfürst, seine Kräfte erholen sich ziemlich schnell, und ich bin mir sicher, dass er sie wieder fast vollständig zurückerlangt hat«, antwortete Chaz. »Er hat sein Leben lang versucht, erst die Unterwelt und später die Realität an sich zu reißen. Ich glaube nicht, dass er sich von einem solchen Rückschlag aus der Bahn werfen lässt. Vielleicht plant er etwas oder er wartet einfach nur ab, wie sich die Lage entwickelt. Vielleicht liegt es auch daran, dass Vater zurück ist.«

Ich stolperte bei seinen Worten.

»Er ist zurück?«, fragte ich so beiläufig möglich, doch selbst ich konnte spüren, wie mir die Farbe aus dem Gesicht wich. So wie Chaz mich musterte, fiel es ihm ebenfalls auf.

»Ja, und er war sehr beeindruckt, als ich ihm von deinem Trip durch die Unterwelt erzählt habe. Er würde dich gerne kennenlernen, wenn du so weit bist.«

Wenn ich so weit war? Würde ich überhaupt jemals so weit sein? Um meinen Vater zu treffen, würde ich in die Unterwelt reisen müssen, und seit meinem ersten und einzigen Ausflug dorthin hatte ich mir geschworen, dass mich keine zehn Pferde mehr an diesen Ort bringen würden. Es schien ja auch nicht so, als hätte meinem Vater die letzten neunzehn Jahre viel daran gelegen, mich kennenzulernen. Zudem stellte ich es mir eigenartig vor, einem der Dämonen, die ich bisher bekämpft hatte, die Hand zu reichen und »Hey, Daddy« zu sagen.

Ich könnte vielleicht einen Beschwörungskreis in meinem Zimmer ziehen, auch wenn ich dabei nur sein Abbild sehen würde. Eine Beschwörung war allerdings eine sehr unangenehme Sache, nur um zu sagen: »Hey, Dad, willkommen zu meiner Teeparty. Ich bin übrigens deine Tochter. Tut mir leid, dass ich dich gerade mitten in eine andere Welt katapultiert habe, aber könntest du mir bei den Hausaufgaben helfen? Übrigens ist der Nachbarsjunge gestern sehr aufdringlich geworden, ich wäre dir dankbar, wenn du ein ernstes Wörtchen mit ihm reden könntest.«

Der Gedanke amüsierte mich, und ich nahm mir vor, ein anderes Mal ernsthaft darüber nachzudenken. Jetzt allerdings gab es erst einmal wichtigere Dinge zu regeln, und sofort wurde mein Mund trocken. Natürlich sprach Chaz genau in diesem Moment das Thema an, vor dem ich mich seit Wochen drückte.

»Wie hat Amalia darauf reagiert, dass du ein Dämon bist?«

Betreten biss ich mir auf die Lippe und zwirbelte eine dunkle Locke um meinen Finger. Conchobhars Schnauben trug ebenfalls nicht dazu bei, dass ich mich besser fühlte.

»Ich habe es ihr noch nicht gesagt.«

Verdutzt blieb Chaz stehen und starrte mich an.

»Na ja«, versuchte ich zu erklären und wand mich unter seinem Blick, »sie war so froh, dass ich wieder zuhause bin, und ich wollte ihr nicht gleich die Ferien verderben. Du weißt schon, ›Hey, Tante Am, du lebst übrigens seit vielen Jahren mit einem Monster unter einem Dach. Trotzdem schön, dich wiederzusehen‹ schien mir keine besonders gute

Begrüßung zu sein. Außerdem musste sie erst einmal verdauen, dass ich von einem Kobold gestalkt werde.«

»Du hattest Schiss«, schnaubte Chaz, und ich funkelte ihn an, während Cox auf meiner Schulter schimpfte.

Ja, ich hatte Angst. War das so verwunderlich, dass ich meiner Tante, die mich mein Leben lang aufgezogen und behütet hatte, nicht unbedingt freiwillig einen Schlag ins Gesicht verpassen wollte?

»Was hast du ihr dann gesagt, wer ich bin?«

»Ähm«, stotterte ich, und mir schoss die Röte ins Gesicht, während ihm die Gesichtszüge entglitten.

»Sie weiß noch nichts von mir?!«

Stumm schüttelte ich den Kopf und zwang mich zu einem unschuldigen Lächeln. Chaz atmete hörbar aus und fuhr sich durch das blonde Haar.

»Wir werden also gleich unserer ahnungslosen Tante offenbaren, dass ihre Nichte ein Halbdämon ist und dazu noch einen dämonischen Bruder hat, von dem bisher niemand etwas gewusst hat, der aber mal eben für zwei Wochen bei euch wohnen soll.«

Ich nickte, da mich der Kloß in meinem Hals daran hinderte, auch nur den geringsten Laut von mir zu geben.

»Das dürfte interessant werden«, murmelte Chaz, und ich seufzte.

Interessant? Es würde eine Katastrophe werden. Willkommen in meiner Welt.

IVI Das aktuelle Programm

400 Seiten · € 16,99 (D) · ISBN 978-3-492-70383-3

336 Seiten · € 16,00 (D) · ISBN 978-3-492-70438-0

400 Seiten · € 15,00 (D) · ISBN 978-3-492-70377-2

496 Seiten · € 15,00 (D) · ISBN 978-3-492-70458-8

Besuche uns auf
www.lesen-was-ich-will.de
www.facebook.com/ivi.verlag

- Gewinne großartige Preise
- Lies exklusives Bonusmaterial vorab
- Entdecke besondere Specials